阿来讲杜甫成都诗

阿来 著

四川人民出版社

阿来
讲
杜甫
成都诗

阿来

成都

杜甫

目录

诗

阿来 讲 杜甫 成都诗

公元759年冬天，为寻找一个存身之地的杜甫，从秦岭深处的同谷县出发，携家带口，来到成都。到765年离开，他在成都与蜀中生活了六个年头。

在此期间，他写出了两百多首诗中有史、史中有诗的作品，显现他的情趣与胸怀，显现他『集大成』的诗向更多样更深沉更成熟转变。更可贵的是，他为那个时代的成都，从自然到人文，留下了一份鲜活生动的档案。所以，我在这个系列讲座中便有两个面向。一个，通常讲杜甫所讲的，他的诗。再一个，则是他诗中的唐代成都的面貌。这是一个新的面向，可以说是杜甫眼里、笔下的成都。

从今天开始，我们将每两周一次，每个周六下午，在阿来书房进行这个名为『杜甫诗中的成都』的系列讲座。我们将穿越时代，跟随老杜的脚步，品味他的成都诗是如何与那时候的成都历史、成都的自然山水、成都的人文景观相遇往返。

第一讲

我行山川异

喧然名都会

757年4月，距离公元755年12月安史之乱爆发已经一年多了，杜甫冒险从长安逃到凤翔（今陕西宝鸡）投奔唐肃宗，后被肃宗授为左拾遗——一个在皇帝身边进谏兼侍从的官职，故世称『杜拾遗』。

不料杜甫入职没多久，便因疏救房琯而触怒肃宗，被贬到华州（今陕西渭南市华州区）任华州司功参军。性格疏放的他，不能忍受无聊而繁重的官吏生活，加上战乱之中，俸禄微薄，不能养活家人，于是便弃官，带上一家人前往秦州（今甘肃天水），意图要在此地筑一草堂以避战乱。无奈看中了地方，当地的主人并没有遂他的愿望。想建一草堂，却找不到盖草堂的地方。于是，又从天水跑到甘肃秦岭中的同谷县，想投靠当地主持县政的官员有所依托，这个通过音问的县令却对他不闻不问。一家人在严冬中啼饥号寒、凄苦无依的境遇，在其歌行体的诗《乾元中寓居同谷县，作歌七首》中可以得见："男儿生不成名身已老，三年饥走荒山道。"秦州住不得，同谷县也待不下去，只好继续带着妻儿颠沛流离，穿越高山深峡的秦岭，走古蜀道来到成都。

杜甫有以诗记行的习惯，他曾说自己"一岁四行役"（《发同谷县》）。先去洛阳寻亲再回华州，一行役；再由华州到秦州，二行役；又从秦州到同谷，三行役；最后从同谷出发，拖家带口来到成都，四行役。

从同谷县出发来成都，他一共写了十二首诗。诗中除记有过了什么渡口，翻过了什么山，越过了什么岭，越了什么关，行程如何的崎岖艰难之外，还写了山水的旖旎与壮美。过剑门关有诗："为人天设险，剑门天下壮。"马上入成都平原了，最后一座山是鹿头山，他抑郁的心情也一下疏朗了。《鹿头山》："游子出京华，剑门不可越。及兹险阻尽，始喜原野阔。"

这十余首纪行诗，诗名就是地名。今天，古蜀道上，这些地方这些名字大都还在，我们可以沿此来一次唐诗之旅。

乾元二年腊月，即 759 年 12 月至 760 年 1 月间，临近年关时，杜甫终于来到了成都。

他有一架车，马车，车上载着妻子与年幼的几个孩子。他和随行的弟弟应该是在步行。终于，望见了平原上的成都城。他又写下一首诗《成都府》。这首诗既是他艰难行旅的纪行诗的最后一首，也是他写成都新生活的第一首诗，当然，也是我讲杜甫成都诗的开篇。先来一起读读这首诗。

成都府

翳翳桑榆日，
照我征衣裳。
我行山川异，
忽在天一方。
但逢新人民，
未卜见故乡。
大江东流去，
游子去日长。

曾城填华屋，
季冬树木苍。
喧然名都会，
吹箫间笙簧。
信美无与适，
侧身望川梁。
鸟雀夜各归，
中原杳茫茫。

初月出不高，
众星尚争光。
自古有羁旅，
我何苦哀伤。

这首诗我们可以分成三段来讲。

从“翳翳桑榆日”到“游子去日长”是第一段。

翳翳桑榆日，照我征衣裳。

先解释“翳翳”这个词。“翳”有两层意思。第一层意思是表示被云彩遮住而看不清楚。过去老百姓把生了白内障叫作长“翳子”，在白内障还不太严重的时候，患者还能模模糊糊看见。用的就是这个意思。第二层意思则是说光线的变化。在今天的书面语里，“翳”这个字已经基本不用了，只在四川口语里有所保留。

日本有一位非常有名的唯美主义的作家叫谷崎润一郎。他在20世纪30年代写过一本叫《阴翳礼赞》的散文集里说：“美不存在于一个物体之中，而存在于物与物产生的阴翳的波纹与明暗之中。”这就是在说光线的变化。大家想一想今天的摄影、绘画，尤其是西式的绘画，其中很多作品就是在捕捉光影的变化。所以谷崎润一郎说：“离开阴翳的作用，也就没有美。”“翳翳”就是在展现一种光影之美。

“桑榆”也不仅仅是字面表达的桑树、榆树的意思。杜甫在这里用了典故。中国古代著名的丝绸之路，其丝绸的重要产地并不在长安这个起点，而是在四川。到今天，西域考古还常常发现汉唐时代的蜀锦，这正是蜀地纺织业发达的证据，要织锦就得栽桑养蚕，那“桑”就说得通了。但是“榆”呢？榆树是北方的树，在四川几乎没有，可杜甫不是现实主义诗人吗？他难道是在瞎写吗？当然不是。杜甫非常有学问，他自己在《奉赠韦左丞丈二十二韵》说过：“读书破万卷，下笔如有神。”他的很多诗句，看起来平白如话，其背后都藏有学问。那么这里的“桑榆”是指什么？原来，《淮南子》里就说过，“日西垂，景在树端，谓之桑榆”，杜甫就用这典说出了此刻的时间，也就是黄昏时分。

如此一来，我们就能够描摹出杜甫看见的景象了：在太阳快落山的时候，杜甫在平旷的田野当中，远远望见了成都。成都的冬天，即便出太阳，总是雾气氤氲，“翳翳”产生了朦胧迷离的美。杜甫在《怀锦水居止二首》里曾经写过“锦城曛日黄”，也是在说冬天的成都，要落山的太阳像一个煎鸡蛋般，黄黄的，也是因为雾气荫翳所致，这就是“翳翳桑榆日”。

后半句“照我征衣裳”同样不能从字面意思简单理解。经过种种革命，“征”这个字在今天我们中国人的意识中都有点军事化的味道。我们往往会把自己即将要去完成的某种重要的事业称为“新长征”。还有“远征”“征途”这样一些词。但是在古代，“征”有两个意思：第一，表示军人行军、打仗；第二，也是更重要的一层意思，就是走比较长的路。前文说过，安史之乱爆发后，左拾遗杜甫得罪皇帝，皇帝就让他回去看看寄居在鄜州的老婆孩子。这是肃宗皇帝不喜欢他了，这样做有眼不见心不烦的意思。于是杜甫就写了《北征》，诗中有一句“杜子将北征，苍茫问家室”，这个“征”的意思便是要走较长的路，包括陆游在《剑门道中遇微雨》中写到的“衣上征尘杂酒痕，远游无处不消魂”的“征”也是这一意思。陆游的这句诗恰好与杜甫的诗对上了，对的就是这句“照我征衣裳”。我们可以发现，通过这些古典诗词，只要我们愿意深入探究，就能发现文字的演变、词义的转移。

我行山川异，忽在天一方。

杜甫是从天寒地冻的北方来的，风霜降临大地，那里的树上兴许一片枯叶都没有了，但在这里的原野上，树与竹林苍翠，庄稼与蔬菜碧绿，远处还高耸着城墙坚固的城市。所以他用“忽在天一方”来形容他初见成都时的心情，仿佛到了另外一片天地，另一个世界似的，这儿完全是不一样的山川！

但逢新人民，未卜见故乡。

这里的人，说话的口音都跟同谷人不一样了，跟秦州人不一样了，样貌与表情恐怕也有些不一样。在这另一个天地就连遇到的人与民都是新的！这怎不叫杜甫心里涌起欣喜。他却又想起了故乡。他本来是因为在故乡待不下去才跑到四川来的，没有想到居然在这个时候又想起故乡，这就包含着他情感上的变化——由欣喜转为惆怅。不敢想什么时候能够再见故乡。

大江东流去，游子去日长。

这个大江就是锦江。那个时候的成都，江流在城墙外面。他从北方过来，还在成都城外，就看见了锦江东流，便想到在外面游荡的日子肯定和这江水一样漫长无尽，惆怅情绪就更深长了。

从“曾城填华屋”到“中原杳茫茫”是这首诗的第二段。杜甫写实的描述就像纪录片镜头一样，移步换景。现在，他终于进城了。

曾城填华屋，季冬树木苍。

“曾（céng）”是个通假字，通“层”。在古代，城墙不止一重，所以叫层城。不止一重的城墙内，填满了华美的房屋。“季冬树木苍”这个景象在成都本地人的眼中是司空见惯的，但是杜甫来自冰天雪地的地方，那里冬天万物凋零，可这里树还是绿的，草还是绿的，有些地方说不定还开着什么花。这时节，起码，蜡梅花已经开了。这一切对他来讲，都太新奇了。

喧然名都会，吹箫间笙簧。

唐代的中国有四大名城。首先，都城长安自然榜上有名，又因为隋炀帝建造京杭大运河，使得扬州成为重要的贸易口岸，也是四大名城之一。再下来便是成都，唐代的成都天下闻名。最后一座名城在后来有些衰落，那就是丝绸之路上的重要节点之一——敦煌。“敦煌”二字本就是明亮的意思，一个城市定然要商业繁盛才能有如此美名。所以杜甫说成都是“喧然名都会”。杜甫一家，在天快黑的时候才一步步走进城里，看见了城中的繁华景象，并称赞成都不愧为当时全国最有名的城市之一。那是一种怎样的繁华？这里的人不仅能吃饱穿暖，娱乐业也发展得很好。音乐声飞扬，箫的声音里还兼间着笙与簧的声音，这是乐队在演奏，乐声喧然，是从某种娱乐场所传出来的，还是从达官贵人的深宅大院中传出来的？

信美无与适，侧身望川梁。

然而，如此美好与繁华的成都，却让远来的杜甫感到无所适从。“信”是“确实”的意思。他说：“这里确实很美啊，但与我一个颠沛流离的人有什么关系呢？”杜甫拖家带口来到一个新城市，周遭的人在奏乐喝酒，可是他一家人风尘仆仆的，连到哪儿去投宿都不知道，所以“无与适”。他甚至更想不到该怎么去适应这个新地方的新生活，于是不由自主回身去望来路，望故乡，望身后流淌的江。看江，又看江上的桥。“梁”不是山梁，是江上的桥梁。“侧身望川梁”这句话与前文“大江东流去，游子去日长”相照应，有回还往复的效果。进城后的杜甫感觉到，他不属于这个城市。可能很多人都有这样的经历：当我们去一个陌生的城市、陌生的国度，乍然间听见周围的人都说着陌生的语言，就算这里再辉煌，再繁华，但终归“此乡非吾乡”。不适应是有的，片刻的忐忑也是有的。更何况杜甫是在逃难之中，不同于旅游，所以他的忐忑之情一定更加强烈。

在这里，杜甫化用了王粲《登楼赋》中的“虽信美而非吾土兮，曾何足以少留”。这句话是说，登上一座高楼，在高楼上俯瞰，景色确实很美，但不是我的家乡，那我留在这里干什么？当我们知道这个典故后，代入体会，就能感受杜甫“信美无与适，侧身望川梁”所表达出的更真切的情感波澜。古代有人表扬杜甫，说他随便写一句话，哪怕是大白话，背后都有典故，叫作“无一字无来处”。不然他怎么号称“读书破万卷”呢？用典能使情感更深沉强烈。

鸟雀夜各归，中原杳茫茫。

杜甫继续写眼前之景，天很快就要黑了，鸟雀纷纷投向林间的归宿，但是，他的家乡，他在中原陷于战乱的老家却望而不见。

杜甫没有惆怅太久，从诗的第三段开始，他再次对眼前情景进行描写。

初月出不高，众星尚争光。

初升的月亮还不太高，也没有那么明亮，所以还能看见星星在争相闪烁。对比前文的“喧然名都会”等字句，明显能感觉到热闹的景象变得有些凄凉。很多诗人都是根据自己的情绪变化来为诗选景的，所以我们读写景的诗句要体会诗人在其中蕴含的情感。

杜甫虽然被贬，被迫弃官流浪，心中却怀有强烈的家国情怀，所以这一联里还暗含了另外一层意思。

755年安史之乱爆发，杜甫的颠沛流离生活就此开始，他到成都是在759年的年末，安史之乱已经爆发四年了。在这几年当中，他写的几乎全是悲歌。《悲陈陶》《悲青坂》《哀江头》及“三吏”“三别”，都是写战争带来的苦难和破坏。这个时候，唐玄宗的儿子李亨继位为唐肃宗，跟安禄山、史思明的战斗还未分胜负，双方在洛阳一带打得不可开交，死伤无数。所以“初月”也是暗喻新皇唐肃宗，“众星尚争光”则是指代那些叛乱的人就像星星一样，只要月亮再升高一点，再光芒四射一点，就能把那些星星的光芒掩去。这两句话既是眼前景，同时又暗示战乱时期国家政权的强弱变化，含蓄地表达出他希望国家势力强大的寄托。“初月出不高”，已经看到一点胜利的曙光了，但是这光芒还不够强大。那些叛乱者的气焰，还没有被彻底掩去，还没有彻底湮灭。

自古有羁旅，我何苦哀伤。

最后两句诗是杜甫安慰宽解自己：因为各种各样的原因长期在羁旅中的人自古就有，我何苦如此哀伤呢？“羁”表示被什么东西束缚住了，“羁旅”也就是将人困在了流离当中。没有人安慰他，只好自己安慰自己。

《成都府》这一首诗，既是写成都，又是写杜甫自己。他写了如何初见成都，远望与近观。成都的外面，成都的里面，伴之以他一波三折的感情变化。

在中国诗歌史上，杜甫的《成都府》不是第一首写成都的诗，在此之前的李白写过《登锦城散花楼》等，当然也不是最后一首诗，此后还有岑参、陆游、范成大等人写的成都诗，但却是成都第一次以这样一种全景式的形象出现在中国诗歌里，进入诗的美学史。

九天开出一成都

我的讲座不只是和大家一起欣赏古诗，还要借我讲杜甫写成都诗来梳理成都的历史。

首先就要清楚杜甫到成都写的第一首诗，为什么诗题叫『成都府』。

在古代，巴与蜀就是四川盆地的两个区域。公元前 316 年，秦惠文王派司马错、张仪等人讨伐巴蜀，灭掉了古蜀国的开明王朝和东部的巴国，占领了四川盆地，随后以成都为西部四川的中心，建立蜀郡。东部四川，则是巴郡。当时成都是蜀郡下面一个县，叫作成都县。到了唐代，尤其玄宗避难入蜀之后，成都的地位越来越重要，就升格为成都府。由此可见成都府是一级真正的行政机构。

扬雄在其《蜀都赋》里写道："尔乃其都门二九，四百余闾。两江珥其市，九桥带其流。"

"闾"本是指街巷的大门，古时城市单元叫里巷，每一里巷都有一道大门，方便管理。也可泛指街巷。汉代时成都有四百余个里巷。"二九"也就是一十八，有十八个城门。"珥"是耳环，这里引申为环绕。扬雄这句话是说，汉代的时候成都有十八个城门、四百多条街巷，还有两条江环绕，江上还有九座桥。李白的《登锦城散花楼》里的最后一句"春江绕双流"，也是在描述春天的两条江江水如带，环绕着这个城市流淌。

这就涉及一个问题：成都城是什么时候有的？

从金沙遗址被发掘以后，有很多爱成都的人喜欢说："一年成邑，二年成聚，三年成都。"如果从金沙遗址算起，成都建城已有约三千二百年。但是，至今没有找到那约三千二百年的城墙以及其确切的文字记载。原来的古蜀国开明氏的都城到底在什么位置，是什么状况，也并不十分明确。

有文字记载的成都建城史，是前文提到秦惠文王派张仪、司马错灭了蜀国，然后建蜀郡，在蜀郡又建了三个城：成都、郫和临邛，三座城互为犄角，互相守望。这个时间是在秦灭蜀的五年后，公元前 311 年。

成都城就是蜀郡治所的所在地。《成都府》里说"曾城填华屋"，杜甫为什么看见"曾城"？因为成都从建城开始，就是两座紧挨的城，一个叫大城或者太城，另一个叫少城。杜甫在《江畔独步寻花》诗也写到过"东望少城花满烟"，所谓少城就是小城。大城是驻扎军队跟官方机构所在的地方，没有闲杂人等，百姓们就生活在少城，集市商业也集中在少城。唐代长安城，它的市场就在这个城的东边跟西边，位置是固定的，对长安城的人来说，想要购物不是去东市，就是去西市，这也就是“买东西”一词的由来，“东西”其实是原来市场所在的位置。成都城则是大城在东，少城在西。

秦代筑成都城，大城跟小城相邻处共用一道墙，远看就是曾（层）城。这样一来，扬雄的“尔乃其都门二九”就说得通了。秦汉时代，因为少城与太城的一面墙共用，所以两个城各有三个面，一个面开三道门，也就是一个城开九个门，二九就是十八个门。曾城还有一个意思，过去的城墙，不是我们以为的砖墙、石墙，大部分都是夯土的。成都真正开始用砖做城墙，是唐末，一个叫高骈的人任节度使的时期。大规模用砖应该已是宋明时代。成都之所以要种芙蓉花，就是因为城墙是土夯的。成都雨水多，土墙淋多了雨就会坍塌。古人曾试过在城墙上盖顶防雨，但也不能把整圈墙都盖上顶。在五代十国时期，蜀人发现芙蓉花的根可以扎得很深，于是在城墙上遍植芙蓉，依靠其发达的根系把土固定住。但这还不够，若只有一道土城，很容易被敌人攻破。所以还要在土墙外围再筑一圈矮一点的墙，叫羊马墙，表面上是防止城外的牲畜进来，其实是阻止骑兵冲击。

岑参的《陪狄员外早秋登府西楼，因呈院中诸公》里就有一句：“车马隘百井，里闬盘二江。”“闬”就是门的意思，说车马很多，把上百条的街道都塞住了，每一条巷子的门到了晚上就关上了，外面绕着的是两条江，即今天的府河和南河。成都城边原来没有江，这两条江哪里来的？是修建都江堰的时候挖出来的河流。成都筑城在先，再往后三十五年，秦城新的蜀郡守李冰才开始修筑都江堰。具体时间是公元前 276 年，到公元前 251 年完成，又用了二十五年时间。西方人说，罗马不是一天建成的。成都也是这样，先有成都城的城，后有绕城而过的两条江。

现在是 2022 年，这座从有城池起就叫成都的成都城，其建城史确实已经有二千三百三十三年了。距杜甫开始写这座城市也已经有约一千〇七十年。

最早的成都城，要找到一块砖一片瓦都不容易。

这座城市是活在不断的建造里，更重要的是，这座城市是活在历史的记录中、诗人的歌唱里。

一座城市，只有跟历史与文学、现实与艺术联系起来，才得以见到其生命的滋生，其传统的建立。近代以来，历史面貌的恢复，历史真相的揭示，除了已见于典籍记载的文字外，更多依靠考古发现的证据来支持。而这些证据，又多是可以跟文字互相证明的。比如，在四川盆地，三星堆挖掘之前已经出现过一些图形文字，但因不能连缀成文，也就无从释读。考古学家和很多文化人最大的期待就是在三星堆发掘中发现古蜀时代的文字，但是，迄今为止，还是什么发现都没有。没有文字记录，古蜀文化的描述和阐释就有相当困难，而以后就相对容易，是因为有了文字的记录。杜甫的诗笔也是一种可靠而且生动的记录。所以，对人类文明来说，文字是最重要的。

因此，语言和文字是人跟动物最本质的区别。一般来说，大家说是使用工具。但我觉得是使用语言，再在语言的基础上发明文字，才是人与动物之间最本质的分别。能创造并使用语言，尤其是文字，互相交流、总结经验、抽象思考，这才是真正的人。

德国哲学家海德格尔关于语言是什么，说了两句话。第一句："语言是存在的家园。"这句话如果让我来解释，那我会说：没有被语言言说过的东西，没有被文字记录过的东西，就不存在。没有被记载的历史会消失。没有自己书写过，没有被文字记录过的人也会消失。比如，我们能够肯定殷商的确存在，就是因为有甲骨文在卜骨与龟甲上的文字记录。海德格尔的另外一句话说："语言破碎处，无物存在。"前面我们讲的成都城的历史，也是网罗了各种文字材料，加上现有的考古文物的佐证，才能证明。不然的话，这历史就无从建构。

所以语言是重要的，文字更是非常重要的。换句话说，历史是非常重要的，言说是非常重要的，表达是非常重要的，记录是非常重要的。记录就是见证。什么是永恒的见证？除了语言跟文字，很少再有什么别的东西能提供更牢固的见证。所以一个事物，一种存在，你没有书写它，它在这个世界上过一百年、一千年，就不存在了，即便是座看起来坚不可摧的城市。但一旦书写了，记录了，它就永在了。

语言文字看似是个虚的东西，但它其实是一个实在。古人很少从这方面去领会它，没有对语言文字进行系统的哲学性思考，但他们也从诗里得到一些启发。一位明代的四川人叫李长祥，做点小官，也有学问。他读了杜甫在四川写的诗后，是这样表达的："少陵诗，得蜀山水吐气。"他认为，是四川的山水成就了杜甫。杜甫年轻时候，裘马轻肥，遇到了安史之乱，写了一大批如"三吏""三别"《哀江头》《悲陈陶》这样的现实主义诗作。但是从古到今，诗歌界普遍认为，杜甫从入川以后，才真正进入他诗歌上的成熟期。杜甫在他五十九岁时过世于湖南，在他生命的最后十年里，有八年以上的时日是在大四川的范围度过的。他艺术上的成熟、思想观念的成熟、关于诗歌理论的成熟，都是生命最后这十年实现的。李长祥说得对，得蜀山水，杜甫扬眉吐气了，不是浮于表面的扬眉吐气，是他找到了审美的精髓——诗歌如何与自然结合，如何与生命结合，如何与自己的人生际遇、家国情怀结合。李长祥接下来这一句话更为重要："蜀山水，得少陵诗吐气。"这就是为什么我们要讲成都的文化、成都的诗意，如果没有杜甫诗，就没有办法讲，就有很大的缺失。是杜甫，给蜀地独特的自然山水、人文历史定下了调子。

杜甫写蜀地自然山水的诗有《春夜喜雨》，有"窗含西岭千秋雪"，有"城中十万户，此地两三家"，有"玉垒浮云变古今"；他写成都的人文的诗是《野人送朱樱》，是"肯与邻翁相对饮，隔篱呼取尽余杯"，是"故人供禄米，邻舍与园蔬"，是"但逢新人民"……直到后来，他离开成都还在写"回首锦城一茫茫"，因为在他看来，再没有哪里比成都更好了。为什么今天我们可以随口而出"门泊东吴万里船"这样的诗句？为什么大家从小就会背诵《春夜喜雨》？这说明大家对杜甫诗有高度的认同，对杜甫笔下的那个成都有高度认同。这就是语言的魅力，这就是文字的力量，诉诸抒情写意的审美，诉诸思想与情感。

物质主义时代，消费主义时代，经常有人问，文字是什么，文学是什么，文化是什么。我也经常反问：钱与物质很重要吗？当时是很重要的。但长久发生作用的，是物质还是文化？谁家还在使唐代的钱啊？但是我们在认唐代传下来的字，我们在读唐代的诗。谁家还在承袭唐代的官职，住着唐代的祖宅？肯定没有了。钱财不会留下来，官职不会留下来。我们中国是靠什么延续至今的？靠文化。文化是抽象的东西吗？今天有些人把“非遗”搞得很庸俗，搞个锅盔也是文化，搞个肥肠也是文化，但那些就是习惯而已。尤其宣扬成都“来了就不想走”，为什么？就是吃麻辣烫和火锅？不是说火锅不能吃，但天天说这些又有什么意思？

这也就是我要来讲杜甫成都诗的意义、用心所在。我生活、工作在这座城市，我爱这座城市。这也是一种爱的表达。

锦城丝管日纷纷

如果说《成都府》写的是杜甫初见成都初入成都时，在行动中的观察记录以及在此过程中的情感变化，那么杜甫的《赠花卿》与李白的《上皇西巡南京歌十首》则是更大而化之地对成都的描写，也是被更多人熟知、被更多人喜欢的两首成都诗。那我们就来对比着看看《赠花卿》与《上皇西巡南京歌十首（其二）》。

赠花卿

锦城丝管日纷纷，
半入江风半入云。
此曲只应天上有，
人间能得几回闻。

上皇西巡南京歌十首（其二）

九天开出一成都，
万户千门入画图。
草树云山如锦绣，
秦川得及此间无。

我要讲的一个概念叫“误读”。

今天大家说到这两首诗，都视为对成都的赞颂与歌唱。古人评价这两首诗，却都说是有一点讽刺跟劝告的意思。

先来看《赠花卿》，那时候，成都有一个将军叫花敬定，这个人打仗厉害，同时也很残暴。初到成都的杜甫生活很困难，只要有人请他吃饭他几乎都会前往。恰好杜甫是剑南西川节度使严武的好友，因此节度使的部下也都愿意请他吃饭。花敬定摆宴席，常请乐队助兴。古代等级森严，各品级官员该穿什么样的衣服，住什么样的房子，家里奏乐可用几人的乐队，都有严格清楚的规定。超过这个规定，就叫违制，会受到惩处。可是当时的成都是比较偏远的地方，加上安史之乱，连皇帝都处于“初月出不高，众星尚争光”的境地，所以，礼制就不被那么严格遵守了。那么，花敬定也算是个小小的众星之一吧，所以他家里大宴宾客时的乐队也超出了编制。杜甫说的“此曲只应天上有”是何意？这是隐晦地说这是皇宫里才能有的曲调。表面是在歌颂，其实是对花敬定的讥讽，甚至是劝告，说他逾越礼制了。

所谓误读，是指不同的人拿到相同的文字，都能读出自己的意思来。花敬定没有理会杜甫的讽刺，我们也没有理会这首诗的讽刺意味。当下成都正在创建音乐之都，很多人都会来上一句：“锦城丝管日纷纷，半入江风半入云。”在许多场合下，这些诗句反而因人们的误读而恰合时宜。可见，误读在有些时候也是必要而合理的。

同样的，李白写《上皇西巡南京歌十首》时，是安史之乱爆发后，唐玄宗逃难到了成都，短暂地将成都作为首都，并改名为南京。李白那时不在成都，而在庐山隐居，他听说后，就想起故乡四川，写了《上皇西巡南京歌十首》，每一首四句。其中第二首有两句广为流传：“九天开出一成都，万户千门入画图。”说成都是上天所赐，是从九重天上降下来的，不然怎么会这么好这么美？他还安慰唐玄宗，北方天寒地冻，还有黄土高坡，而这里“草树云山如锦绣”，八百里秦川哪里有这里漂亮？你就安心在这儿当太上皇吧，但其实这时候唐玄宗已经在回去的路上了。

在今天，“九天开出一成都，万户千门入画图”“锦城丝管日纷纷，半入江风半入云”都经常被人们引用来赞颂成都的美好丰饶，大家也不知道其实诗人原来是在讽刺、劝诫，因此产生了误读。误读到底好不好？当我们将诗的时代背景抽去，就用诗词表面的意思来歌颂成都，也未尝不可。

所以你看，有了蜀山水，杜甫得以吐气；有了杜甫的诗，蜀山水也得到了生命。就这样反复言说，让杜甫诗歌与成都的历史事实，与成都的自然山水，与成都的人文景观相遇往返，才成就了我们的唐诗世界，成就了杜甫的成都诗，成就了杜甫诗中的成都。

杜甫来到成都之后做了什么？他历经颠沛流离，为何选择留居于此？这一讲，我们将以《卜居》《堂成》等诗为线索，讲述杜甫是如何打造出浣花溪边的竹林、桃园，看杜甫是如何营建自己的灵魂栖息地——杜甫草堂。

阿来
讲
杜甫
成都诗

第二讲

背郭堂成 荫白茅

主人为卜林塘幽

成都有两处全中国乃至全世界都认同的文化地标——杜甫草堂与武侯祠。武侯祠是诸葛亮死后，后人以缅怀为目的营建的，但杜甫草堂却是杜甫自己亲力亲为建成的。杜甫在公元 759 年冬天来到成都，此后他在成都和川内其他地方一共居住了六个年头。《成都府》是他来到成都的第一首诗，《卜居》是第三首。从《卜居》到《堂成》，他用一组诗记录下建造草堂的全过程。

卜居

浣花流水水西头，
主人为卜林塘幽。
已知出郭少尘事，
更有澄江销客愁。
无数蜻蜓齐上下，
一双鸂鶒对沉浮。
东行万里堪乘兴，
须向山阴上小舟。

杜甫来到成都，想要建造一个可以栖身的地方。想要建房子，首先就需要一块地。《卜居》的『卜』是占卜的意思。在古时候，算命叫卜，选房址也叫卜。杜甫在这首诗里记录了为什么要选址在这个地方。

浣花流水水西头，主人为卜林塘幽。

开头就点明他选择建房子的地点，在穿过成都城西浣花溪的西头。中国的土地国有制不是当今时代才有的，从周朝的时候，我们就实行井田制，由国家把土地进行规划，百姓无论是种庄稼还是盖房子，都要得到批准。所以杜甫说是这个城市的主人为他选了这样一个林塘清幽的地方。

已知出郭少尘事，更有澄江销客愁。

“郭”这个字要解释一下，在讲《成都府》的时候，我们了解了“曾城填华屋”的“曾”是层叠的城墙。这个“郭”就是外城的墙。可以参考棺材的叫法：“棺椁”，里层的是“棺”，外层是“椁”。城市也一样，城墙里面一层是“城”，外面一层是“郭”。这就是“城郭”。所以“出郭”表示杜甫选址的地方已经属于城外区域了。这里不仅“少尘事”，还有非常清澈的浣花溪水。那时的浣花溪没有受过工业污染，也没有排放农药化肥，就连老百姓在河边洗衣也没有洗衣粉之类的化学制品，所以江水非常澄澈。

要注意的是，《卜居》作为一首律诗，其颔联和颈联要对仗。在颔联里，“出郭”和“澄江”是城墙与江流的对仗，“少尘事”和“销客愁”是由三个字构成的情景短语的对仗。

无数蜻蜓齐上下，一双鸂鶒对沉浮。

“无数”与“一双”，“蜻蜓”与“鸂鶒”，“齐”与“对”，“上下”与“沉浮”，颈联的对仗更工稳了。这一联还体现出了杜甫对眼前景物的动态捕捉能力非常强，比如对蜻蜓飞翔姿态的观察。我们知道直升机飞行的姿态就是仿生蜻蜓，蜻蜓不只可以前后飞，它还可以忽上忽下。杜甫对蜻蜓飞翔姿态的描述用词很少，“齐上下”三个字就是很逼真很生动地呈现出来了。在干什么呢？总是成双成对的它们，在江上随着波浪一起沉浮，抓的也是动态。风景是静的，其间的鸟却是动的。

东行万里堪乘兴，
须向山阴上小舟。

那时候的交通工具还没有飞机、火车、汽车，想要出行就在江边码头乘船。所以杜甫说：如果我想离开这个地方，附近就是码头，马上就可以上船。走到哪里去？这个时期的杜甫是很可怜的，拖家带口逃来成都。但是在他豪气干云的时候，二十多岁就漫游天下。他从河南出发，到过江苏，到过浙江。所以杜甫说："说不定我一下兴起，就放船顺江而下到山阴那个地方去。"山阴，是浙江绍兴的古县名。

可以看出来，杜甫在写这句诗的时候是很高兴的。

前文提到过他出行要乘船，从哪里乘？那个时候的码头在什么地方？要东行到哪里？在他离开成都以后，写过怀念成都的诗作《怀锦水居止二首》，这两首诗中的第二首开篇就点出了："万里桥南宅，百花潭北庄。"万里桥就在过去的老南门大桥。离浣花溪上的草堂不远，今天中间就隔了一个百花潭公园。如今有一个轮船样的商业建筑物在万里桥头"泊"了二十多年，但唐代成都江上的船显然不是那种样子，因为锦江的水流不能承载现代轮船那样子的船。

古时候的成都人要离开成都往东是走水路，在万里桥的码头乘船。三国时，诸葛亮有一位得力助手叫费祎，《出师表》里头也提到过他的名字。诸葛亮告诉刘禅，自己不在的时候，有什么事情可以去问费祎。一次，费祎代表蜀国到东吴去跟孙权谈判，诸葛亮便是在万里桥给费祎送行。过去绕成都城的江上有九座桥，万里桥是其中一座。之所以叫万里桥，是从桥下的码头乘船，行过长江三峡，可通向万里。所以费祎在告别之时说："万里之路，始于此桥。"后来的人们在送行时常会想起这个故事，这桥也就叫了万里桥。后来，成都的码头位置不断在变化。到宋代，范成大离开成都的时候，码头就已改到了合江亭。但在此之前，码头就在万里桥。所以杜甫说"东行万里堪乘兴"。大家可以看到，从字面上看"东行万里"是能说通的，但要究其更深的韵味，知道这段三国故事，才能看出背后第二层意思。所以说，用典能丰富诗歌的意蕴。

这就是《卜居》，今天我见到杜甫草堂，自然就会想起这首诗。

杜甫写诗，好些都是用古代诗人用过的题目。今天我们很多人在写文章的时候却有个忌讳，就是别人用过的题目我们就不敢用了。因为我们总是有一个焦虑——没有创新，我们会担心，用了别人的题目是不是也是某种抄袭。但杜甫是个大诗人，胆子大，他不怕用别人的题目，因为他自信即便用了旧题目，也能写出来全新的意思。《卜居》这个题目之前谁用过呢？是大诗人屈原。

大家知道，《楚辞》大部分篇章都是屈原一个人写的，可以说《楚辞》的作者就约等于屈原。《楚辞》里也有一篇叫作《卜居》。但屈原的“卜”是去找人算命。那时候的屈原因为经常给楚国国王提意见，被国王不喜，又有别的大臣进了谗言。于是屈原就去询问掌管卜筮的官：为什么国王如此不喜欢我？为什么我提了这样的一条意见，对国家对人民都有好处，国王不能够接受？诸如此类的问题他一问再问。所以屈原的《卜居》是记录他与卜者之间的一问一答。屈原也是通过这样的对话，寄托他对楚国命运的担忧，对王室宫廷当中正道不行、奸邪得逞的悲愤之情。

而杜甫的《卜居》则完全不一样，前面我们讲《成都府》的时候，说过杜甫的“一唱三叹”，一面赞叹成都是好地方，但是一面不断回望故乡。种种不适，种种惶然。但写《卜居》的时候他已经在成都待了一段时间，周围人对他也比较热情。至于这个“主人”到底是谁，他没有写出来，也引起了很多人的猜测。在杜甫生活的年代，四川的主人，就是政军一把手，叫节度使。按照我们现在的说法，节度使不光要管省长的事，还管军区司令的事，管公检法的事……总之，节度使的权力非常大。所以，小人物不方便把大人物的名字说出来，就很隐晦地称他为主人。杜甫是一位诗人，也曾在朝中任过官职，如果真就是个普通的人，怎么能随手就给他划块面积不小的地呢？我们要记下这位主人的名字，他是当时的剑南西川节度使裴冕。此人是一位颇有作为的官员。没有他善待一位流亡中的诗人，成都大概率不会有今天这座杜甫草堂。

屈原的《卜居》是一腔悲情，而杜甫是带着一腔悲情来到成都，却在写下《卜居》时，欣喜地开始展开他的新生活。在这首诗中，《成都府》里头的那种惆怅跟忐忑消失殆尽。杜甫就这样，虽用旧题，却翻出新意。

与致溪边十亩荫

选好了地点，准备要修建草堂了，这就需要钱。杜甫有个远房表弟在成都当司马。唐朝时的司马为州郡佐官，协助刺史管理州事。杜甫的父亲杜闲就当过兖州司马，正五品下。用今天的话讲，就是副厅级的官。表弟前来看望他，于是杜甫写了一首《王十五司马弟出郭相访兼遗营草堂资》。『遗』是个多音字，今天我们常用的是『遗失』『遗产』等意，但在古代，『遗』更多的时候念作『遗（wèi）』，表示遗赠、赠送。『资』在古时更多表示凭借，但这里是直接表达为钱。

王十五司马弟出郭相访兼遗营草堂资

客里何迁次，
江边正寂寥。
肯来寻一老，
愁破是今朝。
忧我营茅栋，
携钱过野桥。
他乡唯表弟，
还往莫辞遥。

客里何迁次，江边正寂寥。

759年，杜甫从华州到秦州，又从秦州到同谷再到四川，一直在不断迁移，一年四行役。前一年中辗转迁移了很多地方，终于在这年春天安定下来，可以建造草堂了。他一个人站在地基上，可能蓝图也画好了，但是没有钱啊！

肯来寻一老，愁破是今朝。

这“老”就是杜甫对自己的称呼。古人和我们不一样，今天的我都过六十岁了，还经常假装年轻人，不肯称老。很多干部到了六十岁仍不想退休，告诉组织自己还精力充沛。杜甫是四十八岁的那一年动身到成都的，修建草堂时也才四十九岁而已，可他早在四十二三岁时，就在诗里一口一个“老”了。表弟扛了一个沉重的口袋来了，为什么是口袋？唐代的钱币都是铁钱、铜钱，纸币还没有发明出来，至于电视剧里的银子，在唐代还没有成为主流货币。所以古代带钱很麻烦，苏东坡被贬黄州时，把一年要用的钱全部分成一串串的小铁钱挂满屋梁，可能是二十个钱币一串，可能是三十个钱币一串，定量，每天只能用一串。杜甫的表弟扛来的口袋里，装的就是钱币，杜甫修建草堂的钱就有了，所以“愁破是今朝”。

忧我营茅栋，携钱过野桥。

杜甫说道：“表弟是担心我造茅屋没有钱，特地带钱来帮我。”杜甫选址的地方平日里人烟稀少，所以那儿的桥叫作野桥。

他乡唯表弟，还往莫辞遥。

杜甫最后感叹：我人在他乡，还是亲戚好，我在这里的亲戚只有表弟你，你务必要经常来看望我，不要嫌出城路远啊。

这是杜甫营建草堂的第一步——筹资。

我们在读唐诗时经常会遇到赠人的诗，里面会涉及唐代人的称呼，比如杜甫写给高适的诗中会称高适为“高三十五”，杜甫写给表弟的诗称对方为“王十五司马弟”。唐代人在诗文当中，要称呼其在家族中的排行，且不限于直系亲属之间的排行，而是连堂兄弟也要算进去。杜甫来到成都的第二首诗，是写给当时在彭州当州刺史的高适，高适写给杜甫的诗，叫《寄杜二拾遗》。说明杜甫在杜家叔伯兄弟中排行老二，“拾遗”则是他曾经当过的最高一级官职的名称。杜甫有一首送给李白的诗叫《与李十二白》，也是因为李白在李家兄弟中排行十二。杜甫的诗里还有一个人被称作“范十”，没有称呼别人的名讳，只称排行。而“王十五司马弟”中“十五”就是表弟在王家的排行，“司马”是表弟的官职，一首诗题中，对方的身份非常明了。

杜甫有了钱，主人给他的地也够大，他不单可以盖房子，还能营造出一个很好的居住环境。所以建房子的同时，他就着意美化环境，搞绿化，这就有了《萧八明府实处觅桃栽》。

萧八明府实处觅桃栽

奉乞桃栽一百根，
春前为送浣花村。
河阳县里虽无数，
濯锦江边未满园。

萧八明府，是说此君姓萧，在萧家排行老八，明府是他的官职，县官。唐代人诗文中对县令不直接叫县令，而常用明府来指称。那个时候成都有两个县，华阳县和犀浦县，后来有很多人去考证这个县令到底是哪个县的，但是没有考证出什么结果。放在历史长河中，一个县令的分量太轻了，此君也是借杜诗留下了名字。

奉乞桃栽一百根，春前为送浣花村。

杜甫首先想到要栽桃树。“桃栽”是名词——适合栽种的桃树苗。为什么是桃树呢？他在后来的一首诗《题桃树》里写“高秋总馈贫人实”，说秋天树上都结满果实了，可以吃可以卖，这是对实用性的考虑。“来岁还舒满眼花”则是出于审美的考虑。注意看，杜甫还提了要求，一百棵桃树苗，要在春前送到浣花村来，春前至少是春分之前。规定数量，规定时间，因为那时是栽树最适宜的季节。

河阳县里虽无数，濯锦江边未满园。

这里用了典故。在魏晋南北朝时期，那个著名的美男子潘安，在河南河阳县当过县令。潘安不光人长得美，他还搞环境治理。潘安做河阳县令时，满县皆栽桃树，桃树不仅美观，还是经济林木。南北朝时期的文学家庾信说：“河阳一县并是花，金谷从来满园树。”就是在说潘安治理的河阳县里满是桃花。杜甫将这一典故随手拈来，既应了眼前题，又说了古往事。

从这首诗我们可以看出唐代诗歌的流行程度以及人们对诗歌的爱好程度。今天，如果一个流浪诗人到了某个县里，去找县长要一百株桃苗，还要求春前送到，该是没有什么可能的吧？但在唐时，杜甫就做到了。写一首诗，用一种稍显调侃的语气，一县之长果真就将桃树送与他了。

杜甫来成都的途中，还要经过绵竹县。那时绵竹的县令还在县衙招待过他。考虑到草堂周围的生态不能只有桃树一种，绵竹一县，那时就以竹名县，说明那里竹子确实不错。于是他又给绵竹县令写了一首诗寄去，《从韦二明府续处觅绵竹》。

从韦二明府续处觅绵竹

华轩蔼蔼他年到，
绵竹亭亭出县高。
江上舍前无此物，
幸分苍翠拂波涛。

华轩蔼蔼他年到，
绵竹亭亭出县高。

前一年经过绵竹县时，杜甫看见署衙院子，竹子长得很高，比院墙都要高，甚至连天空都遮蔽了。

江上舍前无此物，
幸分苍翠拂波涛。

他接着说：我正在浣花溪边盖个房子，临江一面空荡荡的，你看能不能分我一点你的竹子，移栽到这里，让它们能够低垂下去轻拂锦江的波涛。杜甫将这个翠竹拂波的情景想象得很美，很动人，于是，那位韦家老二，韦县令，韦续，就把他要的竹子送到了浣花溪边。

但是，光有竹子也不行，他还要栽一种树，一种长得快的树，正好四川有一种叫“桤”的树就长得很快。杜甫又写了一首《凭何十一少府邕觅桤木栽》，以求桤木。

凭何十一少府邕觅桤木栽

草堂堑西无树林，
非子谁复见幽心。
饱闻桤木三年大，
与致溪边十亩阴。

“何十一”的意思我们已经知道了，那“少府”是什么？相当于现在的副县级干部。那时一个县有一个正县级官员是县令，就是前面讲过的“明府”。那时一县还有两个副职，县尉和县丞。少府即指县尉。杜甫“觅桤木栽”的这个县大概在绵阳一带，距离较远，然而这位何十一少府何邕也将桤木苗给他送来了。

草堂堑西无树林，非子谁复见幽心。

正在修建的草堂旁有一条沟，沟的那边也空荡荡的。“堑”就是沟，沟壑。毛主席的诗词说“天堑变通途”，也是这个意思。杜甫表扬对方：若不是您，谁会懂得我想在这儿种一片树林，营造一片清幽之地的心境？但其实是希望何十一少府明白自己在向他讨要树苗。

饱闻桤木三年大，与致溪边十亩阴。

杜甫继而说道：“常听人说这种树木三年就能长大，若真是这样，我很期待溪边这十亩空地，将会很快长出一片清幽阴凉的树林。”“与致”就是“您送给我”。也是杜甫表示如果将来江边真的有了树林，他不会忘记当年的桤树苗是何十一少府所赠。

从杜甫提到的“桤木”，我们要谈及中国人的自然观。越到今天，越来越多的人对自然界越发淡漠，认知兴趣不大。在非常长的一段时间里，很多解杜诗的饱学之士都不知道杜甫说的“桤木”的“桤”读音到底是什么。他们寻求解答的方式无非就是从书本到书本，不会到自然界里去考证。仇兆鳌是清代研究杜诗成就最高的一位，连他也在其《杜诗详注》中说：“然余尝历考韵书，无桤字，询之蜀人，相传以为丘宜切。”这就是说，他遍查韵书，没有找到这个字的读音，是后来问了四川人，才晓得的。这就是我们中国人长久缺乏科学的自然观所造成的知识缺陷。“丘宜切”是什么意思呢？古代没有拼音，但有类似拼音的传统标注音的方法叫作切音。“丘宜切”的意思就是取“丘”的声母和“宜”的韵母，合起来就是 qī。如果我们现在去翻古代字典，也是这样来标注读音的。

即便向四川人问到了此字的读音，仇兆鳌都还不敢肯定，因为从前还有人将其注音为 dāi。桤木不似寻常被人熟知的梅花、桃花，所以很多人都不认识。但是苏东坡认识，因为他是蜀人。苏东坡除了是文学家，还是个大书法家，其《桤木卷帖》就是他用非常漂亮的书法写杜甫《堂成》诗后，自己加写了一段看起来不相关的话：“蜀中多桤木，读如欹仄之欹。散材也，独中薪耳。然易长，三年乃拱。故子美诗云‘饱闻桤木三年大’。”苏东坡说这桤木没什么大用处，最适合用来烧柴，三年就能长成大树。

这就是我们从“桤”这个字音考证中引申出来的题外话。中国在近百年才开始发展起来自然科学这一学科，也是因为国人的观念在逐渐改变。我们开始走进大自然用科学的方法来认识地理，认识气象，认识动物、植物、微生物，但更多限于一些专业人士，离公众和其他界别的知识分子建立真的科学自然观尚有很大距离。这个方向，值得努力。

还是回到杜甫建草堂的话题上来，从杜甫为修建草堂所做的各种努力来看，他是做了要在这里长住的打算。他栽桃树、竹子和桤木，这些都是生长较快的植物，这还不够，他还准备栽松树。这松树来自何处？杜甫后来在梓州写有《涪江泛舟送韦班归京》一诗。涪江流经绵州、梓州、射洪等地，最终向东南注入嘉陵江，宋人黄鹤据诗题中的“涪江”一词断定韦班为涪江县尉。但是，梓州离成都较远，杜甫没有必要向远在梓州的韦班寻觅松树苗。从《又于韦处乞大邑瓷碗》一诗推断，当时韦可能就在成都附近某县（比如大邑）任县尉。从诗的内容看，所谓“松树子栽”即“松栽”，或“松树栽”，指松苗。“子”字可能是衍文，也可能指小树。这诗虽是代替短简，但含义颇深，既称颂松树之雄伟不同于榉树、杨梅，又寄厚望于数寸霜根，冀其长成千年老盖。这里头便已包含着久远之意了。

凭韦少府班觅松树子

落落出群非榉柳，
青青不朽岂杨梅。
欲存老盖千年意，
为觅霜根数寸栽。

杜甫找韦少府班要一些松树苗，杜甫为什么要栽松树呢？

落落出群非榉柳，青青不朽岂杨梅。

松树与柳树、榉木这些会落叶，会枯黄的树木完全不同，它长青而不易老朽，落落出群。此“杨梅”并非我们吃的水果杨梅，而是两种树木，即杨树和梅树，与前一句的“榉柳”是对仗的。

欲存老盖千年意，为觅霜根数寸栽。

只有松树成长起来，在高处撑起一个永不凋零的绿色盖子，这才是千百年的长久之计，这也意味着杜甫修建园林也有长期打算。杜甫不要太高的大树，几寸高的小松树就可以了。为什么叫“霜根”？松树可经受霜冻雪压，即便树干、树叶、树枝都被严霜覆盖，它仍有顽强的生命力，所以霜根也就成了松树的另外一种称法。

果然，韦班给杜甫送来了四棵小松树。后来，杜甫迫不得已离开成都时，还在诗里写他对这四棵小松树的牵挂与喜爱。

到现在，杜甫草堂四周有了江边竹林、百棵桃树、十亩桤木以及门前的四棵小松树，草堂周围大致的格局已经初步成形，但还是有些单调，若是再有一些小点缀，比如说一些盆景就更好了。然而杜甫还处在一种窘迫的生活境遇中，没钱来做这些景观。若是现代人遇上他这样的经济处境，可能就会抛弃对美的追求，仅考虑生存问题。但杜甫了不得的是，只要还有一丝可能，他就不会放弃追求美好。他营造大环境要好，小环境也要好，放在今天，恐怕没有几千万上亿的身家是做不成的。找普通人要盆栽显然是不行了，得找大人物，所以他又写了首诗将这一过程记录下来。

诣徐卿觅果栽

草堂少花今欲栽，
不问绿李与黄梅。
石笋街中却归去，
果园坊里为求来。

草堂少花今欲栽，
不问绿李与黄梅。

我们来看杜甫是怎样把握分寸的。这首诗的诗题为“诣徐卿觅果栽”，“诣”是下位者面见上位者时用的词，求见，拜访。他称呼这位大人物为徐卿，前面我们讲过《赠花卿》，“花卿”是对当时的将军花敬定的称呼，“卿”就是有相对高等级官职的人。这位徐卿是谁呢？是四川当时行政区划上称为剑南西川的实权人物，兵马使徐知道。“觅果栽”就是想要些能开花结果的盆景。

我的草堂已经栽了很多的树了，但是没有花木盆景，缺少点缀。不管是李花还是梅花，只要您园中有的，都让我装上马车拉一些回去吧。这里头就有学问了，李花不是白色的吗？怎么说是“绿李”呢？因为李花的萼片是绿色的，让李花看起来白中带绿。那么梅花呢？我们常见的都是红梅，更幽香更雅致的却是黄色的蜡梅。

石笋街中却归去，
果园坊里为求来。

这是在说徐知道宅院的位置。“坊”代表的也是唐代城市的规制，唐代将城市的片区几条街和巷，划分为一个“坊”，也就是片区单位的名字。据记载，当时成都有一百二十多坊。但根据《旧唐书》的记载，留下名字的坊只有十三个，更多的坊名则在历史云烟中消失了。杜诗也为我们留下了唐代成都市区中的一个坊名：果园坊。徐知道的宅院就是在果园坊内的石笋街上。据考证，唐代石笋街靠近成都西门。石笋代表什么？如今的成都仍有古代崇拜大石文化的遗迹，比如天涯石与支矶石。在古蜀时期，成都的市区里有很多大石头，是高官或国王去世后树碑用的。杜甫也知道这段历史，后来还写过一首《石笋行》。

绿李与黄梅从果园坊里搬来了，屋外的园林布置好了，房子也修好了，可屋里还缺少各种器具。杜甫应该没少找人讨要，但最后仅有一首《又于韦处乞大邑瓷碗》留存下来。

又于韦处乞大邑瓷碗

大邑烧瓷轻且坚，
扣如哀玉锦城传。
君家白碗胜霜雪，
急送茅斋也可怜。

“又于韦处”这个韦，应该就是前面的韦班，否则这个“又”字就解释不通，先向韦班要了松树苗，现在又向他讨要大邑瓷碗。唐代四川的陶瓷业很发达，今天文物遗存，还有著名的邛窑，离大邑不远。所以杜甫写诗要大邑的瓷碗。

大邑烧瓷轻且坚，扣如哀玉锦城传。

说大邑烧出来的瓷器轻薄而又坚固，更妙的是敲击出的声音就像是哀玉。玉的声音叫“哀玉”，并不是悲哀的意思，是指声音仿若人在轻言细语。更妙的是，把大邑瓷器轻轻一敲，连成都都听见了哀玉声了。听见了什么？当然不可能是真的声音，而是听见了名声。杜甫这种修辞，看似随意点染，却实在非常巧妙。

君家白碗胜霜雪，急送茅斋也可怜。

注意，唐诗里常出现“可怜”，是可爱的意思。杜甫说：您家的白碗像下了霜雪一样白，我们一家人不仅很喜欢这些瓷碗，还急需，所以赶紧给我送一点来吧。

如此一来，杜甫盖好了房屋，同时营造好了四周的园林盆栽，“胜霜雪”的白碗也送到了茅斋，草堂终于成形了，一家人可以安安心心过日子了。

暂止飞乌将数子

从《卜居》开始，到《堂成》之间这些诗篇，看似写得很随意，讨要东西，借钱，却能从其中见到当时的日常生活景象，呼吸到生动的生活气息。

如果让我从一千四百余首杜诗里挑选出一百首来编一本杜诗选，那么《卜居》和《堂成》一定会在其中。因为杜甫写这两首诗是比较认真的，严格地遵循了律诗的传统规制，真要论起来，恐怕《堂成》的艺术水准比《卜居》还要高，内涵还要丰富。

仅仅几个月的时间，杜甫的草堂与园林就粗具规模。他靠的是什么？是他自己的精心营造。成都各级官员对他也相当友好，相当慷慨。这也反映出唐代的文化风气。那时，杜甫当过最大的官也就是个从八品的左拾遗，放在今天大概就对应个副科级。而他寻求帮助的这些人，至少是从七品的副县级，这些人都愿意满足杜甫的愿望，给他划了这么大一块地，给他要的东西。我们要知道，杜甫想建草堂的第一站不是成都，而是甘肃天水。在来成都的三个月前，杜甫弃官前往秦州，即甘肃天水，他在秦州留下了《秦州杂诗二十首》，其中有两首都提到了他想要在那里建茅屋隐居的想法。不过甘肃一带的自然条件当然比不过成都，土地也不够肥沃。所以杜甫说“瘦土翻种粟，阳坡可种瓜”，土地较为贫瘠，但是翻一翻还可以种点粟类作物，种瓜种豆。可在秦州卜居的结果怎么样呢？杜甫在另一首诗里写“卜地意未展”，他去卜了地，但是意愿却没能实现。《秦州杂诗二十首（其十三）》的开头提到“传道东柯谷，深藏数十家”，他最先看见的地方叫东柯谷，谷里藏了几十户人家。但后来他卜地的地方叫西枝村，而且还有个老朋友陪他一起去。这位老朋友叫赞公，赞公从前是长安皇家寺院大云寺的大和尚，因为杜甫经常去化斋饭，故与赞公相识。赞公和尚也对他很好，常给杜甫送些衣裳毛毡、生活用具。要知道无论是古代还是近现代，皇家寺院的住持社会地位都很高。唐玄宗时代，赞公和尚很得皇室宠爱，结果安史之乱爆发以后，赞公那一条线上的人都倒了，和尚也就被贬出了寺院。后来杜甫在秦州的土窑洞里遇见赞公和尚，赞公就陪他一起去找合适的土地，还说：我一个人住在窑洞里无所谓，反正我就是参禅打坐，但是你拖家带口的，还是该建个房子。后面的事情我们也知道了，没人给他看上的地方，所以杜甫才出发前来成都。

而且，主人替他选好地，房子也很快盖成了。

堂成

背郭堂成荫白茅，
缘江路熟俯青郊。
桤林碍日吟风叶，
笼竹和烟滴露梢。
暂止飞乌将数子，
频来语燕定新巢。
旁人错比扬雄宅，
懒惰无心作解嘲。

背郭堂成荫白茅，
缘江路熟俯青郊。

背向着少城外城墙的草堂盖成了，屋顶铺上了编扎紧实的白茅草。这种茅草，今天四川人将之称为“巴茅”。许多地方都生长着这种叶片坚韧，茎秆粗壮的茅草，深秋一穗穗絮状白花非常漂亮。后来杜甫在《茅屋为秋风所破歌》中说“卷我屋上三重茅”，说的也是这种茅。在茅屋修建的过程中，杜甫一家寄居在不远处一座叫草堂寺的寺庙里。如今我们去杜甫草堂参观，在展览馆还能够看见考古挖掘出来的寺庙的残碑断墙，就是那个寺庙曾经存在的证明。古时候的官方驿站，主要接待来往的官员、商人。像杜甫这种拖家带口的倒霉文人一般只能寄居寺庙。比如苏东坡在经历“乌台诗案”后，被流放到湖北黄州，早期寄居的地方就是定慧院。那时候寺院不仅是和尚们拜佛修行的地方，同时也是一个社会救济场所。杜甫每天来往于建房工地和寄居的草堂寺之间，沿着浣花溪水的路，他已经熟得不能再熟了。“缘江路熟俯青郊”。江岸的地势比较高，所以他用了一个“俯”字，能俯瞰到四周的郊野。

桤林碍日吟风叶，
笼竹和烟滴露梢。

早先栽下的桤木已经长出许多宽大的叶子，把阳光都挡住了，树叶晃动的时候发出的声音好像在吟唱，它们在吟风。成笼的苍翠竹子和家里升起来的青烟混合在了一起，露水从叶梢上滴下来。大家看杜甫的描述多好，他用“碍”字来形容叶片“妨碍”了阳光，又用“笼竹”二字来表现竹子是一丛一丛的，成都人称之为“林盘”。这一联中他的修辞用得特别有意思，“吟风叶”“滴露梢”，这是倒装，正常的语序应该是“叶吟风”“梢滴露”。如果没有修辞，大概就是今天学生们写的：树叶在风中发出沙沙的声响，树梢在滴下一颗颗露水。但他偏要倒装一下，这才有了美学上的尖新感，让人感到一种特别新鲜的刺激，不仅让诗文更生动了，还保持了律诗的对仗工稳。

暂止飞乌将数子，
频来语燕定新巢。

杜甫要来的桤木、竹子等植物除了生物作用，还激荡出了美学涟漪。春天正是鸟儿的繁殖季节，飞来的候鸟带着它刚出壳的小鸟暂时住在这里。“将”就是带领着，今天我们说的“将军”就是率领军队的意思。还频频有燕子来他刚修好的房梁上筑下新巢。成都浣花溪一带有很多燕子，燕子大多爱在屋檐房梁上衔泥筑巢，杜甫在后来的《绝句漫兴九首》与《水槛遣心二首》也都有写到这些燕子。

律诗的结构讲究在第一联起兴，二联、三联则用工整的对仗将要描绘的事物完整呈现。《堂成》这首诗的第一联就写出杜甫修成草堂，这就是起兴。二、三联没有一笔写瓷碗锅灶，而是说窗外事、门前景，营造出其乐融融的和谐氛围。

旁人错比扬雄宅，
懒惰无心作解嘲。

杜甫是外乡人，却也探究四川文化，深懂四川文化。经常在诗中援引四川典故，比如我们第一讲说“东行万里堪乘兴”就是引用的诸葛亮和费祎在四川的故事。杜甫内心认为自己是一个了不起的人，哪怕整个时代都不那么承认他，他也有这种自信。文化上，若要跟四川人比较，他只会自比为司马相如和扬雄。在汉赋的领域里，司马相如和扬雄都是数一数二的。所以杜甫写：旁人一看就觉得，杜先生你这草堂就好比是扬雄的家，但他说，不管旁人怎么说，我懒得跟人解释我不是扬雄，我是我。杜甫甚至觉得自己比扬雄还好一些。

扬雄是今郫都区友爱镇的人，现在的友爱镇还有扬雄墓。扬雄早年在皇宫里服务皇帝，写过些很夸张的大赋。但到老年时，他就开始反省，觉得不应该那么极力地给皇帝歌功颂德。所以后来他离开了官场，就在成都的西北面盖了间草屋，模仿古人写《易经》的方式写《太玄经》，模仿《论语》写了《法言》，并把自己的居处取名叫“草玄堂”。离开了官场自然“门前冷落鞍马稀”，扬雄也不到处去参加官商勾结的活动，那些官场上一时间春风得意的人就有点看不起他，甚至嘲笑他，所以扬雄又写过一篇《解嘲》来讽刺那些人。杜甫引用这一典故的同时，又反其意而用之。扬雄的《解嘲》是反击嘲讽他的人，杜甫的“解嘲”是把自己盖的房子比作扬雄盖的草玄堂，又很巧妙地把扬雄当年作《解嘲》的一段史实容纳进来。

凌云健笔意纵横

从《卜居》到《堂成》这一组诗，就是草堂的建设过程。

杜甫草堂到今天仍是成都的一大胜迹。这些年来，围绕杜甫草堂的浣花溪公园的重新扩建，在我看来可能是成都建设公园城市的进程中最成功的案例之一，或许还不用说之一。因为它不是无中生有，而是基于一个伟大的历史文化遗迹的存在而存在的。『主人为卜林塘幽』，当年裴冕这位四川一把手对这块土地的投资，大概得到了全世界最高的回报率。

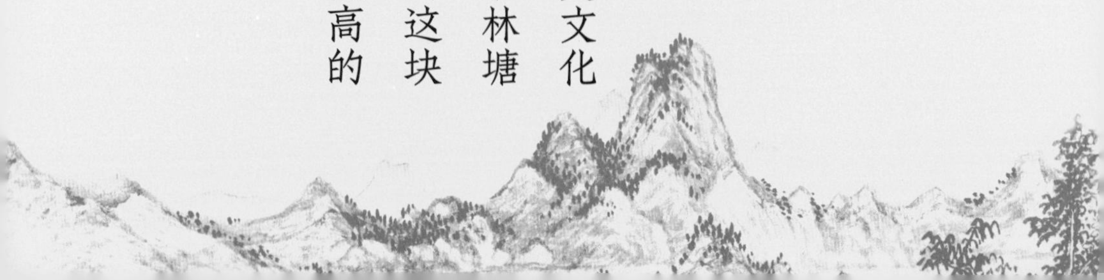

但这一历史文化遗迹也曾几度湮灭。晚唐时期，诗人韦庄于公元 901 年，也就是草堂建成的一百四十一年后，以西川节度使府掌书记的身份来到成都，就发现，杜甫草堂掩没于荒烟衰草，几乎无迹可求了。但是杜甫呢？他在中国诗歌史上地位越来越高，在他身后五六百年就成了“圣”。在中国称圣不容易，中国的历史上，称圣的只有三位，“文圣人”孔子、“武圣人”关羽和“诗圣”杜甫。杜甫来到成都，成都这个城市用友好的态度、宽阔的胸怀，接纳了漂泊于乱世的他和他的一家，给予他莫大的精神安慰。同时，他用诗，给了成都更大的千年不泯、历久弥新的回报，给成都留下了一笔相当丰富的文化遗产。因为他那些不巧诗作，成都这个城市有了不一样的灵魂。

在我往后展开讲述的杜甫诗歌中，我们可以看到他如何全方位地描摹成都。他从成都的天气、人文、历史，到个人命运与动荡的大时代之间千丝万缕的关系中，给成都定型定性。火锅好吃，但成都的文化性格不是火锅里定下来的，那时候没有火锅，但有诗，有天空，有流水，有人民，有大地，有文化，有记忆。

历代注释杜诗的人非常多，明代的文学家王嗣奭就是对杜诗极有见地的人之一，著过《杜臆》。王嗣奭非常喜欢《堂成》这首诗，他评论说：“此章与《卜居》相发，前诗写溪前外景，此诗写堂前内景，前景是天然自有者，而后景是人工所致。乃《卜居》《堂成》之别者也。”从“相发”一词可以看出，《堂成》《卜居》这两首诗要互相对照着看。第一讲里我们说《成都府》描绘的景色是从城外到城里，移步换景，人眼变成了镜头，古人虽然不知何为镜头，但早已将这种切换蒙太奇的手法运用在了诗歌里，运用在了文学作品中。《卜居》与《堂成》，溪前外景与堂前内景互相生发，天然自有之景与人工所致之景互相映照，但是又互相区别。

在这里，我又要提一个概念，中国人说“人穷志短，马瘦毛长”，好像人穷就该萎靡不振，就该不干不净。是这样吗？今天我们去看一些城市的落后之区，或者较为穷困的山区，首先看到的并不是贫困，而是脏乱差，不美，人没有精气神。孔子夸赞弟子颜回："一箪食，一瓢饮，在陋巷，人不堪其忧，回也不改其乐。"贫穷只是暂时的，不需害怕，但人的志向一定不能委顿，标志之一是在尽可能的情况下，不要放弃对美的追求。"回也不改其乐"，这才是要义。这种思想与欧洲近代哲学有相近之处，海德格尔有一本书叫《诗意地栖居》，是他受到一位叫荷尔德林的外国诗人启发所著。他们讨论的话题是"人在地球上的举止要获得诗意"。

当人的栖居生活通向远方，
在那里，在那遥远的地方，葡萄闪闪发光，
那也是夏日空旷的田野，
森林显现，带着幽深的形象。
自然充满着时光的形象，
自然溪流，而时光飞速滑行，
这一切都来自完美；于是，高空的光芒
照耀人类，如同树旁花朵锦绣。

——摘自荷尔德林《远景》

荷尔德林写这首诗时，欧洲的工业革命已经开始了，工业污染了水流、大气，破坏了环境，工业正在驱逐大自然、毁灭大自然，这时候就需要人在诗意环境当中呼唤自然的回归。虽然他和杜甫的诗作不一样，时代背景不一样，人生经历也不一样，但殊途同归，他们都认为人居的环境，有没有自然之美的装点大不一样。

从古到今，世界各地的人们都将审美当作是真正有精神气质的追求，当作当下物质生活当中的一种救赎。苏东坡说，惟江上之清风，与山间之明月，耳得之而为声，目遇之而成色。江上的清风吹到穷人的身上难道就没有清新味吗？难道吹到富人身上清新味会更浓郁吗？

美是一种信仰，我们如果相信美，这一信仰会成为一股强大的力量。杜甫草堂之所以了不起，能在几经动荡、几度湮灭后再度重现，就是因为其精神被传承。所以，海德格尔说："存在是存在者的存在。"要使自己成为存在者，就要为自身与世界提供某种价值，那才叫存在，才能永远存在。

笛卡儿说："我思故我在。"而对杜甫来说，大概是"我写故我在"。

成都的雨水落在锦江中，却激起杜甫心中的片片涟漪，今天我们讲一组杜甫写成都的雨与江的诗。从《江涨》到《水槛遣心二首》，从《梅雨》到《春夜喜雨》，杜甫不厌其烦地描写着成都的江和雨，其心境也从最初的惊讶到后来的惊艳。那些春雨绵绵的夜晚，他怀揣着怎样的心绪？雨后的成都又给了他怎样的滋润？他又是如何通过亭外江和堂前雨，诉说着对成都的深情厚谊？

第三讲 长夏江村事事幽

江涨柴门外

杜甫草堂大概于公元 760 年初夏时节初步盖成。夏初的成都气候滋润，雨水渐丰，如此湿润的气候给予杜甫这个北方人极深的印象。所以，杜甫入住草堂后出游的第一首诗《梅雨》，就写成都的雨。

梅雨

南京犀浦道，
四月熟黄梅。
湛湛长江去，
冥冥细雨来。
茅茨疏易湿，
云雾密难开。
竟日蛟龙喜，
盘涡与岸回。

所谓梅雨，是指这个时期下雨频繁，又正好是梅子成熟的时候，所以人们将这一时节称为梅雨季节，此时的雨水就称为黄梅雨。

南京犀浦道，四月熟黄梅。

在讲《成都府》的时候，我提到过李白的《上皇西巡南京歌十首》，已经解释过当时的南京就是指成都。犀浦当时是成都下属的一个县。这个地名也被沿用到了今天。这句诗表明杜甫在梅雨季的某一天，从草堂出发去往西北边的犀浦方向。

湛湛长江去，冥冥细雨来。

从前的中国人没有太多的地理探索精神，认为发源于岷山深处，流经成都平原，东南向穿过四川盆地的岷江就是长江的正源。杜甫说的长江其实就是岷江。大意不用解释，杜甫的诗有时很是简单明了。

茅茨疏易湿，云雾密难开。

刚盖好的草堂屋顶，茅草铺得还没有那么多，所以容易漏水。“疏”就是薄、少。大约一年以后，杜甫就写了《茅屋为秋风所破歌》，其中便有“卷我屋上三重茅”，而此时的茅草可能只有一两重，当雨下得多、下得大了，就漏进屋子里了，也开始给杜甫带来一些苦恼了。过去没有人写过成都的天气，这大概是最早的写成都天气的诗。

竟日蛟龙喜，盘涡与岸回。

雨后，江水上涨，深流上形成了漩涡。古人大都相信深水里有龙。若是雨小水浅，蛟龙庞大的身躯就没有足够的伸展空间，所以这样大的雨水会让蛟龙欢喜。

从这首诗中，我们可以隐约感受到诗人的不习惯。刚到南方地区的北方人面对连日的雨水显得有点惊异。他说“竟日蛟龙喜”，恐怕水里头的龙喜欢吧，但背后隐藏着他自己不太喜欢的意思，不过他会慢慢喜欢上这里的雨天的。

这首诗通俗易懂，但我们可以从中了解到过去中国人的地理认知。

曾有很长一段时间古人都认为岷江是长江的正源。那时候宜宾以上的长江正流还叫马湖江，人们容易从江岸积沙中淘到金子，所以马湖江又叫金沙江，因为早期中原没有纳入西南边和尽西边那些区域，所以未曾探测到金沙江，也就是长江的真正源头。

我们何时意识到长江的正源并不是岷江呢？是在1639年，明代徐霞客从贵州到云南，一直走到了今天的丽江。他站在金沙江边的虎跳峡，发现这里金沙江仍然水量庞大，于是推测这条江一定比岷江还要长，还要远。徐霞客是第一个认识到长江正源为金沙江的人。但他还不知道，金沙江上面还有通天河，通天河上面，还有沱沱河。这些地方，我倒是走过。

中国人对于黄河源的认识比长江要早。第一个知道黄河源在青海的人，是唐代大将军侯君集。《旧唐书》中有记载，侯君集跟吐蕃人打仗，一直打到青海腹地。青海有一座非常漂亮的雪山叫阿尼玛卿，在古籍当中被称作积石山。侯君集作为一个军事家当然要弄清楚地理，他发现在积石山并没有看见黄河的源头，所以认为黄河源头应该还在更远的地方。于是，一边行军打仗，一边探寻河源。《新唐书·吐谷浑传》中记载："阅月，（侯君集）次星宿川，达柏海上，望积石山，览观河源。"他们到达了今天的青海果洛州的地域，巴颜喀拉山北，看到当地有很多小湖泊，这里就是星宿海。高原的湖泊像星星一样多，他们认为这里就是河源。到了清康熙年间，中国已经非常庞大，人们第一次想起来要画一张全国地图。但是这地图该怎么画？黄河的源头在哪里都不明确。于是康熙也派了一支队伍去探索，这支队伍走到了比星宿海更远的地方，到达了与今天的黄河源头大致相当的地方。后来康熙下令编绘了《康熙皇舆全览图》，这张地图的名称表明，其中所绘制的区域就是皇权能够达到的地方，这时的中国终于有了一张真正的全国地图。

徐霞客在其《徐霞客游记·溯江纪源》里说"河源屡经寻讨"，但"江源从无问津"，过去人们说的"河"就是黄河，"江"就是长江，并想当然地认为江源就是岷江。"故仅宗其近。其实岷之入江，与渭之入河，皆中国之支流……"岷江跟注入黄河的渭河一样，都是支流而不是正流。反观金沙江盘折大山之中，曲折在溪谷之间，水陆两路都无人能追溯，因为那时金沙江源所在地还不是受朝廷政权控制的地方。"在叙州者，只知其水出于马湖、乌蒙，而不知上流之由云南丽江"，之前在叙州府也就是宜宾一带的人，只知这条江水出自马湖府、乌蒙府，却不知上游流经云南丽江，今天我们都知道，从宜宾往东，金沙江就开始叫作长江了。马湖在今天的凉山彝族自治州雷波县，过去那一段的金沙江叫马湖江。乌蒙就更远了，靠近贵州、云南一带，毛主席的《长征》里也提过“乌蒙磅礴走泥丸”。当徐霞客到了云南丽江，又说：“在云南、丽江者，知起为金沙江而不知下流之出叙为江源。”

徐霞客认为“岷山导江”一说是不对的，但这个只是纯地理的概念，许多人忽略了其中很重要的东西，那就是文化。

如果从文化意义上讲，我们其实可以认为岷江是长江的正流。岷江的发源地为往九寨沟方向的弓杠岭，在岷山主峰雪宝顶下。岷江穿越岷山河谷而来，流经藏、羌等民族区域，《史记·六国年表》中记载“故禹兴于西羌”，关于此句，《正义》作解：“禹生于茂州汶川县，本冉駹国，皆西羌。”岷山出生的大禹，成了中国第一个治理江河的人，治水也是从岷江开始的。不论后来大禹治水穿越了多少不同河水的流域，也无论成都平原的繁荣也好，抑或古蜀文明也好，金沙江一带都无法与岷江相比拟。因为岷江的养育，从都江堰积累的治水经验让稻作文化在四川盆地兴起，以丝绸为代表的纺织文化、农桑文化也在四川盆地走向繁盛。所以，若从地理的角度出发，长江的源头是唐古拉山脉，但是从文化与文明的意义上讲，我们仍可与古人一样，将岷江看作长江之源。

扯远了，说回来。

本讲的主题一为雨，二为江，雨水从天而降，在地面汇集成江。杜甫看见涨水同样不习惯，然而在这里，涨水却是常事。

江涨

江涨柴门外，
儿童报急流。
下床高数尺，
倚杖没中洲。
细动迎风燕，
轻摇逐浪鸥。
渔人萦小楫，
容易拔船头。

江涨柴门外，儿童报急流。

这天早晨，杜甫还没睡醒，突然有小孩，应该就是杜甫的儿女，跑来说外面发大水了。也许是那时候浣花溪的河床没有淘挖到今天的深度，也许是那时候水量更丰沛，所以水能涨到草堂院子的柴门外来。

下床高数尺，倚杖没中洲。

有些拘泥的人认为这是在说水已经流进屋里，淹了几尺高了。但我认为不对，床才几尺高，若是水真的淹得这么高，恐怕床已经漂起来了，也就不需要“下床”这个动作了。所以杜甫其实在说，听见儿童的急报后赶紧下床出门看，江里的水比平日里高了几尺。拄着拐杖看去，前一天还在江中心的沙洲和洲上水草，已被淹没了。“洲”是什么意思？《诗经》里头说“关关雎鸠，在河之洲”，洲就是河水中间露出来的长着芦苇、水草的沙滩或小块陆地。

细动迎风燕，轻摇逐浪鸥。

不光是蛟龙喜涨水，鸟儿也很高兴。因为涨水后，那些藏在水底的猎物会浮到水面上来。有古人评论说杜甫这句话的描述很准确，燕子体型小，它们是无法抵抗大风的，只能迎着小风飞行；而鸥鸟体型稍大，能跟着波浪追逐食物。这就是杜甫用诗文绘出的一幅生动、准确的江水上涨时的画面。实际上，这也是一个杜甫喜欢运用的倒装句法，顺句应为：“迎风动细燕，逐浪摇轻鸥。”

渔人萦小楫，容易拔船头。

打鱼人将船桨用绳子捆起来，更容易在风浪中调整行船的方向。“楫”就是船桨，“小楫”即短桨；“萦”就是捆。这仍然体现出了杜甫对生活的细致观察。

田舍清江曲

下雨，江涨过后，天终于放晴，住在乡间的杜甫写下了《田舍》。

田舍

田舍清江曲，
柴门古道旁。
草深迷市井，
地僻懒衣裳。
杨柳枝枝弱，
枇杷对对香。
鸬鹚西日照，
晒翅满鱼梁。

田舍清江曲，柴门古道旁。

清澈的江水在杜甫的田间草屋这里拐了个弯，草屋院子的柴门就开在古道旁。杜甫喜欢用“曲”字，也喜欢用“抱”字，在其《江村》一诗中，第一句便是“清江一曲抱村流”，形容江流转弯就像伸出手臂一样，“抱”字描绘的不是人，而是地理环境。在《剑门》中，他也用“连山抱西南，石角皆北向”来形容剑门关山连着山，山势逐步降低形成山环，就好像伸出双臂抱着四川盆地。那“古道”又做何解释呢？有人特意注解说：“此道去温江也。”从成都城出发，经过杜甫草堂门口的古道可以到达温江，随后通向邛崃、大凉山、越巂（今西昌），到了西昌再继续前进，走过金沙江就到了云南，所以这条古道，现今称为南方丝绸之路。

草深迷市井，地僻懒衣裳。

草长得繁盛，挡住了视线，让杜甫看不清城区市井。反正草堂位置偏僻，少有人来，他也就懒得每天都穿戴周正。杜甫刚来成都的时候是冬天，草还没有长起来，那时候他大概可以看到城里的景象。《江畔独步寻花（其四）》中提到“东望少城花满烟”，他往东边的少城方向望去，能望到城里的繁华气象。但草木一长得深长，就把他望城的视线遮挡住了。

杨柳枝枝弱，枇杷对对香。

这一联对仗工稳。在有些杜诗集子里，这句也写作“榉柳枝枝弱，枇杷树树香”。这就要说到一件事，过去的人想要传诵诗文，大多只能依靠口耳相传，或传抄等方式，这就会造成各种异文的出现。“榉柳枝枝弱，枇杷树树香”就是这首诗的异文，甚至连仇兆鳌的《杜诗集注》也是用的这一句。而我的引文是用人民文学出版社最新出版的萧涤非主编的《杜甫全集校注》。萧涤非先生是山东大学的教授，他终其一身都在做杜诗研究，我用的就是他这一版本。

为什么是杨柳而不是榉柳？第二讲中，《凭韦少府班觅松树子》里有一联“落落出群非榉柳，青青不朽岂杨梅”，我说过榉、柳是两种植物，与后半句的杨、梅是两两相对的。而在《田舍》中，枇杷虽然有两个音节，但只是一种植物。所以为了对仗工整，就必须是杨柳而不能是榉柳。因为不能用两种植物去对一种植物。

其次，“枝枝弱”“树树香”在对仗要求上是没有问题的，可写诗的人是杜甫，那我们就要揣测，“对对香”又好在哪里呢？我们都见过，枇杷结果时，是一簇簇结在枝头，所以我以为这里用“对对香”能够更准确地描述枇杷的形态。

所以，我更认同写作“杨柳枝枝弱，枇杷对对香”这一版本。古话说：“尽信书，全信书，宁可无书。”如果读书不敢发挥主观能动性，不敢有质疑，那书就成了迷信。书里的知识不但不能让人走向开放，反而成了囚禁意识和知识的牢笼。我们在阅读中国古典文学的时候会遇到大量的异文，这就需要我们将不同的版本、不同的表达放在一起做些分析，这也就是为什么会有版本学、校雠学的原因。

鸬鹚西日照，晒翅满鱼梁。

夕阳西垂，捕食的鸬鹚都饱了累了，便在鱼梁上晒着因潜水而打湿的羽毛。今天我们很难看见这样的场景了。鸬鹚也叫鱼鹰，是渔民的帮手。渔民将鸬鹚的脖子扎起来再放它们去捕鱼，鱼鹰扎进水里捕到鱼后，因为脖子被扎起来而无法吞咽，就只能将鱼吐出来，这时渔民就有收获了。人们在打鱼的时候会在浅水处砌一道小石墙或者木栅栏，将鱼赶到里边，那道墙就是鱼梁。

这是杜甫建成草堂后，站在家门口看到的一幅田园风景画。文学的发展是一个不断扩展的渐进过程，从前描绘蜀地，都是类似《蜀都赋》那样铺陈夸张的文学作品，到了王勃，写“城阙辅三秦，风烟望五津”，是他听闻的四川地理。李白从江油乡下来成都，并写过成都“日照锦城头，朝光散花楼”，也是大约气象。加上他一去长安，再也没有回过四川，直到杜甫笔下，才有了成都的具体的田园之景。继《田舍》之后，杜甫又写了《江村》。成都的气候、景色以及安宁的生活都让杜甫欣喜不已，这一切对他来说太新鲜了。自从安史之乱爆发后，杜甫的生活非常困苦，甚至当了个小官也不能安家在长安，“长安居，大不易”。唐代张固在《幽闲鼓吹》中写:“白尚书应举,初至京,以诗谒著作顾况。顾睹姓名,熟视白公曰:‘米价方贵,居亦弗易。’”因此在朝中的日子里,杜甫只能将妻儿安顿于乡村。在来到成都前将近五年的时间里,杜甫都在战乱中过着朝不保夕的生活。突然间远离了战火,来到一个滋润、平静的地方,他几乎情不自禁、不厌其烦地描述着这里的江天云树,其实是沉浸于这安宁的生活。

江村

清江一曲抱村流，
长夏江村事事幽。
自去自来梁上燕，
相亲相近水中鸥。
老妻画纸为棋局，
稚子敲针作钓钩。
但有故人供禄米，
微躯此外更何求？

《田舍》与《江村》所表达的情绪差异不大，日趋平缓的生活节奏让杜甫得以细细品味草堂所在的这个幽静村庄。燕子来去自如，鸥鸟相亲相近，这动人的平和景象频繁出现在他的文字中。杜甫一家人的生活也很悠闲，妻子在纸上画了个棋盘与其对弈，幼子将针做成鱼钩，玩着钓鱼的游戏。

但有故人供禄米，微躯此外更何求？

我们着重看看这最后两句。古人把薪水叫作“禄”，前面讲过杜甫在成都受到了很多人的帮助，有官职的故人不仅将工资分给杜甫，还要分他一些米。所以他感慨，自己这脆弱的，从战乱当中九死一生逃出来的生命，能够拥有这样一种安定的日子，还奢求什么呢？但人是不会知足的，慢慢地，杜甫就不再满足这样的生活了。

真要说《田舍》与《江村》的区别，那就是描写画面的不同以及体例的不同，《田舍》是五言律诗，《江村》是七言律诗。前面讲过律诗要求第二联和第三联对仗，除了词句相对，其音韵平仄也要相对。

古代的音调有“平上去入”四声，跟今天的拼音四声大不相同。今天我们已经很难知道古代的四声究竟怎么发音。如果一定要讲究音韵，就必须把那个时代的韵书翻出来逐字逐句地对。但学问好像也可以不这么做，因为今天我们大部分人读古典诗歌，并不是真的想去学写律诗，而只是想要理解、审美。我本人读古诗，就持这种态度。觉得过分纠结音韵其实也没有那个必要。把李白的“将（qiāng）进酒”念作“将（jiāng）进酒”又如何？其意思并没有变化。但有些诗还是要注意读法，比如杜甫《水槛遣心二首》中有一句“细雨鱼儿出，微风燕子斜”，这里的“斜”就要读作（xiá）才押韵。同理，李白的《望天门山》中“碧水东流至此回”一句，“回”也要读作（huái）才押韵。可我们终归不能变回唐人，许多唐代的读音我们无从得知，就以今天的读法来念也无妨。古话说“不以词害意”，我们说话、读书主要是为了其本意，如果没有影响所表达的意思，有些东西其实是可以忽略的。

继续看看杜甫的乡村生活。

为农

锦里烟尘外，
江村八九家。
圆荷浮小叶，
细麦落轻花。
卜宅从兹老，
为农去国赊。
远惭勾漏令，
不得问丹砂。

不要相信杜甫写《为农》是他要当农民的意思。

杜家早在晋代就出过大将军杜预，是晋灭东吴的主帅之一。同时，杜预也是一个大学者，是历史上著名的经学家。杜甫的爷爷杜审言，在朝中任过官员，也是初唐时期著名的诗人。杜甫的父亲也做过司马、县令。家族在河南有座陆浑山庄。杜甫出身于官僚家庭，并以这个出身为傲。只是他自己流年不利，初入官场，就遇到安史之乱，被迫流亡。在成都，住在乡间，与农家为邻，但并不真的要做一个农民。他没有要做陶渊明的打算。

锦里烟尘外，江村八九家。

他住在草堂，暂时远离战火尘烟，周围倒真有为农的人家。“八九家”不是确数，只是表示这里不只有他们一家人。

圆荷浮小叶，细麦落轻花。

这应该是杜甫在春天写的，因为夏天的荷叶很大，所谓“接天莲叶无穷碧”就是形容夏天的莲花叶片又大又绿，而杜甫笔下的荷叶才如铜钱般大小，刚刚浮出水面，所以应是春深时节。此时也是成都平原麦子扬花的季节，小麦花很细小，杜甫用心于修辞，不说小，而说轻，“细麦落轻花”。杜甫选择描绘这样的风景与事物，跟诗歌所表达的主题有关，既然是为农，那就写会生藕的荷叶，写会产粮的麦子。

卜宅从兹老，为农去国赊。

这个时候，杜甫的草堂刚刚落成，美景包围，邻里和谐，也常有好友相伴，所以他享受着这里安定的生活，准备在这里养老。他暂时决定要在这里当个小地主，远离国家大事。

远惭勾漏令，不得问丹砂。

这里用了葛洪的典故。葛洪是魏晋南北朝时期的人，有武功，有将兵之才，却不贪恋官场。爱道，爱隐居，其最高成就则在于老庄之学的继承与发展。其著作《抱朴子》流传至今，恐怕是除了《老子》跟《庄子》以外，最有名的道家经典。那时候，道家除了写书、悟道，还追求长生不老，问道成仙。一个最重要的手段就是炼丹。葛洪为了得到炼丹的原料丹砂，就要求前往生产丹砂的勾漏县去当县令。可是葛洪才走到今天的广东罗浮就不想去了，因为那里的刺史愿意供给他丹砂。于是，他就弃官不做，在罗浮隐居炼丹。杜甫这是说自己没有葛洪那种不远万里地追求理想的精神，他就在锦江边“为农”，当个小地主好了。为农是要劳动的，但杜甫并不会真的下田劳动。

三月桃花浪

此前，杜甫没有见过成都平原上这么多这么好的水，所以他怎么写都写不够，草堂初落成这大半年的时间内一直在写水，成都的水确实把他迷住了。我们接着看他这首《春水》。

春水

三月桃花浪，
江流复旧痕。
朝来没沙尾，
碧色动柴门。
接缕垂芳饵，
连筒灌小园。
已添无数鸟，
争浴故相喧。

三月桃花浪，
江流复旧痕。

三月的桃花一开，水也涨起来了。过去，最早涨的春水就叫桃花水。自然河道涨水过后，会在岸边留下痕迹，所以“复旧痕”，便是今年涨水与往年的痕迹齐平了。

朝来没沙尾，
碧色动柴门。

这“沙尾”与前面的“中洲”一样，都指河中的沙洲。杜甫看见的沙洲经过水流冲刷，形状宛若某种动物的尾巴，所以叫沙尾。现在，春水涨起将沙尾淹没，碧色的江流，好像要叩动柴门，像要涌进他的院子一样。这般行文精准地抓住抓准了水的丰满动态。

接缕垂芳饵，
连筒灌小园。

江水变深变宽，原本的渔线不够长了，于是要再接一段渔线挂上好的鱼饵。“芳”就是香。杜甫的草堂旁还有这样的场景：水边安装着用来灌溉田地的水车，水车的轮子上绑满了倾斜的竹筒，连接的竹筒随着水车的转动不停地汲水，不停地灌溉。

已添无数鸟，
争浴故相喧。

无数的鸟儿争相飞来这里，在浅水中嬉戏，叫得欢天喜地，又是一幅动人的田园风景画。

在诗歌史上，第一批描绘自然景象的诗人如谢灵运，他笔下写的更多是浙江山水。又如孟浩然，写田家生活，如《过故人庄》，多写的是湖北襄阳。与杜甫同时的王维，写“明月松间照，清泉石上流”，刻画的是终南山中景象。杜甫则是真正意义的写成都田园风光的第一人，他从水入手，写了《春水》，过一年初春，还要再写《春水生二绝》。

春水生二绝（其一）

二月六夜春水生，
门前小滩浑欲平。
鸬鹚鸂鶒莫漫喜，
吾与汝曹俱眼明。

春水生二绝（其二）

一夜水高二尺强，
数日不可更禁当。
南市津头有船卖，
无钱即买系篱旁。

与之前初见涨水时的惊喜讶异相比，杜甫的情绪越发平静深沉。在《春水生二绝》里，杜甫用轻盈的笔触来表达他这种欣喜之情。

二月六夜春水生，门前小滩浑欲平。

二月初六晚上涨水了，已经涨到岸边将柴门外小门前的小滩都淹没了。奇怪，二月间怎么会涨水？我们要记住，古人的诗歌，用的历法是我们现在所说的农历，所以杜甫说的二月实际上已经是我们今天的公历三月了。这首诗的开头很是独特，真正的诗人写诗，很少用“二月六夜”这么简单的话来起兴，这倒像是民歌质朴直接的开头。但是杜甫有着极强的音韵把控能力，“春水生”一加，就使诗句显得轻盈灵动，流利的语言当中自然流露出近乎天真的欣喜之情。

鸬鹚鸂鶒莫漫喜，吾与汝曹俱眼明。

老朋友又来了，就是那“晒鱼梁”的鸬鹚和“对沉浮”的。涨春水让水鸟们欢喜，杜甫说：不只你们那么高兴，现在的我看见这样的景象，和你们一样，眼睛也在发亮。或者说，我的眼睛也被春水照亮了。

一夜水高二尺强，数日不可更禁当。

仅一夜，水就涨了两尺高，再这样下去，不出几日，用成都话说，可能就遭不住了。有注家说，“禁当”是当时老百姓的口头语，今天我们不太懂，大约就是“遭不住”的意思。这就是杜甫对当地口语的运用。他大胆地使用方言、口头语，并且用得十分生动恰当。仇兆鳌《杜诗详注》里有这样一段话：“罗大经曰：少陵诗有全篇用常俗语而不害其为超脱，如此章是也。”

南市津头有船卖，无钱即买系篱旁。

向南方向的渡口有卖船的，但是杜甫没有钱，不能马上买只船来系在篱笆旁。现在成都的江水只供生活和工业用水与农业灌溉。但在唐代，这些河流除了是灌溉渠，也作运河用，是通船的。“津”就是渡口，王勃的《送杜少府之任蜀州》有一句“烽烟望五津”，就表示到成都要经过好些渡口。

晓看红湿处

大多数时候，在中国诗歌中，情感不是直接说出来的。更多的时候，情感是藏在字里行间，渐渐浸润而出的。若一味追求抒情，直接抒情，诗文就会变成非常空洞的、千人一面的东西。杜甫这几首诗好不好？当然好，但是又还不能达到百口传诵的地步。他不断地看江、看雨、看水，不断地写，写了又写，才有望能写出经典。终于，写锦江、写水、写雨的经典来了——《水槛遣心二首》。

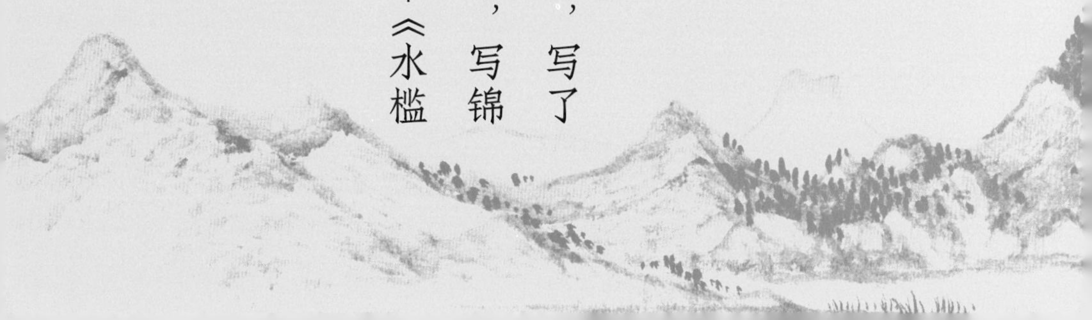

水槛遣心二首（其一）

去郭轩楹敞，
无村眺望赊。
澄江平少岸，
幽树晚多花。
细雨鱼儿出，
微风燕子斜。
城中十万户，
此地两三家。

水槛遣心二首（其二）

蜀天常夜雨，
江槛已朝晴。
叶润林塘密，
衣干枕席清。
不堪祗老病，
何得尚浮名。
浅把涓涓酒，
深凭送此生。

我们先看其一。

去郭轩楹敞，
无村眺望赊。

因为距离市区远，地方广阔，杜甫在建成草堂后，又在水边搭了个挺宽敞的亭子，闲暇之余就坐在亭子里，写诗，小憩，听江声，看春水。这个亭子便是诗题中的水槛。从亭子里放眼眺望，不会被房屋遮挡视线。所以看得很远，“赊”，就是远。

澄江平少岸，
幽树晚多花。

这是名联，清澈的江水涨起来了，基本上跟本就不太高的两岸齐平，非常清幽的黄昏景象当中，一丛一丛的花树立在江边。“澄江”表示非常清澈的江水，“少”就是小，今天我们所说的“少年”也有这样一个意思隐含在里头。这里再转一层，是低的意思。后一句则是在描绘春天的黄昏，花朵一树树盛开。什么花呢？春天嘛，应该是海棠、梅花之类。

细雨鱼儿出，
微风燕子斜。

下着微蒙细雨的时候，鱼会从水里冒出来，冒出来干什么呢？水面上有小虫子，小雨激起的小水花，都在逗引着鱼儿。只有小雨的时候才有这样的景象。雨下得大的话，鱼儿就沉到水底去了。杜甫观察雨中的江、雨中的鱼也很仔细。他不是大致看一下，而是细看，天天看。“斜”字虽然我不是非要读成 xiá，但是如果读 xié，与上一联的“花”和下一联的“家”就不押韵了。民谚说燕子低飞雨天到，因为雨前气压低，燕子也就飞得低。往往在这个时候，蚊虫也聚集着，燕子便在微风里斜飞捕食。在中国古典诗歌里，动词的应用至关重要。杜甫在这一联里对动态景象的描写惟妙惟肖，对细节的捕捉也极为精准，就得力于动词的精准运用。古人说，在一联诗里总要找出一对字来，让它响亮。什么意思？这些响亮的字就叫作诗眼。诗有眼才活，才生动，就像下围棋做眼一样。这一联的眼，就在“出”和“斜”这一对动词，一下就把水中鱼雨中燕的动态抓准抓住了。中国古诗里这样的成功例子很多，比如说王安石“春风又绿江南岸”的“绿”字，后来人们找到王安石的手稿，他为了这个“绿”字反复推敲：“春风又到江南岸”“春风又过江南岸”“春风又吹江南岸”……最终用了这个“绿”字。“绿”是形容词，王安石把这个形容词当作动词一用，这句诗就响了，活了。

城中十万户，此地两三家。

以平静收尾，最后说：城中人家很多，而这里只有两三人家。有人说杜甫来成都的时候，成都城有八万多户人。《旧唐书》记载，开元年间成都城就已经有十五六万户人了，按照一户五口人来统计，那时候成都有近百万人口。

第二首同样是经典，且说得更明白。

蜀天常夜雨，江槛已朝晴。

今天成都仍是这样的自然规律。前一夜下了一整晚的雨，但是天一亮，在水边的凉亭里就看到天色转晴了。

叶润林塘密，衣干枕席清。

因为夜雨，原野上的树叶、竹叶、草叶都被洗得干干净净，由于饱含水气所以显得非常滋润，因此整片树林看上去都很茂密，充满生机。待太阳一出来，衣服、枕头、床上的潮湿气都散发尽了，周身都干爽了。

不堪祇老病，何得尚浮名。

杜甫有肺气肿，哮喘，身体不好。他说自己身体已经这么老了，还有一身的病痛，也就不再像年轻时那样去追求功名了。

浅把涓涓酒，深凭送此生。

那就每天浅酌点酒，就这样度过余生吧。杜甫此时的生活是很穷困的，但是他仍要天天喝酒，而不去劳动。所以郭沫若说得对，杜甫就是个地主阶级，一个很穷的地主阶级。没有地，只剩下阶级。

《水槛遣心二首》是写江水诗歌中的经典，尤其是第一首。

此时的杜甫面对江，面对雨，从初来的讶异变为沉溺与欣赏。是的，他开始享受这种气候，开始在这种气候下细细观察，深深品味。他将亭子、花朵、树林等事物在雨中雨后的那众人司空见惯的景象，写出了独特的风格与味道，因此才被称为经典。

杜甫不厌其烦地写了那么多有关雨的诗歌，在我看来，这种重复，这种不厌其烦，都是在为那首最好的诗的出现打基础。如今我们随便买一本杜诗选集，无论是五十首的还是一百首的，都一定有它——《春夜喜雨》。

春夜喜雨

好雨知时节，
当春乃发生。
随风潜入夜，
润物细无声。
野径云俱黑，
江船火独明。
晓看红湿处，
花重锦官城。

这首诗大家耳熟能详，不用太多去深究其意。古人说，文章不要老讲，可是今天我们的语文课，老师们总是讲得太多，又有包括我这样的人，也在这儿讲。今天的语文教学，很多时候都像是在哺育刚断奶的孩子，母亲将食物在自己嘴里嚼碎了喂给孩子。其实孩子慢慢长大了以后，要逐渐让他学会自己咀嚼，到后来就直接发个馍给他自己吃。那我们什么时候直接发馍呢？什么时候直接把杜甫的诗塞到大家手里？我看，此时就可以。

所谓“读书百遍，其义自见”，文章的意味意义多读几遍就出来了，而且有些修辞之妙，有些意境之美，不是靠讲就能够让人体会到的。比如“晓看红湿处，花重锦官城”这一句，如果要讲，无非是早晨起来看见雨水将红花打湿了，锦官城里到处都是沉甸甸、湿漉漉的花。意思是说出来了，但是它原本的味道却消失了。诗歌最重要的是意思吗？不尽然，我认为应当是意韵。陶渊明说“好读书，不求甚解”，他喜欢读书，但并不是要把每一句话都翻译成自己的话讲出来。同理，如果我们将古诗文都翻译成白话诗，可能也就没有《春夜喜雨》了。所以我不忍心讲，主张多读一读，因为其间的意韵，可能一说就破了。蕴藏在诗歌中的节奏之美、音韵之美，意会到就行了。其实我知道大家都会背，那就不讲。来，一起来再读一读、背一背。

但关于诗里的一些知识点，还是要说一说。大家知道锦官城是指成都，同时也知道，成都也叫锦城、蓉城，那“锦官城”是怎么来的呢？这就要从《说文解字》说起。

许慎在《说文解字》里说，“蜀”字下半部分是一条蚕，“葵中蚕也”。也许是“桑中蚕”的讹误。既是蚕，便要吐丝，人们便可以用此纺织丝绸。

晋代人常璩撰写过一部巴蜀志书《华阳国志》。这是第一本完整记录巴蜀古代史的书。根据《华阳国志》记述，公元前316年，张仪、张若、司马错率秦军灭古蜀国，建立蜀郡，随后“城成都”，也就是建立了成都城。成都城多大呢？“周回十二里”，围绕城池的城墙有十二里长。秦城外两江上修建了七座桥，其中南边的一座桥叫夷里桥，也叫笮桥。

据考证，夷里桥旁大概是今天的百花潭公园一带。政府在这一带设立了专门的园区，集中生产丝绸。到了汉代，有了统筹管理丝绸生产的官员，就叫作锦官。锦官所管理的这个产业集中区，就叫作锦官城。锦官城旁边，还有专门生产车辆的车官城。为什么要设立这么一个官职？当然是为了组织生产，开拓税源。税收是国家最大的财政收入来源。古代的产业不多，能收税的产业在早期主要是盐业、铜铁业和纺织业，后来酿酒技术和茶业较为成熟时，才开始收酒税、茶税。今天，我们进行学术讨论时，有一个词叫“商榷”，“榷”这个字在过去就是指国家专卖。四川的纺织业发达，将其纳入国家专卖以提供稳定的税收。这就是锦官一职的作用。

在三国鼎立的时期，蜀国更是把丝织业当作重要的财税来源。诸葛亮再次设立锦官，并通过锦官城的税收来筹备粮草军需。每次筹集得差不多了就出祁山，结果便是诸葛亮六出祁山，一次也没有胜利过。但锦官城指称的范围，却渐渐从成都的一部分变成整个成都。《三国志》里记载，在诸葛亮写给刘后主的文章中曾有“今国困民虚，决战之资，唯仰锦耳”，蜀国是个小国，国库空虚，蜀锦几乎成了唯一的财政来源。蜀地的丝绸不光是老百姓自己用，还用于外贸。丝绸之路上的丝绸，难道是甘肃产的？难道是陕西产的？别的地区也有一些，但是质量、产量都不高。那时候的丝绸大省，第一是益州（四川），再次才是江苏等地。

唐代诗人刘禹锡的《杂曲歌辞·浪淘沙》描写的也是成都的纺织业：“濯锦江边两岸花，春风吹浪正淘沙。女郎剪下鸳鸯锦，将向中流匹晚霞。”在他看来，将一匹织好的五彩锦缎抛进江中漂洗时，就像一片晚霞落在江水里一样美。锦江在过去叫濯锦江，李膺的《益州记》里记载：“成都织锦既成，濯于江水，其文分明，胜于初成。他水濯之，不如江水也。”成都的锦缎织好以后放在这条江里漂洗，颜色更鲜艳，纹理更漂亮，比刚染色时更胜一筹，若是在其他江水漂洗则不如此江。这江就是锦江。锦江没进城前叫浣花溪，杜甫草堂就在浣花溪边。

还记得杜甫在进成都的第一首诗《成都府》的第一句吗？“翳翳桑榆日”，满野都是桑树，足以看出成都纺织业之繁盛。

杜甫成都诗里，有许多首都是关于成都的雨水、江流。

杜诗里的成都，是湿润的、多雨的。杜甫诗里的成都江流是清澈的、丰盈的，是静水深流的。这都是杜甫给成都揭示并书写出来的情调。

他的写作有人文关怀，有深挚情感，更有美丽的自然景致与其中深含的生命韵律。

他也不会每一篇都字字珠玑，但他锲而不舍，直至写出最精美的篇章。没有什么题材他不能写，来成都之前，他写战争，写百姓的苦难，写自己的宏图大志；到成都后，他写山水田园，写恬静安宁的生活……可以说，任何一个题材，任何一种诗体他都因不断体味，不断探索尝试，而得以专擅胜场。天才作家当然不是一开始就是天才，他总是观察、体会、书写，总结出经验后，再观察、体会、书写，步步提高，最后才有了这些名篇经典。

从北方一路经过当时『难于上青天』的蜀道来到成都，杜甫得到他后半生中一段难得的安稳期。他在高度自觉中继续着他对中国诗歌集大成式的传承，同时又有深具创新性的贡献。

当他暂时放下忧国忧民的心绪，将注意力放在所处的自然环境中，便开辟出了一个巨大的题材领域，在个人生活史的意义上，完成了『诗史』的重要部分。尤为突出的是，杜甫反复地写成都的江和雨，于是千年之后，人们书写、言说、品味成都江景和雨景，就已经不能不受杜甫那些诗歌的深远影响了。

第四讲

长吟野望时

水流心不竞

《江亭》，是杜甫看江水引发的感受。那时候杜甫草堂的位置和今天不太一样。因为浣花溪流水道北移，草堂已经隔江很远，而当年草堂就在江边。杜甫爱水，打开柴门就能面对江水还不够，还在江边盖了一个亭子，叫水槛，也叫江亭。今天的草堂隔江远了，所以也就没有了这座亭子。

江亭

坦腹江亭暖，
长吟野望时。
水流心不竞，
云在意俱迟。
寂寂春将晚，
欣欣物自私。
故林归未得，
排闷强裁诗。

坦腹江亭暖，长吟野望时。

夏天到了，天气一天暖过一天，草堂没有客人，不需正装束身，便睡在江亭里把肚子都露出来，看天，看地，渐渐就有吟诵诗歌的冲动了。

坦腹，既是实写，但也是个典故。

东晋大书法家王羲之出身于名门望族，与其父亲同朝为官的太尉郗鉴派门生来到王家，想在王家子弟中选位女婿。王羲之的几位兄弟都把自己精心打扮，在那门生面前百般表现。只有王羲之完全不理会这件事情，专心写字，累了，就睡在床上，露出肚子，对于太尉选择女婿这件大事一点儿也没放在心上。结果门生回去把所见情况一汇报，太尉竟只对举止随便的王羲之感兴趣，认为他是真性情、有真本事的人。王羲之就这样成了太尉的女婿。成语里有一个“东床快婿”，就是出于此。这里杜甫用王羲之的这个典故，其实也暗含了对自己才华的自诩。

水流心不竞，云在意俱迟。

这时候杜甫心情闲适，浣花溪在流淌，但自己内心并不急着去追逐什么，杜甫说自己现在也是这样一种心情。天上的云飘得很慢，也像自己心里不管有什么想法都是慢慢浮现一样。可见杜甫此时的悠闲自在。

寂寂春将晚，欣欣物自私。

此时是春末夏初，为什么会很寂静呢？仔细观察自然，我们会发现春天有两种事物看起来会很着急，“江上被花恼不彻”，春天花开得很着急，同时，鸟叫也很着急。花开跟鸟叫都是某种性活动的前奏，代表要繁殖了，但是这个高峰期一过，就到了绿意森森的夏天。这个世界的动物和植物都在经过生殖的冲动以后，又从热闹喧嚣重归宁静。“欣欣”自然是指万物的欣欣向荣，而“自私”是指万物在按照自己内在的节律自在生长。

故林归未得，排闷强裁诗。

但杜甫内心依然有惆怅，成都这里的草堂风景再好，那也不是故乡，不见故乡的云与树。但故乡的战乱还没有平息，所以是“归未得”，此时杜甫只能通过作诗来排遣这种苦闷与惆怅。“裁诗”，剪裁本是做衣服的功夫，但是作诗的过程中也有与裁衣类似的修饰与掂量。

杜甫继续观察江水涨落，又写了一回《江涨》。

江涨

江发蛮夷涨，
山添雨雪流。
大声吹地转，
高浪蹴天浮。
鱼鳖为人得，
蛟龙不自谋。
轻帆好去便，
吾道付沧洲。

江发蛮夷涨，山添雨雪流。

之前我们讲过他刚到成都的760年，“二月六夜春水生”，看到江水涨起来了他很惊喜。而这次，洪水来的势头很大。

杜甫也有地理知识储备，浣花溪来源于岷江。而岷江水正是发源于“蛮夷”，也就是西边少数民族所在地。洪水从岷山中一泻而下，这次洪水不是本地下雨造成的，而是因为西边岷山上的冰雪融化，所以是“山添雨雪流”。

大声吹地转，高浪蹴天浮。

古人在对句里讲究找诗眼，就是要把其中一个字用到最好，而且往往是维系全句的那个动词。在这里就是“吹”和“蹴”两个字。洪水上涨后江声浩荡，声音很大，杜甫就把这声音想象成大风在吹，吹得似乎整个大地都在旋转。古人蹴鞠时往上踢的动作就叫“蹴”，洪流中浪涌起来很高，就如人仰天踢脚一样，在动荡跳跃的波浪之上，天好像也在随之浮动，可见水势之大。“吹”和“蹴”两个字，就使整个诗句生动起来，由此可见杜甫炼字的艺术水平。

鱼鳖为人得，蛟龙不自谋。

洪水把大鱼、乌龟都拍晕了，因此随便在岸边就能“为人得”。古人一直相信大的水、深的水里会有龙，杜甫就说这么大的水恐怕蛟龙也招架不住吧。不是以前写涨水时的“蛟龙喜”了。

轻帆好去便，吾道付沧洲。

虽然寓居成都的日子过得很舒坦，但杜甫又想起老家来了。看着江水涨溢奔流，就突然想到，要是这时能驾着船回老家岂不是能走得更快？他曾经写过回家的路，“却从巴峡穿巫峡，便下襄阳向洛阳”，走这条水路出川，从三峡到湖北，然后再北上到襄阳，再往洛阳走，这是古代一条到河南的官道。

仇兆鳌评此诗时就说杜甫观察得很准确，书写就像江水的流动一样自然流转：“雨降雪融，江涨之由；地转天浮，江涨之势；鱼龙失所，江涨所驱；轻帆浮海，江涨有感也。”

江涨如此，其实是少有的。大部分时候，门前江还是波平如镜。

没事的时候，杜甫还会携一家人划着小船，划到藕花深处，划到芦苇荡深处，而且还在船上野餐，享受这份难得的闲适生活。

进艇

南京久客耕南亩，
北望伤神坐北窗。
昼引老妻乘小艇，
晴看稚子浴清江。
俱飞蛱蝶元相逐，
并蒂芙蓉本自双。
茗饮蔗浆携所有，
瓷罂无谢玉为缸。

南京久客耕南亩，北望伤神坐北窗。

我们之前讲过，安史之乱爆发，唐玄宗幸蜀，成都短暂升格，称过一段时间的南京。这里杜甫就说，他在成都当客人已经很久了，“耕南亩”，他夸大了，说自己自食其力，在耕耘土地。事实上他只是在草堂周围种了一些药草，也种了一些蔬菜，仅此而已。向北望，他还是感觉心伤，安史之乱还未平定，战争还在持续，大部分的北方失地还陷于叛军之手没有收回，国家还没有完整统一。

昼引老妻乘小艇，晴看稚子浴清江。

即便是这样，在草堂的日子还是好过的。所以天气好时，他就带着老婆，应该还会带着两个儿子：宗文、宗武，据说可能还带有一到两个女儿，但是中国古代社会重男轻女，女儿的名字就没有留下。一家人就乘上一只小船去游江。此时不是涨水的时候了，江水又变得平稳清澈，所以他的小孩子还从船上跳到江里去游泳。

俱飞蛱蝶元相逐，并蒂芙蓉本自双。

水上还有蝴蝶相逐翩飞，并蒂芙蓉盛开。“元”是本来的意思。“元”和“本”两个字表示本来就是这样，写出了那种自然的美好。

茗饮蔗浆携所有，瓷罂无谢玉为缸。

那他们待在船上喝的是什么东西呢？鲜榨的甘蔗汁，他们把它当饮料带在船上。肯定还带了别的好吃的东西。装甘蔗汁的是有盖的瓷坛，大概就是他建草堂时问别人要的大邑烧瓷。“谢”是不如的意思，“无谢”，不亚于。后半句就是说：我有这么好的瓷器，就算那些有钱人有玉做的缸，我在他们面前也不惭愧。这也写出了杜甫在草堂生活时的闲适心境。

已喜黍豆高

关于成都的雨，杜甫之前在《水槛遣心二首》中写过『蜀天常夜雨，江槛已朝晴』，说成都经常是晚上下雨，白天不干扰人事。在《春夜喜雨》中杜甫也有『随风潜入夜，润物细无声』的对夜雨的描写。而在《朝雨》中，杜甫又写了成都清晨的细雨。

朝雨

凉气晚萧萧，
江云乱眼飘。
风鸳藏近渚，
雨燕集深条。
黄绮终辞汉，
巢由不见尧。
草堂樽酒在，
幸得过清朝。

凉气晚萧萧，江云乱眼飘。

这首诗大概写于 761 年秋天，有些萧萧寒意在了。

此一时节，早晚都很凉快，江上的云很低，似乎就在眼前飘着，不断翻动奔涌。

风鸳藏近渚，雨燕集深条。

“鸳”，大概不是特指，而是各种各样的水鸟，因为风吹，这些鸟都不飞了，都跑到水边，在有芦苇荡、有竹林的地方停歇。杜甫用一个“藏”字来表现这些鸟的这一行为，而不用别的字，就显得生动很多。有一种燕子在快下雨的时候就会群群低飞，表示雨水要来了。但现在，冷雨将来，它们都在雨前就聚集在树林深处枝上去了。“深条”就是很深的树丛中一条一条的树枝。

黄绮终辞汉，巢由不见尧。

杜甫又借用典故来说他自己，说自己不要吃皇家的饭。

“黄绮”指的是秦代的两个人，一个是夏黄公崔广，一个是绮里季吴实。秦代有一种制度，除了研究政事的官员以外，还要推选有学问的人，在朝廷中担任一种清闲的职务，叫博士官。当时秦朝在中央养了七十四个博士官，到秦始皇焚书坑儒时，其中四个博士官对这样的暴行不满，便辞了职位，到山上隐居去了，被称作“商山四皓”。“皓”是指头发花白的老人。崔广和季吴实就是隐居于商山的四个人中的两个。后来“商山四皓”这四个人在秦朝结束后又重新出山，参与了汉朝前期的一些事务。杜甫借此也表达了自己对朝政的不满。

尧是上古时期非常开明的帝王，但那时也有两个著名的隐士——巢父和许由，尧几次要召见他们，让他们来辅佐自己的帝业，但这两人依然隐居不仕。杜甫在这里把自己比作崔广、季吴实、巢父、许由这样的隐士，来表达对当时政治的不满，暗指此时不是清明之世。

草堂樽酒在，幸得过清朝。

其实，只要我们了解杜甫前半生的经历就知道，他并不是真的有那样强烈的隐逸之心，他的一生始终怀有传统文人强烈的出仕愿望，只是一直未得一展抱负罢了。所以他最后只能说，幸好草堂之中还有一坛一坛的酒存着，才能让他安然度过风雨即将飘摇而至的时光，存身于这风雨飘摇的时代。

杜甫在多雨的成都，却还遇到了冬天干旱。这时候，杜甫不光是操心自己，还对盼着雨来的老百姓充满同情。通过《大雨》这首诗，我们就能看到杜甫诗中的人民立场，或者说杜甫本身就把自己当作了人民的一员。这在今天的文学理论中，就叫作人民性。

大雨

西蜀冬不雪，春农尚嗷嗷。
上天回哀眷，朱夏云郁陶。
执热乃沸鼎，纤絺成缊袍。
风雷飒万里，霈泽施蓬蒿。
敢辞茅苇漏，已喜黍豆高。
三日无行人，二江声怒号。

流恶邑里清，矧兹远江皋。
荒庭步鹳鹤，隐几望波涛。
沉疴聚药饵，顿忘所进劳。
则知润物功，可以贷不毛。
阴色静陇亩，劝耕自官曹。
四邻耒耜出，何必吾家操。

西蜀冬不雪，春农尚嗷嗷。

冬天天旱，没有雨雪，到了春天该播种的时候，春雨依然不来，农民没有办法播种。准备春耕的农民如嗷嗷待哺的生灵期盼雨水降落，为雨水向上天祈求哀告。

上天回哀眷，朱夏云郁陶。

这样一直到了夏天，上天似乎才想起来应该哀怜老百姓，眷顾老百姓，才想起应该下些雨了。古人说要祈雨就要请风神、雷神、云神聚会，百姓的哀告终于被这些天神听到，所以此时便以阴云布满天空，准备对苦难人间普施雨露了。“朱夏”，朱，红色。夏天很热，赤日炎炎嘛。

执热乃沸鼎，纤絺成缊袍。

天很热，站在任何一个地方都像旁边有一锅要开的水一样。“纤”是最薄的那种绢，“絺”是一种细麻布——葛麻，“纤”表示穿着最薄的衣服。而“缊”是填充有毛絮一类东西的夹衣，“袍”也是。唐代的时候中国大部分地区是没有棉花的，所以准确地说，这里的“缊袍”指的是类似我们今天的棉衣一样的厚衣服。这里就是说天气热到即使穿着最薄的衣服还是像穿了厚厚的夹衣一样。

风雷飒万里，霈泽施蓬蒿。

风起了，雷声响了，凉气在虚空中扩散。下雨了！雨水不光下到庄稼地里，连蓬草、蒿草也被雨水滋润。《妙法莲华经》中讲众生平等，就说一个人和一只虫、一株草、一棵树的生命是等值的。都是“一云所雨”“一雨所润”，正如我们今天说的生命共同体，从一朵云中降落下来的雨落在人身上，也会落在其他动物和植物身上，世间所有生命都是同一场雨孕育的。杜甫这两句诗里也暗含着这样的思想。

敢辞茅茨漏，已喜黍豆高。

他写《茅屋为秋风所破歌》时面对大雨不断发牢骚，发脾气，“南村群童欺我老无力”“归来倚杖自叹息”，但是他现在说：只要今天的雨水足够滋养农民的土地、农民的庄稼，即使让我的茅屋漏雨，我也不会抱怨。我只希望这场雨要下透了，欣喜于豆与黍这些庄稼能节节生长。

三日无行人，
二江声怒号。

这场雨下得很大，连下了三天没有停，下得路上都没有了行人。两江的水又涨起来了。“二江”就是郫江和流江，郫江又叫内江，流江叫外江。

流恶邑里清，
矧兹远江皋。

过去的村庄没有清洁工，那些乱七八糟的脏东西靠谁来打扫呢？经常靠大雨和洪水帮忙，帮忙清扫大地。江水越流越远，天地都显得更深远了，江边的村子一个个显得清洁凉爽。

荒庭步鹳鹤，
隐几望波涛。

水涨得猛，杜甫家的院子也进水了，有些荒芜的庭院里都是水鸟，都是长腿高高的水鸟在里头闲步，而杜甫就坐在几案后面，看着门口的江面波涛翻涌。他在另一首诗中写过“乌皮几在还思归”，唐代的人们喜欢用乌皮几，就是用小羊皮蒙着的几案。

沉疴聚药饵，
顿忘所进劳。

杜甫这一时期在诗里常叹自己有病，他自己懂得一些药理，经常自己弄一些药来吃，也积聚了一些药。但是这雨一下，他一想到等待播种的农民就替他们高兴，甚至高兴得忘记吃药了。

则知润物功，
可以贷不毛。

这才知道老天降雨滋润万物的功劳之大，可以使天下的不毛之地全部消失。

阴色静陇亩，
劝耕自官曹。

蒙蒙雨雾笼罩了所有的田野，官员该去劝农民下地播种了。古代的农民有时候也需要政府官员去催促他们，叫“催耕”。劝课农桑，是官员从古到今就有的责任。

四邻耒耜出，
何必吾家操。

杜甫最后说：雨一停，周围的邻居都带着耕作工具下地了，我就放宽了心，不再为此焦虑着急了。耒耜是类似于锄头的耕作工具，耜是下端的起土部分，耒是扶持耜的柄。

所以这首《大雨》也是一种喜雨，这个喜雨不是他写《春夜喜雨》说“随风潜入夜，润物细无声”，光是自己体味自然节律的欣喜带来的，而是为老百姓感到欣喜。中国古代有一种诗歌叫悯农诗，“谁知盘中餐，粒粒皆辛苦”就是典型的悯农诗，杜甫的这首《大雨》也是。

这首诗写成三年后，765 年，杜甫已经快要离开成都了，按理说这时候就不会关心太多别的事情了，但他依然在农民最需要雨的时候，关心着成都的雨，替农民高兴，又写了一首《喜雨》。

喜雨

南国旱无雨，
今朝江出云。
入空才漠漠，
洒迥已纷纷。
巢燕高飞尽，
林花润色分。
晚来声不绝，
应得夜深闻。

南国旱无雨，今朝江云出。

虽然成都地处南方，雨水比北方多，但不是所有雨都能应时而至。这年春天也很久都不下雨。这天早上起来看到江上浮起阴云来，看来要下雨了，杜甫很高兴。

入空才漠漠，洒迥已纷纷。

那些阴云刚刚飘到天上没有多长时间，雨水就已经飘飘洒洒地落下来了。

巢燕高飞尽，林花润色分。

此时在他家筑巢的燕子早就飞向天空，失去了踪影，江岸竹树间还有花，因为干旱原来的颜色已经不是很鲜明了，但是被雨一淋湿，充分吸收了水分后，颜色又鲜明起来。所以又可以清清楚楚看见这些花，而且不同的花之间的差别还非常分明。

晚来声不绝，应得夜深闻。

这润物溉地的雨下得久，到了晚上还能听见屋子外面的竹林里传来淅沥的雨声。杜甫还猜测，大概今天直到半夜还能听见这雨声吧？其实是他希望这个雨能下到半夜，下得充足。

这首诗写喜雨，看着下雨很高兴，所以诗句都是非常明快的节奏。

万里眼，百年心

天气一好转，万物生长，杜甫心中欣喜，于是提笔便写了《春日江村五首》，我们以其中一首为例。

春日江村五首（其一）

农务村村急，
春流岸岸深。
乾坤万里眼，
时序百年心。
茅屋还堪赋，
桃源自可寻。
艰难贱生理，
飘泊到如今。

农务村村急，春流岸岸深。

春天，每个村子都陷入一种匆忙嘈杂同时又欢欣的气氛中，人们都在忙着耕种。春江上，每一段能显出江岸的地方，水都显得很深。

乾坤万里眼，时序百年心。

古人有一个词叫“目极千里”，就是说我们不仅要看着眼前，更要看到更远的地方，看到时间深处，过去或者未来。我们的思想情感，要在广阔的天地中和更浩大的存在联系起来，我们既要看到自己生命的重要，当下的重要，更要把它放到历史长河当中去看。

“乾坤”就是世界，从眼下这个村、眼前这条江中，杜甫更看到了生命的延续、历史的演进。“时序”，不只局限于当下这一刻，人更处身于时间的长河中，要想到一百年甚至一千年后会怎么样。这就是人都应该有的一种思维能力，一种心胸，一种眼界。

茅屋还堪赋，桃源自可寻。

虽然住在茅草房里，但是也有很多美好的东西值得书写。只要用“乾坤万里眼”“时序百年心”去看待万事万物，既着眼当下，又看到永恒，寻常事物中的意义、生命的意义就显现出来。能意识到这些，住在茅屋和住在皇宫里有本质的区别吗？恐怕没有。从这个意义上讲，陶渊明写的不跟世俗社会相通的那个桃花源是可以有的，并不需要真有那个桃花源，只要我们心中有这样一个桃花源的理想，只要忘记这个世界上的功名利禄、世俗纷争，我们所在的地方就是桃花源。

艰难贱生理，飘泊到如今。

即使此时的生活过得这么艰难，甚至低贱，在战乱之中漂泊无依，但是把这件事放在乾坤这个大宇宙、大世界当中，放到时序百年的历史的时间轴上，这一切就都不算什么了。

在这首诗中，杜甫从眼前景写出对生命的领悟。

1958 年，毛主席来到成都，在金牛宾馆开一个重要会议，在成都待了二十多天。会议间隙，他从各图书馆以及杜甫草堂等处调看古典文献。

他读描写四川的古诗词，还亲自圈选了一些，编了一本书《诗词若干首——唐宋明朝诗人咏四川》。这本书封面上就是毛主席的亲笔题字“诗词若干首”。

在这本书中，开篇就是六首李白的诗，而杜甫的诗入选了十四首，杜甫是这本书中被圈点的所有诗人中最多的。从毛主席的个人爱好讲，他是更喜欢李白的，他是大政治家、大军事家，在内心是一个浪漫主义者。他自己也说过，对杜甫“不甚喜爱”，他不太喜欢那种过分现实主义的东西。但是回过头来又说了，他要看真正写出四川的诗，就只好多选杜甫，因为杜甫写得最生动，也更真实。大家看，毛主席竟然是通过这些诗词，通过陆游、杨升庵、韦庄、罗隐、李商隐、李白、杜甫来了解四川，最后他发现要通过诗词了解四川还得多看杜甫，这就是现实主义的力量。我们今天讲杜甫写的是诗史，正因为现实主义的写作方法，才使他笔下有史，才使他的史有诗歌的情感与审美的力量。

这里要讲一个前人创造的诗歌欣赏方法。

王国维先生在《人间词话》里头创造了一个词，是今天中国人研究文学作品当中经常用到的，叫“意境”，或者叫“境界”。

在王国维以前很少有人用这个词来评价文学作品。刘勰在《文心雕龙》里说的是“风骨”，所以我们现在说三曹的文学风格是建安风骨。王国维先生在清末提出的“意境”这个说法。他说意境有两种，一种叫有我之境，一种叫无我之境。把自己带入情境之中，嬉笑怒骂，涕泪交流，这是有我之境。自己不参与其中，只是客观地书写，“看人获稻说风凉”，这是无我之境。他还说，要营造好的意境有两种方法：“有造境，有写境，此理想与写实二派之所由分。然二者颇难分别，因大诗人所造之境，必合乎自然，所写之境，亦必邻于理想故也。”

虽然王国维先生也说造境和写境严格说来并不好区分，但我们可以从杜甫的诗出发去理解。

杜甫的诗就是写境。

他写的都是眼前景、身边事，但是他不断地提炼，把眼前这些事物内在所包含的意蕴进行了精准表达，这就是写境。他那些意蕴终归是不会超越现实来虚构一种场景进行表达的。但是造境就完全不同，不管现实中是否存在，单是把一些意象罗列在一起，就会让人感受到美，但是这美或许并不是实实在在的。

这样说恐怕还是比较抽象，我们来举一些杜诗以外的例子。

我们以写音乐的诗为例，先说写境，白居易在《琵琶行》中说，“浔阳江头夜送客”，然后遇到了一个会弹琵琶的女子，“千呼万唤始出来，犹抱琵琶半遮面”。接着就说请你弹琴吧，“大弦嘈嘈如急雨，小弦切切如私语。嘈嘈切切错杂弹，大珠小珠落玉盘”，他在描绘琴声时，是用大珠小珠落在玉盘里的声音来形容，这就叫写境，无论怎样形容还是为写出实在的琵琶声音。对比之下，我们看看李商隐的《锦瑟》：“锦瑟无端五十弦，一弦一柱思华年。庄生晓梦迷蝴蝶，望帝春心托杜鹃。”他已经在写琴声了，但是庄子的梦和琴声有什么关系呢？“沧海月明珠有泪，蓝田日暖玉生烟。”从庄子梦到蝴蝶，到沧海月明，暖玉生烟，这样的描写当然很美，但这是在写琴声吗？还是写其他什么呢？我们很难确定。这就是造境，造一个很美的形象出来，但是具体是什么意思很难说明白。

我们再举两个例子，也是关于用诗写音乐。

李白曾经在峨眉山遇到一个和尚从山上下来，抱着一张琴，那张琴很有名，叫绿绮。“蜀僧抱绿绮，西下峨眉峰。为我一挥手，如听万壑松。”和尚抱着绿绮琴，手从琴弦上一扫过，就像峨眉山中起风了，让松涛澎湃一样。这样形象的描写就是写境。而“诗鬼”李贺有一首诗《李凭箜篌引》，夸赞一个音乐家李凭弹箜篌的高超技艺，开头还比较写实，“吴丝蜀桐张高秋”，说这张琴很好。那时候要制作一只好箜篌有两个条件，一要用吴地（今江苏一带）的丝来做琴弦，二要用四川的桐木做琴身，所以叫“吴丝蜀桐”。李凭一将这张琴拿到手上，弹出的琴声就像浩荡秋声到来一样。“李凭中国弹箜篌”，用想象开场，至今为止没有一首诗用“中国”写出了这样一种壮阔的情景。当然，李贺的“中国”和我们今天所说的“中国”并不完全是一回事儿。“昆山玉碎凤凰叫，芙蓉泣露香兰笑”，昆仑山的玉石碎了，凤凰鸣叫，芙蓉花在哭泣，而香兰又在开怀大笑，就像“蓝田日暖玉生烟”一样，似乎总是不能解其意，但是又不能否认这些语句中表现的意境非常美。这就是造境，是一种浪漫主义的表现手法。

直到今天，也有很多人用造境的方法进行写作。但主流还是写境，这是写实主义或者叫现实主义的方法，杜甫就是此中高手。前面我们说“大声吹地转”，写江上的洪水声音像风一样吹得地都在转，这就是杜甫从现实情景当中提炼出来的表达。杜甫的诗词创作中，基本上没有造境，都是写境，换句话说就是现实主义的创作方法。从《诗经》开始的现实主义传统，在杜甫身上得到了最大程度的继承与发扬。因此在《诗词若干首——唐宋明朝诗人咏四川》中，杜甫能占那么大的比重，归根结底是因为要了解四川，还是要从现实主义出发。现实主义的书写永远不会过时，这是恒久不变的文艺规律。

这个世界上的万事万物，只要进入真实的历史记载，进入成功的诗文书写，就进入我们的记忆，潜入我们的血液。历史上曾经还存在过很多别的东西，但是因为没有书写，没有记载，就没有进入人类的集体记忆，就凭空消失了，所以有文字的民族就成为有记忆的民族。而历史的记载就有赖于现实主义的书写，“我思故我在”“我写故我存”，谁写了就会成为谁的笔底江山。

今天我们到杜甫草堂去，还会看到里面有清代的一个大学问家何绍基赞扬杜甫的一副对联，叫作“锦水春风公占却，草堂人日我归来”。在杜甫之前，都江堰开辟，以及张仪、张若建成都城都已经两千多年了，但我们会发现在杜甫之前没有人对成都有这么详尽的描写。当杜甫一写下这些，成都就有了一种鲜活的形象，开始在人们的记忆中站立。过去我们知道都江堰，但不是文学性，是历史当中对李冰、对蜀守的记载，但都江堰是怎样流到成都城中的，我们不知道，但现在我们知道了，从杜甫的诗中我们知道了。因此我们要纪念杜甫，今天杜甫草堂的工部祠里，杜甫像旁边还有两位对四川文化有极大影响力的人——陆游、黄庭坚，作为配享。那里的确是一个文化圣地，我们需要去那里停留，去那里读读碑记，去怀念与感谢杜甫。

从第二讲中，我们知道，杜甫在成都的社交圈里有许多官员。其实，他在成都，社交圈中还有农夫、诗人，也有书画家。有入仕的人，也有出仕的人。

杜甫《酬高使君相赠》里说：『故人供禄米，邻舍与园蔬。』他刚到成都，当时还互不相识的邻居，就将自家菜园里的蔬果送与他。如此慷慨且满怀善意的友邻，让流浪中暂时止息四川的杜甫，在成都寻得了片刻温暖与安宁。所以，此一讲，我们要从杜诗来看看当时他的社交圈，先从邻居说起。

第五讲

从此数追随

北邻与南邻

在20世纪七八十年代，北大陈贻焮教授写过一本非常详尽的《杜甫评传》，该书清晰地考证出杜甫草堂因将就江边地势，故与寻常坐北朝南的房屋不同，而是坐西向东，邻居却在他家的南边和北边。他就住在草堂里，开始与邻居互相往还。

先看住在北边的邻居。

北邻

明府岂辞满，
藏身方告劳。
青钱买野竹，
白帻岸江皋。
爱酒晋山简，
能诗何水曹。
时来访老疾，
步屧到蓬蒿。

明府岂辞满，
藏身方告劳。

指明北边这位邻居曾经是个县令，但是一轮任期还没满便辞职了，随后来到浣花溪边隐居。他告诉杜甫，其实在官场当领导是很累的，不如在这儿来当隐士耕读，过另外一种可能较为贫寒却轻松简单的日子。

青钱买野竹，
白帻岸江皋。

邻居自己花钱买了很多竹子来栽。为什么是“青钱”？早期的铜钱都混有铅，颜色紫中带青，所以叫“青钱”。这位明府没有杜甫的名气大，他不能写首诗就可以跟绵竹县令要竹子，只能自己花钱买野竹来造竹林。

“白帻”是什么？在古代，男人是不剪头发的，长长的头发梳成一个发髻，用布或绸束起来，再戴上头巾。头巾就是“帻”。这位北边的邻居就戴着白色的头巾。“岸江皋”则很形象地描绘出这个头巾立在额头上，有点像江边护堤岸砌的石墙。“江皋”就是江边的高处，“岸”有着双重描写的意味。这句诗更深层的含义则是在说，这位邻居戴着头巾站在江岸上的形象也有点伟岸。

爱酒晋山简，
能诗何水曹。

这一联既符合律诗对仗的要求，又用了典故让其内涵更加丰富。

山简是晋代人，当过太守、刺史，每天的生活主要是骑马、吟诗、办公，然后喝酒。自是名士风流。比山简名声更盛的是其父亲山涛。竹林七贤之一的嵇康与山涛交好，后来山涛要到朝廷去做大官，他原本的职位就空出来了，由于他不愿旁人来接班，便推荐了好友嵇康。嵇康根本不是想做官的人，就认为山涛不了解自己，其行为更是在侮辱自己，于是要跟山涛绝交，便写了一篇著名的散文——《与山巨源绝交书》。山涛其实是仗义的，山简作为山涛的儿子，有乃父遗风。古诗里的山简爱喝酒，杜诗里的这位北邻对酒的喜爱就如山简一般。

何水曹，本名何逊，南朝宋、齐、梁、陈四朝中的梁人。据《梁书》记载：“何逊，字仲言……逊八岁能赋诗……天监中，起家奉朝请，迁中卫健安王水曹行参军……”何逊八岁就能作诗，以梅花诗最享盛名。杜甫在《和裴迪登蜀州东亭送客逢早梅相忆见寄》一诗中写道:“东阁官梅动诗兴,还如何逊在扬州。”为何要说何逊在扬州?因为何逊在扬州写过一首《咏早梅》,其中有两句流传千古:“衔霜当路发,映雪拟寒开。”冬天的大路上还蒙着霜,天上还下着雪,路边的梅花在这样一个寒冷的季节盛开了。太多人见过这样的景色了,但在何逊之前从没有人如此生动地将这般景象呈现出来。所以后来人们认为第一个写梅花的人或者说写梅花写得最好的人就是何水曹,杜甫也非常欣赏他。

这里杜甫就用山简和何逊二人来与这位北邻做比较,说他像山简一样洒脱、爱喝酒,又同何逊一样有才华,能看出他这位邻居绝不是普通的老百姓。

时来访老疾,
步屟到蓬蒿。

“老”字我之前说过,杜甫总是在自己诗里称老,其实他写这首诗时才五十一岁。那“疾”呢?杜甫在另外一首草堂诗里写“患气经时久”(《宾至》),“患气”用今天的话说就是肺气肿,哮喘。杜甫觉得这个邻居对他很好,经常来看望他,恐怕还不是空手来,也许拿了条鱼或者带了瓶酒。“屟”是草鞋或木屐,如今在日本还很常见,那是日本人从中国学去的。杜甫的这位邻居也很随性,踏个木踏板就来串门了。“蓬蒿”是杜甫的自谦,形容自己贫寒。李白的“仰天大笑出门去,我辈岂是蓬蒿人”中,“蓬蒿”也是此意。

这就是杜甫笔下的北邻。

杜甫第二首关于邻居的诗是《南邻》,顾名思义,是住在南边的一户人家。《北邻》是一首五言律诗,《南邻》是一首七言律诗。古人把一个字叫一言,两个字叫两言。中国人一开始写的诗基本是四言,比如《诗经》,后来就发展到五言,再到七言,诗句越来越长,越来越复杂,但是修辞的空间也变大了。其表达的意思也更丰富,更完备,这是增加字数所带来的表达上的丰满。

南邻

锦里先生乌角巾，
园收芋栗未全贫。
惯看宾客儿童喜，
得食阶除鸟雀驯。
秋水才深四五尺，
野航恰受两三人。
白沙翠竹江村暮，
相对柴门月色新。

锦里先生乌角巾，园收芋粟未全贫。

过去的成都，一出城就是锦里，也就是锦官城。据考证，那时候锦官城就在从万里桥到今天的百花潭公园之间这一带。

这位南邻自称锦里先生，或被人如此称呼。他戴着“乌角巾”，就是黑色的头巾折出角来。锦里先生的菜园里种了芋头、粟米，显然不是很贫苦的人家。有些书上将“粟”写成“栗”，我认为不太对，栗是板栗，但我们几乎没有在川西坝子见过栽板栗的，只有盆地周围的山区才种板栗，但从文意上来讲，写作“栗”也说得通。可我们既然是讲成都，就得对平原上的物产有些讲究。

惯看宾客儿童喜，得食阶除鸟雀驯。

他家的小孩儿都看惯了常有客人来访，还因此而欢喜。如果是一个吝啬的，很少跟人往来的人家，教养不出来这样的小孩。这样的人家若有客人来，主人会防备，舍不得自己的东西，小孩也会感到羞怯紧张。但南边的邻居家的小孩是“惯看宾客”，杜甫前来拜访，家里的小孩都很高兴，说明这家主人很好客，家里常有客人来访。“阶”是台阶，“除”也是台阶，是通向院子里的台阶。后一句表示小鸟在他家台阶上找得到吃食，即便有客人来了也不飞走，就好像被他们家喂养驯化了一般。后人说，杜甫会写诗，他不直接写主人好客，而是通过小孩和鸟雀的反应来侧写这家人乐善好施，不仅对人友善，对鸟雀也同样友善。同时杜甫也在赞扬主人忘机，是个有道家风范的人。“忘机”是道家术语，意为不太纠结于人世间的烦庸，且打通了跟自然界的关系，能够与自然和谐相处。杜甫通过前两联，既描写了锦里先生家的场景，又间接表扬他的好客以及对自然事物的尊重。

秋水才深四五尺，野航恰受两三人。

刚才还在说别人家，怎么突然说到船上去了？按照陈贻焮教授的分析，杜甫与他的南邻之间隔着浣花溪，所以到南邻家去要坐船。这时已经是760年秋天，水又退到了四五尺深，杜甫划了条只能乘坐两三人的小船到河对岸去。有宋代的诗评人讲，杜甫真会用词，如果我们来形容，可能会是“野航恰坐两三人”或“恰乘两三人”，但杜甫写的是“受”。杜甫在《春归》里也有一句“轻燕受风斜”，还是用“受”，承受。在杜甫之前，似乎没有人这样活用一个“受”字，这样的字词就成了诗眼。

“秋水才深四五尺”里的水其实有象征意义。水在中国古代诗歌里跟情感有关。“桃花潭水深千尺，不及汪伦送我情。”“孤帆远影碧空尽，唯见长江天际流。”写水吗？当然是，但同时也写的是人与人之间的情感。刘勰在《文心雕龙》里说：“是以‘在心为志，发言为诗’，舒文载实，其在兹乎！诗者，持也，持人情性；三百之蔽，义归‘无邪’，持之为训，有符焉尔。人禀七情，应物斯感，感物吟志，莫非自然。”诗缘情而生，不同于思辨的文字、叙事的文字，诗是因情感的动荡及宣泄才流淌出来的文字。

回到《南邻》这首诗，杜甫没有写与邻居喝酒，没有写吃肉，也没有写聊天，却写晚上月亮升空后，主人非常殷勤地划上小船，一直将杜甫送到他家院子的柴门边才回去。

白沙翠竹江村暮，
相对柴门月色新。

今天的锦江边已经看不见沙滩了，两岸只有水泥浇筑的堤坝。但在杜甫的年代，锦江边还有干净的白沙滩，白沙后还有翠竹，要过了翠竹林才是村庄。沙滩、竹林、村庄顺着河流自然分布。

读《卜居》时我们知道了“主人为卜林塘幽”“唯有澄江销客愁”，杜甫的北邻和南邻又分别是戴白头巾的前明府和戴乌角巾的锦里先生。看来，当年浣花溪一带不仅生态条件好，就连居民也多是有隐居倾向的文化人。

杜甫这位南邻，姓朱，信道教，故也称山人，头戴方巾，家中有“得食阶除鸟雀驯”的忘机气象。杜甫为这位南邻还作过一首《过南邻朱山人水亭》。

过南邻朱山人水亭

相近竹参差，
相过人不知。
幽花欹满树，
小水细通池。
归客村非远，
残樽席更移。
看君多道气，
从此数追随。

相近竹参差，相过人不知。

两家住得近，中间有竹林参差相接。他们穿过竹林互相走动时，旁人都看不见。“过”不是过去的意思，而是“过往”，指人与人之间的往来。

幽花欹满树，小水细通池。

“欹”通“倚”，表示斜着、靠着。在读《水槛遣心二首》的时候我们就读过“澄江平少岸，幽树晚多花”。“幽花欹满树”和“幽树晚多花”是互相可以印证的，描绘手法也差不多，景象也几乎是相同的，但用不同的词进行组合，就能描摹出不同的意韵，达成不同的效果。并且，这人门前有一条大江还不够，还要挖一条小溪引到家门口，建起一口小小的池塘。看来这朱山人还很有生活情调。

归客村非远，残樽席更移。

两个人常在一起喝酒，估摸着就是在院子的树荫下摆张小桌子喝酒。一坛还没喝完的酒就叫“残樽”。所以这句话是说酒还没喝完，但树荫已经偏了，把两人暴露在了太阳底下，于是就将桌子又移到树荫下继续喝。就这样，一天移了几次桌子后，就到了黄昏，酒喝光了，菜也差不多了，可以散伙了。

看君多道气，从此数追随。

在杜甫这儿直接说朱山人有道家气象——忘我，置身物外。我们今天说一个人有“道学气”，是在说这人太迂直了，有点贬义。而杜甫说的“道气”是洒脱的意思，因此他对朱山人说：因为你身上这种气质，所以我愿意与你经常来往。我们可以想象出，他们不光喝酒了，可能还把酒论道。二人“同气相求”，正是“物以类聚，人以群分”。

杜甫在他三十来岁时也问过道。那时李白刚从皇宫里出来，满心失意，离开唐玄宗，离开杨贵妃，和杜甫一起去访道。这在杜甫自己的诗里有证明，我把这叫作“以诗证诗”。杜甫在《忆昔行》中写道：“弟子谁依白茅室，卢老独启青铜锁。巾拂香余捣药尘，阶除灰死烧丹火。”他们到大山里去寻一位很有名的道士，但是这个道观已经很久没人住，青铜锁生锈了，到处都是道士炼丹炼药产生的尘土，炼丹炉也熄火了。其实，他们要寻访的道士已经过世了。

杜甫写《忆昔行》是在 761 年，和李白一起寻道是在 744 年，李白确实曾当过道士，如和尚剃度一般正式受过符。同行的杜甫虽然自己不信道，但对道也深有研究。所以杜甫才能够和朱山人相谈甚欢。

请公放笔为直干

唐代有一位大画家叫韦偃，《历代名画记》中有明确记载：『韦偃，工山水。』他山水画得好，僧人画得好，老松树画得好，松树下面的怪石也画得好，马也画得好。《历代名画记》里说，画马画得最好的两个人，一位是韩干，另一位就是韦偃，到今天，韦偃的画马图仍有流传。

韦偃也曾因战乱而流浪，但画家的日子总比诗人好过，因为大家愿意为画付钱，更何况韦偃当时已经非常有名了。同样流落到成都的韦偃前来看望杜甫，并为杜甫在草堂的东壁作了一幅画，可惜今天我们无法得见此画。好在，杜甫为这壁上画题了诗，让后人能窥见一二。再补充一句，古人是会直接在壁上作画的。苏轼在黄州，自己盖了房子，墙上空空，家徒四壁，便以一面墙画了满幅雪景，这房子也因此叫了雪堂。

题壁上韦偃画马歌

韦侯别我有所适，
知我怜渠画无敌。
戏拈秃笔扫骅骝，
欻见麒麟出东壁。
一匹龁草一匹嘶，
坐看千里当霜蹄。
时危安得真致此？
与人同生亦同死！

韦侯别我有所适，知我怜渠画无敌。

韦偃要到另外的地方去，来草堂跟杜甫告别。这里的“怜”不是没有今天的怜悯的意思，但大部分时候还是可爱的意思。“渠”是古代第三人称，“怜渠”便是“爱他”。杜甫是在说：韦侯知道我爱他那天下无敌的画。

戏拈秃笔扫骅骝，欻见麒麟出东壁。

韦偃见他家草堂壁头上空无所有，便随手拿起笔在墙上画了几笔，很快，两匹漂亮的马就神奇地出现了。“扫”就是很快的意思，“骅骝”和“麒麟”都是形容马的风致与神采。杜甫在《奉简高三十五使君》中也写过“骅骝开道路，鹰隼出风尘”，形容高适出门的仪仗雄伟。古人喜欢在墙壁上留作品，旅馆的墙壁上，家里的墙壁上，随兴而到，便题一首诗，画一幅画。此时韦偃就是在杜甫草堂的东壁上作画。注意这个“欻”字，杜甫用“欻”这个象声词来表示“很快”，韦偃笔下的马就活灵活现地从墙壁上出来了。

一匹龁草一匹嘶，坐看千里当霜蹄。

“龁”就是啃的意思，大概草很浅才会用到啃。一匹马在啃草，一匹马正昂头在嘶鸣。杜甫坐在旁边一看，马儿就好像要奔跑起来了。

《庄子·外篇》中有一篇名为《马蹄》的文章，文中说：“马，蹄可以践霜雪，毛可以御风寒。”意思是马蹄子坚硬，擅跑长路，即便是寒冷的霜雪，也被它践在蹄下，它身上的毛披覆起来又可以抵御风寒。所以杜甫在“坐看千里当霜蹄”这一句中暗暗用了《马蹄》的典故，化用了“蹄可以践霜雪”一句，形容韦偃画的马就像《庄子》里的那匹马一样，可以奔驰千里，哪怕冰霜雪地都挡不住，可见马的神采。

时危安得真致此？与人同生亦同死！

这个时候杜甫的生命之感就来了。他感叹在这样一个动荡的世界当中，要真有一匹这样的马就好了，为什么呢？因为他希望陪伴在自己身边的不是画的马而是真的马。马可以跟主人同生共死。此句马上就将他那漂泊动荡的心境淋漓尽致地展现出来了。

孔子时代说文人君子需要具备六艺，即礼、乐、射、御、书、数。御就是指要会驾驭马车，要能驾驭马。所以杜甫想着，若此时能有马匹陪在身边，心里会感到安慰。

杜甫最喜欢的自然题材，除了雨、江与山，再就是动物。动物他爱写两种——马和鹰。在来成都之前，杜甫早年就写过咏马和鹰的诗，比如《房兵曹胡马》。

房兵曹胡马

胡马大宛名，
锋棱瘦骨成。
竹批双耳峻，
风入四蹄轻。
所向无空阔，
真堪托死生。
骁腾有如此，
万里可横行。

这首诗写的是一位姓房的兵曹拥有一匹胡马。兵曹是兵曹参军的省称，唐代为府、州设立的“六曹”或“六司”之一，在府称“兵曹参军”，在州称“司兵参军”，为管兵事等的官员。房兵曹拥有这匹好马，就相当于在今天有辆五百万的豪车。

胡马大宛名，锋棱瘦骨成。

胡马就是从西域来的马。西域诸国中，又以大宛的马最有名。房兵曹的马就是从西域大宛来的最好的胡马。这胡马虽然很瘦，但看着凌厉硬气。

竹批双耳峻，风入四蹄轻。

胡马的耳朵竖立着，就像斜着削出的竹筒，锋利而精神。它跑起来是那么轻盈，风就像在它四蹄底下拂过一样。

所向无空阔，真堪托死生。骁腾有如此，万里可横行。

最后这两联与《题壁上韦偃画马歌》的结尾“与人同生亦同死”一句要一起来看，都是赞叹马匹同军人的两位一体。

看，杜甫的草堂不是有了《堂成》一诗就完工了，他还要不断加以修饰。墙壁上有了当时最有名的画家画的马还不够，他又想到韦偃画松树、老僧跟他画的马一样好，于是杜甫又去拜访韦偃，或者就在那天，酒酣耳热之时，求韦偃作了一幅《双松图》，并为此作了一首诗——《戏为韦偃双松图歌》。

戏为韦偃双松图歌

天下几人画古松，
毕宏已老韦偃少。
绝笔长风起纤末，
满堂动色嗟神妙。
两株惨裂苔藓皮，
屈铁交错回高枝。

白摧朽骨龙虎死，
黑入太阴雷雨垂。
松根胡僧憩寂寞，
庞眉皓首无住著。
偏袒右肩露双脚，
叶里松子僧前落。

韦侯韦侯数相见，
我有一匹好东绢。
重之不减锦绣段，
已令拂拭光凌乱。
请公放笔为直干。

天下几人画古松，毕宏已老韦偃少。

杜甫先吹捧一下韦偃：天下有几个人能把松树画到你这样的水平呢？毕宏画得好，但是他已经老了，而你韦偃正在创作高峰期，正在当画之年。

绝笔长风起纤末，满堂动色嗟神妙。

韦偃画完松树放下笔，画上的松树间就好像有浩荡的山风回荡。从哪里看到浩荡的山风的？就是从松树的那些枝丫上，从那些最细微的笔触上感到的。韦偃的画作，风涛满纸，生动至极，气势逼人，围着一起欣赏的人都在赞叹，画得太神了！太妙了！“嗟”就是赞叹的意思。

两株惨裂苔藓皮，屈铁交错回高枝。

既是题“双松图”，自然要写出双松的形态。松树的皮越老越斑驳，因为树枝在不断地生长，老树皮就不断被撑开。杜甫用“惨裂”两字来形容松树皮的龟裂，而且这古松皮上还生了苔藓。那些老的枝干就像黝黑坚硬的铁一样弯曲交错，所以叫“屈铁”。为什么是“回高枝”？我们回想一下松树的姿态就会发现，松树的下段只有树干，枝丫都在树干高处。

白摧朽骨龙虎死，黑入太阴雷雨垂。

“白摧”就是我们今天说的留白，留白的地方是要显示树干、树皮的纹理。树干的形状并不是真的画成了死的龙或死的老虎的样子，而是说这树干的斑驳纹路就像龙虎死去后留下来的骨架一样磅礴有力。“黑入”，就是用了浓墨手法。“黑入”的地方有着乌云滚滚、风暴雷雨将要降下来的神态。李贺的《雁门太守行》也描写过这种情景——“黑云压城城欲摧”，但杜甫所处的年代李贺还没有出现。这一联就是写留白与浓墨两种画画技法形成了两种氛围，形成强烈的对比，再以龙虎死去留下来的骨架做比喻，让人看到画上松树伫立在那里是怎样的一种气势跟姿态。

松根胡僧憩寂寞，庞眉皓首无住著。

在松树下憩息着一名老僧，长眉白头，神情超脱。“胡僧”是指从西域来的僧人，唐代社会很开放，传教僧人多来自西域。这个时代是唐玄奘去印度取经的时代，也是佛教大范围输入中国的时代，所以在中国走动的胡僧很多。这里的“寂寞”带有佛教含义，表示胡僧在这里打坐入定很是空寂。这是一种境界，而不是今天我们说的“孤独”。“庞眉”是指这位胡僧眉毛很长，“皓首”是指白头发，“无住著”则是佛教的名词。《金刚经》里说“应无所住，而生其心”，《大佛顶经》里说“名无住行，名无著行”。“住”是什么呢？比如说，我手上拿了个话筒，当你突然开始在意它是个话筒的时候，你就被名相拘住了。对佛教来说，一切都是空，一切都是过眼云烟，所以不能“住”，也就是不能着急去定义；不能“著”，也就是不能执着，不能在某个事物上有执念，这就叫“无住生心”。古人表扬杜甫说他写什么像什么，写什么是什么，他不一定信佛教，但是他一定懂，不然就不能随手写出“无住著”这类佛经里的话来。因为这是佛教的核心观念。今天有很多人戴手串，偶尔还念两句《心经》，《心经》里说“心无挂碍”“无无明”，也是这个意思。入定后，一切虚妄皆不存在，是为空寂。

偏袒右肩露双脚，叶里松子僧前落。

前一句是描绘胡僧的形象，后一句说松树子成熟了，落在胡僧的身前身后，其实也是一种非常空寂的景象，是前一句的“憩寂寞”的生动写照，是那种境界的再次加强。

菩萨，佛的造像初入中国的时候，都袒露着上身。如今我们可以通过观察佛像、菩萨穿什么衣服、戴什么首饰，或者怎么穿衣服，来推测它是什么年代造作的。比如早期的佛像是袒露着上身的，但渐渐地，中国人觉得佛像如此庄严，不穿衣服有点不太好，那就戴点佛珠、璎珞之类的饰品来装饰一下，一直到宋代，佛像就穿得“吴带当风”了。从佛像的穿戴演变中我们亦能看到佛教逐渐中国化的过程。

《金刚经》的开头说：“一时，佛在舍卫国祇树给孤独园，与大比丘众千二百五十人俱。尔时世尊，食时著衣持钵，入舍卫大城乞食。于其城中次第乞已，还至本处。饭食讫，收衣钵，洗足已，敷座而坐。”佛，也就是佛教创始人释迦牟尼，这经记他的讲学非常生动，有一千二百五十个人聚集来听他讲法。那时佛教讲究苦修，寺庙里不会开火做饭，所以吃饭只能到城里去讨饭化缘。“于其城中次第乞已”是什么意思？有些和尚化缘念经老往富贵人家跑，但释迦牟尼不这样，不管吃不吃得饱，只准讨七家饭，而且不准挑人家，即便是挑到乞丐门口也算一家。还规定化缘只能站在门口不能进门，让主人家把正在吃的东西给盛一瓢，这叫吃百家饭。真正苦修的和尚化来的饭食也不能在那儿当众吃，而要“还至本处”。可能有人会问，那饭凉了，或者路上有苍蝇蚊子叮，又或者有大车扬起的尘土弄脏了饭菜怎么办。那还是必须得“还至本处”，回到讲法的地方把饭吃掉。吃完饭后，佛还要将讨饭钵洗干净，又因为走出去踩了一脚泥，所以也要把脚洗干净，才能“敷座而坐”继续讲法。这时有一位名为须菩提的弟子来求解，他从人群中站起，“偏袒右肩，右膝着地，合掌恭敬而白佛言”。所以“偏袒右肩”以及打赤脚是从释迦牟尼佛倡言佛教成立的时候就已经约定俗成的基本规矩。

韦侯韦侯数相见，
我有一匹好东绢。

杜甫说：老韦啊，我俩都见了多少次了，今天来看你的画，我带了一匹好绢过来。丝绸有罗、绸、缎、锦、绢等很多种类，其厚薄、纹样、质地都各有不同。绢在那个时候常用来画画、写字，今天流传的很多名作都是书画在绢上，比如宋四家之一米芾的好些帖就是写在绢上。东绢是四川盐亭县出产的一种丝绸，叫鹅溪绢，简称东绢，在当时很是出名。据说盐亭县是嫘祖的家乡，杜甫流浪的时候曾到过盐亭，因此还曾在《行次盐亭县聊题四韵奉简严遂州蓬州两使君咨议诸昆季》一诗中写下“马首见盐亭，高山拥县青”的诗句。

重之不减锦绣段，
已令拂拭光凌乱。

杜甫非常喜欢、非常看重的这匹东绢质地很好，展开后光影投在上面，能看见绢面像阳光照在清澈的湖面一样波光粼粼。

请公放笔为直干。

杜甫其实就在变相地要人家的画，肯定画好后就拿回去挂在自己的草堂里了。

虽然如今我们无法在草堂见到韦偃的《双松图》，也看不到那两匹马了，但我们可以从杜甫的诗里看到他们之间的交往。他先对着韦偃的画进行鉴赏，最后“图穷匕见”，说：你看你都要离开了，要不就给我也画一幅吧，若是哪天我也要走了，画在壁上那两匹马带不走，至少这匹绢还可以带走。万一我在路上生活不下去，也许还可以换点钱。如果这两幅画都在，那今天杜甫草堂就更不得了，光是这两幅画就值若干个亿了。

杜甫的朋友圈里还有一位画家，《戏题王宰画山水图歌》一诗，就是写杜甫同这位画家交往，和品这位画家的画。

戏题王宰画山水图歌

十日画一水，五日画一石。
能事不受相促迫，王宰始肯留真迹。
壮哉昆仑方壶图，挂君高堂之素壁。
巴陵洞庭日本东，赤岸水与银河通，中有云气随飞龙。
舟人渔子入浦溆，山木尽亚洪涛风。
尤工远势古莫比，咫尺应须论万里。
焉得并州快剪刀，剪取吴淞半江水。

这位画家叫王宰，也是《历代名画记》中有过记载的一位。王宰是成都人，擅长画山水，尤其是蜀中山水。蜀中山水很有特点，过去有不少人为了画出蜀中山水的味道而专程来到四川。比如跟杜甫同时代的王维，据说他到秦岭，入四川，就是为了画蜀中山水。

十日画一水，五日画一石。

这两句不是说王宰一定要十天才能画条水，五天才能画一个石头，而是说这个人画画很认真，很精细，很缓慢。

能事不受相促迫，王宰始肯留真迹。

王宰认真作画，他不受任何人催促，付多少钱催都不行。想多少天画完就多少天画完，想什么时候画就什么时候画，这样才肯“留真迹”。

壮哉昆仑方壶图，挂君高堂之素壁。

这是说王宰的山水画有个特点，哪怕是尺幅之间都能呈现出万里江山的壮阔景象。过去古人说“海上有仙山”，传说中的仙山有三座——方丈（也称方壶）、蓬莱和瀛洲，李白《梦游天姥吟留别》一诗里面就曾写到“海客谈瀛洲，烟涛微茫信难求”。方壶是东海外的岛，在中国的最东边，与最西边的昆仑山东西对应。这里也并不是说王宰真的画了昆仑和方壶，而是说这幅画的气势恢宏，从最西边到最东边的壮阔景色都被他纳入画境当中，然后被挂到某一人家的墙壁上。

巴陵洞庭日本东，赤岸水与银河通，中有云气随飞龙。

这是写王宰画了一条江，大概是从三峡一带开始，流过洞庭湖，一直流到了日本的东面。“日本”是过去中国人说太阳升起来的地方，是“日所从本”的意思。王宰画中的水流差点就流到了日本。水沿着红色的山崖，一直流到跟银河相接的地方，在云气迷茫之间，好像有龙在天上飞舞。这也是极言王宰的山水画在尺幅之间的壮阔。“赤岸”不是特指某个地方，而是说江流上水波浩荡，很多红色山崖被江流激荡，所以叫赤岸。

舟人渔子入浦溆，
山木尽亚洪涛风。

画上不只有山水，水上还有船，船上有人在打鱼，打鱼人正摇船到岸边去，“浦”“溆”都是指水岸边。山上画了森林，当风吹过森林的时候发出的声响跟涨洪水时的涛声一样澎湃激荡。画面本来是没有声音的，但是杜甫的形容好像真的让我们听见了这林涛声。

尤工远势古莫比，
咫尺应须论万里。

这里也在说王宰尤其擅长画出辽远壮阔的气势，从古到今无人可超过他，在咫尺间能够画出万里江天的景象。

焉得并州快剪刀，
剪取吴淞半江水。

并州在今天的山西、河北一带，在那一带有个地方出的剪刀好，就叫并州剪刀。杜甫很喜欢这幅画，说就像是用并州的好剪刀从上海淞江剪下来一块水一样，有一种水天浩茫的感觉。

走觅南邻爱酒伴

说完画，我们再看杜甫又一位邻居——斛斯融。『斛斯』是复姓，此人名融，在家排行第六，『官』其实是老百姓的意思。老百姓为什么称『官』呢？四川话在今天都还有『哥佬官』这样的称呼，没有当官的人才称『官』，当官的则称呼职务。我经常讲，杜甫既有精雕细刻、文雅生动的语言，也会不断使用口语入诗。

闻斛斯六官未归

故人南郡去，
去索作碑钱。
本卖文为活，
翻令室倒悬。
荆扉深蔓草，
土锉冷疏烟。
老罢休无赖，
归来省醉眠。

故人南郡去，去索作碑钱。

故人，老朋友，他往南边去了，给人家写碑文赚点钱。据说这人写得一手好字，文章也写得不错，虽说在唐代的诗人写诗不赚钱，但是写字赚钱，画画赚钱，还有写两种文章能赚钱。哪两种呢？第一种是墓志铭。今天我们考古学家挖掘唐墓，墓里就会有一篇墓主人的传记，记述了墓主人是谁，干过些什么，这就是墓志铭。如今，墓志铭也成为恢复历史事实的重要来源之一。一般人过世是不写墓志铭的，只是有身份的人才写，并且要请有一定名望、文章写得好的人来写，因为墓志铭不是只记纸上，还要刻碑，最后石碑跟人一起下葬。第二种是为一些有功德事而作的文章，比如有人在河上修了桥，在路边建了亭子，这样的好事值得留存下来，也需要好文章。例如苏东坡的《喜雨亭记》，因当地长期不下雨，于是县里修了座亭子来祈雨，果然亭子修好就下雨了，主政官便请苏东坡写文章将这件事情记录下来，这才有了《喜雨亭记》。再如“滕子京谪守巴陵郡，越明年，政通人和”，于是也要修个楼纪念一下子，“乃重修岳阳楼，以增其旧制”，就请范仲淹出手，写《岳阳楼记》记录这件事情。唐代的时候，有人靠这个行当挣钱，还挣得不少。

杜甫早年有一个叫李邕的朋友，就是靠给人写这样的文章，挣钱不少，生活过得很阔绰，也曾给过杜甫一些资助支持。

杜甫诗中的斛斯融不在家，原来是他给别人写了碑文，对方一直没付钱，所以斛斯融上门索钱去了。古代有评诗人说，那个作碑的人不厚道，给你作了碑你却不付钱。但也有人批评斛斯融，说他也太没骨气了，没给就不要，还专门跑到人家门口去讨，有失文人身份，总之两边都有人骂。

本卖文为活，翻令室倒悬。

这是句大白话，我们能看到杜甫不仅可以在字词上精雕细琢，不露痕迹地修辞，也可以用这种散文式的句子。这就是杜甫用散文式的句子入诗。杜甫说这个斛斯融本身靠卖文来生活，但一家人的生活却过得很不好。这是为什么？在野史里有一点记载，说斛斯融这个人，年入十万贯，但生活习惯不好，烂酒，恐怕还沾点黄赌，所以家里经常没钱。“倒悬”是什么意思？就是古代人的“过不下去了”。最早发明“倒悬”的是汉代的一名官员，这名官员天天给皇帝提意见，但是皇帝又不理会他，于是他就想了一个极端的方式，把自己倒吊在宫门口，皇帝不听他的意见他就不下来。皇帝还只好假装听取，赶紧让他下来。到后来，“倒悬”就慢慢演变成人活不下去的意思。所以我们经常在古文当中看到“解民于倒悬”这样的字句。

荆扉深蔓草，土锉冷疏烟。

斛斯融家门口的草都长得很深了，家里的陶锅下也有好久不生火了。“土锉”就是陶锅。

老罢休无赖，归来省醉眠。

最后是杜甫责备他的话，古人说“无所依赖而错行”，指年轻人因为没有父母家族依靠，又不是学霸，结果就去混社会，结果入错行，走错路了，这就是无赖。杜甫批评斛斯融都这么大岁数了，明明作碑文可以赚些钱回来，却偏要像年轻的无赖一样一回来就喝得烂醉，睡几天又走了，对家人不管不问。

洪迈在《容斋续笔》中提道：“作文受谢，自晋宋以来有之，至唐始盛。李邕犹长碑碣，天下多赍金帛求其文。”“作文受谢”即指为他人写文章之劳接受酬谢，也叫“润笔”。这一规矩自晋朝时期就已开始流行，到了唐代已经发展成了一项约定俗成的惯例。因此，正如我之前提到的杜甫的朋友李邕。李邕犹长碑碣，天下很多人纷纷献上财物来求他的文章。

杜甫在成都期间也曾通过这种方式挣点小钱。然而，杜甫的散文水平与他的诗歌相比差距明显，只能被称为中资，他的真正才华还是在于诗歌创作。在成都，他去蜀州（今崇州），那时的唐兴县，就写过一篇《唐兴县客馆记》：

中兴之四年，王潜为唐兴宰，修厥政事……咨于官属、于群吏、于众庶曰：“邑中之政，庶几缮完矣。惟宾馆上漏下湿，吾人犹不堪其居，以容四方宾，宾其谓我何？”

这里的“宰”指的是县宰或县令。“修厥政事”表示整顿吏治，具体内容不再赘述。杜甫赞扬了王潜在短时间内改善了县政，但还存在的问题是县里的招待所漏水，这令王潜感到不满。王潜说，自己都不愿住在漏水的招待所，更别说用来接待四方宾客了。他担心领导们对此会有看法，因此决定修缮招待所，并请杜甫记录下整个过程。

目前关于这个唐兴县的具体位置存在争议，有两个地方都声称杜甫是在他们的地方创作了《唐兴县客馆记》。一个地方是崇州市，崇州过去叫作蜀州，蜀州下辖有四个县，其中一县就叫唐兴县。另一个地方是遂宁的蓬溪县，他们宣称杜甫在那里居住时间更长。

然而，就这个问题而言，我倾向于崇州。目前还没有确凿的历史记录表明杜甫曾到过蓬溪。

当然，这种争执也是为有利于当地开展文化旅游。未来，他们也许可以将县委招待所改建成唐兴县馆，建造成古典园林，获得相关认证，从而推动旅游业的发展。

我引这段文字，是用来说明写碑文和文章的缘由。当然，无论是写馆还是写楼，杜甫是写不过其他文学巨匠的。在他之前，有诗歌成就不如他的王勃写过《滕王阁序》，其中有名句“落霞与孤鹜齐飞，秋水共长天一色”。在后来的时代，还有更多名篇，例如苏东坡的《喜雨亭记》，范仲淹的《岳阳楼记》。《岳阳楼记》还有一个与《茅屋为秋风所破歌》“安得广厦千万间，大庇天下寒士俱欢颜……吾庐独破受冻死亦足”不相上下的宏伟表达：“居庙堂之高，则忧其民；处江湖之远，则忧其君”“先天下之忧而忧，后天下之乐而乐”，这都是心怀天下、家国之愿。我们当然可以夸赞杜甫的诗歌，但他的散文确实相对平淡了。

我们也要原谅杜甫，那时他得为生活奔波，不仅要向人借钱，有机会挣笔小稿费还是很不错的。

关于斛斯融，杜甫的《江畔独步寻花（其一）》也写过他：“江上被花恼不彻，无处告诉只颠狂。走觅南邻爱酒伴，经旬出饮独空床。”他本来是准备和这个酒友一起去江边赏花，于是去南郊找那位热爱酒的伙伴，结果扑了空，这个好友写碑挣钱，挣到钱就出去喝酒，连家也不回，所以杜甫找不到他。这首诗也是“以诗证诗”，也就是杜甫好些诗可以互证的例子。证的是谁？老杜自己就在诗里加了注释，说“爱酒伴”就是斛斯融。杜甫去寻斛斯融，打算与他一起去看“黄四娘家花满蹊”，大概也是为了实现前面提过的规劝，希望斛斯融不要老来还无赖，结果斛斯融又不知道去哪儿了。

再一年，成都就爆发兵变了，使杜甫也不能在草堂安居，而去梓州一带漂泊。当他再回草堂，心情就很沉重了。因为那位充满才情、热爱酒的老朋友已不在人世了。杜甫为此还写了《过故斛斯校书庄二首》，以表达他的惆怅之情。

过故斛斯校书庄二首（其一）

此老已云殁，
邻人嗟未休。
竟无宣室召，
徒有茂陵求。
妻子寄他食，
园林非昔游。
空余繐帷在，
淅淅野风秋。

此老已云殁，邻人嗟未休。

杜甫一回来就打听这位老朋友，却得知他已经去世了，“殁”即死。周围的人都感叹，却又都不知道该如何表达这种惋惜。斛斯融就是一个有着独特的个性，奔放不拘的人。他生也自由，死了还让人为他百感交集。

竟无宣室召，徒有茂陵求。

斛斯融是才华横溢的人，他曾经也怀有司马相如那样的抱负，但皇室没有召他去做官，他的抱负最终没有实现。最后的命运也就是一堆黄土。

妻子寄他食，园林非昔游。

这个人本来家庭责任感就不强，如今他去世了，他的妻子不得不去投靠亲戚或者改嫁，那个荒废的园子也不再是以前的模样了。

空余繐帷在，淅淅野风秋。

破窗户上，还挂着从前的帷帘，但也相当破旧了。冷风轻轻吹拂，雨淅淅沥沥地下，寒冷的秋风使人心情更加沉重。我不忍再说下去了，也罢，也罢。

上面讲到的这些人是杜甫在成都的真朋友。这些朋友大都是有一定文化，与杜甫志趣相投的人。

从《成都府》到《堂成》，再到“堂前江，亭外雨”，实际上是杜诗从外部环境逐步深入人际关系的过程。环境是自然的，而杜甫在这个过程中，开始写人。一写人，就意味着介入社会关系和现实生活。马克思曾说过一句话：“要认识一个社会，认识那个时代的社会，就是要看人与人之间的关系。”人与自然的关系是天然存在的，表达现实，更重要的其实是表现人与人之间的关系。马克思认为：“人的本质是一切社会关系的总和。”这关系内容很多，比如经济关系。但是人作为高等级的智慧生物，最终对于关系的诉求，还是会落脚在情感和价值认同上。

杜甫在成都这些时日结交的人，他们每个人都有各自的命运，但都与杜甫在审美和价值追求上产生了某方面的共鸣。往后，我们还会见到杜甫不得不倚仗的、有势力的、没有太多文化或有文化的朋友，又或者是村夫、野老等各种各样的人。毕竟成都是一座悠闲的城市，尽管现在我们的节奏有些快，但我们会尽量用诗歌将它的步伐放得缓慢一点。

杜甫定居草堂以后，在与左邻右舍的交往中感受到了成都人情的淳厚，接下来他就要深入了解成都这个城市的历史人文了。一个城市历经千年，出过些什么人物？积淀下来什么样的文化性格？杜甫要开始探寻这个秘密了。探寻这个秘密的方式是出游。

第六讲

锦官城外柏森森

蜀山
酒家

丞相祠堂何处寻

公元760年，大约在夏天，草堂刚一建成，杜甫就开始出游了，第一站去哪里？他去了锦官城外，今天叫作武侯祠。

蜀相

丞相祠堂何处寻，
锦官城外柏森森。
映阶碧草自春色，
隔叶黄鹂空好音。
三顾频烦天下计，
两朝开济老臣心。
出师未捷身先死，
长使英雄泪满襟。

杜甫从浣花溪出游，第一个感兴趣的地方，是今天的武侯祠。他去凭吊的人物就是诸葛亮。

今天的武侯祠旁，有一条热闹的仿古街区——锦里。锦里这个称呼，唐代时就有，但并不等同今天的锦里。

从前的锦里指南城，涵盖锦江两岸较大一片区域，是一个繁华之地。那时候的纺织工业园区——锦官城就在这里。锦官城旁还有一个车官城，是从汉代就有的制造大车的作坊的集中地。在古代，只要道路条件允许，就是用车辆载人运物。无论是平原还是山路，但凡能用车的时候就要用车，就如诸葛亮出祁山制造的木牛流马。《三国演义》中将木牛流马说得太玄乎了，据专家研究，木牛流马其实是一种可以用不同方式组装的运输工具，平地可以推着行进，是车，上了山路，可以拆开来变成背负工具。

武侯祠也在锦里一带，杜甫就往那里去。

丞相祠堂何处寻，
锦官城外柏森森。

那个年代成都没有旅游局，也没有人印发旅游指南，人们出游只得自己打听目的地。杜甫向人打听武侯祠的位置，得到的回答是，你往柏树林最茂盛那个地方去就行了。于是他发现武侯祠离自己所在地不远，就在锦官城旁，仍属于锦里的范围。这里还种植了很多柏树。自古以来，凡有纪念性的建筑都要栽满寿命长的树木，比如柏树。杜甫就用这两句诗，把出游前的准备，和武侯祠的环境与气氛精练地讲了出来。

映阶碧草自春色，
隔叶黄鹂空好音。

那时的武侯祠很寂静，只有少数感兴趣的人才会到那儿去，不像今天游客络绎不绝。所以，祠堂的台阶都差点要被青草掩埋起来了。黄鹂被浓密的树叶子遮蔽起来，看不见，只能听见它们美妙的声音。如果杜甫不来，黄鹂的婉转歌唱就没人听见，那岂不就是“空好音”了？

前四句，杜甫在工拙之间的转折很自然。前两句几乎就是自问自答的大白话，接下来第二联的两句又精心雕琢形成对仗。杜甫用“自”跟“空”两个字写出了武侯祠的寂寞冷清。

这引起了杜甫的感叹。这感叹有双重含义，一是他自己心情的荒寂寥落；二是诸葛亮三国时虽然有一时间的辉煌事功，但到如今，在普通的人世间，也慢慢湮灭无闻。

三顾频烦天下计，两朝开济老臣心。

“三顾茅庐”的故事家喻户晓。“频烦”不仅是指刘备屡次拜访，请他出山，更是指诸葛亮一辈子殚精竭虑，正如他自己说的“鞠躬尽瘁，死而后已”。他给刘备出谋划策，不光说“三分天下”，更要操三分天下之后怎么维持局面的心。从当时天下的版图来看，蜀国在三国当中力量最小：“魏占十之七，吴占十之二，蜀占十之一。”土地面积、人口，蜀国都不占优势。魏国灭掉蜀国的时候，曾有过蜀国的人口统计——二十四万户，九十四万人。当然，这个数据并不一定准确，因为那个时候劳役太重，老百姓就向着政府够不着的地方逃亡，往凉山逃，往大巴山跑，政府的管理到县以下就很松散了，所以很多人没有进入户口统计。

这一联先说诸葛亮的事迹，最后对诸葛亮在蜀国的地位及做出的贡献作了总结。

公元 221 年，刘备称帝，称帝第二年，征吴失败，死在了白帝城，传位给他的儿子刘禅。《三国志》里，刘备叫先主，刘禅叫后主。诸葛亮先辅佐刘备再辅佐刘禅，长达二十多年。所以“两朝”指诸葛亮经历了两任帝王，先辅佐父亲，后来又忠心耿耿辅佐他的儿子。“济”，是指诸葛亮对朝廷的运转有济世之功。

出师未捷身先死，长使英雄泪满襟。

最后诸葛亮死在出征的路上，也就是五丈原。诸葛亮的命运是悲剧性的。他辅佐了一个不能统一天下的人。所谓恢复汉室，统一天下，在他是明知不可为而为之。诸葛亮也知道，他一出茅庐，给刘备定下的规划，最多就是三分天下。刘备不相信，说我是中山靖王之后，也就是汉朝皇帝的后人，他们姓曹的想夺我们的天下，姓孙的也想夺我们的天下，不行，我们要把它夺回来。但历史规律就是如此，刘备不可能夺得回来，这就导致了诸葛亮“出师未捷身先死，长使英雄泪满襟”。

可是明知最后的结果只会是“长使英雄泪满襟”，诸葛亮为什么还要这么做？杜甫认为，是因为诸葛亮的忠义。

关于中国人的义气，历来有不同的理解。老子的《道德经》，对“义”是批判的。老子说，社会治理的最高境界是什么？道。“道法自然”。如果“道”行不通，那就要用到“礼”，这个“礼”不是“礼貌”的“礼”，是制度，是要让我们的国家、政府制定一些制度。“道”很好，但是很多人不守道，那只好制定强制性的制度，道不行而求诸礼。人是非常奇怪的动物，有些人积极维持秩序，靠礼教人伦。但有些人偏要破坏各种礼法，对于这种人来说，“礼”也不起作用。老子就感叹，说人真是不行。礼不行则求诸法，法治就更强势，有军队，有警察，有监狱，有刑法，也就是还得靠国家。但有一天礼崩乐坏，国家要崩溃，于是法不行而求诸义。这是最糟糕的情况。所谓“义”，就是社会制度崩溃以后，拉帮结派，拉兄弟伙。“义”是几个人之间的。几个人之间有“义”，便认为其他没有结拜的人都是外人，便可以对其行“不义”。这便已经不是治理天下了，是小集团，要在这个弱肉强食的世界里谋取一点自己的利益，甚至不惜巧取豪夺，不择手段，认为只要兄弟之间有“义”就可以了。所以最后真正好的国家治理，依然需要回归到“法”的层面，进而回到“礼”的层面。当然老子认为的最高境界“道”，对我们今天来说有些过于理想化了。

诸葛亮时运不济，遇到的是一个拉兄弟伙的刘备，而不是像开辟汉室几百年基业的刘邦一样能够成就帝业的人。只是诸葛亮依然服从君臣之义，因此他的命运是“知其不可为而为之”，只好“鞠躬尽瘁，死而后已”。

痛感君臣未际会

实际上，在杜甫之前，似乎没有人对诸葛亮给过如此高的评价。在我理解中，这跟杜甫的个人经历有关，这样的评价里有杜甫对自己的同情与自身际遇的感叹。

公元755年，这一年杜甫四十多岁，为求仕进奔波多年，刚刚在朝中当了一年多的右卫率府胄曹参军，这就是个为皇家部队管理武器甲仗仓库的基层小官。结果安史之乱爆发，连皇帝都跑到成都来了，他当然也失去了这只饭碗。太子李亨在灵武称帝后，他前去投奔，然而走到半路，却被安禄山的叛军俘虏了。在长安被监禁了几个月后，他才得以寻机脱逃。他一身破衣烂衫，跑到了凤翔投奔朝廷，这让唐肃宗感动。因为这时候已经有很多人向安禄山投降了，在安禄山的阵营当了官，比如诗人王维。而杜甫没有这样做，于是皇帝授予他一个比以前高的官职——左拾遗。

没过多久，杜甫又被贬了。

唐肃宗是新皇帝，把皇位基本坐稳后，自然要把老皇帝手下的一帮旧臣清理掉。宰相房琯是玄宗朝的旧臣，本就该在清除之列。房琯自己也有毛病，他一个文官，并不擅长打仗，却自告奋勇率大军去跟安禄山叛军作战，去收复长安。由于决策失误两次大败。杜甫写过《悲陈陶》《悲青坂》，就写的是房琯指挥的这两次败仗，好不容易集聚起来七八万兵马，结果丧失殆尽。皇帝自然要追责，便将房琯贬为邠州刺史。房琯被贬还因他过去是唐玄宗身边近臣。但杜甫不懂政治，只认为皇帝对房琯的处理过重，便上疏为房琯求情，结果自己被贬为华州司功参军。再后来战乱之中，杜甫一个小官性命难保，只好举家逃难，这才于公元759年，逃来成都。这过程前面已经讲过。

有这段经历的杜甫，不讨皇帝喜欢的杜甫，即便他对朝廷忠心耿耿，皇帝也厌弃于他。所以他对诸葛亮极其羡慕，羡慕他与刘备这个君王间的君臣际会，杜甫觉得，他跟唐肃宗之间差一点就要成就一个忠臣跟明君之间的因缘际会，因为他一直都觉得，自己是要做大事，能做大事的。“致君尧舜上，再使风俗淳”，他说我要是有机会，一定要把皇帝辅佐成跟尧舜一样英明的帝王。然而，唐肃宗未必是他期待的那种明君，他也未必就能做魏徵那样的大臣。君王跟大臣遇合得好，比如刘邦跟萧何，比如唐太宗与魏徵，当然，还有刘备与诸葛亮，那叫君臣际会。但问题是他和唐肃宗都不是能达到这种境界的人。所以他痛感君臣未际会，他羡慕诸葛亮，而且羡慕诸葛亮能够退而求其次，虽然刘备也不是刘邦那样有雄才大略的帝王，但是，刘备到底还是作为一个皇帝，信任了诸葛亮一辈子。刘备在白帝城死的时候，半昏半醒，给诸葛亮的遗嘱是：你辅佐我这么多年，我知道你忠心耿耿，现在我把儿子交给你。行，你就辅佐他，如不行，“彼可取而代之”。刘禅也真是不行。但是诸葛亮并没有取而代之，仍然忠心耿耿。杜甫便是在这个角度上推崇诸葛亮，羡慕诸葛亮与刘备的君臣际会，而他自己却是痛感君臣未际会。

再说说成都，说说成都的武侯祠。

一些地方史书，如《太平寰宇记》里面说：“诸葛武侯祠，在先祖庙西。”先祖庙便是刘备的庙。也就是说，过去武侯祠这个地方，主要是刘备的庙，武侯祠是配祀的。

后来的《方舆胜览》也说：

> 庙在府西北二里。武侯初亡，百姓遇节朔，各私祭于道中。李雄称王，始为庙于少城内。桓温平蜀，夷少城，独存孔明庙。

前面说过，唐代的成都是大小两个城。一个太城，一个少城。两城相连，一个在东，一个在西。“少城”这个地名今天还在，就在人民公园这一带。诸葛亮刚死不久，蜀国亡后，成都也还没有纪念刘备的庙和诸葛亮的祠，老百姓要纪念他，就在路边点个蜡烛烧点纸。今天我们在某些时候的成都街边，还可以看见黄葛树下有人烧纸、点蜡烛，那就是“私祭”。

四川成都历史上有过几个短暂的割据政权，三国时，是刘备建立的蜀汉。后来不久又有一个仅存在三十多年的割据政权。那是西晋末年的十六国时期，统治者是李特、李雄父子，他们这个政权叫成汉。李雄称王于公元 304 年，他登基后，在城里建了庙，供奉以前成功割据过这个地方的人。那就是刘备和诸葛亮这对君臣了。后来西晋派大将桓温平蜀时把少城的城墙都拆了，即“夷少城”。但是他们对诸葛孔明很尊敬，便把孔明庙留了下来。而到后世，诸葛亮的名声慢慢超过了刘备。今天我们去武侯祠，其实同时也是去刘先祖庙，但是很少会有人说我们去拜刘备，而是说去拜谒诸葛亮。这里本来之前祭祀的是刘备，诸葛亮是配祀，现在倒成了刘备是配祀一样。这也是一种世道人心。

宋代有一个叫田况的人，写了一本叫《儒林公议》的书，把历史上一些有名的人的事迹记录下来，这里面就讲到了诸葛亮。这个人在成都做过官，他写的武侯祠与先祖庙的情况，应该是他亲眼所见：

成都先主庙侧，有诸葛武侯祠，祠前有大柏，系孔明手植，围数丈，唐相段文昌有诗，石刻存焉。唐末渐枯，历王建、孟知祥二伪国不复生，然亦不敢伐。皇宋乾德五年丁卯夏五月，枯柯再生。余于皇祐初守成都，又八十年矣，新枝耸云，枯干存者若老龙之形，正所谓柏森森也。

田况已经是南宋的人，武侯祠前的柏树有足够的时间长到“围数丈”。杜甫身后，在成都做过西川节度使的段文昌，后来在朝中做到同平章事，也就是相当于宰相。唐代以及历史上很多朝代，其实并没有宰相这个职务，只有相当于宰相的职位，比如说唐代的中书令。唐代中央政府机构设置是“三省六部”，六部分别是吏、户、礼、兵、刑、工，六部的意见往往先集中到中书省，再行汇报。中书省的头就叫中书令。还有一个重要职务，叫同平章事，也相当于宰相。所以段文昌的职务虽然不叫宰相，但权力相当于宰相，因此说“唐相段文昌”。段文昌在西川当节度使的时候写过诗，刻了诗的碑就立在武侯祠的柏树前。田况那个时候石刻还在。而且这棵树很怪，唐代末年，这棵柏树就枯死了。之后是合久又分的五代十国。这一时期，四川又出了两个割据政权：前蜀和后蜀。“不复生”，虽然树已经死了，但大家也不敢砍它。直到北宋乾德五年（967 年），动乱时代结束了，分裂政权也倒台了，柏树又活了，大家都觉得很奇怪。这树又活过来了，只有树上几根老枯枝像龙一样，因此大家都把它当神物来拜。大概是志在统一的诸葛孔明，在天显灵的吧。虽然他做的是一个割据政权的丞相，但心心念念，还是志在中华一统的吧。

杜甫擅长各种诗体。

唐代的诗人，擅长一种诗体就很了不起了。比如王昌龄擅长绝句，岑参擅长歌行。杜甫却没有一种诗体不能驾驭，且水平都能达到高峰。

《蜀相》这首诗，前人诗解，就说是杜甫诗中的“七律正宗”。

王安石当过宰相，有政治家的敏感，在讲这首诗时，说“非止咏武侯庙，而托意其中也”。杜甫不光说的是孔明，也说的是他自己。杜甫羡慕孔明，遗憾自己没有遇到刘备这样的知人君王。

批《水浒》的金圣叹，读书时总是边读边批阅，留下很多很好的评注。他评价《蜀相》时说：“碧草春色，黄鹂好音，入一‘空’字，一‘自’字，便凄清之极。”正如刚才我讲这一联的时候，我说好就好在这个“自”字跟“空”字。

清代学者浦起龙的《读杜心解》里说：“五六实拈，句法如兼金铸成，其贴定武侯，亦如熔金浑化。”说《蜀相》第五六句，就是实写诸葛亮的生平，“三顾频烦天下计，两朝开济老臣心”，诸葛亮一生那么多功业，需要杜甫有多么高强的总结概括能力才能写出这样的两句，不但准确，并且对仗的音韵、平仄、词性都如此工整，而且完全看不出来他用了多少雕琢的功夫，读起来还明白如话，就像炼金子一样，也像将熔化的金子铸造成新的器物一样，浑然天成。这就是作诗的最高境界。

《蜀相》的颔联写触目景，颈联追往昔事，都满怀感慨。

这首诗明显是两部分，前四句写的是景，后四句咏的是史实。写史实的前两句是对史实的总结，后两句又是杜甫发出的感慨。从这最后两句我们就能看到《蜀相》的一个创举——发议论。

过去古人不太主张直接在诗歌里发议论，要写景，写事，将议论藏在景与事之后。但杜甫却在情之所至，思之所至之处，大胆突破这些规矩。诗歌也需要改革。没有改革之前，一般人循规蹈矩，遵循艺术成规与惯性。但是当所有人都循规蹈矩的时候，诗歌就进入圆熟的状态，最后就变得陈腐而缺少新意了。需要有一个勇敢的探索者，来突破这个边界。当然光勇敢还不够，还要这个人必须才高八斗。所以这一首诗在中国诗歌史上，尤其在七律当中算是比较早的发议论的一首诗。前人也不是没有在诗中发过议论，但如果发议论的那首诗本身并不成功，那发也白发。

《蜀相》就既突破了边界，又取得了成功。

总之，从《蜀相》这样一首诗，单从艺术性来看，我们既能看到修辞上工拙的不着痕迹的转换，还能从最后两句看到它的另一个特点——议论入诗。这两句议论是对诸葛亮一生悲剧性命运的精到总结，既表达了对他的肯定，又为他感到遗憾。

万古云霄一羽毛

今天我们中国人关于三国的历史知识与观念，不是来自真实的历史，而是来自小说《三国演义》。既然是演义小说，当然就有很多脱离历史事实的虚构。同时，《三国演义》还有一个更大的问题，它是站在刘备的立场上写的，以作者的封建帝王观、天下观，觉得刘备要把汉朝的江山拿回来是正当的。他的同情与歌颂，不在因为一统天下而成为新正统的曹魏那一边，而在偏安一隅的蜀汉政权刘家天下这一边。

但是现在我们要回归历史。

《三国志》中的《诸葛亮传》，说到先祖刘备于永安（今重庆奉节白帝城）病故。刘备头一年（公元前 221 年）刚当了皇帝，就遇到关羽跟东吴打了败仗，丢了荆州，自己还丢了性命。

《三国演义》把蜀汉的人都神化了，实际上关羽是个很狂妄的人，敌方的将领他看不起，自己手下的将领他也看不起，但是他很体恤士兵。张飞性格刚好相反，跟周围的将领称兄道弟，但对士兵极其严酷。这样的性格最后决定了两人的命运。东吴不知名的将领把关羽放翻，蜀国丢了荆州。

刘备要去报仇，诸葛亮千劝万劝，并没能劝住刘备。蜀国人口本就不多，刘备大军从成都出发时只有五万不到的士兵。后来因为蜀国征服了些周围的少数民族，因此各地的蛮人首领也带了一些兵马来支援，总共也就七八万人。

张飞此时正镇守阆中，刘备命令张飞带两万兵马来，张飞着急给兄长报仇，没有集结到规定的人数就出发了。他平时对自己的兵士很严苛，结果被两个小兵给杀了，因为如果完不成任务，他就要杀这些士兵。刘备刚出征就遇到了这样的情况。

东吴跟刘备打仗用的方法，就跟后来诸葛亮北伐时人家对付他们的方法一样。东吴那边派了个三十来岁的年轻将军陆逊过来，说，跟他们打什么打，直接退，把长江三峡两边这些大山让给他们就行了。刘备的战线越拉越长，几万人马，被拉到几百里外的崎岖山地，等拉到秭归、宜昌附近的时候，稀稀拉拉的，已经没多少人了，结果对方反攻，将蜀军打得一败涂地，刘备又气又急，在白帝城卧病不起。“召亮于成都”。本来，诸葛亮镇守成都后方，刘备临死把诸葛亮召到白帝城去，“嘱以后事”，跟他说：“君才十倍曹丕，必能安国，终定大事。若嗣子可辅，辅之；如其不才，君可自取。”就是说你的才能是曹丕的十倍。我那个儿子刘禅，可以辅佐的话，你就辅佐他。如果辅佐不成，你就“取而代之”。“亮涕泣曰：臣敢竭股肱之力，效忠贞之节，继之以死”，也就是后来我们讲的“鞠躬尽瘁，死而后已”。诸葛亮受了这个嘱托，回来又往南方打了一次，先是打到凉山一带，再过了金沙江、云南一带，以及贵州的夜郎、牂牁一带，为的是先安定后方。

228 年，诸葛亮为了先帝遗志，再次开始北伐。《三国演义》说六出祁山，其实北伐只有五次，并且也不是都出祁山。五次北伐里只有两次出了祁山，因为出祁山只是一个象征。祁山不是通向中原，而是去甘肃。“屯兵沓中”，“沓中”就位于甘肃境内的舟曲县。再打过去是兰州、凉州，而那个时候曹魏已经把行政中心从长安转移到了河南邺城一带，所以诸葛亮越打，离目的地其实越远。出祁山只是象征性的，毫无意义，但他需要做出这样的姿态。最后一次北伐是 234 年，《三国志・诸葛亮传》中记载：“十二年春，亮悉大众由斜谷出，以流马运，据武功五丈原，与司马宣王对于渭南。”从斜谷出汉中，就是今天的南郑一带。一路上有车道，有流马，到了五丈原就可以俯瞰到今天的宝鸡市了，能看到关中平原，于是诸葛亮在这里与司马懿对峙于渭河之南，“司马宣王”就是司马懿后来封王的封号。但是司马懿坚守不出，只是不让诸葛亮大军渡过渭河，因为渡过渭河就进到了关中平原。“相持百余日，其年八月，亮疾病，卒于军中”，这年诸葛亮五十四岁，结束了他悲剧性命运的一生。

诸葛亮一生中最后几年率领的北伐战争几乎都是无效的，对方只守不攻，而且战场隔曹魏的统治中心河南很远，根本没有力量撼动对方，不可能成功。《三国志》中有一句话写到司马懿对诸葛亮的评价：“及军退，宣王案行其营垒处所，曰：‘天下奇才也！’”司马懿是个自视甚高的人，评价诸葛亮为“奇才”，没说诸葛亮打仗如何，只是说营地布置得很好。

所以这就牵涉到对诸葛亮的评价。

杜甫这首诗专注的是君臣际会这个角度。大臣需要遇到一个好皇帝，杜甫自己没遇上。虽然蜀国偏安一隅，是三国中最弱小的那一个，刘备也并不是刘邦那样的好皇帝，但对诸葛亮到底还是有知遇之恩。对杜甫来说，这也是非常难得的，所以可以想象杜甫是多么渴望成为这样的角色。

但是必须提及的是，诸葛亮人生最后几年的出征对四川来讲，尤其对四川老百姓来讲，其实是灾难深重的。刘备把四川征服后，统计户口还不到百万。赋税重、兵役重就会导致逃亡，一些百姓逃到深山老林去，逃避兵役和赋税，逃避负担，但是在编的人就可怜了，该上税要上税，该当兵要当兵。那个时候的“徭”和“役”是分开的两个部分，“徭”就是上税钱、上粮食。“役”就是服兵役，服劳役，比如政府有什么重大工程，挖水渠你得去，修城墙你得去，往前线送粮草你得去，当兵更得去。依当时统计，如果蜀国有十万军队，那么假设全国总共一百万人，五十万是男人，古代当兵是十八岁到六十岁，掐头去尾，基本上劳动力的一半得去当兵，可见百姓的负担之重。

当时的诸葛亮在成都设锦官城，他给皇帝写信，说必须加紧“锦”也就是丝织行业的收税，而且还要加税。因为他说蜀地没有更大财源，“唯仰锦耳”，打仗要花钱，吃粮要花钱，他必须有真正稳定的财政来源，这样才有经费，所以他将锦官城管理得比汉代好得多，也紧得多。但是反过来看老百姓的负担就非常重，这样的战争对老百姓来说并没有意义。

杜甫本是有体恤民力的民本思想的，但这一首诗，他也顾不了那么多。杜甫的眼光也有被遮蔽的时候。

孔明庙前有老柏

杜甫是真的崇拜诸葛亮。

他后来离开成都，到了今天重庆的云阳县，在那里就病倒了，只好在那里养了大半年病。他在成都时就有肺气肿、糖尿病（那个时候叫消渴症），需要休养。后来他到了白帝城附近的永安城，那个时候叫夔州，就是刘备托孤的地方，在这里也有两座庙，一座是先祖的庙，一座是诸葛孔明的庙。杜甫到了夔州，拜谒了夔州的五处古迹，写了五首一组诗《咏怀古迹》，其四写刘备。其五写诸葛亮这一首，向来被认为是五首中最好的。

咏怀古迹（其五）

诸葛大名垂宇宙，
宗臣遗像肃清高。
三分割据纡筹策，
万古云霄一羽毛。
伯仲之间见伊吕，
指挥若定失萧曹。
运移汉祚终难复，
志决身歼军务劳。

诸葛大名垂宇宙，
宗臣遗像肃清高。

是说诸葛亮的名声充满宇宙之间，像神的名字一样，是从天上降下来的。所以用了一个“垂”字，是自上而下。庙里诸葛亮的像，很是肃穆威严。不说“大臣”，而说“宗臣”，和皇帝亲密无间如同宗才叫“宗”。一般就称大臣或者忠臣，再或者就是奸臣。

三分割据纡筹策，
万古云霄一羽毛。

这一联说的是诸葛亮的事迹。三分天下的计谋与实施靠的都是诸葛亮。“纡”就是反复地盘算。“纡筹策”，各种计谋都是出自他。古人有一个说法，说一个人的才能很高人间少有，就说他是天上的珍禽，比如说“君若一凤毛”。杜甫也曾说自己是少年成才：“七岁思即壮，开口咏凤凰。”自称七岁就会写诗，还写得很好，而且一开口咏的就是凤凰。他写动物，不写阿猫阿狗，而写雄鹰、骏马乃至凤凰，以此表达自己的远大志向。后来的杜甫恐怕不认为自己是凤凰了，但认为诸葛亮仍是凤凰一般的人物，因此说他是“万古云霄一羽毛”。

伯仲之间见伊吕，指挥若定失萧曹。
运移汉祚终难复，志决身歼军务劳。

“祚”，帝位。“运移汉祚”，汉代的气数早就泄尽了。虽说刘备是汉朝皇室血亲，中山靖王之后，但是不管怎么努力，机关算尽，汉朝江山是不可能恢复了。虽然诸葛亮有很坚定的意志，甚至把自己整个生命都投放了进去，忙于各种事务，最后却于事无补。“歼”，今天我们还跟“灭”字连在一起，经常是用作消灭敌方，这里指身体与生命的消失。

在这几句诗中，杜甫把诸葛亮比成历史上的四个人。

“伊吕”是两个人。伊是商汤时候的一个大臣伊尹，也是跟帝王君臣际会，经他的辅佐，成就了商汤，成就了大业。吕，吕尚，就是姜太公，他辅佐周文王、周武王，灭掉了商。“萧曹”说的是汉代的两个大臣，萧就是“萧何月下追韩信”的萧何。而曹是指据传为曹操的十三世先祖的曹参。他做汉代丞相，接的就是萧何的位置，后人对他的评价很高。有一个成语叫“萧规曹随”，说萧何定下来的规矩，曹参一条都不改，就照着执行。的确，汉代初年，经过秦末楚汉之间长期的战争，人民饱受战乱之苦，流离失所，就应该休养生息。萧何就是这样做的，而曹参继任丞相后，也遵循旧章。结果，汉代的国力恢复很快，财富、人口都迅速增加，所以有了“萧规曹随”这个成语。

如果回到史实本身，杜甫把诸葛亮比作这四个人，按照其功绩来说，他其实是比不上的。因为诸葛亮并没能辅佐刘备和刘禅成就大业。但我们研究历史，也不会指责杜甫这样溢美的评价。著名的历史学家陈寅恪先生、钱穆先生曾提出，说我们要站在历史人物的角度理解历史人物，这叫同情之理解，或者理解之同情。杜甫对诸葛亮的羡慕，其实是悲叹自己没有遇到这样的君主。更深层，更是慨叹安史之乱中唐王朝风雨飘摇，皇帝身边却没有诸葛亮这般才能卓越、忠贞不贰的人物。

在夔州的三国遗迹，还有诸葛亮留下的八阵图。据说是在长江边的沙滩上，用一些石头摆成图案，就是诸葛亮发明的八阵图，依此演练兵阵，可以无往不胜。这个八阵图，小说写起来很玄妙，但杜甫写的这首诗却明白如话。

八阵图

功盖三分国，
名成八阵图。
江流石不转，
遗恨失吞吴。

诸葛亮演练阵法有八阵图。杜甫说，诸葛亮功在助蜀汉三分天下，足智多谋的名声却因八阵图而来。“江流石不转”，江水奔流，而这些石头不动。当年那些在石阵中演练的兵与将也与水一样流走了。看来那个八阵图其实没什么用，当年在蜀对魏、对吴的战争中似乎也没起到什么作用，而只是演义小说将其吹得神乎其神罢了。据说，那时候有三个地方摆过八阵图，一个在陕西的沔县（今勉县），一个在夔门附近的沙滩上，还有一个在成都附近的新繁，今天可能都找不到了。

八阵图其实就是在地上用许多石头摆出图形，让士兵按照这些图案，听鼓声，看令旗，变阵法。但诸葛亮的八阵到底是什么样的呢？晋代有人解释说，八阵分别是天覆阵、地载阵、风扬阵、云垂阵、龙飞阵、虎翼阵、鸟翔阵、蛇蟠阵。如此，我还是不知道这是个什么样的阵。

杜甫也说，这个传闻中很厉害的阵，不管怎么摆，结果还是“遗恨失吞吴”，难掩遗憾之意。

写了一回孔明庙不够，杜甫在夔州又写了一次庙前的柏树。

古柏行

孔明庙前有老柏，
柯如青铜根如石。
霜皮溜雨四十围，
黛色参天二千尺。
君臣已与时际会，
树木犹为人爱惜。
云来气接巫峡长，
月出寒通雪山白。

忆昨路绕锦亭东，
先主武侯同閟宫。
崔嵬枝干郊原古，
窈窕丹青户牖空。
落落盘踞虽得地，
冥冥孤高多烈风。
扶持自是神明力，
正直原因造化功。

大厦如倾要梁栋，
万牛回首丘山重。
不露文章世已惊，
未辞翦伐谁能送？
苦心岂免容蝼蚁，
香叶终经宿鸾凤。
志士幽人莫怨嗟，
古来材大难为用

孔明庙前有老柏，
柯如青铜根如石。

庙前老柏树经过许多岁月，许多风霜雨雪，长得很苍劲坚韧了。

霜皮溜雨四十围，
黛色参天二千尺。

大家注意，此前我们一直说杜甫描写事物，总是非常写实，靠精细的体味观察，精准描绘，再在修辞上炼字锻句，而形成自己独特的风格，但写这一联时，可能是诗人太过激动吧，他变成了夸张的李白。这棵柏树多大？“四十围”，四十个人牵手才抱得过来。多高？“二千尺”，没有树会有那么高。目前已知世界上最高树的纪录，是美国加州的一棵红杉树，高一百一十五米，也就三百多尺。

文学当然允许夸张，相比李白的“白发三千丈”，一棵参天古柏树“二千尺”，并不那么过分嘛。但这就不是杜甫专注坚守的写实主义了。可见一说到诸葛亮，他就有点过分激动了。

君臣已与时际会，
树木犹为人爱惜。
云来气接巫峡长，
月出寒通雪山白。

君臣际会是杜甫永远解不开的心结，诸葛亮和刘备之间有过君臣际会，诸葛亮因此建立了功业，并从后世，靠一部小说获得比功业更大的名声。所以他要来瞻仰武侯祠堂前的高大柏树。

忆昨路绕锦亭东，
先主武侯同閟宫。

“閟”是指非常幽静的地方。杜甫回忆起成都的武侯祠，说这里的柏树和武侯祠的柏树是一样的，这个地方武侯庙与先祖庙并列存在，也是与成都的武侯祠一样。

崔嵬枝干郊原古，
窈窕丹青户牖空。

与武侯祠一样，这里也没有什么人来。

落落盘踞虽得地，
冥冥孤高多烈风。

树长得越高，招的风越大，却屹立千百年而不倒。

扶持自是神明力，
正直原因造化功。
大厦如倾要梁栋，
万牛回首丘山重。

杜甫说这种树是栋梁之材，既象征诸葛亮，也是在说他自己。

不露文章世已惊，
未辞翦伐谁能送？

“不露文章”中“文”和“章”都用的是古文字最初的本义。“文”，最初的本意就两个意思，一是指太阳通过树枝在地上照出的斑驳光影，二是指鸟兽身上漂亮的纹理。“章”，是段落。因此当人要把美的东西形诸文字，描绘和表达，这样形成的文字的连缀、意义的延伸，就叫作“文”，就叫作“文章”。

这里，杜甫用的就是“文”的本义。他是说，如果我们把树剖开都会有年轮，那也是一种记录，是一种“文章”。“不露文章”的意思，就是不需要把它伐倒剖开看它的年轮，光是它的高大雄健、蓊郁苍翠，就已经让人很惊异敬重了。

苦心岂免容蝼蚁，香叶终经宿鸾凤。

大树老了，会有蝼蚁之类去蛀空它。但是正如毛主席所说“蚍蜉撼树谈何易”，对于大树来说，免不得有些虫子蛀几个小洞，却不妨碍它清香的枝叶还是会吸引来金鸾跟凤凰停驻。

志士幽人莫怨嗟，古来材大难为用。

天下的仁人志士不用叹息、抱怨，因为你长成了一棵大树，大到天下都容不下你，才会没人用你。其实杜甫这里说的还是自己，因为他觉得自己要“致君尧舜上，再使风俗淳”，但此时，却流落在长江三峡中，“天地飘飘一沙鸥”了。

杜甫关于诸葛亮的成都诗只有一首，但诸葛亮在他身后却成了一个经久不衰的话题。《三国演义》的历史观跟《三国志》的历史观之间也有一定的差异跟张力，而这种差异跟张力的呈现处，刚好可以观照今天中国人的历史观，这是很有意思的。

特别是对成都、对四川人来讲，我们需要了解真实的历史，需要对演义的小说家言的历史观有一个辩证认识。在这方面，杜甫诗对诸葛亮的评价，对蜀汉割据政权的评价，也提供了一个特别的视角。

四川从三国的蜀汉，到李特的成汉，到王建的前蜀，孟昶的后蜀，直到明末张献忠的大西国，除了大西国，其他几个政权的命运都与蜀汉非常相似，但独独一个诸葛亮名闻天下，受后世景仰。其间原因，值得深长思之。在这一点上，杜甫是从哪方面肯定诸葛亮的，也是一个很好的认知角度。

人是一种社会性的动物，不管是在熟悉的地方，还是陌生的地方，势必要跟不同的人发生关系。

之前我们已经从不同的诗里读到了杜甫定居草堂后与邻人的交往。今天，让我们把目光放到来客身上。从杜甫在草堂，与不同客人相与往还中，随他一起进一步体味彼时代的生活，彼时代成都的生活。

第七讲 蓬门今始为君开

有客过茅宇

来成都之前一个月，杜甫曾在甘肃同谷县写过《同谷七歌》，第一首是《有客》：『有客有客字子美，白头乱发垂过耳。』其中的『客』指的是他自己，对于同谷来说他是远来之客。那个时候他飘零无依，求生无计，大概是他一生当中最艰难悲苦的一段日子。

而我们今天讲的这一组诗，杜甫已是浣花草堂的主人。他在自己家里接待不同的访客，并把经过都用诗记录下来。里面所说的客人就不再是他自己了。在这些诗里，他是主人，在这里送往迎来，接待别人了。

第一首，《有客》。

有客

幽栖地僻经过少，
老病人扶再拜难。
岂有文章惊海内？
漫劳车马驻江干。
竟日淹留佳客坐，
百年粗粝腐儒餐。
不嫌野外无供给，
乘兴还来看药栏。

幽栖地僻经过少，老病人扶再拜难。

杜甫新建草堂的这个地方非常幽静，栖息在这个幽静又偏远的地方，经停过往的客人很少。这天，却有一个访客专程来探望他。但杜甫说，由于老，由于病，也就无法用正常的礼数拜客了。

这个客人需要“拜”，“再拜”，看来身份不低，是个有相当级别的官员。

关于以前的成都和浣花溪，南宋陆游有一首诗写道：“当年走马锦城西，曾为梅花醉似泥。二十里中香不断，青羊宫到浣花溪。”写出了一条清晰的今天还可以还原的路线。这些地方的名字，到今天还一个没改。出成都西门，到青羊宫，从青羊宫再到浣花溪。路线很清楚，距离也很清楚：二十里地。路程不短，自然就“幽栖地僻经过少”。

根据杜甫自己在诗中的描述，当代的研究者认为他身上应该是有两种病。第一，他肺不好，呼吸道不好，大概是肺气肿。他还有一种病症，表现为口渴，特别能吃，人很消瘦，这就是今天的糖尿病。杜甫此时年近五十，身患这两种疾病，所以自称“老病”。“人扶再拜难”，意思是我出来见客都需要有人扶着，所以我也就不再使用拜客的礼数。“拜”在唐代是深鞠躬。发展到后来，要趴在地上，叫跪拜。虽然唐代的时候不需要跪拜，但对于此时的杜甫来说，深鞠躬这个动作也有难度。

岂有文章惊海内？漫劳车马驻江干。

这个时候突然有客人上门，杜甫自然会发出疑问：难道是因为我诗文好，名声响亮吗？劳动不熟识的人都要到这么偏僻的地方来拜访我？他对客人说：枉费您这么多精神，坐着马车到江边来看我。前一句间接自夸自己的文采、声名。后一句透露一个信息，来客是一个官，且官职不小，弄不好就是过去给杜甫送过松树苗、桃树苗的那些少府、明府中的一位。毕竟有车有马，可以看出身份不低。

谁呢？杜甫没写，我们不猜。猜也猜不出来。

竟日淹留佳客坐，百年粗粝腐儒餐。

这位有身份的客人，在杜甫家待了整整一天，是个“佳客”。不是寒暄几句，几分钟十几分钟就走了。“竟日淹留”，一整天都坐在他家里，当然免不了嘘寒问暖，更多还是谈诗论文的吧。

杜甫为自己这个贫寒之家，只有粗茶淡饭用来招待客人而抱歉。毕竟他只是一“腐儒”，不见用于当世，没钱没权，除了写诗作文，还没别的能耐。古人说“百无一用是书生”。一个书生，如果其才能不为皇家所用，自会堕入一种迂腐寒酸的状态。所以杜甫自称“腐儒”。

不嫌野外无供给，乘兴还来看药栏。

虽然我住在这乡下简陋的草房子里，没有好吃好喝的供给，不过客人并没有嫌弃。所以杜甫对客人表示，您要是真不嫌这野外没有好酒好菜供给，以后高兴时还可以再来。我的小园种下来一些药材，那时，等它们长大了，开花了，或可一观。

“药栏”，用栏杆围出一个小园子，种了一些草药在里面。

有资料说，杜甫由于生活所迫，从三十多岁客居长安的时候开始，就经常到街上去售卖草药，因为他懂一点药理。他在甘肃同谷时，还曾在冬天冒着大雪上山采黄独。黄独既可以果腹，也是一味药材。在其成都诗里他也多次讲到药，一是因为他自己要服药，二是因为他在浣花溪种下的众多植物里头也有不少药材，他还关心市场上草药的价格。

因此家里来了一个客人，且不嫌简陋，愿意“竟日淹留”，杜甫便跟他做下一次约定，“乘兴还来看药栏”。

总体来看，从这首诗的语句中我们可以读出诗人的些许骄傲情态。来客的官越大，在其面前就越是要维持自己的面子，这就出现了一个矛盾之处。这种矛盾表现为，我要有腔调，我有我作为读书人的尊严，谦逊地表示我不过是文章声名大而已，这其实有一点倨傲的姿态。但是我又要周全地待客，但家里别无长物，没有美食佳酿，又为身为一“腐儒”而惭愧自伤。

第二首也是《有客》，一些杜诗集也把这首的题目作“宾至”，不过“宾至”跟“有客”意思差不多，所以我们也不用过分拘泥。

有客

患气经时久，临江卜宅新。
喧卑方避俗，疏快颇宜人。
有客过茅宇，呼儿正葛巾。
自锄稀菜甲，小摘为情亲。

患气经时久，临江卜宅新。

还是一来就从有病说起，虽然我的肺气不畅这病生了好些年了，躯壳衰朽，但浣花溪边的这间草堂刚刚建成不久，且喜空气湿润清新，这呼吸也顺畅多了。

喧卑方避俗，疏快颇宜人。

这两句与我们前面讲的那首《有客》的第一句，“幽栖地僻经过少”，意思是差不多的，都是描述草堂的位置，表达想在这里躲避尘嚣的意思。由此可见汉语言文字的修辞方式之丰富，表情达意的可能性之多。同一个意思能有很多种不同的表达。而且这些不同的表达方式背后还潜藏了隐约微妙的情感上的区别。

有客过茅宇，呼儿正葛巾。

这次来的这个客人大概身份不是太高，因为他显然没有车马。但杜甫还是礼数周到，不光自己正了衣冠，还赶紧让儿子整理好头巾。古人所谓“正衣冠”，是最基本的礼数。杜甫有两个儿子，宗文和宗武，那时都还小，十来岁吧。只有家人在时，大家穿着比较随意，来了客人得赶紧把衣服捋一捋，把头巾正一正。

葛巾的“葛”，稍稍解释一下。唐代时候，中国人的纺织品，主要是两种，一种是丝绸，也就是罗、绢、缎、锦之类。之前我们讲过锦江、锦里，都是由于纺织丝绸而得来的地名。成都别称“锦城”，也是从纺织丝绸来的。但是大多数时候，底层人民是很少穿丝绸的，尤其是体力劳动的人。那他们穿什么呢？那个时候棉花还没有传到中国，也就没有棉布。老百姓穿的布，是用一些植物的表皮纤维纺织的。这些植物就是麻与葛。所以头巾的质地，也会表示出身份地位。

那么棉花棉布是什么时候在中国普及的呢？中国自古丝织业发达，而我们南方的邻居印度由于盛产棉花，棉纺织业也很发达。据说，棉花在南北朝时期就传入了中国，但品质差，绒毛短，无法用来纺布，不像印度本土的棉花是长绒棉。到唐代的时候，从西域，又沿着河西走廊，棉花慢慢传进来，才慢慢有了棉布，还有棉布衣的穿着。在敦煌文献中，可以看到关于种植棉花和纺织棉布的记载。但在中原，在长江流域，是在宋末元初，今天的上海地区出现了一个叫黄道婆的人后，才开始了棉布的纺织。黄道婆幼时为童养媳，因不堪虐待流落到海南岛，跟海南岛上的黎族人生活在一起。海南岛靠近东南亚，因此岛上的黎族人受东南亚影响，先掌握了棉纺织的工艺。黄道婆来到这里，跟黎族人学到了这一套技术。她把纺织棉花的技术带回长江三角洲，棉布才真正在中国人的生活中普及开来。所以中国传统的纺织，首先是麻和绸，后来才有棉布。我们今天如果到印度，会发现印度有保存得很好的手工棉纺织的传统，其技术、花色，都非常令人惊艳。我两次去印度，带回来馈送亲朋的，就是那里漂亮的手工棉布。

自锄稀菜甲，
小摘为情亲。

客人来了，就要赶紧置酒做菜招待客人。好酒可能没有，但菜蔬没有问题，自家小菜园里就有。“自锄”，自己种的。“稀菜甲”，《说文解字》说：“草木初生曰甲。”菜园里刚种下的菜，刚长起来，还没有长大，就叫“甲”。杜甫自己种的菜，还小，还稀，但是客人来了，来不及等菜长大，赶紧采来洗净下锅给客人吃吧。后一句中“小摘”，山水诗的鼻祖谢灵运已经用过：“百卉正发时，聊以小摘供日。”百花都正要开放的时候，摘一点新鲜的，还没有完全长开的蔬菜来吃，尝新，尝鲜。所以杜甫也随意采摘一些蔬菜来招待客人。

我们前面已经讲过，杜甫有时用旧题作诗。《有客》就是旧题。这个旧题早在《诗经》里就有。《诗经·周颂》里的《有客》是这样写的。

有客

有客有客，亦白其马。有萋有且，敦琢其旅。
有客宿宿，有客信信。言授之絷，以絷其马。
薄言追之，左右绥之。既有淫威，降福孔夷。

这首诗讲的是周朝的外交接待。意思是外国的使节来了，骑着漂亮的白马来的。我们要在国家最好的招待所里接待他们，让他们感到舒适、欢欣。然后再来谈判交流。我们要像拴住他们的马一样把他们的心拴住，这样虽然有点虚张声势，但是我们是为了最后达成一个对双方都有福祉的协议。

杜甫用《有客》这样的题目，其实表达了一种对文化渊源的尊重。

但是，在《诗经》里是写接待外交使节的国家重大事件，到杜甫这里已经完全转化成对个人生活的书写。

钱穆先生讲中国文化与中国艺术表达的演变时曾指出，文学最早是跟祭拜这样的国家大事联系在一起。《诗经》时代的诗歌，“颂”与“雅”，都是跟国家大事挂钩。“雅”是庙堂祭祀时的乐歌，“颂”记载的是国家、朝廷的政事。一步一步地，到魏晋唐宋时，文学才慢慢成为一个独立的文体。文学出现个人意识的觉醒。文学创作者认识到自己个人生活、个人情感的记录，跟国家大事一样，同样是重要的。文学的独立是建立在人的觉醒，对个人生活的记录这个基础之上。在文学完成这样一种使命的过程中，杜甫是一个至关重要的人物。

第三首《客至》，草堂又来了一个客人。这回是个熟人，还是亲戚。

杜甫在诗题后有一个自注——“喜崔明府相过”，这位客人姓崔，杜甫的母亲姓崔，清河崔氏是个大家族。这个崔明府是杜甫的远房舅舅。大家已经知道，“明府”是县令。

杜甫对这位亲密客人的到来感到非常高兴，欣喜之情洋溢在字里行间。

客至

舍南舍北皆春水，
但见群鸥日日来。
花径不曾缘客扫，
蓬门今始为君开。
盘飧市远无兼味，
樽酒家贫只旧醅。
肯与邻翁相对饮，
隔篱呼取尽余杯。

舍南舍北皆春水，
但见群鸥日日来。

这首诗一开头起调就很欢快。不再说“患气经时久”，不再说“老病人扶再拜难”，而是说：今天阳光明媚，看我房子前面，房子后面，都是春水环绕碧波荡漾，更有成群的鸥鸟每天来到门前，结队盘旋。

花径不曾缘客扫，
蓬门今始为君开。

客人是突然来的，事先没有知会。老杜完全没有准备。门前的小路上满是落花，没有想到您会来，不然我应该提前把这些飞花落叶都打扫干净。我家院子的柴门刚刚修好，今天是第一次为客人打开。诗句节奏顺畅，明亮欢快。

盘飧市远无兼味，
樽酒家贫只旧醅。

中国人，甚至全世界人的待客之道，大概都得吃点喝点。

“盘飧”，“飧”指的是熟食，也就是凉菜卤菜之类。草堂在乡下，和买这类菜的“市远”，所以，“无兼味”。“兼”是多样的意思，也就是说客人来了，却没有几样菜。

“醅”，是没有过滤的酒。因为家贫，没有新酒，也只有旧酒待客。

古代的酒与今天的酒不同。那时还没有发明蒸馏酒。那时的酒类似于江浙一带的黄酒，是发酵来的。今天的白酒发酵后，还要经过蒸馏提纯，提纯后还要窖藏陈化。所以今天我们都喜欢喝老酒。陈年老酒，越陈越香。但唐代的酒，未经蒸馏，放久了就会变酸。所以要喝新酒。有记载说，那时在四川发明了一种方法，把酒酿好之后再加热熬制，这样就能多存放一点时间，而不变质，保证快递驿马给皇帝上贡送到长安时还没有变酸。唐代将这种酒称作春酒，或者烧春、剑南烧春。

古代酿出的酒，还会有很多酒糟需要过滤。最早的方法是铺一层香茅草，把酒倒在上面，把酒糟过滤在茅草上，下面流出来的就是酒。后来随着时代发展，开始用比较精细的纱罗来过滤。此处杜诗中的“只旧醅”的“醅”，便是未经过滤的酒。

《宋书·陶潜传》中记载，生活在魏晋时期的陶渊明想喝酒，来不及过滤，但是酒里杂质太多，他就把头上的葛巾摘下来，铺开滤酒。陶渊明自己诗里也透露出这个消息：“若复不快饮，恐负头上巾。”

杜甫身后几十年，中唐时期的白居易在《问刘十九》中写下了“绿蚁新醅酒”这样的句子，就是说新酿的酒表面上好像浮满了绿色的蚂蚁一样，其实是酒糟子没有滤干净。

肯与邻翁相对饮，隔篱呼取尽余杯。

虽然菜没有几样，喝的旧酒也有些发酸，但是杜甫和舅家的人依然相谈甚欢。喝到一定程度，杜甫觉得单他们自己喝不行，问道：崔舅舅，肯不肯跟我隔壁的朋友也喝一喝？朱山人、斛斯融，或者戴乌角巾的人，能不能把他们叫过来一起喝一喝？崔明府说，叫吧叫吧。于是杜甫站在篱笆后面就叫：老朱、斛斯融，过来喝酒，让我们一起来把剩下的那些酒喝完！

萧涤非先生在其《杜甫诗选注》里曾说过，杜甫在书面语中，还会大胆间入当地口语。“肯”，是一口语，就是杜甫大胆运用口语的例证。今天四川人还会问：“你肯不肯？”

这三首待客诗，前两首中那种老病的感叹，那种略显拘谨，总显得与客人有一点隔膜。有隔膜就拘礼，太讲究礼数又出于自尊而不肯太过分。到这第三首诗，来客是亲戚，自家人感觉非常亲近，就完全不一样了。不再称老称病，描写的自然环境好，诗人的话语轻松自如，欢欣之情溢于诗外。

晚节渐于诗律细

这三首诗，两首是七律，一首是五律。

顺便讲讲唐诗的体裁分别。

唐代的诗歌首先分为古体和近体。古体诗以五言、七言为主，也有杂言的歌行体，格律比较自由。

近体诗也是五言和七言，但对格律有严格的要求。

近体诗又分为两类。

第一类是四句的，叫绝句。

七言的，如李白的《送孟浩然之广陵》："故人西辞黄鹤楼，烟花三月下扬州。孤帆远影碧空尽，惟见长江天际流。"

五言的，如王维《竹里馆》："独坐幽篁里，弹琴复长啸。深林人不知，明月来相照。"

第二类是律诗，律诗也分五言和七言。五律和七律都是八句。此外还有一种非常长的律诗，即排律，把普通的律诗延长至十句以上乃至百句，杜甫就非常擅长写排律。不管是排律，还是五律七律，最重要的就是头尾之外的中间联都要讲究对仗。还有绝句一样要讲求不同音调的对比与协调，即规定同一位置用字时音调的平仄。

五律，杜甫的爷爷杜审言就是高手，举一首《和晋陵陆丞早春游望》，后面要讲，暂且略过。

七律，也举一首杜甫之外的，崔颢的《黄鹤楼》。

黄鹤楼

昔人已乘黄鹤去，
此地空余黄鹤楼。
黄鹤一去不复返，
白云千载空悠悠。
晴川历历汉阳树，
芳草萋萋鹦鹉洲。
日暮乡关何处是，
烟波江上使人愁。

杜甫自己更是律诗圣手。

诗歌发展到唐代，才出现了成熟的律诗。古人称律诗在唐代有一代之盛。那就来说说律诗是怎样成熟的。

现在我们从公元760年把时间往前推，推到南朝的宋齐梁陈，也就是公元400多年到公元500多年的时代。也就是杜甫写这些律诗之前的300年左右。那个时候的一帮诗人，越来越明确地意识到一个问题——中文发音分为“平上去入”四声，这些不同的音调的字互相搭配，搭配得好，不光音节错综和谐，读起来格外优美，还能以形式增加意蕴。如果搭配不好，不仅难以入耳，不好吟诵，同时也妨碍了意绪的表现。

当时最讲究音调的诗人是沈约，他是最早认识四声作用的人。这是中国人第一次意识到，诗歌除了押韵以外，句子中的起伏、情绪变化，都可以通过音调的和谐来实现。这是如此有意思的一件事实：四声的变化起伏、抑扬顿挫会给诗歌带来不一样的节奏变化、不一样的音律效果，同时使内涵情感得以更鲜活地呈现出来。

在此之前，中国人写的《诗经》《楚辞》《古诗十九首》，以及汉魏乐府诗，都还没有意识到这个问题。由此可见，我们的文学艺术也是一点一点往前发展的。

沈约指出，如果四声搭配得不好，诗就会有八种毛病，叫“四声八病”。从那时起，就渐渐形成了一种关于音韵格律的学说。又过了两百多年，唐代诗人更进一步，逐步确定了律诗的格式。

就拿《客至》这首诗来说，首先，颔联和颈联必须对仗——“花径不曾缘客扫，蓬门今始为君开”“盘飧市远无兼味，樽酒家贫只旧醅”。其次，每一联第二句的末句要押韵，且要押在平声字上。这就是律诗中对仗和押韵的规矩。当然，律诗句中还有平仄的要求，但是由于今天的文字发音与古代的四声已经完全不同了，因此我们就不讲平仄。

说四声很难讲，是因为语言发生了变化，古人是“平上去入”四声，而这个四声跟今天的四声是不一样的。其中，入声在普通话里已经完全消失了。古代的入声，发音浊，且短，我们现在几乎没有这样说话的。语言学家研究，保留入声字的汉语方言主要分布在四川（自贡、乐山等地）、两广一带，客家话当中保留入声字最多，但是普通话里已经完全没有入声了。基于这个原因，我们很难复原过去的读音。但是我认为，从修辞之美的角度讲，律诗的对仗，尤其第二联和第三联的对仗，确实是值得我们品味与学习的。

虽然沈约时代的诗人们已经注意到四声，也就是注意到音律，但是还没有把成熟的律诗创建出来。所以杜甫有些骄傲，他曾在一首诗里写到“诗是吾家事”，说诗歌这是我们家的事。是觉得对于“诗律细”是有责任，该担当的。他为什么这么说呢？因为他的爷爷杜审言，就是“初唐四杰”以后跟宋之问、张说齐名的诗人。杜审言最大的贡献，就是在律诗的形成过程当中推动了五律的成熟。杜审言还擅长写排律，杜甫就更加擅长。所以，在杜甫心中，排律更是杜家的嫡传。

今天我们翻开《唐诗三百首》，翻开任何一个唐诗选本，大概率会有杜审言的这首《和晋陵陆丞早春游望》。

和晋陵陆丞早春游望

独有宦游人，
偏惊物候新。
云霞出海曙，
梅柳渡江春。
淑气催黄鸟，
晴光转绿蘋。
忽闻歌古调，
归思欲沾巾。

这首诗中颔联和颈联的对仗就非常工整，颔联中的“云霞”对“梅柳”，“出海曙”对“渡江春”，颈联中“淑气”对“晴光”，“催黄鸟”对“转绿苹”。所以杜甫说“诗是吾家事”，因为他的爷爷早就写出了标准的五律。

在唐诗的起点上，还有一个人我们不应该忘记，他就是王勃。他也写过一首关于四川的诗——《送杜少府之任蜀州》。这是比杜审言的《和晋陵陆丞早春游望》更早的成熟的五律。

先是王勃，过几十年，出现杜审言，又过几十年，律诗已经非常普及了，并且成了唐代诗人们使用最多的体裁之一。在杜甫手里，已达到高峰。从年轻时写的《望岳》，到老年时写的《登高》，杜甫对律诗的认知，正如他在自己另一首诗中说的那样——“晚节渐于诗律细”，意思是：“我写诗写到五十来岁，对诗歌格律的认识越来越深入了。”所以杜甫一生，写出的律诗数量非常多。南京大学莫砺锋教授的《杜甫评传》里面做过一个统计表，杜甫一生写了一千四百多首诗，其中律诗的数量达到九百多首，而且越到晚年，律诗所占的比重越大。而杜甫的晚年写作就是从来成都开始的。

杜甫这几首待客诗，写作的时间是 760 年，或 761 年。到 765 年春天他离开成都，第一站去了今天重庆的云阳，下一站到了白帝城的夔州，然后到湖南，在那里大约一年的时间，就去世了。

我们前面几讲中讲的《卜居》《堂成》《蜀相》等，都是杜甫七律中的名篇，更是唐诗中的名篇。这一讲的《客至》也是。

从沈约提出“四声八病”到律诗在杜甫这里成熟，竟然用了三四百年的时间。由此可见文学艺术的演变，这过程中新文体的出现与成熟也是很漫长的。

杜甫之了不起，更在于他是集大成者。

本讲的三首诗，一首为五律，两首为七律。杜甫还非常擅长写排律。其他如古体的歌行，如绝句，每一种体裁杜甫都创造出了不止一篇名篇。在盛唐诗人中，除了杜甫，没有一个人能每一种体裁都写出不止一篇精品。

高适，其古体诗最为著名，比如他写军旅的《燕歌行》。

和高适同时代的岑参，最有名的《白雪歌送武判官归京》，依然是古体诗。

李白绝句写得好，歌行体也写得好，但是要让李白这个自由主义者、浪漫主义者，来写规矩太多的律诗有点困难了。他传诵最广的诗多是绝句与歌行，律诗就少，一般会选他的五律《渡荆门送别》作为代表。

而杜甫写每种体裁都有精品，并且不是一首两首，所以后代对他的评价很高，越来越高。

清人黄子云在其诗论专著《野鸿诗的》中谈到杜甫时说："杜之五律、五七言古，三唐诸家亦各有一二篇可企及；七律则上下千百年无伦比。其意之精密、法之变化、句之沉雄、字之整练、气之浩瀚、神之摇曳，非一时笔舌所能罄。"这是说，五律、五七言古，初唐、中唐、晚唐，别的诗人如果能写得和杜甫一样好的话，最多也只是一两篇，而写七律，没有一个人能跟杜甫相比。

刚才我们用王勃和杜审言的两首诗来举例说明五律的成熟。但大家应该能发现，这两首成熟的律诗都跟行路有关，王勃写的是给客人送行，杜审言写的是他在官场犯了错误，发配南方的路上的一些个人感慨。更多的时候写诗的人是跟在皇帝身后，写与皇帝相关的事情，比如宴会上的歌舞、皇帝身边女人的美丽。李白的《清平调》就是如此。唐玄宗听说牡丹开了，而且开出了不同的颜色，说咱们去看牡丹，然后问群臣，是牡丹花漂亮还是杨贵妃漂亮。众人说不出来，于是把李白叫来。李白喝了两杯酒，便写下了这两句："云想衣裳花想容，春风拂槛露华浓。"这些都是应制诗。

而到杜甫之时，唐诗出现了新声，真正从皇宫走向了民间，走向了个人生活。

过去无非就是文人惆怅，咏怀古迹，而用诗描写个人的、众生的真实生活，这个任务，是由杜甫完成的。

本来，文学是非常灵活的形式，可以抒情、言志、叙事、写景、壮物、感怀，无所不包，无所不能。但并不是每一个时代都能这样，并不是每一个诗人，都有这样的自觉。所以前人说“七言律诗至杜工部而曲尽其变”，这是说杜诗把种种可能都包含了，前人没有做到，后人也难以超越。他是一个人就达到了顶峰。

唐诗中的律诗是历代诗歌发展的集大成，杜甫则是以律诗和其他体裁创造高峰的集大成者。

数回细写愁仍破

再讲一首《野人送朱樱》，这首诗中的人物不是草堂的来客，而是之前讲过的邻里，一个无名的邻居，一个乡野之人。这首诗写的是樱桃熟了，一个无名的当地百姓送樱桃给杜甫。

野人送朱樱

西蜀樱桃也自红，
野人相赠满筠笼。
数回细写愁仍破，
万颗匀圆讶许同。
忆昨赐沾门下省，
退朝擎出大明宫。
金盘玉箸无消息，
此日尝新任转蓬。

西蜀樱桃也自红，野人相赠满筠笼。

蜀地在四川盆地的西边，所以叫西蜀。“野人”，乡野之人，也是杜甫的乡下邻居。“筠笼”，竹编的篮子。西蜀的樱桃红了，邻人送了杜甫满满一篮子。

数回细写愁仍破，万颗匀圆讶许同。

这里有一个字在今天已经没有了诗中的意义。就是“细写”的“写”。今天的意思就是书写。但是根据《说文解字》，这个字在古代还有一个意思就是把一个东西从一个容器放置到另一个容器里：“写，置物也。”比《说文解字》更早的关于《礼记》里“写”的释义也说：“写者，传己器中，乃食之也。”说吃饭时将食物放到自己的盘子里，这个动作就叫“写”。这里是写小心地从筠笼里把樱桃一颗颗拣出来，即便这样，还是担心把娇嫩的樱桃碰坏了，所以叫“细写”。一篮樱桃熟得很透，所以要细心地移放。同时，杜甫还感到很惊讶，这么多的樱桃，居然每一颗都是一样的大小。看来送樱桃的野人有心，之前已经仔细挑选过了。

忆昨赐沾门下省，退朝擎出大明宫。

杜甫虽寄寓成都，但常常有“不死会归秦”的愿望。也因而忆起在皇帝身边工作的往事。老百姓赠他一篮樱桃，他很高兴，但这也突然就令他想起了在朝廷的日子。他想起了前些年在门下省当左拾遗的时候，有一次早朝散时，皇帝把进贡来的樱桃分赐臣下，他当然也得到了一份。皇帝所赐的樱桃，是一份恩典，也是一份荣耀，退朝的时候他就捧在手上，高高举在头顶。

金盘玉箸无消息，此日尝新任转蓬。

回忆到此，杜甫的情绪就发生了转折。“箸”是筷子，“金盘玉箸”代指的是皇宫，因为皇宫里才用这种东西。已经久久没有得到皇宫，也就是朝廷的消息，今天我又尝到了新鲜的樱桃，但我的身世依然像随风飘转的飞蓬一样。“蓬”，一种野菊花，蓬花结籽成熟以后，都会变出一簇簇蒲公英一样的飞絮，风一吹就四处飘散，所以叫“转蓬”。李白曾经喝醉酒后说狂话：“仰天大笑出门去，我辈岂是蓬蒿人。”李白的生命自觉有时候过于强烈，就带来一种不太切合他身份的骄傲甚至狂妄，但是杜甫对人的生命悲剧性有更深切的体察，因此自喻为转蓬。

有一个从捷克流亡到法国的作家——米兰·昆德拉有一本小说名叫《生活在别处》。不讲小说内容，只从字面意义上讲，是人生的两难。就杜甫来讲，有官身时，感到束缚，不自由，向往闲云野鹤的生活。真到了江湖上身如转蓬，却又怀念那个不喜欢他的皇帝，偶尔赐给的一点点恩宠。以至于前部分写得美的诗，后四句就写得有些令人不快了。

但那也是生活。那也是在别处的生活。

好在，前半部分写出了一种温暖的人情，也是一种美好的诗意。老杜真的是一腔天真地写出了日常生活之美。这也为他在成都交往的人物中，增添了一个普通人淳朴真挚的形象。

杜甫建成草堂以后，就开始关注并陶醉于当地对他来讲还有些陌生感的气候与地理，以及当地的人文历史。为此，他还时不时出游，与各色人等交游，丰富感受，深刻体认。同时，也在草堂读书作诗，充分享受这平静悠闲的时光。

但此时的他，毕竟还是身处盛唐走向没落的大时代，他也一定知道，这平静与悠闲，如果中原的战乱没有平定，那一定是局部的、偏安的，肯定也是短暂的。所以，从他进入成都那一天起，离开朝廷，离开中原故土的离愁，以及恨别，总是不时涌上心头。正如他自己的一句诗所写的，时时都有『城阙秋生画角哀』感受挥之不去，袭上心来。诗圣终究少不了离愁与恨别，少不了时时打探中原的消息。

第八讲 城阙秋生画角哀

野老篱前江岸回

杜甫流落成都，作为个人，是个大悲剧，但放在大时代的背景下，又不过是众生在动乱年代的无数小际遇。

个人小际遇中的悲与喜，当然是受制于大时代，决定于大时代。如果杜甫不是一个诗人，那这些小际遇，就在时间长河中无声湮灭了。想想吧，历史长河中，人类历史上有多少这样无声无息的湮灭？

但作为一个诗人，他不断书写，留下了一段段真实的记录，属于个人经历，但可以映射那个时代。作为一个大诗人，更重要的是能把对自身小际遇的书写与大时代连接起来。使这种连接真实发生的，就是一个儒家士人，也就是一个知识分子的家国情怀。

国外一个叫萨义德的人曾经对知识分子下过定义。认为公共知识分子所以获得广泛的认可与共鸣，除了他们的专业知识系统支撑他们的个人成就外，他们还必须有良知，这个良知能使他们把自己个人的一些小的际遇，与一个民族、一个国家，乃至人类普遍的痛苦连接起来。

萨义德的原话是这样说的：“知识分子的重大责任在于明确地把危机普遍化，从更宽广的人类范围来理解特定的种族或民族所蒙受的苦难，把那个经验连接上其他人的苦难。”

中国传统知识分子也有类似的表达。就是范仲淹的“先天下之忧而忧，后天下之乐而乐”，就是“居庙堂之高则忧其民，处江湖之远则忧其君”。

杜甫之所以成为一个大诗人，除了前面讲过的他诗艺上的不懈追求，那些天才式的艺术创新，从内容上讲，就是因为他既写出了切身遭遇的那些困境与生活的艰难，同时他又把个人的一些小的遭际，和当时大的政治环境结合在一起。于是，他的诗就有了史的深度和广度，把家与国联系了起来。

我们今天要讲的这几首诗，写于 760 年秋至 761 年。这个时候，距离 755 年爆发的安史之乱已经过去五六年了。

我们需要知道的是，安史之乱的爆发，是由于曾经励精图治的唐玄宗于歌舞升平中的意志懈怠，任奸邪作恶所造成的苦果。杜甫之仕进无望，也与此有关。

唐玄宗对安禄山很信任，让他一身而任三地节度使，手握十八万久经边阵的精兵。而当时唐朝的总兵力也不过几十万人，而且多是拱卫京师的许多年没有经历战争的部队。有人提醒唐玄宗，这样会有很大的隐患。唐玄宗不相信，依然对安禄山持绝对的信任。但等到安禄山一反，他又转而怀疑所有的将军。那时候安禄山镇守在今天的河北、北京一带。其他能战的部队，多集中在青海抗衡吐蕃，更远的，在新疆以远的西域。那时最能战的三个将领——封常清、高仙芝、哥舒翰都在这些地方。唐玄宗把他们从西北调过来反攻安禄山。这三个将领的才能都不在安禄山、史思明之下，曾经以不多的兵力，打到过中亚、西亚，也就是今天巴基斯坦、哈萨克斯坦一带。但安史之乱后，唐玄宗变得疑神疑鬼，不敢充分放权，怕他们也反了，就派了宦官去监军。将军的报告要先交给监军的宦官，再由宦官转达给皇帝。由于宦官专权，想给皇帝报才报，不想报就不报，如此反复折腾。高仙芝和封常清，认为中央的军队很多年没打过仗了，也缺少训练，很多兵是临时招募的，而对方的兵久经战阵，所以应该先取守势，把长安保住，将军队训练好再进攻。而皇帝急于收复洛阳，下令让他们进攻，两位大将不愿意，宦官就谎报军情，称两位大将避战。皇帝信宦官的话，将两位大将斩杀在阵前，然后驱动十几万士兵发动攻击，结果一触即溃，死伤遍野，只剩下一个大将哥舒翰。他的部下认为不能再听从皇帝了，但哥舒翰依然忠于朝廷，结果被部下绑起来押到安禄山营中投降了，唐玄宗这才丢掉长安，仓皇逃离。

新皇帝肃宗上台，收拾烂摊子，在与安禄山、史思明的叛军作战过程当中，在任人与战略方面，新皇帝唐肃宗依然错误不断。导致之后，这场战争形势起起伏伏，打了整整八年。

这就是当时北方战场的大致情况，也是下面要讲的杜甫《野老》这一首诗的背景。此时的杜甫不同于写《春夜喜雨》的时候，只要离开眼前景，一旦想到国事，他的情绪就发生了变化，就生发出一腔悲情。

野老

野老篱前江岸回，
柴门不正逐江开。
渔人网集澄潭下，
贾客船随返照来。
长路关心悲剑阁，
片云何意傍琴台。
王师未报收东郡，
城阙秋生画角哀。

野老篱前江岸回，柴门不正逐江开。

"野老"当然是自称。眼前景依然不错。江流依然在草堂篱前转弯，有些歪斜的院门正对着江水流去的方向。

渔人网集澄潭下，贾客船随返照来。

那时的浣花溪，生态非常好。江流自然迂曲，形成一个又一个深潭。河上水深的地方，叫潭。但再深的水都很清澈，"澄潭"。渔民在那儿撒网、捕鱼。更重要的，那时的江，从蜀守李冰修建都江堰，到汉太守文翁完善这个水网系统时，同时还被建造成为运河系统。那时候没有公路，没有铁路，没有飞机，陆地上只有马车道，所以江流还是重要的运输线路。船在江上，从夕阳下驶来，"船随返照来"。这些船不是一般的小渔船，是运载货物做生意的船。"贾（gǔ）"，做生意，"贾客"，做生意的人。我们可以想象一下，"贾客船"，必定装满了商品。这船是从西边，从太阳落山的方向，从波光粼粼的余晖当中出现，也是一个很美的画面。

长路关心悲剑阁，片云何意傍琴台。

如果只写上面那样美好的画面，那和杜甫之前写雨、写水、写草堂周围景色的诗都一样，还是一派闲适与宁静。但他笔锋一转，一想起来路，想起北方，心情就变得无比惆怅了。从北方到成都，自秦以来就开了长长的蜀道，这长路的那一头，长安的安危，不能不令他关心牵挂。想到在一个如此不安定的时代，只是剑门关以南这一方土地，有得如此安宁，不由得悲从中来。"悲剑阁"，剑阁安然无恙，悲的是剑阁以北。又或者，他还突然担心，万一哪个掌握军权的人，把剑阁一占，就把四川到长安的通道切断了。他突然操心起这件事情，也是那个动荡年代的必有之意。

"片云"，该是指杜甫自己。"琴台"，今天成都还有琴台路，据说是司马相如弹琴之所在。杜甫想到，自己如今就在从长安出来的长路尽头，就像一片偶然飘到这里的云，飘傍在这个琴台边，暂时的安闲又有什么意义呢？从成都地理来讲，浣花草堂隔琴台很近。

王师未报收东郡，
城阙秋生画角哀。

唐朝时候，有两个首都，西京是长安，东都或者叫东京是洛阳。此处的“东郡”即指洛阳。这里不说东都、东京，而用东郡可能是出于平仄的考虑。

“画角”，是古代的管乐器，军中常用来报时。杜甫住在城外，时常听到城墙上传来的军中的画角声，离家越久，越觉得这声音带着非常悲凉的情绪。按理说，军号声应该是雄壮的，就像辛弃疾写的那样：“醉里挑灯看剑，梦回吹角连营。八百里分麾下炙，五十弦翻塞外声。”可杜甫耳中听到的号角声却是凄切悲凉的，这就是诗的主观性的表现。辛弃疾想建功立业，收复失地，因此号角声在他听来是一片豪壮。而杜甫此时一个人孤零零，“倚杖没中洲”，站在水边，长发飘乱，所以听城楼传来的军号声都含着悲凉的意味。

陈子昂也写过这样的情景，他在送别一位满腹韬略的戍边将军时写道：“晚风吹画角，春色耀飞旌。”他这是鼓励这位将军抵御突厥，安边立功，因此号角声传达的是一派雄壮豪迈的情形。

李白也写过，李白听到的号角声也空阔而悲凉：“画角悲海月，征衣卷天霜。”

秋天将近，杜甫的心情发生了变化。不仅有个人在小环境中的变化，比如友人间亲疏的变化，更重要的是国家形势的变化。

此时是 760 年，哥舒翰已经被迫投降了安禄山。唐肃宗又起用了三名大将：郭子仪、李光弼和仆固怀恩，但仍然对他们不够信任。让他们三人各带相当的兵力，领军去收复东都洛阳，同时派一个叫鱼朝恩的宦官监军。三位将领为了收复洛阳，做了很多准备，但是由于军队没有总指挥，只是一个皇帝信任的宦官监军弄权，结果再次连打败仗。因此，“王师未报收东郡”一句话里内含着非常沉痛的感情。

从个人看到的恬静村野之景，一转念想到国家久久未平的战乱，杜甫个人的心情遭际，便一下与家国之殇自然地联系起来了。画角吹出的是他心中的悲哀。

天远暮江迟

再看一首《云山》。

云山

京洛云山外，
音书静不来。
神交作赋客，
力尽望乡台。
衰疾江边卧，
亲朋日暮回。
白鸥元水宿，
何事有余哀。

京洛云山外，音书静不来。

“未卜思故乡”的杜甫开始思念北方。北望关中，阻隔其间的山都有云雾弥漫，因此说是“云山”。“京洛”指长安和洛阳，都在云雾迷离的蜀山以外。那个时候消息传递很慢，杜甫不仅关心家里的情况，更关心当时北方战事的发展。但长路隔绝，音书不来。

神交作赋客，力尽望乡台。

“作赋客”指汉代四川的三个大文人——司马相如、扬雄、王褒，他们都以所作的汉赋而著名。三个大文人早就不在人世了，只能读读他们作品，到他们曾经写作弹琴的地方走走看看，此之谓“神交”。中国文化当中把思念故乡的人总是去登高一望的地方叫“望乡台”。丈夫出门做生意，或者出去打仗了没回来，女子每天爬到高处去望，这种地方叫“望夫台”，甚至望久了会望成一块石头，就成了“望夫石”。远走的征夫在一些视线高远的地方回望故乡，这些地方就叫“望乡台”。

唐代，成都北门驷马桥附近，就有一个望乡台。隋朝时，皇帝要把不接班的儿子分封到外地当王，四川也封了一个蜀王，叫杨秀。他思念北方，当然，也许更惦念那把龙椅。他就在城北筑了一个望乡台，经常跑到那儿去望一望北方，他自己贵为一个诸侯王，但始终不太甘心终老蜀地。

杜甫也上望乡台，即便用尽气力也要去望望北方。

衰疾江边卧，亲朋日暮回。

像“患气经时久”“老病人扶再拜难”一样，杜甫再次写到自己身体不好，只能整日卧于江边草堂，而家里人出于生计，为衣食之计，还得出去走动，晚上才回来。

白鸥元水宿，何事有余哀。

杜甫看到江边的鸥群都在水边停下来，那本是它们过夜的地方。其实他想问的是：我的家人都回来了吗？像水鸟一样都回到它们的窝里了吗？如此这般，杜甫又只好自己宽解自己：我还是像白鸥一样顺其自然，听从命运安排，又何必心里放着这么多悲哀。有些悲哀是自己的，有些悲哀是家国的，在对自己的反问中，更表现出了他对国事、对社稷的忧思，无论如何也放之不下。

一首《遣兴》，又说到家国之事。

遣兴

干戈犹未定，
弟妹各何之？
拭泪沾襟血，
梳头满面丝。
地卑荒野大，
天远暮江迟。
衰疾那能久，
应无见汝时。

干戈犹未定，弟妹各何之？

天下的战事还未结束，死的是士兵将军，破碎衰败的是朝廷国家。此时，杜甫想起了因战乱分散在各地的弟弟妹妹。据翦伯赞先生考证，杜甫有四个弟弟和一个妹妹，都是继母卢氏所生。四个弟弟分别叫杜颖、杜观、杜丰、杜占，而妹妹叫什么无从考察，嫁安徽钟离韦氏。这时一家四散分离，大弟杜颖、二弟杜观在山东，三弟杜丰则去了江东，最小的弟弟杜占随杜甫到了四川。

拭泪沾襟血，梳头满面丝。

想起这个，流泪都带血。“满面丝”就是梳头的时候掉头发，一抓一大把。由此可见杜甫对亲人的挂念之重。

地卑荒野大，天远暮江迟。

这一联拉回来写草堂周围的景象，人的忧思无处得到宽解时，就只能从自然中去得到。“卑”在这里不是“卑鄙”的“卑”，而是指低的地方。草堂周围地势虽然低下，但很宽广，天空旷远，傍晚时分的江水缓缓流动。“卑”与“大”，其中怕是还有杜甫本人的自况与情怀。

衰疾那能久，应无见汝时。

我身体这样不好，恐怕活不到战争结束，回归故乡的时候了，可能也没有再见到兄弟姊妹，一家团聚的机会了。

杜甫的爷爷和父亲都做官，但官职不高，俸禄也不会高。即便这样，那个时候做官的人，有点余钱多半都会买田置地，又或者在为官之前家里头已经有点资产。所以杜家在洛阳附近有一个山庄——陆浑庄。这里既是他们家历代的祖坟所在地，也是他们家在周围购置的田产所在之处。安史之乱一来，东都洛阳失守，附近那些地方也被叛军蹂躏，杜家人天各一方去逃难，一点经济来源就断绝了，所以杜甫会过得如此艰难。他思念故乡，有祖坟的因素，那是中国人最基本的情感的寄托，更重要的是那些土地还是他们的经济来源。所以思乡其实也不全是抽象的情感。

我们再来看看《恨别》这首诗。

恨别

洛城一别四千里，
胡骑长驱五六年。
草木变衰行剑外，
兵戈阻绝老江边。
思家步月清宵立，
忆弟看云白日眠。
闻道河阳近乘胜，
司徒急为破幽燕。

洛城一别四千里，胡骑长驱五六年。

诗题为“恨别”，恨的是什么呢？恨的是唐朝失去东都，一家人当然也回不了洛阳附近的陆浑庄了，恨一家人四散分离不得团聚，更恨与朝廷相隔遥远。

有些注杜诗的人说，洛阳到成都是二千三百多里，没有四千里，杜甫写得不对。这是拘泥了。杜甫这是极言其远，不必是确数。何况杜甫离开洛阳，并非从官道直接到成都，而是一年四行役，从洛阳到华州和秦州，到同谷，最后才来到成都，绕那么大的圈，怕是真有四千里了。“胡骑”，安禄山就是胡人，根子是在西域的粟特人。这个胡人领导的叛军在北方中原大地上长驱已经五六年了。755 年冬天，安史之乱爆发，到杜甫写这首诗时的 760 年，战乱还没有平息，可不正好都五六年了。

草木变衰行剑外，兵戈阻绝老江边。

此时已经是秋天，树叶已经枯黄了，杜甫一家为避战乱已经置身剑门以南来了。他觉得自己就跟秋天的草木一样，正一天天地衰老下去。因为兵火连绵不绝，他要回故乡是不可能了，只好留在浣花溪，在濯锦江边终老。前一首诗说到过，他怕自己活不了那么久，看不到战乱平息了。

思家步月清宵立，忆弟看云白日眠。

夜半了还睡不着，因为思念故乡，杜甫索性披衣起来，一个人站在清冷的月下。那是夜晚。白天呢，因思念他不在身边的三个弟弟，只能抬头看着天边的云懒洋洋地靠在山前，像是睡着了一样。那是了无生气的样子，心灰意懒。

古往今来所有流离在外的人不都是如此吗？晚上睡不着，看一看月亮，似乎也能够得到一点安慰。到白天睡意来袭，望着云又睡着了。这两句把一个被思亲之情笼罩的人的形象写得非常生动，同时对仗也很工整优美。

闻道河阳近乘胜，司徒急为破幽燕。

最近传来了一点好消息。当时是唐军在河阳打了胜仗。河阳是河南的一个地方，洛阳近郊。在河阳打胜仗的人就是安史之乱后期两位重要的将领——李光弼和郭子仪。但是刚打个胜仗，本该乘胜追击之时，皇帝又不放心，举棋不定了，说要慢一点，缓一下，使得平定安史叛军的战争又拖了一年多。

“司徒”就是李光弼，皇帝给他授的一些虚衔中的一个就是司徒。“幽”是指幽州，“燕”是战国七雄之一的燕，其范围都在今天河北、北京一带，也是安禄山起兵之地。这个时候，李光弼看准时机，认为能一鼓作气，乘胜直捣叛军老巢。但皇帝派去监军的宦官再次向皇帝进谗言，说要是这一仗胜利了，李光弼恐怕会占据那个地方，变成下一个安禄山，皇帝不放心，说那收兵，宁愿不要胜。

于是，得到官军胜利的消息，受到鼓舞的杜甫复归失望。

苍生未苏息

中国诗歌里愁很多。

李白说愁：『抽刀断水水更流，举杯浇愁愁更愁。』

南唐的李煜说愁：『问君能有几多愁？恰似一江春水向东流。』

李清照写愁：『只恐双溪舴艋舟，载不动许多愁。』

而诗圣杜甫笔下的愁绪又是什么样的呢？

散愁二首（其一）

久客宜旋旆，兴王未息戈。
蜀星阴见少，江雨夜闻多。
百万传深入，寰区望匪它。
司徒下燕赵，收取旧山河。

散愁二首（其二）

闻道并州镇，尚书训士齐。
几时通蓟北，当日报关西。
恋阙丹心破，沾衣皓首啼。
老魂招不得，归路恐长迷。

久客宜旋旆，兴王未息戈。

说在一个地方客居，要等王师打出凯旋的旗帜时才能回家。但是回不去，北方的战事一直没能结束。前面说过，李光弼的军队本可一鼓作气，直捣幽燕。但已经不敢信任手下大将，而任阉竖蒙蔽的皇帝，还故意要留个尾巴。所以说，“兴王未息戈”。本来是可以息的。

蜀星阴见少，江雨夜闻多。

杜甫高兴的时候，天气好会说“野径云俱黑，江船火独明”，哪怕遇到晚上下雨，也说“蜀天常夜雨，江槛已朝晴”。心情不好了，便埋怨成都阴天多，说这个地方，阴天太多，天天晚上稀里哗啦地下雨，星星也看不见，觉也睡不好。

百万传深入，寰区望匪它。

还是谈论北方的战事，实际上并没有百万，而是几十万大军由三个将军李光弼、郭子仪、仆固怀恩率领，向着叛军盘踞之地深入。杜甫说：“我没有别的期待，只要能等到捷报就行了。”

司徒下燕赵，收取旧山河。

这回好了，终于传来消息，说要把叛军搞定了，李光弼已经收复了河北，安史之乱就要平定了。“司徒”前面已经讲过，是李光弼的虚衔，“燕”“赵”都是叛军所在的那一带地方。韩愈的散文名篇《送董邵南游河北序》中有过一句话，“燕赵古称多感慨悲歌之士”，说那个地方向来就是边境地带，多民族交融的地方，民风强悍，善于搏斗。战国时期，被派去刺杀秦始皇的荆轲，就是燕赵之士，重然诺，轻生死。

所以《散愁二首（其一）》，说的也是《恨别》的尾联关涉的那些事。

闻道并州镇，尚书训士齐。

“并州”这个地方在山西，就是今天太原一带。这里的“尚书”指的是王思礼，也是一名大将，出身于名将之家，在武则天时代，王家出过非常有名的大将军。收复河北的时候是李光弼、郭子仪、仆固怀恩三个将军从河南、山东往西、往北打。另外还有一条路，从山西去包抄，就让王思礼兼太原府，从河北的西面，形成夹击之势。

几时通蓟北，
当日报关西。

杜甫看到了这样的军事形势，当然感到鼓舞，觉得胜利在望，免不了有些急切地问，什么时候才能“通蓟北”呢？“蓟”也是古代对于河北那一带的称呼。成都这个地方，名字两千多年不变。但很多地名在不断变化，或者有多个别称。蓟北那一带，曾经叫幽，叫燕，到唐代又叫范阳、叫渔阳，白居易的《长恨歌》里就曾写“渔阳鼙鼓动地来”。

恋阙丹心破，
沾衣皓首啼。

即使皇帝并非明君，杜甫也还是心系朝廷。“恋阙”，“阙”指代的就是宫廷。汉唐时宫城大门两边，一边一个楼台，叫作“阙”。朝廷有什么公告发表，就贴在两边阙上。

老魂招不得，
归路恐长迷。

此时杜甫已经有回家的打算了，但是回家路还长，最后的胜利因为各种变故迟迟没有到来。

之前唐玄宗丢了长安，逃到成都，因为皇帝来了，就要把成都封为京城。那时已经有西京长安、东京洛阳，成都就短暂当了一阵南京。

《新唐书》中记载，唐肃宗上台，把长安旁边的凤翔封为西京，而东京洛阳早就失陷。把成都封为南京，是757年，安史叛军势头最盛之时，杜甫还没有来成都。朝廷这样命名京城，只是图个吉祥，图个心理安慰。成都成为南京并不荣耀，只因为皇帝逃难到这儿来待了一阵子，没办法才把它命名为南京。没几年，唐玄宗回去了，南京的称号又被取消了。

皇帝走了，成都自然就不能再叫南京了，所以另外封了南京，封到了荆州，置江陵府，也就是今天的宜昌一带。原因在于当时已经没有更好的方法稳住湖南、湖北一带的军阀，让他们不要参与叛乱。那时朝廷处于风雨飘摇中，没有钱财可以赏赐，只能把荆州封为南京，向那些拥兵自重的当地军阀表明，管理江陵府的官吏的级别等同京兆。京兆就是直辖市，古代就是首都。所以“蜀郡先为南京，亦复为蜀郡”。又过了大概一年，按照司马光《资治通鉴》记载，唐肃宗上元二年（761 年），“因赦天下，停京兆、河南、太原、凤翔，四京，及江陵南都之号”，所以江陵荆州作为南京也只存在了一年。一个南京的帽子到处戴，戴给成都，戴给荆州，又收回去，如同儿戏，政治做到这样的时候，其实很悲哀。因此杜甫就写了一首《建都十二韵》，对这种儿戏般的国家政治发出义愤填膺的议论。

建都十二韵

苍生未苏息，胡马半乾坤。
议在云台上，谁扶黄屋尊。
建都分魏阙，下诏辟荆门。
恐失东人望，其如西极存。
时危当雪耻，计大岂轻论。
虽倚三阶正，终愁万国翻。

牵裾恨不死，漏网荷殊恩。
永负汉庭哭，遥怜湘水魂。
穷冬客江剑，随事有田园。
风断青蒲节，霜埋翠竹根。
衣冠空穰穰，关辅久昏昏。
愿枉长安日，光辉照北原。

这是杜甫的排律，就是长的律诗。

前面讲过，律诗主要分为五律和七律，此外，就是排律了。杜甫是此中高手。他爷爷杜审言也是。杜甫的最后一首诗《风疾舟中，伏枕书怀三十六韵，奉呈湖南亲友》也是排律。那时，他的生命走到尽头，在洞庭湖中的船上，靠岸的地方都没有，一家人没有饭吃，他还激情饱满地写了一首排律，三十六韵，是他预感到自己的死亡时，给亲友的告别之作。

《建都十二韵》是杜甫在成都作的一首排律名篇，整首诗押十二韵，相当于三首五律诗的长度。

苍生未苏息，胡马半乾坤。

战乱漫长，老百姓四处流离，不得安于乡土生产生活。战争破坏性很大，田园荒芜的百姓还要承担沉重的兵役与劳役。正如"三吏""三别"中写到的，"三男邺城戍。一男附书至，二男新战死"，在打河阳的战争中，征兵的小吏遇见的老妇人说，我三个儿子都被你们抓去，到邺城打仗去了。一个儿子最近写信来了，两个兄弟已经战死了，而你们还来抓人，"老翁逾墙走"，老头跑了，媳妇要照顾孩子，那我跟你们去吧，"急应河阳役，犹得备晨炊"，连夜赶到河阳前线，虽然我不能打仗，但是还来得及给将士们煮顿早饭。

经过这样的战争摧残以后，老百姓的生产生活难于恢复，而新的麻烦又来了。唐朝平乱的军队不够，只好借了回鹘兵。借兵这事很屈辱，只能承诺对方，收复一座城市，不是解民于倒悬，而要任这些雇佣军随便抢杀三天，作为他们助战的报偿。否则对方也不愿提着脑袋替唐朝打仗。所以是"胡马"半天下。

议在云台上，谁扶黄屋尊。

云台，汉代的一种规制。那时在宫中筑很高的台子，有祭祀天地、炼丹以及表彰功臣三个用途。有些皇帝，如汉武帝筑的高台，就在那里用金盘、银盘承接露水用来炼丹，做长生不老之药。唐代诗人李贺曾经写过一首诗《金铜仙人辞汉歌》，写的就是这件事情。云台其中一个用途是表彰功臣，唐代有凌烟阁，李世民时期的尉迟敬德、程咬金这样一些功臣，在凌烟阁都陈列有他们的画像。汉代也曾经把文臣武将当中于国有大功的三十二个人的画像陈列在台上。

“议在云台上”，就是说形势都糜烂成这样了，那些将军与文臣在议决朝政，决定国家兴亡的重大时刻，出的却是这么一些歪点子。一会儿改地名，一会儿在将军可以乘胜进军的时候说不能打了，打了胜仗他就要骄傲，宁愿让他败一下，将来才好控制。这些在朝堂之上胡乱议政的人中有谁是真可以辅佐唐室复兴的呢？

从秦始皇开始，皇帝坐马车出行，上面要打个伞一样的宝盖，它的里子是黄色的锦缎，所以把那个马车叫“黄屋”。

建都分魏阙，下诏辟荆门。

杜甫很愤慨，这些大臣出的全是馊主意！就拿都城来说，一个国家就一个都城，而当时把洛阳定为东都是有客观原因的。长安偏在西部，国家机构庞大，物质消耗巨大，且运输不方便。所以，唐朝就另在中原的洛阳建立一个都城，很多时候，皇帝和中央机构都驻在洛阳。武则天当女皇时，就基本驻在洛阳，不常去长安。所以才有了东西两都。当时是经过认真地考量才会这样做的，为了更好地控制东部，也为了减少物资运输成本。

但现在，一会儿新设个南京，一会儿又弄个西京，这至少是因为皇帝暂时在那里。现在又要把荆州升格为南都，也太莫名其妙了。

“分魏阙”，如此随意建都，杜甫认为，皇朝的威信在战乱中已经丧失很多了，这样做，是进一步分其势，进一步削弱朝廷的威力。而皇帝竟然听信这样的建议，随随便便就下个诏书说，把荆州这样一个地方变成了南都。

恐失东人望，其如西极存。

既然要用南都这顶帽子安抚地方势力，那为什么又要把成都的帽子给摘了呢？结果，第二年，朝廷又把荆州的这顶帽子收回去了。

时危当雪耻，计大岂轻论。

世事艰危如此，战乱时期，皇帝应该去收复东都，收复燕赵，收复蓟北，这才是最重要的事情。结果朝中大臣和皇帝都不管这些大事，就管些鸡毛蒜皮的事情。

虽倚三阶正，终愁万国翻。

古时候取地名要对应星象，图个吉利。地上的州对着天上的星，叫作“星土分野”。不仅取名，古代做其他事也要看星象，比如诸葛亮看见一颗星星掉了，就认为自己死期将至。不光地望，杰出人物也对应天上的星宿，九五之尊的皇帝就更是如此。

但后来人们慢慢发现，天上每天都在掉星星，每天也诞生新的星星，所以这其实是毫无根据的。现在中国人再写地理与历史，就不再写地方跟星宿的对应了。

杜甫在那个时代对这种迷信的观念，就已经有批判。

“三阶正”是说天上有一组六颗星，分成三级，就像三个台阶一样，排列得很整齐，古人认为“三阶正”的时候，就表示国家秩序井然。当皇帝的像当皇帝的，当三公的像当三公的，当臣下的像当臣下的，各安其位，天下太平，这就叫“三阶正”。还有一解，说上天分为“三阶”，与地上等级对应。上阶为天子，中阶为诸侯公卿，下阶为士庶百姓。

现代天文学告诉我们，天上星空也在运动旋转，星星在空中的位置并不是永远恒定的，与人间治乱全无关系。所以杜甫认为，现在的王公大臣做的这些事情，就像望天上的星星正不正一样，是没有意义的。现在，天上三阶不是很正吗？为何却天下翻沸，动荡不已？

牵裾恨不死，漏网荷殊恩。

杜甫的忧愤发自内心，针对现实。他用了一个典故——“牵裾”。这个典故是说皇帝不明智，大臣就要建言相劝，但往往越劝越不起作用。《三国志·魏书·辛毗传》中记载，魏国一个叫辛毗的大臣，遇到皇帝曹丕“欲徙冀州，士家十万户之河南”。移民是古代长期实行的一项举措。一个地方发生了大的灾难或者大的战争，破坏严重，人口大量减少，就需要移民。有时候，也是为了民族成分的混合。冀州是我们今天说的燕赵河北一带。皇帝曹丕要从那里迁十万户人到河南，辛毗就反对说，移民的时机不对，今年河南闹蝗灾，把这群人迁来，没有粮食吃，当年就要饿死在这儿。皇帝性急，想到什么事情马上就要办。别的大臣也和辛毗一样看法，但最后只有辛毗一个人坚持劝阻皇帝。曹丕不高兴，直接说退朝，我不听了。辛毗追上去，牵着皇帝的衣服，说你必须听。这就是“牵裾”。

杜甫想这样做，却不在朝堂之上，没有机会。

杜甫用这个典故其实也是在讲自己。他在皇帝身边任左拾遗时，房琯被贬，而他却不顾上意为房琯上疏陈情，希望皇帝收回成命。结果是自己被逐出朝廷，贬为华州司功参军。

“荷殊恩”是说：感谢皇帝还为我保留了司功参军这样一个小官职，使我像一条漏网之鱼。这就是封建时代，明明被皇帝罢官，落入这么悲惨的境地，没把我官职彻底免了，就是巨大的恩典。

永负汉庭哭，
遥怜湘水魂。

“汉庭哭”这个典故说的是汉代的贾谊。他文才很高，也喜欢给皇帝提意见，而且总觉得自己有先见之明。当然，他确实是有，天下还太平的时候，就预见某些方面可能要出事了。贾谊写过一篇在我们中国古典散文史上非常有名的散文叫《过秦论》。鲁迅对贾谊评价很高，在《中国小说史略》中，鲁迅说贾谊的《过秦论》和《治安策》这两篇文章是西汉宏文，是有内容的议论文，比司马相如等人写的那些空洞的，歌功颂德的《上林赋》《子虚赋》好得多。《汉书》里说贾谊，“谊数上疏陈政事，多所欲匡建”，他希望改革，能对国家治理有好处。当天下太平，其他人都天天给皇帝汇报喜讯的时候，他却不是这样，上疏说：“臣窃惟事势，可为痛哭者一，可为流涕者二，可为长太息者六，若其他悖理而伤道者，难遍以疏举”，说我看如今天下的事，应该为之痛哭的有一件，应该为之流泪的有两件，应该为之大声叹息的有六件，至于其他违背情理而伤害大道的事，很难在奏疏中一一列举。皇帝您要引起关注。皇帝想这是个什么人，别人都说某个地方大丰收了，某个地方开了五朵并蒂莲花，都是祥瑞，你倒好，给我说这么多件事，没有一件好事，自然就疏远他了。

而“湘水魂”指的是屈原被谗，自沉于湘水一事。

由此杜甫想到自己，跟辛毗、贾谊、屈原这些人一样，总是提出皇帝不爱听的意见，最终为皇帝所不容。但他此时依然有意见，朝中群臣全都放着失地不收复，叛军不征服，却忙着去观星象，改都名。

穷冬客江剑，随事有田园。

但他又宽慰自己了：马上要冬天了，我客居在剑门关外的锦江边，也不是活不下去，糊口还是可以的。“有田园”嘛。

之前杜甫在诗里已经写清楚了。他并不是只盖了一间草屋，他还有“与致溪边十亩阴”的桤木，还栽了一百棵桃树和一大片竹子，除此之外，还栽了四小松，还开了药栏与菜园。他在这里的土地其实不少，起码几十亩吧，算是个小地主，靠土地就能有些吃食。

“风断青蒲节，霜埋翠竹根。”随着一天接着一天的秋风，冬天就来了，风把这些芦苇都吹折了，早上起来会看到有霜浮在竹林的根上。还是管自己怎么过日子吧，朝廷也听不到我写的这些意见。自己发发别人不听也听不见的牢骚罢了。

衣冠空穰穰，关辅久昏昏。

“衣冠”指代当官的人。因为古代当官，什么级别的人戴什么样式的帽子，穿什么颜色质地的衣服，系什么样的带子都有一定之规。“天下熙熙，皆为利来；天下攘攘，皆为利往”，说皇宫当中，大官小官来来往往，很热闹的样子，却没有作为。

“关辅久昏昏”，京城长安，周围有五个关，往北有萧关，往东往河南方向去有潼关、函谷关，往南进秦岭去汉水有武关，往西有大散关。陆游就写过“铁马秋风大散关”。长安所在处就是关中平原，八百里秦川。关中地理位置最优越的地方——渭水之岸建一座城，君临天下。秦代建咸阳，汉代筑长安，隋唐仍然是长安。

王勃写“城阙辅三秦”，就是指京畿重地，还要有小城来护卫，左扶风，右凤翔，呈掎角之势。“空穰穰”“久昏昏”就是表明，人来人去，就出点这些改地名的主意，不去前线打仗，收复山河，朝廷昏暗不明，大臣们庸碌无为，使杜甫感到非常绝望。

愿枉长安日，光辉照北原。

杜甫说：你们不要妄自让天上的太阳每天出来照着长安了，太阳照着的应该是一个清明强盛之世，一片朗朗的北方原野。他还是希望国家能有清明的政治，能像太阳的光辉，把北方这块苦难深重的原野重新照亮。

杜甫写《建都十二韵》这首排律的时候，已经是公元 761 年的秋天。

此时杜甫在成都的心情，已经不同于他初来的时候了。一方面客居时间长了，人际关系便不如刚来时那样亲密。更重要还是因为朝政昏暗，平定安史叛军的胜利，久久不能到来。

正需要精兵强将的时候，皇帝却让郭子仪这样的大将赋闲了，因为怕他威望太高，成为下一个安禄山，因此仗打到一半却不用他了。郭子仪也聪明，赶紧上谢表，跟皇帝说：“我病了，衰老不堪，打不动了，要请假回家。”不然很可能跟封常清、高仙芝一样被杀掉。之后再过两年，吐蕃又打来了，还攻陷了长安。皇帝想来想去没人了，只好将郭老将军再请出来。结果郭老将军宝刀未老，率兵收复了长安。当然，这是几年之后的事情了。

家人四散，生存艰难，国事更加令人不畅快，杜甫能非常自然地把个人际遇与对国家大事的关切水乳交融地联系在一起。这不是每一个诗人都能做到的。现实主义的精神，就是直面现实，再残酷黑暗也绝不逃避。杜甫诗歌就具有这种精神。这也就造就了杜甫诗千载不灭的深沉浑然的境界。

如果对比一下他同时代的诗人，杜甫现实主义书写的力量，就更加鲜明。

在同样的情况下，王维会醉心于佛教，不问世事；李白会去求道，也是逃避，以求从痛苦中得到解脱。

杜甫来到成都，有了可以居家的草堂，意味着他有了物理的栖身空间。同时，因为一些旧友，一些新朋，还有恬静的自然，这就有了一个有所寄托、有得依靠的情感空间。

于是，在他的成都诗中，就既有当下的生活情景，又有背后纵深的时代性；既有寄性于一草一木的精致的审美情感，又有大时代影响激起的深沉波澜。

第九讲

使人不疑见存根

酒家

江城今夜客

杜甫卜居在郊外的浣花溪旁，但他经常进城去。

进城去，与旧友往还，也与新识交游。不是纯粹的社交，打发时光，而是去化缘，找赞助。一家人寄居异乡，那么多张嘴要吃饭，自己除了在园子中种点药材与小菜，别无经济来源。就要和很多人来往，寻求帮助。

他诗里讲过的：『故人供禄米，邻舍与园蔬。』求的是持续的『供』和『与』，需要结交，需要维持关系，所以常常进城又出城。

出郭

霜露晚凄凄，
高天逐望低。
远烟盐井上，
斜景雪峰西。
故国犹兵马，
他乡亦鼓鼙。
江城今夜客，
还与旧乌啼。

霜露晚凄凄，高天逐望低。

这一天，杜甫进城交际，向晚回草堂，出得城来，见四野霜露冷冽，却也清新。秋天到了，远望时地平线似乎和天空相接在了一起，视觉上感觉天很低，越远越低。闲适自在的春夏已过，到了秋天，该为一家人准备过冬衣食的他，却囊中羞涩，笔下的景色也就有些凄凉。

远烟盐井上，斜景雪峰西。

进城时，肯定忧心忡忡，所以杜甫没写过早上进城，但出城时，肯定有所收获，心情就轻松了，可以欣赏风景了。远处盐井上，熬制盐巴的烟雾缥缈，光线斜照的太阳，已经靠近西边的雪山了。

故国犹兵马，他乡亦鼓鼙。

但还是忧从中来。成都这里虽然安定，但故乡还是兵马纵横，还有其他地方仍是战鼓激荡。安史之乱一起，不光是安史叛军一股力量，不时有拥兵自重的地方实力派在不同地方作乱，互相攻伐，争夺地盘。

江城今夜客，还与旧乌啼。

杜甫感叹：在这座两江环绕的城市，我还是一个客人，每天晚上听到的都是各种各样的鸟在江边啼叫。这句话是双关的。“啼”有暗自哭泣的意思，不光鸟在哭，他自己也在为故国不得恢复而伤心落泪。

我要重点讲一讲这首诗颔联中所写到的成都景象。

今天四川的盐业中心已经转到地下卤水丰富的自贡自流井地区，但是唐代的时候钻井技术还不够发达，钻不到很深的地方，成都平原上有两个主要产盐地：邛崃和双流。古代成都平原便号称天府之国，不光是因为都江堰的灌溉水系使得成都平原有米有鱼，更是因为拥有盐、铁这两种重要资源。成都平原的富饶因此而来。我国官修史书从《汉书》起有专门讲物产和商业的部分，叫《食货志》。《新唐书·食货志》，就记载了唐代产盐的情况：

唐有盐池十八，井六百四十，皆隶度支。蒲州安邑、解县有池五，总曰“两池”，岁得盐万斛，以供京师。盐州五原有乌池、白池、瓦池、细项池，灵州有温泉池、两井池、长尾池、五泉池、红桃池、回乐池、弘静池，会州有河池，三州皆输米以代盐。安北都护府有胡落池，岁得盐万四千斛，以给振武、天德。黔州有井四十一，成州、巂州井各一，果、阆、开、通井百二十三，山南西院领之。邛、眉、嘉有井十三，剑南西川院领之。梓、遂、绵、合、昌、渝、泸、资、荣、陵、简有井四百六十，剑南东川院领之。皆随月督课。幽州、大同横野军有盐屯，每屯有丁有兵，岁得盐二千八百斛，下者千五百斛。负海州岁免租为盐二万斛以输司农。青、楚、海、沧、棣、杭、苏等州，以盐价市轻货，亦输司农。

“唐代有盐池十八”，盐池在今天的陕西、青海一带，那里的盐池就是天然的盐湖，水浅一些，太阳一晒就有结晶。但是四川离盐池很远，盐的来源是“井”，即打井抽取地下卤水煮盐。“邛、眉、嘉有井十三”，说今天的邛崃、眉山、乐山有井十三。这个十三，恐怕不是说井的口数，而是有十三个井场。每个井场，都有许多口井。

唐代的地理行政区划，把剑门关以南分两个行政区，成都这边叫西川节度使，三台那边叫东川节度使。关于两川盐井的分布，说得很清楚。“邛、眉、嘉有井十三，剑南西川院领之。梓、遂、绵、合、昌、渝、泸、资、荣、陵、简有井四百六十，剑南东川院领之。”梓就是三台，遂是遂宁一带，绵是绵阳一带。“皆随月督课”，每个月按产量上税。

《华阳国志》记载，建都江堰的李冰：“穿广都盐井、诸陂池，蜀于是盛有养生之饶焉。”李冰不光开都江堰，还开盐池，广都就是今天的双流。过去的双流指成都的东郊城下，李白有诗“暮雨向三峡，春江绕双流”，左思《蜀都赋》中有名句“带二江之双流”。成都城下的这两条河就叫双流。而今天的双流那时候叫广都县，秦代就开了盐井。那时候盐很重要，不仅是老百姓生活的必需，更是国家收入非常重要的一部分。

《出郭》的颔联表面上看起来写的是风景，但是“远烟盐井上”一句透露的信息，让我们看到了唐代成都平原的盐铁之利。唐代成都的西门大致在今天的琴台路到上同仁路一带，出了成都的西门，远远能看见西南边的远方，原野上竖着盐井上的井架。盐水抽出来，要在大锅里熬，有火，因此会不断冒出很高很多的烟尘。

我们再来看看第二首《西郊》。

西郊

时出碧鸡坊，
西郊向草堂。
市桥官柳细，
江路野梅香。
傍架齐书帙，
看题减药囊。
无人觉来往，
疏懒意何长。

时出碧鸡坊，西郊向草堂。

杜甫又一次进了城，又是办完了事，访了友才回来。从城里一个叫碧鸡坊的地方出发，经过西边的郊野，回向草堂。

这牵涉到唐代的城市规制。唐代的城市，从长安来看就规划得很好，所有街道都是四方四正。成都也是模仿长安的建设方式，街道也是四方的，一个四方的单元就是一个“坊”。今天城里的邻居叫街坊，就是说我们同住一个坊，也就是棋盘一样的城市里的一个方块中，这既是建筑形制的单元，又是行政管理单位。李膺的《益州记》是一本写今四川地区地理的书，里面就记载：“古时成都之坊百有二十，第四曰碧鸡坊。”说唐代的成都城里共一百二十坊，第四个就叫碧鸡坊。

市桥官柳细，江路野梅香。

过了碧鸡坊就到了市桥，大概在今天十二桥一带，就出城了。江绕着城，江上架着桥。《华阳国志》中记载，锦江上有七座桥，“西南石牛门曰市桥，下，石犀所潜渊也”，石牛门是城西门的名字。门前就是江，江上的就叫市桥。市桥旁边街道上的柳树是公家栽的，可能是新栽不久，因此说“官柳细”。沿着浣花溪走在回草堂的路上，一路都是梅香。三四百年以后，陆游来到成都，写了一首《梅花绝句》证实了杜甫的“江路野梅香”的胜景是真有：“当年走马锦城西，曾为梅花醉似泥。二十里中香不断，青羊宫到浣花溪。”今天很多成都人自豪地说，自公元前311年建成城市以来，成都没有变过城名。岂止是成都这座大城没有变过地名，很多小地方也没有变过地名。浣花溪、万里桥，在杜甫的时代就有，现在我们又通过陆游的诗知道原来青羊宫名字也很古老。

杜甫穿过西郊原野回草堂，一路“野梅香”，看来这诗是写在春天。

傍架齐书帙，看题减药囊。

回到家里了。到底是读书人，那么穷困，衣食不济，家里还有书架，架上有书。古代一部书往往有很多本，要用一种外套包起来，这就叫书帙，泛指书籍。

杜甫自己有病在身，常年要吃药，因此墙上很多小布口袋，里面就装着中草药。“减药囊”，每当一个药没有了，就把它的标签扯下来，大黄没了就把大黄的标签扯下来，黄精没了又把黄精的标签扯下来；又或者是把空药袋取下来，下回进城到药市上去装满。

无人觉来往，疏懒意何长。

诗人自叹，自己常常进城，偶尔也有客人来访，但他来来去去其实没有人太在意他。杜甫说自己其实不想进城，进城去向各路朋友要救济其实有点屈辱、伤面子。本来性情疏懒，还是待在这乡下才从容自在。

同时期他还另外写过一首诗，写这种“意何长”的“疏懒”生活，那就是《漫成二首（其二）》。

漫成二首（其二）

江皋已仲春，花下复清晨。
仰面贪看鸟，回头错应人。
读书难字过，对酒满壶频。
近识峨眉老，知予懒是真。

江皋已仲春，花下复清晨。

此时，江岸边又到了仲春时节。这是他在成都的第二个春天了。每一个清晨，每一天，都在盛开的花枝下开始。

仰面贪看鸟，回头错应人。

杜甫上次进城“化到缘”了，弄回来了米，弄回来了酒，可以好多天不进城。便仰身睡在亭子里，听着江声看鸟，看不够，就久久地看，反正有的就是大把时间。这当然是很舒服惬意的。江边有人喊他吗？不是喊他，是答应错了，并没有人找他。

读书难字过，对酒满壶频。

杜甫这时候很放松，如果读书读到不好理解的字，索性就跳过去了。坛中有酒，一满壶一满壶地喝，始终没有断过。

近识峨眉老，知予懒是真。

最近，还认识了一个从峨眉山下来的人，那是个方外之人，懂得他的疏懒简放。

杜甫的影响是国际性的，至少在儒学文化圈里，比如在日本、朝鲜、越南，杜甫就非常有影响力。明代一个朝鲜人李植著作的《杜诗批解》中就对这首诗有注解，说：“贪看物而语应人，书泛过而酒满酌，正是疏懒节目，懒真是通篇意。”

杜甫的悲凉就在于一个性情疏懒的人要频繁进城，为一家人的生计开展各种应酬。幸好可以写诗，《出郭》又《西郊》，用审美的方式来平复自己。

上面讲的是比较宽泛的出游，下面就到具体的景点，去新津。

和裴迪登新津寺寄王侍郎

何限倚山木，
吟诗秋叶黄。
蝉声集古寺，
鸟影度寒塘。
风物悲游子，
登临忆侍郎。
老夫贪佛日，
随意宿僧房。

这标题有点复杂，牵涉两个人。杜甫不仅要进成都城“化缘”，还要到成都就近的地方“化缘”。去蜀州，今天的崇州市，本是去找高适，遇到一个人叫裴迪，在给州领导当助手。裴迪和杜甫在长安就相熟，裴迪说我刚刚写了一首诗给我们的好朋友——王侍郎。王侍郎是与杜甫同时代的另一位大诗人王维的弟弟，叫王缙。裴迪给王侍郎写了一首诗讲和杜甫游新津的寺院，杜甫就和了一首，也写与裴迪游新津寺的感受，并把这诗寄给老朋友王缙。

何限倚山木，
吟诗秋叶黄。

山上的寺院周围林木茂盛，和裴迪观景吟诗时，黄叶片片飘落。

蝉声集古寺，
鸟影度寒塘。

蝉鸣声响彻古寺，鸟影在寒塘中游动，都是凄清的调子。那时候新津有不少古寺，今天如修觉寺、四安寺等都还在。杜甫曾两次游四安寺，留下了诗作如《暮登四安寺钟楼寄裴十迪》。树叶黄了，却还有蝉声响在古寺，秋天还不太深，该是初秋时节。

风物悲游子，
登临忆侍郎。

初唐王勃《送杜少府之任蜀州》中有一句“风烟望五津”，是说成都附近有五个渡口，新津就是五津之一。从南进成都要过的岷江渡口。触景生情，古寺寒塘，黄叶落地，激起飘零游子心中的悲伤。登高望远，不由得想起在国家安定时，在北方交游往还的王侍郎。安史之乱爆发之前，王维两兄弟在终南山下修有别墅，经常聚集一帮朋友到那里过假日，饮酒赋诗。“忆侍郎”既是忆王缙这个人，也是忆安史之乱爆发之前国家安定，个人生活安定，那些诗酒文章狂欢度日的盛时景象。

老夫贪佛日，随意宿僧房。

老夫，当然就是常称老病的杜甫自己，也有被佛家要脱离人世悲苦的教言吸引的时候，今天就想宿在僧房，不回山下去了。杜甫虽是儒家士子，但在尘世外的寺庙里似乎也能得到一丝安慰。

新津修觉寺在新津城东五里的修觉山上，高僧神秀曾结庐于此。佛教有一个非常中国化的宗派禅宗，创立者是印度人菩提达摩，传到第五世，禅宗分裂为南北两派。北派领袖神秀，南派领袖慧能。相传神秀就在修觉寺里修行过，那是 7 世纪唐朝初创的时代。唐玄宗逃难到成都时，据说还到山上去过，为修觉山题过名。

琴台日暮云

杜甫在成都不断出游，自然风景外，也去瞻仰了成都的古迹。

有一个古迹，石镜，在金沙遗址没有挖出来之前，有可能是成都城里最古老的古蜀国留下的遗迹。杜甫在武担山游览时观此，作诗《石镜》。

石镜

蜀王将此镜，
送死置空山。
冥寞怜香骨，
提携近玉颜。
众妃无复叹，
千骑亦虚还。
独有伤心石，
埋轮月宇间。

为何说这个石镜是最古老的遗迹呢？古蜀国从蚕丛氏称王开始，历经蚕丛、柏灌、鱼凫、杜宇数代的王，到开明氏开始家族世袭。开明王朝历经十二世，其中某任国王有一段奇闻逸事，《华阳国志》中记载了这段传说：

武都有一丈夫化为女子，美而艳，盖山精也，蜀王纳为妃。不习水土，欲去。王必留之，乃为《东平之歌》以乐之。无几，物故。蜀王哀念之，乃遣五丁之武都担土为妃作冢，盖地数亩，高七丈，上有石镜，今成都北角武担是也。

武都在今天甘肃东南部，武都与成都，如今分属两省，更早前却都属古梁州。

说武都有一个男的化为女子，“美而艳”，是山里的妖精所化。不知是哪一世的蜀王开明氏好色，把山精纳为了妃子。这个妃子到成都来有点水土不服，从干燥的北方来，可能不习惯成都的湿热，就想回老家，但这人这么漂亮，蜀王舍不得，不让她回老家。为逗她高兴，蜀王亲自写诗谱了曲献给她，叫《东平之歌》。但这首歌没有流传下来。没有过多久，思乡的妃子还是死了，蜀王很悲伤。于是派了古蜀国的五个壮士，从这位妃子的武都老家担土来给她造了一个墓，墓高七丈，上有一个光滑的大石板，光可鉴人，平滑如镜。这座墓就在今天成都北面，名字就叫武担山。这坟山今天还在，只是上头那面石镜不在了。

武都是这个山精（王妃）故乡的名字，她本人的名字却没有留下来，“冥寞”这个词有出处。魏晋南北朝文学家谢惠连写过《祭古冢文》：“东府掘城北堑，上无封域，不用砖甓，入丈余，以木为椁，中有二棺，正方，两头无和……公命城者改埋于东冈，祭之以豚酒，既不知其名字远近，故假为之号曰‘冥寞君’云尔。”过去古代的人下葬要留下墓志铭。铭不存，便不知这个人是什么时代之人，为官的谢惠连就说挖出来的人不要随便埋，另外找一个地方很礼貌地重新安葬。杜甫这里用了一个典故，说武担山下埋葬的蜀王妃和谢惠连写的那古墓中那个人一样，不知其名，也叫“冥寞”吧。

杜甫去的时候这个石镜还存在。晚上，它在那里闪闪发光，好像一轮月亮一样。

杜甫还要继续在城里观光，我们随他移步换景，到琴台看看。

琴台

茂陵多病后，
尚爱卓文君。
酒肆人间世，
琴台日暮云。
野花留宝靥，
蔓草见罗裙。
归凤求凰意，
寥寥不复闻。

与琴台相关的自然是司马相如的故事。

司马相如在长安附近的茂陵居住过，所以这里称司马相如为“茂陵”。就像杜甫曾经在长安附近的少陵住过，因此也称杜甫为杜少陵。

“陵”就是坟墓，帝王的坟墓，或皇后的坟墓。少陵就是汉宣帝皇后许平君的陵寝。茂陵是汉武帝刘彻的陵寝。从西汉开始，帝王为加强皇家的威严，并且让自己死后的灵魂可以继续享受人间的荣华富贵以及防止陵墓被盗掘，创立了陵邑制度。即所谓的“依陵建县”。帝王生前一边修筑陵园，一边把陵园周围都建成贵族大臣、商贾巨富的聚居地，使之成为繁华的区域。

司马相如得到了汉武帝重用，汉武帝死后他也愿意在其陵墓旁边去居住。

茂陵多病后，
尚爱卓文君。

这是说司马相如年老了，身体多病，就离开长安市区居住在茂陵。后人传说，司马相如进长安发达后爱上了别人，遗弃了卓文君，为此，还有卓文君谴责司马相如的诗流传。对此，文学史家信疑参半。杜甫却在此诗中说，即使年老体衰，司马相如依然爱着卓文君。却不知他有什么根据。

司马相如第一次入长安当官，是在汉景帝的手下。知道他文章写得很好，汉景帝就把他征为郎。今天我们说郎是男子，在秦代、汉代、唐代，有很多官职都称为“××郎”。称官职的这个“郎”是通假字，通“廊”，有站在走廊上等待差遣，或侍卫的意思。可见但凡叫“郎”的官，职位不高，要么是侍卫，要么是秘书。皇帝和重臣在里面商量事情，他们就在走廊上等着。司马相如的第一个官职就是这样，当汉景帝需要把和重臣商量好的事情写成诏令时，司马相如才被叫进去，将其写下来。当然，如果这个郎字后面再加一个字“将”，叫郎将就不一样了，是管很多郎的将军了。

司马相如胸有大志，老写诏令觉得意思不大。而当时汉朝有一个封国叫梁，地方在河南中部一带，分封在梁国的王是汉景帝刘启的弟弟，叫刘武。梁王爱营造宫室苑囿，爱延揽人才，长于当时流行文体辞赋的名人，如枚乘、邹阳和庄忌等，都被他罗致，称为梁苑客。擅长写汉大赋的司马相如，也辞了朝中的官职，去梁国投奔他。梁王有野心，想继皇帝位，罗致人才也是为此做准备。但不等他哥哥汉景帝死，他自己先死了。这个梁孝王一死，梁苑客们四散。司马相如失去依靠，汉景帝也没有想要重新用他，他便只好回到故乡成都。

他在长安官职不高，在梁孝王手下，当个门客，俸禄也不丰厚。回到老家来的失意人，身体心境都不好，生活贫困潦倒。他有一个朋友姓王，在临邛，也就是今天的邛崃当县令，他就去依附王某。在邛崃，他爱上了当地首富卓王孙貌美如花的女儿卓文君。接下来的故事大家应该都听过，司马相如一曲《凤求凰》，情挑卓文君。爱才的富家女与他私奔，为谋生计，两口子开了一个酒铺。卓王孙自然很生气，要跟女儿断绝关系。但卓王孙终究还是割舍不下女儿，最后送他们百万钱，和不少的仆人。司马相如和卓文君在成都，筑了房子居住，有了这么多钱了，不用再当垆卖酒，就筑一个琴台每天弹琴，据说就在今天成都的琴台路。

酒肆人间世，
琴台日暮云。

杜甫说：司马相如和卓文君开酒铺时将世间百态看够了，那人间的世态炎凉跟我老杜今天遇到的应该是差不多吧。那时，杜甫从草堂出来不远，过浣花溪就到了旧琴台，也许心想，要是司马相如和卓文君还在开酒铺卖酒的话该多好，一定会请我老杜喝上两杯。可惜他们早不在了，只有向晚的云还飘在变成荒丘的琴台上空。

野花留宝靥，
蔓草见罗裙。

荒芜的琴台上夕阳荒草，看到野花仿佛看到了卓文君的笑脸，而那些风中飘摇的蔓草，似乎是卓文君的长裙在摆动。

归凤求凰意，寥寥不复闻。

当年，司马相如弹唱《凤求凰》吸引卓文君，而今这首琴曲已经听不到了。

杜甫悲叹自己没有司马相如那样的时运。司马相如虽然在汉景帝时壮志未酬，后来遇到了汉武帝把他召回朝廷重用，终得以文章事功扬名天下。杜甫写琴台其实也是在感慨自己。

司马相如的《凤求凰》，也叫《琴歌二首》，一直流传下来。

琴歌二首（其一）

凤兮凤兮归故乡，遨游四海求其凰。
时未遇兮无所将，何悟今兮升斯堂！
有艳淑女在闺房，室迩人遐毒我肠。
何缘交颈为鸳鸯，胡颉颃兮共翱翔！

琴歌二首（其二）

凰兮凰兮从我栖，
得托孳尾永为妃。
交情通意心和谐，
中夜相从知者谁？
双翼俱起翻高飞，
无感我思使余悲。

司马相如后来觉得自己天天在成都过这种琴瑟相和的日子也不行，他渴望一展长才，建功立业。正好有雄才大略的汉武帝上台了，看到了司马相如写的《子虚赋》，这本是献给汉景帝的。汉景帝跟汉文帝一样，提倡无为而治，主张休养生息，国力恢复，对司马相如那种夸张铺陈的文学书写并不感兴趣。而到汉武帝就不同了，他要开疆拓土，建功立业。他从司马相如的赋中看到了一种豪迈大气，就召他回长安。司马相如马上应召北上。他出成都北门，过了一座桥，在这座桥上司马相如发了一个誓，如果我以后再回成都时，“不乘高车驷马，不过汝下”，如果我不是坐着四匹马拉的大马车，我就不回来了。

司马相如的才能不只是写华丽铺张的赋，他确实有治国之才。汉武帝用霍去病、卫青这样的大将替他打匈奴通西域，在帝国的西南边，汉武帝也希望有所作为，把四川以南的贵州云南一带纳入版图。

为此，汉武帝派一个将领唐蒙从四川出发，去征服那时候叫牂牁、夜郎的那些地方。唐蒙带领军队打下了一些地方，他是军事硬攻，付出代价很大，在四川征很多兵，派很多劳役，导致四川百姓怨声载道。接下来，还要征伐四川以南地方。那时候，出了四川盆地，大概过了今天的邛崃和雅安一带，就不是汉帝国的版图，而是邛笮之地。西昌一带叫邛，盐源一带叫笮，然后再过金沙江叫南中，这就到了大凉山，到了今天的云南，有许多不同的部族。《史记》里说“西南夷君长以百数”，不同民族的部落、族群上百种，说都说不清楚。

汉武帝要征服西南夷，司马相如自告奋勇，说我去。汉武帝也以为不能像唐蒙攻打贵州那样蛮打硬攻，四川老百姓负担太重，牺牲太多，怕要造反。司马相如要行的，是怀柔之策，他要靠先进的汉文化去吸引对方，靠仁义去影响对方，晓以利害。

汉武帝拜司马相如为中郎将，他渡过大渡河，穿过崇山峻岭，边走边修路，开了一条道，叫零关道，也叫清溪道，是今天称为南方丝绸之路的北段。司马相如先把西昌的邛人搞定，再把盐源的笮人搞定，再过金沙江把南中搞定，建立了很大的功勋，历史上叫作“通西南夷”。

他回成都时不光是乘坐马车，还“建旗”，车上竖着一面大旗，上面大书“司马”两字。他实现了自己的誓言，坐着四匹马拉的车回来。因此这座桥才叫作驷马桥，沿用到今天。

回到杜甫写的成都人文古迹的诗，从中可以看到很多蜀国故事，四川故事，成都故事。这些故事，不是在成都，在四川就会知道，今天很多四川人，成都人，包括许多从事文化工作的人，也不晓得这些故事。可见杜甫是多么善于学习，不只是在此地混碗饭吃而已。

接下来，杜甫又去青城山了。下面这首可能是最早描写青城山的中国诗。

丈人山

自为青城客，
不唾青城地。
为爱丈人山，
丹梯近幽意。
丈人祠西佳气浓，
缘云拟住最高峰。
扫除白发黄精在，
君看他时冰雪容。

丈人山就是青城山。“丹梯”一词古人就用过，谢朓在《游敬亭山》中说“要欲追奇趣，即此陵丹梯”，有点求仙求道的意思。青城山刚好是道教名山，由此可见杜甫非常注意地方性知识，并善于应用这些知识。

道家讲养生，讲养生就要炼丹吃药。有一味草药叫黄精，道家认为吃了这种药身体会变轻，然后就可以向上天飞升。杜甫曾在《太平寺泉眼》中写过“三春湿黄精，一食生毛羽”，说春天下雨的时候去讨黄精来，听到家人说吃了这个东西身生毛羽。他写道教时就用道教的典故，就像前面和裴迪写新津的四安寺、修觉寺一样，就用佛教的语言。

青城山为何又叫丈人山？传说黄帝时代，就有一个叫宁封子的人在青城山修道，并把道术传给黄帝。黄帝便封他一个五岳丈人的称号。

这首诗的体裁有点意思。我们说过，唐诗中杂言诗是歌行体，但它是还是不是？它前四句是五言，后四句是七言，像是一首五绝和一首七绝凑起来的。后人推测，这可能是两首诗，转抄的过程中后面一首没有了诗名，但由于都是写青城山的，就合在了一起。在今天所有的杜诗选集，它们都是合为一首的。

惜哉俗态好蒙蔽

由青城山回到成都城中，杜甫这次走到了石笋街。

石笋行

君不见益州城西门，陌上石笋双高蹲。
古来相传是海眼，苔藓蚀尽波涛痕。
雨多往往得瑟瑟，此事恍惚难明论。
恐是昔时卿相墓，立石为表今仍存。
惜哉俗态好蒙蔽，亦如小臣媚至尊。
政化错迕失大体，坐看倾危受厚恩。
嗟尔石笋擅虚名，后来未识犹骏奔。
安得壮士掷天外，使人不疑见本根。

这首诗是歌行体。成都今天还有一条街叫石笋街，但据考证，今天的石笋街并非这首诗中的石笋街。

唐代的石笋街在我们讲过的市桥附近，也就是今天同仁路一带。

益州，《水经注》说，禹分九州时四川属梁州。可后来为何四川又成了益州，有一个缘故：“汉武帝元朔二年，改梁曰益州，以新启犍为、牂牁、越嶲，州之疆壤益广，故称益云。初治广汉之雒县，后乃徙此。”这是说汉武帝元朔二年，即公元前 127 年，汉武帝开了西域，又开贵州、四川南部和云南的西南夷地方，新设了犍为、牂牁、越嶲这些地方建置，四川的地盘变大了，有增益，四川地方名就从“梁”变成了“益”。

君不见益州城西门，
陌上石笋双高蹲。

“君不见”是唐诗歌行体中经常用来起首的短句。李白的《将进酒》，“君不见黄河之水天上来”。岑参边塞诗也说，“君不见走马川行雪海边”。

“陌上”就是路边。成都城西门路旁立着一对高高的石笋，就像两个人高蹲着一样。

古来相传是海眼，
苔藓蚀尽波涛痕。

这两个大石头安置在这里干什么的？成都人传说，这个地方下面有洞，通海，怕海水冒出来就弄两个大石头把海眼塞上。年深日久，石头下部长出了许多苔藓，如果有过海水汹涌的话，如今厚厚的苔藓把波涛痕迹都掩去了。

雨多往往得瑟瑟，
此事恍惚难明论。

如今，一场大雨过后，把表面的泥土冲开，会从地下现出很多瑟瑟。“瑟瑟”，就是玛瑙类的彩石。南京有一个雨花台，一下雨就冲出彩石，就是细碎的玛瑙石。成都人相信这些瑟珠都是从海里涌上来的。“难明论”，这件事情传得神乎其神，到底是真的还是假的，恐怕难以说得清楚。也就是说，这事未必是真的。

恐是昔时卿相墓，
立石为表今仍存。

杜甫不相信这个海眼的传说，认为这里恐怕是上古时期古蜀国哪位国王或者重臣的墓地。这两个石笋或许就是当时立的墓表，一直矗立到今天。古时的墓地要立大石为表，也就是墓碑的前身。后来有了文字，还要把墓主人的名字与身份刻在碑上。古蜀国留下了金沙，还有更早的三星堆，遗憾的是，三星堆这样重大的发掘仍然没有发现古蜀国的文字。虽然没有文字，但大人物的墓前却很早就“立石为表”。今天的成都城里还有几个地方有大石头，天涯石、支机石等，都各有传说。但恐怕还是如杜甫所说，还是“立石为表”的遗迹，表示这里有某个古蜀国王或卿相的墓地。

惜哉俗态好蒙蔽，
亦如小臣媚至尊。

可惜的是大部分人不求甚解，也并不了解与关心真实的历史，而喜欢道听途说。杜甫由此想起了朝政，就像那些奸佞小臣，不给皇帝说真相，总是编造虚假的东西。这时的北方朝廷就是如此，唐肃宗信任的宰相李辅国，每天编造虚假的战报向皇帝汇报。前线每天打败仗，而他汇报的却是不断的胜利。怕也是“好蒙蔽”，才有“媚至尊”吧。

政化错迕失大体，
坐看倾危受厚恩。

直接指斥国家政治，所行的行政措施、军事措施统统都是失大体的，是错误的。李辅国之类的朝中重臣编造谎言蒙蔽闭目塞听的皇帝，国家形势越来越危急，可皇帝对他们的恩宠却越发厚重。

嗟尔石笋擅虚名，
后来未识犹骏奔。

就像石笋在这里本来是墓表，结果被说是塞海眼的东西。大家都看不到事物的本身，也不想看到，以至编造的虚假传说、虚假消息，却像骏马飞奔，在飞速传播。

安得壮士掷天外，使人不疑见本根。

杜甫不由感叹：有没有大力气的人能把这两块石头扔到天外，让人见到它的本根而扫清万古疑云？

《石笋行》本质上是咏物诗，最后落脚点是当时的国家政治。《华阳国志》里面就写了古蜀国“每王薨，辄立大石”，是说古蜀国每当一位国王过世，就立一块大石头在他的坟墓前。

宋代的黄希到成都来考察后记录：“石笋在衙西门外仅百五十步，二株双蹲，一南一北。北笋长一丈五尺，围极于九尺五寸；南笋长一丈三尺，围极于一丈二尺，南笋盖公孙述时折，故长不逮北笋。”公孙述曾经也在四川建立过割据政权。公孙述本是汉朝的蜀郡太守，东汉初，公元 25 年，他趁天下大乱在蜀称帝，国号成家，比三国时刘备的割据政权还早。十一年后被东汉朝廷征剿，抗拒失败，家族尽被诛灭。这里说南笋在公孙述时折了，因此没有北笋长得高。

刚才讲的“瑟瑟”，古籍中说，“各色石珠也”。

这个石珠来源也有人考证，《酉阳杂俎》记载：“蜀石笋街，夏中大雨，往往得杂色小珠。俗谓地当海眼，莫知其故。”一个叫赵清献的人写过《蜀都故事》，把瑟瑟的来源说得很清楚：“石笋街乃真珠楼基，昔胡人立大秦寺，其门十间，悉以珠玉贯之为帘。后摧毁，故多瑟瑟，乃碧珠也。”说石笋街盖过一个真珠楼，这楼最早是西域来的胡僧建立的一个寺庙，叫大秦寺，依据西域人的装饰风格，其间每一道门的门帘皆以真珠、翠碧贯之，即所谓珠帘。后来寺庙摧圮，帘上的这些珠子都埋入地下。这就是石笋街在雨后往往就会有瑟瑟出现的原因。

今天宣传成都是一座来了就不想走的城市，除了火锅的美味、饮茶和打麻将的闲适生活外，更重要的还说，成都是两千多年地不换、名不更，有悠久历史和种种文化遗存的城市。但到底有哪些，就未必真正清楚了。真要深究细考，就大多又是云里雾里了。

下面的这首诗，杜甫就对蜀人文化性格的这种缺陷有善意的批评。

石犀行

君不见秦时蜀太守，刻石立作三犀牛。
自古虽有厌胜法，天生江水向东流。
蜀人矜夸一千载，泛溢不近张仪楼。
今年灌口损户口，此事或恐为神羞。
终藉堤防出众力，高拥木石当清秋。
先王作法皆正道，鬼怪何得参人谋。
嗟尔三犀不经济，缺讹只与长川逝。
但见元气常调和，自免洪涛恣凋瘵。
安得壮士提天纲，再平水土犀奔茫。

君不见秦时蜀太守，刻石立作三犀牛。

又是一首歌行，又是以“君不见”开头。

这个蜀太守是李冰。前面讲过，李冰开都江堰，成都城下才有了两条江，才有了左思《蜀都赋》中的名句“带二江之双流”。李冰刻了三头石犀牛，是用来标识每年的洪水位的，其用处是当水淹到石牛身上的什么位置时，就要采取什么样的防洪措施。但迷信的蜀人却说，这是用来镇压江水的。

自古虽有厌胜法，天生江水向东流。

“厌（yā）”，就是镇的意思。杜甫说，一物镇服一物的说法自古便有，但那只是一种迷信，自古以来，江水东流，都有自己的规律。人要做的便是了解这个规律，让江水来为人造福。李冰就是这么做的，但蜀人不相信。

蜀人矜夸一千载，泛溢不近张仪楼。

接下来，杜甫直接批评蜀人的迷信。蜀人夸耀，说上千年了，镇水的石犀都很灵验，说李冰刻下这三头石犀后，成都就没有发过大水，即使洪水泛滥也淹不到张仪楼前。

张仪是公元前 311 年和当时的蜀守张若一起共同建筑了第一座成都城的人。为了纪念张仪建成都城的贡献，古代的成都一直有一座张仪楼纪念他。

今年灌口损户口，此事或恐为神羞。

结果杜甫在成都的第三年，这个牛皮就吹破了。灌口，也就是今天的都江堰，洪水泛滥，冲毁了不少房子，淹死了不少人。石犀如果真是用作镇水之用，恐怕都要感到羞耻。人们相信几头石牛就能镇住洪水，不需要做任何防洪措施，最终却导致百姓遭受苦难。

终藉堤防出众力，高拥木石当清秋。

杜甫说，防洪还是应该靠大家一起出力修筑堤防。四川人修堤是竹笼里装满石头，然后堆砌。“高拥木石”，早用竹木石头做好防洪工程，才能得到一个丰收的秋天。

先王作法皆正道，鬼怪何得参人谋。

李冰修都江堰，修筑完成除了留下石犀，还留有六个字，告诉后人如何维护这个工程，防止水患——深淘滩，低作堰。李冰父子在后世被尊称为二王，都江堰旁至今还有二王庙。李冰留给了后人“深淘滩，低作堰”的六字经，留下石犀牛，留下的本是有用的经验，但人们忘记了前人的苦心，偏偏去迷信，说有那三头石犀就能镇住水怪，就不用努力维护，最后酿成了房倒人亡的苦果。

嗟尔三犀不经济，缺讹只与长川逝。

这三头石犀在镇水方面到底能起何作用？这里的“经济”指经世济用，因为迷信，有科学性的石犀牛没有起到应起的作用，而且人们似乎也没打算吸取这个教训。于是，一个纠错的，端正认识的机会，又随着东流的滔滔江水而消逝了，直让人深深叹息。

但见元气常调和，自免洪涛恣凋瘵。

只有人充分认识自然界本身的规律，而不是一味迷信，才可以免除洪水带来的祸患。“瘵（zhài）”，古代称肺病，肺痨，这里代指人的迷信。

安得壮士提天纲，再平水土犀奔茫。

众生愚昧，难道非得李冰那样的壮士出现，“提天纲”，再倡治水正法，该怎么淘滩就怎么淘滩，该怎么筑堤就怎么筑堤，“再平水土”。如此，对犀牛的迷信也就跑到茫茫不见的地方了。

在这首诗中，杜甫歌颂了李冰治水的功业，同时着重批评蜀人对石犀的迷信，而忘记了前人宝贵的治水经验。

我记得 2018 年夏天，成都平原雨水多于往年，网络上突然起了一波舆情，说这一年的多雨，是因为成都市把淘河时候挖到的一头石犀牛，从河里移到了博物馆，镇不住水神，这一年才这么多雨，这么多洪水。看看，这是科学时代了，熟练使用网络的人们身上还有如此重的迷信。杜甫在 761 年写这首诗，其批评的成都人的毛病，竟会在公元 2018 年的网络时代沉渣泛起，让人不禁悲从中来。

本讲我们讲的最后两首诗都是歌行体。

“歌”和“行”，都是唐以前就有的乐府诗题，舒展的、自由的、奔放的诗体。诗人想要写自由奔放的诗时，激情骀荡时，往往会选用歌行体。

唐诗中，有名的歌行体很多。

杜甫最有名的歌行体是《茅屋为秋风所破歌》。唐诗中有很多歌行体的名篇。高适的《燕歌行》、岑参的《白雪歌送武判官归京》、李白的《蜀道难》《将进酒》。

歌行体以七言为主，但是也有杂言的，句子长短不一，李白写杂言歌行体就非常流转自如。

我们可以把歌行体理解为那个时代的自由诗。

公元764年，春天将近结束，夏天即将到来的时节，杜甫站在浣花溪畔的草堂之中，凭窗远眺，眼前是草堂周围明媚秀丽的景色，西边远方是积雪终年不化的雄伟雪山。今天，我们所在的地方，就在四姑娘山。讲台背后，就是从成都西望，所见的参差雪岭中最醒目、最突出的那座雪峰，四姑娘山的幺妹峰。我们就坐在杜甫惊艳的『西岭千秋雪』前。杜甫写下这诗句时，是一千多年前的春天，现在却是一千多年后的金秋时节。

有一个精确的测量数据，从成都市中心的天府广场，到我们面前的四姑娘山主峰，直线距离一百二十四公里。当然，我们是走了二百多公里水萦山峙的盘山公路才来到这里。因为成都的新冠疫情，我们把杜甫成都诗讲座搬来了这雄伟壮丽的雪山前。今天的成都，号称雪山下的公园城市。那么，我们今天是来到了成都西望的天际线上，这也是当年杜甫西望的视线尽头，来讲杜甫在成都写下的有关这座雪山的诗。

第十讲

西岭千秋雪

壮压西川四十州

成都的杜甫草堂，海拔五百多米，今天我们带着杜甫在草堂写的诗，来到了海拔三千三百米的地方。我的背后，大家的面前就是巍峨的四姑娘山，山巅海拔是六千二百多米。

我想，从五百多米到三千多米，再到六千二百米，海拔不断上升，除了给我们带来地理空间上景观的巨大变化，更重要的还意味着人对另一个空间的体验，和更高认知的追求。在这种追求过程中，诗歌一直扮演着一种非常重要的角色。关于情感，关于自然山水，关于我们生活与精神空间的歌吟，从《诗经》时代就已经开始，杜甫从成都西望雪山的诗歌自然也是其中的一部分。

今天，我们在这座雪山下讲杜诗，讲“窗含西岭千秋雪”当中的“西岭”。

杜甫在成都写过很多绝句，有《绝句四首》《江畔独步寻花七绝句》等，都是一组一组的绝句。我们今天要讲的这首诗就是杜甫《绝句四首》中的第三首。这也是杜甫诗中传诵最广的一首。

绝句四首（其三）

两个黄鹂鸣翠柳，
一行白鹭上青天。
窗含西岭千秋雪，
门泊东吴万里船。

这里首先对“西岭”做一个解释。

根据唐代诗歌、唐代历史典籍，以及其他古代典籍有关地理方面记载，可以得知今天我们在有意无意间，对“西岭”这个地理概念发生了一些误读。

成都近郊有一座雪山，也是邛崃山系中最靠东，也就是距成都最近的一座雪山。这山有自己的名字，叫大雪塘。海拔五千三百五十三米，号称成都第一峰。现在有人说，它就是杜甫诗中的西岭雪山，就是杜诗中的西岭。

大家可以试试，在天气晴朗时，从成都城里西望，看看那时是怎么样看到雪山的，看到的是什么样子的雪山。这时，你就会发现，视线尽头，天际线上出现的雪山不是一座，而是高低参差的一列雪山，从北到南一字排列。其中最醒目高耸的就是我们面前这座四姑娘山。大邑县、宝兴县和汶川县之间的大雪塘在成都其实是看不见的，杜甫当年也看不见。因为它高度不够，离成都近，反而被前面不积雪的山挡住了。

因此知道，“西岭”不是实指某一座雪山，在唐代的典籍中是泛指，是指岷山、邛崃山这一片超拔天外的积雪的群峰。岷山与邛崃山脉又属于一个更大的山系，叫作横断山。也就是大的山系当中包含着小的山系，小的山系又由许多座雪山组成。四姑娘山就是邛崃山脉中最高的那一座。只是唐代对自然地理的认知没有今天这么精确，所以就用“西山”“西岭”泛指西边这一片从成都平原能够望见的群山。由此可知，杜甫的“西岭”只是一个泛指。

这“西岭”其实是一个非常大的范围。那个时候，四川，准确地说，是剑南西川，是唐王朝的西南边疆。正西方，是吐蕃王朝。我们今天所在的位置，正是唐王朝与吐蕃你进我退、我攻你守，长期拉锯相持的地带。今天，我们对于横断山区中的不同民族都有了详细的了解和明确的命名：藏、彝、羌、纳西、傈僳等。但是唐代和唐以前，对于西南边的这些民族只有一个泛称叫“羌”，当然也大略知道这些“羌”又是各不同的，所以就叫诸羌。“诸”就是不止一个的意思。唐代时，就认为这西边的群山中有八个互不统属的诸羌政权，称之为西山八国，分别是哥邻羌、白狗羌、逋租羌、南水羌、弱水羌、悉董羌、清远羌、咄坝羌。而今天我们所在这个地方的部族已经不称羌了，叫嘉梁夷。唐代有过一个羁縻州叫嘉梁州，辖地就在这小金县和宝兴一带。这个嘉梁州属于大唐，由当地的少数民族首领统治，向中原王朝称臣纳贡。

西山正相当

除了杜甫，历朝历代很多人都在成都看见过西边天际线上的参差雪山，大多数人看了也就看了，但总有人会产生记录的愿望，呈现的愿望。这些文字，有些流传很广，有些则可能湮没无闻。

今天此时，我们所在就是唐时的“西岭”，或者“西山”。唐代的成都，因为空气好，能见度高，从成都比今天更容易清楚地望见这片雪山。但真要像我们今天一样，真正置身其中就很困难了。

即使这样，在唐代，和其他朝代，还是有人像杜甫一样，留下了与“西山”“西岭”有关的诗篇。

杜甫去世后，又过了几十年，成都出了一位女诗人薛涛。

薛涛成都生，成都长，在成都过完了自己的一生。她的身份是一个官伎，才艺过人，跟剑南西川节度使府的官员们过从甚密，尤其跟当时的节度使韦皋关系很好。韦皋欣赏薛涛的才华，安排她在其幕府当了女校书。薛涛一下成了地方最高长官身边的大红人，一时间巴结薛涛的人络绎不绝，纷纷馈赠财物。韦皋不满女校书的做法，将薛涛发配到松州（今松潘县），松州比我们今天所在的群山更深更远。

从成都沿岷江上青藏高原，唐帝国的边界就是松州，松州下来就是茂州（今茂县），再近一点是维州（今理县），这些都是有唐军镇守的州，和嘉梁这样的羁縻州不同。

薛涛受惩罚，一路哀怨，一路给节度使韦皋写诗做检讨。如此一来，也一路把边地广袤的地理环境、粗犷的边塞风光，写进了诗里。这也成就了诗人薛涛在松州和去松州的路上那些诗，写出了与她过去那些缠绵悱恻的个人情爱诗章不同，气势雄壮的诗篇。

比如这一首《筹边楼》。那时，各州可能都有筹边楼。女诗人没有告诉我们这是哪一州的筹边楼。今天我们还能在理县薛城找到一座筹边楼，它是曾任剑南西川节度使的李德裕修建的，但显然不是薛涛所写的那一座。

筹边楼

平临云鸟八窗秋，
壮压西川四十州。
诸将莫贪羌族马，
最高层处见边头。

这首诗与杜甫的那首绝句形成了一个奇妙的对比。

杜甫是从低处往高处远处望，薛涛是来到了高峻的群山当中，站在筹边楼上，回望，从高处回望低处，表现出一种苍茫壮阔的气势。

平临云鸟八窗秋，
壮压西川四十州。

此时的薛涛站在高楼上，与飞鸟与浮云齐平，把高楼任何一面的窗户推开，眼前涌来的都是灿烂壮阔的秋色。就像我们此刻置身于四姑娘山前所见到的一样。起伏跌宕的群山，大家看，最高处最金黄明亮的是四川红杉，低一点，靠近峡谷底部最密集最宽广的黄色是白桦，而离我们最近的，暗淡一些的黄色群落是高山柳。这铜号般响亮的金黄的合唱就是由这三种美丽的植物群落所构成的。薛涛是“八窗秋”，我们现在是三百六十度的秋。

那时剑南西川节度使辖下，统领了四十个州。在西山里的松州，也可能是茂州的筹边楼上，往下俯瞰，那四十个州都在低处了。因此说“壮压”。

这样的诗句，哪里还是那个写“花开不同赏，花落不同悲。欲问相思处，花开花落时”的女校书。

诸将莫贪羌族马，
最高层处见边头。

过去在边地驻守的将军，有忠心卫边戍国的，也有滥用权力剥夺当地人资源的，比如说古代战争最重要的资源——马。西山这一带，“诸羌”的马与草原上的马相比，身躯矮小一点，适合在山地行走，叫作山地马。薛涛就针对现实，告诫各州的边将不要因为羌族的马好，便去贪恋掠夺，因为这样做会导致这些族群与朝廷离心离德。

这首诗风景壮阔开阖，议论也直接现实，笔力雄健，与以前那个写幽怨深情的闺阁情爱诗的薛涛截然不同了。

如果大家愿意多读些她的诗，读她在成都所作的那些非常温婉清丽的诗，再读她写于松州的这一类诗，稍做对比，会发现不同的自然环境、不同的经历、不同的生活，对一个人的写作，以及这背后的情感与胸怀产生怎样的影响。

与杜甫同时代的另一位诗人，也是他的好朋友——岑参，也曾经对这片西山有过书写，他和杜甫一样，也是从成都远望。

在写下“窗含西岭千秋雪”这首诗后的第二年，也就是765年，杜甫离开了成都。而恰恰这一年，杜甫离开后，岑参却来到了成都。岑参是来四川任嘉州（今乐山）刺史，在成都时，先在西川节度使府中工作过一段时间。

作为著名的边塞诗人，此前的岑参已在河西走廊，在西域军中写下了他那些脍炙人口的边塞诗，来到四川后，又写了数量不少的关于乐山、峨眉山和成都的诗。

我们来看一首写到西边雪山的。

陪狄员外早秋登府西楼，因呈院中诸公

常爱张仪楼，西山正相当。
千峰带积雪，百里临城墙。
烟氛扫晴空，草树映朝光。
车马隘百井，里闬盘二江。
亚相自登坛，时危安此方。
威声振蛮貊，惠化钟华阳。
旌节罗广庭，戈鋋凛秋霜。
阶下貔虎士，幕中鹓鹭行。
今我忽登临，顾恩不望乡。
知己犹未报，鬓毛飒已苍。
时命难自知，功业岂暂忘。
蝉鸣秋城夕，鸟去江天长。
兵马休战争，风尘尚苍茫。
谁当共携手，赖有冬官郎。

这首诗写的是岑参陪同一位节度使府中的同事，一位姓狄的员外登临节度使府西边的那座楼，西望雪山时所见所想。

常爱张仪楼，西山正相当。

喜欢登上这座张仪楼，登楼西望，雪山就像立在面前一样。杜甫写过张仪楼，“蜀人矜夸一千载，泛溢不近张仪楼”，说岷江水再涨也淹不到张仪楼，可见张仪楼地势之高。过去的西岭雪山上的积雪应该比现在更多，空气透明度也比今天高很多，所以岑参登楼西望所见之景，跟今天在成都所看见的雪山景象相比，恐怕要壮观得多。“正相当”，就像立在面前一样。

千峰带积雪，百里临城墙。

“千峰”，很多座积雪的山峰。那时，成都更是雪山下的公园城市啊！岑参说：这些雪山本来在百里之外，但就像直接逼近城墙一样。这里“千峰”再一次印证了西山、西岭是泛指，而不是特指某一座山。过去古人在诗文中用百、千、万都只是一个约数，表示多、很多。这首诗的写作时间比“窗含西岭千秋雪”更晚一些，大概写于 766 年，对西山的描绘也要更细致、更生动一些。

下面的部分不是讲西山，略过不讲。

后来到了元代，一个叫雪村友梅的日本和尚在成都学佛十年，也写下了吟诵西山的一首诗。

闲吟白石封苍藓，
绝爱青松蔓绿萝。
斜日断云千里目，
皑皑积雪是蓬婆。

闲吟白石封苍藓，
绝爱青松蔓绿萝。

那是近景，眼前景。他说自己作为一个和尚，常住在寺院这样的清静之地。院子里的石头上都长满青苔了，自己更喜爱的是枝丫上还挂着绿萝的松树。绿萝要在空气足够好的地方才能长出来。待会讲座结束大家去漫游，就会看见这里桦树、柏树、松树、杉树、沙棘树上都挂满淡绿的松萝。

斜日断云千里目，
皑皑积雪是蓬婆。

夕阳西下，把和尚的视线引向了远方的西山。斜日，斜日映红的云霞，然后，视线被什么东西截断了。就是雪村友梅的视线被雪山截住了，壁立的雪山就是天之尽头。后一句中雪村友梅明确指出了其中一座山的名字——蓬婆。后面我要讲的一首杜诗也会讲到这座山，我自己就出生在这座山西边的山脚下。

从杜甫写“窗含西岭千秋雪”的公元 764 年，到雪村友梅写这首诗的 1327 年，五百多年过去了，西山中某一座山的具体的名字，以及它山上的积雪，再一次出现。由此可见，自然山河相对于生命短暂的人，就是一个永恒的存在。一个人的生命，一个王朝的生命，不过几十年，一两百年，两三百年，自然山河就显得永恒。

但自然界也是变化的，这些群山也是拜造化之功而生成的，所谓沧海桑田，所以这种永恒也是相对的。因为不在一个时间尺度上。

这位日本和尚雪村友梅，离开居住了十年的成都前夕，跟锦里诸友告别时，又写下了一首诗。

雪山吟：别锦里诸友

我爱雪山雪，
堆银沙万仞之嵽嵲。
颠倒春风吹不销，
今古高寒太清绝。
又爱雪山云，
披絮帽一片之轮囷。
追随元气聚复散，
乾坤廓落何边垠。

云与雪兮殊不恶，
雪与云兮竟何若。
上林赋客气飘飖，
姑射仙人颜绰约。
雪可寻，云可伴，
谁云无语难相款。
孔父倾盖温伯雪，
吕安命驾嵇中散。

人间轻薄托轻言，
方寸何啻千兵屯。
几回回首雪山山下云边村，
思君明月愁黄昏。

雪村友梅并未实际来到雪山，他是从成都某座寺庙中西望雪山。在这首诗中，他写了山之高、雪之白、天地之苍茫辽阔，将西边远山的自然之美、雄奇之美描绘得淋漓尽致。当然，诗艺并不见得有多么高超。

在古代，不光是中国文人，一个日本和尚也曾经这样一往情深地加入过对成都迄西的这些雪山的歌唱。

雪岭界天白

杜甫写下『窗含西岭千秋雪』时是764年，在这之前的两三年，西山中，吐蕃和唐朝间的战事相当激烈，唐军据守的松州等州相继被吐蕃大军攻破。直到这一年，杜甫的好友严武率军对吐蕃发动大规模反攻，收复失地后写下《军城早秋》，杜甫马上写了《奉和严大夫军城早秋》以表祝贺。

之后我们会讲到，杜甫流浪到四川来，在成都建草堂，过安闲的生活，对他照顾最多的是严武。

严武两任剑南西川节度使，也就是西川的一把手，既是行政一把手，也是军事一把手，权力很大。严武很年轻，那时候才三十五六岁，当了一年多剑南西川节度使，又被调到朝廷去任职，还封了御史大夫。杜甫舍不得，一路相送到绵阳，那时叫绵州。

严武走后，接任剑南西川节度使的也是杜甫的老朋友——以边塞诗名世的高适。

高适接任时，刚好遇到边境战争又一次爆发了。吐蕃两支大军从青海出来，北边的一路出陇右，也就是今天甘肃，再往前打就是陕西，就是长安。另一路就来打四川，也是从黄河上游出发，过今天的若尔盖草原到松州，然后沿着岷江河谷南下，一路摧城拔寨，这时是公元 762 年、763 年。

高适边塞诗写得好，也经历过战争，曾率军在江苏、安徽一带平定永王之乱。但是这一次，高适对吐蕃的反攻，却不顺利，苦战一年，也没能收复失地。朝廷见形势如此，只好派严武回剑南西川再任节度使。

那时候剑门关以南的四川分为两部分——西川和东川。西川的中心是成都，东川的首府在梓州，也就是今天的三台县。

这次朝廷为壮大严武的力量，便把西川、东川都交给严武管辖。因此严武 764 年这次回四川时直接就任了两川节度使。他整合两川的力量，向西山用兵。严武果然是一个干才，不久就收复了高适未能收复的茂县、理县和松潘的大片失地。

战争得胜，严武写了一首诗。

军城早秋

昨夜秋风入汉关，
朔云边月满西山。
更催飞将追骄虏，
莫遣沙场匹马还。

昨夜秋风入汉关，
朔云边月满西山。

唐代写诗的时候一般不说唐，都用秦汉作比，因而此处称唐朝军队驻守的关塞为“汉关”。这样的表达在唐诗里很多，比如王昌龄的《出塞二首》里的“秦时明月汉时关”，就是以汉代边关来代指当代。“西山”一词再次出现，很显然，严武作战不可能只在一座山上，所以“西山”还是泛指岷山、邛崃山这数万平方公里的地域。天上流云滚滚，边关清冷的月光笼罩整个西山。这时候，严武的大军已经收复失地，但还不够，还要乘胜追击。

更催飞将追骄虏，
莫遣沙场匹马还。

严武坐镇军中指挥手下的大将追击吐蕃狂妄的骄兵，他下令，连一匹马都不能从这沙场中逃掉。这其实已经表明战争取得了胜利，失去的城池都回到了大唐。

以史证诗。《旧唐书·严武传》中说：“广德二年，破吐蕃七万余众，拔当狗城。十月，取盐川城，加检校吏部尚书，封郑国公。”那时，唐肃宗已经病故。广德是新皇帝唐代宗的年号。广德二年，也就是公元 764 年，严武带领军队歼敌七万多人。据说盐川城就在今天理县一带，那时的维州。收复盐川城后，朝廷再次给严武升官。过去的官职，有职官和散官，职官就是有实权的职位，散官则是有等级没实际职权的官。严武此时任着两川节度使，这是职官，实职。因战功显著，朝廷便给提高品级，加封散官——吏部尚书。不够，再加封为郑国公，这也只是一个虚衔，意思是把“郑”这一个地方封赠给严武。

关于此次战事，《旧唐书·严武传》中还有更翔实的记载。严武是这场战役的总指挥，真正在前线率军作战的将军叫崔宁，后来改了名字，叫崔旰。

吐蕃与诸杂羌戎寇陷西山柘、静等州，诏严武收复。武遣旰统兵西山，旰善抚士卒，皆愿致死命。始次贼城，周围皆石砾，攻具无所设。唯东南隅环丈之地，壤土可穴，谍知之以告。旰昼夜穿地道攻之，再宿而拔其城。因拓地数百里，下城寨数四。番众相语曰：“崔旰，神兵也。”

吐蕃，和依附他们的诸羌和戎人入侵了西山，连陷数州，除维州、保州、茂州外，还有柘州和静州，皇帝命令严武来收复。严武任命崔宁为前线总指挥。崔宁这个人善于统驭部下，他对手下的军官，乃至普通士兵都很好，只要是崔宁下令，官兵都一往无前。崔宁攻第一座城的时候，刚到城下，发现城墙全是石头砌的，而且石墙直接垒在岩石的基础之上。那个时候没有迫击炮，也没有火箭筒，冷兵器时代，顶多只有一些梯子和投石器，面对坚城无可奈何。结果后来发现这个城的东南角是土地，可以挖地道进去，于是士兵就不分昼夜挖掘地道，第二天晚上就拿下了这座城。城一被攻破，对方无险可据就只能退兵，于是严武派兵追击，这一追就追出几百里地去。

接着又打下一座又一座城。望风而逃的吐蕃军人都说，这次来的崔将军的兵跟去年来的高将军的兵不一样啊，他们是神兵。

崔宁的军队还想继续追击，但是由于粮食吃完了不得已便选择退兵，所以叫“以粮尽还师”。

杜甫看了严武的诗，很是高兴，就赶紧和写下面一首诗祝贺严武。

奉和严大夫军城早秋

秋风袅袅动高旌，
玉帐分弓射虏营。
已收滴博云间戍，
更夺蓬婆雪外城。

古代和诗是有规矩的，“和”的意思是韵脚要跟《军城早秋》这首诗相同。因为当时严武还没被新封为吏部尚书、郑国公，其最高职衔不是节度使，而是御史大夫，所以叫“和严大夫”。

秋风袅袅动高旌，
玉帐分弓射虏营。

秋风吹来，天空中高高飘扬的都是严家军的旗帜。白色的军帐就像玉石一样闪着光。严大将军稳坐中军帐中，不断发布命令，分兵出击攻击吐蕃的营地。“分弓”不是分发弓箭，而是指分派出去一支又一支的军队。

已收滴博云间戍，
更夺蓬婆雪外城。

明末有个学者黄生，写过评论杜诗的《杜诗说》，里面说“滴博”“蓬婆”两个词是当地的地名。他认为诗中用少数民族语言音译过来的地名，会让诗显得比较生硬。然而，杜甫这个诗中圣手，用“云间”和“雪外”把这两个地名修饰了一下，就把生硬的东西软化了，把陌生的东西变熟悉了，读来便觉“风秀”。

“滴博”是哪里呢？据考证，是茂县跟汶川之间的一座山，叫滴博。“蓬婆”就更远了，顺着理县的杂谷脑河，一直走到这条河的发源处，就是今天的鹧鸪山，那时叫蓬婆岭。

之前我们讲到的杜诗，一想起国家大事，老杜都充满忧愤，但这一回，对吐蕃一场战役胜利，杜甫终于高兴了一回。不光是为严武，更是为了江山社稷。

763 年，高适在这西山中打了败仗，杜甫就写了一首诗《警急（时高公适领西川节度）》，批评高适。高适也是杜甫的老朋友，杜甫在成都，没钱没米了，也去找高适救济。“为问彭州牧，何时救急难。”刚到成都时，高适给他送了东西，他也很感激：“故人供禄米，邻舍与园蔬。”但是私人情感是私人情感，关乎国家大计，关乎边境安危，高适仗没有打好，杜甫便写下了这首诗。

警急（时高公适领西川节度）

才名旧楚将，
妙略拥兵机。
玉垒虽传檄，
松州会解围。
和亲知拙计，
公主漫无归。
青海今谁得，
西戎实饱飞。

才名旧楚将，
妙略拥兵机。

称“旧楚将”是因为高适曾在江淮一带平定永王叛乱，那一带战国时期是楚国地界，高适将兵的名声是在楚地得到的。杜甫说：你不只是大诗人，还是好将军，有很多计谋，能够运筹帷幄、安定天下。

玉垒虽传檄，
松州会解围。

接着语意转折：但是这次怪了，从玉垒山传出了警报，但你派出的军队徒劳无功，吐蕃人仍然包围着松州城。“会解围”，其实是说围未解，意在批评，只不过很委婉。

和亲知拙计，
公主漫无归。

杜甫还进而对朝廷对吐蕃的国策发表了意见。唐代两次和亲——文成公主、金城公主，但杜甫认为这些都是徒然。毕竟只换得和亲那一阵的暂时和平，之后还是战乱不断。所以和亲被现实证明是“拙计”。

青海今谁得，
西戎实饱飞。

唐代早期，青海大部为唐军控制，但现在看看，整个青海都被吐蕃所得，他们的兵马在大草原上纵横驰骋，兵强马肥，来去如飞。

764 年，杜甫写了“窗含西岭千秋雪”，又写了《奉和严大夫军城早秋》，都与西岭有关。

765 年，严武在任上暴病而死，年仅四十岁。对于杜甫来说，现在护佑他的人不在了，只好离开成都，顺长江东下，第一站走到云安，也就是今天的重庆市云阳县，在那儿卧床半年养病。不禁又想起了成都的好，满怀深情地写诗怀念成都——《怀锦水居止二首》，又写到这西岭。

怀锦水居止二首（其二）

万里桥南宅，百花潭北庄。
层轩皆面水，老树饱经霜。
雪岭界天白，锦城曛日黄。
惜哉形胜地，回首一茫茫。

万里桥南宅，百花潭北庄。

这是直接写草堂的位置。万里桥、百花潭都还在，还是当初的名字，所以很好定位。只是第一句中那个“南”，相当多的杜诗版本是“西”。照理说，西更准确，但也不是正西，稍偏南。主张“南”的人，是觉得对仗更工稳。

层轩皆面水，老树饱经霜。

他建的草堂和亭台都向着浣花溪水。四周的树长得很大，饱经风霜。那时的草堂和今天不大一样，直接面对着大江，江边有亭子，所以才能叫“轩”。

雪岭界天白，锦城曛日黄。

这次杜甫描写回忆中的雪山景象更加广阔雄浑。往西看，把天和地分开的是什么呢？是齐天雪山的参差曲线。“界天”把天和地分出界线。成都平原气候湿润，总有雾气氤氲弥散，所以，我们看太阳的时候，不管是早上的初升，还是黄昏时的西坠，都不像高山大海那样金光万丈，而是雾气迷蒙中，看上去黄中晕红，像一个半熟的煎鸡蛋一样。这就是“曛日黄”，也是别样的美丽，别样的温馨。

惜哉形胜地，回首一茫茫。

杜甫最后感叹：那么好的地方，可惜我在那里待的时间太短，不得不离开了。再回首时，只有满腹失落的空茫，满腹的惆怅。

最后我们再说说严武，在这西山中征战过的严武。

他作为一个军人、一个政治家，在唐代是有相当地位的。不是每一任官员都能进入新旧唐书中的列传。很多人连名字都不会留下，而严武能名列《旧唐书》和《新唐书》中，可谓是真正地实现了青史留名。更重要的是严武还作为一个诗人留名，《全唐诗》收录了唐代四万多首诗，严武有六首。今天，我们讲了一首《军城早秋》。

杜甫在成都主要是依赖严武的庇佑跟照顾，才在成都和四川度过了相对充实和平安的五年。严武庇佑了杜甫，而严武诗的流传又仰赖于杜甫，因为六首诗里头有五首都跟杜甫有关，比如《军城早秋》。

严武留下的六首诗只有一首诗跟杜甫无关，但是同样写于四川。

他的仕途也并非一帆风顺，也曾被贬到偏远地区巴中当巴州刺史。今天的巴中还有严武留下的遗迹，如经他修缮的南龛佛像。这些佛教造像四周古树参天，楠木长得很好。严武写的唯一一首跟杜甫无关的诗，就是写巴中广福寺楠木的，叫《题巴州广福寺楠木》。

严武诗名的流传，某种程度上说是沾了当年穷困潦倒被他庇佑的杜甫的光，这也成为文学史上一段佳话。由此可见，文学史上经典，到底什么样的因素能使其流传，什么样的因素又使其不能流传，除了艺术水准本身，很大程度上也与塑造我们记忆的情感有非常大的关联。

杜甫来成都之前，在陷于战乱的大地上寻找安身之所时，在《秦州杂诗》里就写过一句『因人作远游』。意思是要到一个地方去寻个安身之所，是因为那里有朋友可以依靠。

他一年四行役，到了成都才终于安下身来，靠旧友新识的帮助，建了杜甫草堂。

那时的杜甫年已五十，一家六七口人需要抚养，而他又不可能放下『士』的身份自食其力，像陶渊明一样过『晨兴理荒秽，带月荷锄归』的农夫生活。在社会动荡中，他不得不委曲求全，有时甚至用诗文来取悦权贵，因此这一时期的杜甫诗中，有时也可看出他交往应酬中的无奈，即他求生的艰难。

第十一讲

百花潭水即沧浪

昨属愁春雨

杜甫刚到成都时有两个重要的人物给了他很切实的帮助。

一个是时任节度使裴冕给他划了地，一个是在彭州做刺史的高适给他送来了禄米。

奉酬李都督表丈早春作

力疾坐清晓，
来时悲早春。
转添愁伴客，
更觉老随人。
红入桃花嫩，
青归柳叶新。
望乡应未已，
四海尚风尘。

但人事变化快，裴冕是当时颇有才干的大臣，杜甫到后不久，就上调了。新任的节度使叫李若幽，都督是其散官职衔。表丈，是亲戚的称谓。杜家家世并不显赫，但他母亲崔氏，却是出身于当时的望族。李若幽门第更高，是宗室出身。杜甫不知从哪里理出来一点遥远的亲戚关系，称李若幽为表丈。李若幽当时就四十来岁，杜甫已经五十岁了。反正李若幽刚一到任，杜甫赶紧给这位新任地方一把手写了一首诗去。

力疾坐清晓，
来时悲早春。

杜甫给这位新任节度使写诗，目的还是出于寻求支持，特别是经济上的接济。因此一开始便叫苦：时值早春，正是万物复苏的时节，我却处于非常悲凉的境地，由于患病呼吸不畅，常常半夜就坐起来等待天亮。

转添愁伴客，
更觉老随人。

杜甫还是在说愁，不是闲愁，是真的衣食之忧，始终伴随着在异乡的异客，这愁一天天有增无减，更觉衰老紧紧地跟随，挥之不去。

红入桃花嫩，
青归柳叶新。

在这大好的春天里，红色的桃花刚刚开放，娇嫩吐艳，杨柳上，也绽满了青绿的新枝嫩叶。

望乡应未已，
四海尚风尘。

杜甫悲叹道：我不止一次回望故乡，但举目天下，到处都还飘荡着战乱的烽烟。

这首诗从字面上看也没什么，不过又说老病，又说乡思，引人同情罢了。可悲的是，这位节度使不像裴冕，愿意为一位穷诗人提供帮助。

从杜甫后来的诗文看出，这位李都督没有理会他。如果他回一首诗作答，杜甫肯定会再写一首。其他史料中也未见他与杜甫任何交集的记录。

杜甫在初建草堂时，写过一首诗要盆栽，对象是当时的剑南西川兵马使徐知道——一个手握兵权，位高权重的人物。这人是回应并帮助了杜甫的，某次在府中举办宴会时还邀请了杜甫参加。权贵家的酒菜不能白吃，杜甫不得不有所表示。怎么表示呢？直接奉承徐本人未免下作，看到徐知道两个儿子长得好，杜甫便写首诗夸徐知道的儿子。

徐卿二子歌

君不见徐卿二子生绝奇，感应吉梦相追随。
孔子释氏亲抱送，并是天上麒麟儿。
大儿九龄色清澈，秋水为神玉为骨。
小儿五岁气食牛，满堂宾客皆回头。
吾知徐公百不忧，积善衮衮生公侯。
丈夫生儿有如此二雏者，名位岂肯卑微休。

君不见徐卿二子生绝奇，感应吉梦相追随。

杜甫一开始就说：这两个孩子都比别人家的孩子长得好，生得奇，出生之前，他们的父母肯定做过吉祥的梦。古书中常常记载，非凡的人物出生之前，其母亲都会梦到龙、彩霞满天，等等。这样充满吉瑞的梦就是吉梦。杜甫的意思是将来这两个孩子恐怕要成大人物。

孔子释氏亲抱送，并是天上麒麟儿。

继续夸赞：“长得这么聪明，这么漂亮，这不是天上送来的奇珍异宝吗？”那是谁送来的呢？大概一个是孔子从梦里抱来的，另一个是释迦牟尼从梦里送来的。麒麟是众所周知的瑞兽，鸟中的瑞兽是凤凰，兽中的瑞兽是麒麟，其实都是古人想象出来的世上没有的东西。杜甫便用麒麟来夸这两个小儿。

大儿九龄色清澈，秋水为神玉为骨。

大儿子九岁，眼睛透亮，天真无邪。秋天的水是最清澈的。杜甫说这个孩子的神采如秋水一般，又说他的骨头可能也和我们普通人的不一样，大概是最好的美玉做成的吧，所以才有这样一种气质。

小儿五岁气食牛，满堂宾客皆回头。

小儿子五岁，却身健神旺，气壮如牛，参加宴会的每个客人都禁不住扭头去看他，向他张望。

吾知徐公百不忧，积善衮衮生公侯。

杜甫说：“我知道兵马使徐公没有什么可忧虑的事情，一直积善，积善很多，才有了两个命相这么好的儿子，将来一定会出将入相，贵为公侯。”中国古代的官阶，从九品到一品，另外还要封公、侯、伯、子、男五等，这叫爵位，公、侯是最高等的两个爵位。老杜吹捧得有点肉麻吧。

丈夫生儿有如此二雏者，名位岂肯卑微休。

大丈夫谁能生这么两个好儿子，自己也不是普通人物，父亲的官也得足够大才行。

堂堂剑南西川兵马使家里大宴宾客，杜甫也被请去叨陪末座，称赞一下其儿子没什么不好，但是我们要知道，事实上，徐知道这个人并非积善衮衮，他对杜甫有些帮助。但是，就在写下此诗的第二年，节度使严武一走，他就在成都发动兵变，这也导致杜甫送严武送到绵州就回不来了。

安史之乱以后，唐代政治上最大的问题就是藩镇割据，即地方首领的权力太大，这些人不像安禄山直接起兵要推翻朝廷，但会在地方先发动叛乱，造成事实上的割据局面，强迫朝廷承认自己是一方诸侯。徐知道就是如此，他发动叛乱的时候，知道自己的兵力不够，就从别的地方借兵。到哪里借兵，只能从汶川以及今天雅安所属天全、宝兴一带借兵，借的大多是“诸羌的”兵马，这些兵马被引入成都来，成都的动乱更大了。徐知道胡乱地封官许愿，笼络诸羌的人为自己卖命。结果事与愿违，过了两个月，徐知道被他的部将李忠厚杀死，杜甫为之歌颂的两个儿子多半也没有好结果。这是当时的史实，但对写这首诗的杜甫来说，也是为稻粱谋的无奈之举。

关于徐知道兵变，唐代的史书有明确的记载。762 年杜甫送严武去往绵州，身后就发生徐知道兵变，使得他不能回成都草堂。直至 764 年严武回成都再任西川节度使，杜甫才重新从阆中回到成都，写了一首诗《草堂》，其中有这么一段，讲徐知道兵变后成都的情形。

草堂（节选）

昔我去草堂，蛮夷塞成都。
今我归草堂，成都适无虞。
请陈初乱时，反复乃须臾。
大将赴朝廷，群小起异图。
中宵斩白马，盟歃气已粗。

西取邛南兵，北断剑阁隅。
布衣数十人，亦拥专城居。
其势不两大，始闻蕃汉殊。
西卒却倒戈，贼臣互相诛。
焉知肘腋祸，自及枭獍徒。

杜甫很担心草堂在兵乱之中被毁，结果当时打仗双方争夺的都是城里的要地，没有打到浣花溪。因此杜甫在这首长诗中首先写了他离开一年多后，归来时看到草堂还在，感到非常欣喜，接着就回忆起战乱时的景况。

大儿九龄色清澈，秋水为神玉为骨。

趁严武被召回中央，这伙群小便乘机窃据成都谋反。

中宵斩白马，盟歃气已粗。

他们在半夜起誓，杀白马，将马血掺在酒里，歃血为盟，发誓要跟徐知道共生死，争天下。

布衣数十人，亦拥专城居。

那些跟随徐知道作乱的人，先前只是普通老百姓，却也占城为王，独当一面了。

其势不两大，始闻蕃汉殊。

但徐知道手下这些人，与他从山里引来的羌夷头目各自争雄，互不相让，何况蕃、汉分别，各有打算，以致占据成都后很快就发生内讧。

西卒却倒戈，贼臣互相诛。

羌夷兵倒戈，叛乱魁首们彼此互相残杀。

由此可见，杜甫交往的人并非都是正人君子，他也会为了生存讨好官宦人家，下面这首诗也是如此。

戏作花卿歌

成都猛将有花卿，学语小儿知姓名。
用如快鹘风火生，见贼唯多身始轻。
绵州副使著柘黄，我卿扫除即日平。
子章髑髅血模糊，手提掷还崔大夫。
李侯重有此节度，人道我卿绝世无。
既称绝世无，天子何不唤取守京都。

花卿是当时的武将，四川丹棱人，叫花敬定，也叫花惊定，“卿”是对有一定官职的人的尊称。前面已经讲过，杜甫写成都有名的一首诗就是《赠花卿》。

这首《戏作花卿歌》也应该是参加花将军家的宴会时写下的。能邀请老杜参加宴会，看来，花将军和徐知道一样，对杜甫个人，还是有同情心、有帮助的。何况，花敬定真是一员猛将。

成都猛将有花卿，学语小儿知姓名。

刚刚在牙牙学语的小孩子都知道花卿的名字。原因何在？过去中国人吓哭闹的小孩子，都说某个很凶的人要来了，你再哭他就会把你抓走。可能花卿的名字也常被用来吓唬小孩子，所以刚牙牙学语的娃娃都知道他的名字。

用如快鹘风火生，见贼唯多身始轻。

花卿武功高强，一行动起来，比鹰隼一类猛禽还迅疾。敌人越多，他的功夫施展得越发自如。这两句是夸赞花卿高超的武艺。

绵州副使著柘黄，我卿扫除即日平。

安史之乱时，朝廷力量衰落，各地手里握有兵马的人，动不动就敢起兵割据称雄。那时候绵州的副使段子璋，那个地方的二把手，就起兵把一把手杀了。“柘黄”，自己穿上了黄色的衣服。黄色在古代是皇家的专用色，穿这个衣服就是称王。皇家专用的黄色是从一种桑树里提炼出来的，这种桑树就叫“柘”。花卿带领大军所向无敌，很快就攻克绵州，并斩杀了段子璋。

子璋髑髅血模糊，手提掷还崔大夫。

花卿将段子璋的脑袋提回去，扔在了崔大夫面前。崔大夫是严武之后的下一任剑南西川节度使崔光远，花卿把段子璋的脑袋献给崔大夫。

李侯重有此节度，人道我卿绝世无。

李家天下在蜀中有花卿这样的“绝世无”的猛将，他家委派的节度使也不用操心太多吧。

既称绝世无，天子何不唤取守京都。

继续恭维花卿，说：你绝世武功被人称道，为什么皇帝不把你召去守护京都呢？

《旧唐书·高适传》中讲到过《戏作花卿歌》中写到的这场战事：

后梓州副使段子璋反，以兵攻东川节度使李奂，适率州兵从西川节度使崔光远攻子璋，斩之。西川牙将花惊定者，恃勇，既诛子璋，大掠东蜀。

高适那时在彭州当刺史，领兵去攻打段子璋。此战中，牙将花敬定作战勇猛。段子璋就死于他的刀下。段子璋的溃兵往南逃，逃到峨眉、丹棱、青神一带。按理说花敬定应该继续发兵追击，乘胜把叛军彻底剿灭，但是他没有。反而认为这一带不是西川地盘，便纵兵大掠老百姓的财产，杀了好几千无辜百姓。当时的人，手臂上往往戴有镯子，叫臂钏，都是金银做的，很值钱。花敬定的兵为了抢掠臂钏，一刀就把人家手臂砍了。

《旧唐书·崔光远传》中的记载也能印证此事：

及段子璋反，东川节度使李奂败走，投光远，率将花惊定等讨平之。将士肆其剽劫，妇女有金银臂钏，兵士皆断其腕以取之，乱杀数千人，光远不能禁。肃宗遣监军官使按其罪，光远忧恚成疾，上元二年十月卒。

东川节度使李奂败走，逃到成都来找崔光远帮忙，崔光远便率领高适、花敬定去讨伐段子璋，结果花敬定纵兵大掠普通百姓，甚至断妇人手腕，以掠取臂钏。后来皇帝拿这一事件责问崔光远，崔光远忧愤成疾，就吓死了。那时候花敬定也吓得要命，于是继续去追击那些原来就该追击的叛军，想要借此赎罪。结果花敬定由于急火攻心，在追击叛军的过程中，在老家丹棱县战死了。

按照杜甫自己的人格理想，他理应不与花敬定这样的人交往，但迫于生存的需要，还不得不写诗颂扬，这大概就是人的无奈。想起来，是更深的悲哀。

秋至转饥寒

冯至写《杜甫传》时考证，杜甫在成都时，全家是一个老婆、两个女儿、两个儿子，儿女那时都没有超过十岁。两个儿子一个叫宗文，一个叫宗武，两个女儿的名字未得到考证，相随而来的，还有一个弟弟杜占。杜占一直跟着哥哥杜甫一家，其实是帮杜甫料理生活。这样说来，杜甫是一家七口，应该还有一两个仆人。一家十来张嘴都要吃饭，他自己不愿意种地，只想做『士』，希望早日回乡，希望朝廷起用他，就熬着、等着。但眼下的生活还要继续下去，他只好找朋友救济，一两次别人会乐意帮忙，时间久了就不一定了。比如高适，杜甫刚来成都的时候高适接济他，但是后来也不怎么理他了，有些疏远他。但杜甫没办法，761 年春天好过，夏天好过，秋天就不好过了。所以杜甫只好给高适写一首诗去。

因崔五侍御寄高彭州一绝

百年已过半，秋至转饥寒。
为问彭州牧，何时救急难。

『牧』就是牧养一地百姓的官，那时高适是彭州刺史，故称『彭州牧』。古代的观念是把老百姓当作牛羊一般，所以称官员为牧民之官。高适不再主动来看自己，只好自己主动去催问——『何时救急难』。托去彭州公干的官员崔五侍御带了信去。但高适似乎没有理他。没有说不救，也没有说救，假装没有收到信吧！

王录事许修草堂赀不到聊小诘

为嗔王录事，
不寄草堂赀。
昨属愁春雨，
能忘欲漏时。

杜甫又问姓王的人，『嗔』表示有一点嗔怪对方：王录事，草堂时时漏雨，你不是许诺过要接济我一点钱，把草堂的顶再重新弄一弄吗？

给别人写信没有回音，杜甫就上门去讨要。

赴青城县出成都，寄陶、王二少尹

老耻妻孥笑，
贫嗟出入劳。
客情投异县，
诗态忆吾曹。
东郭沧江合，
西山白雪高。
文章差底病，
回首兴滔滔。

老耻妻孥笑，
贫嗟出入劳。

杜甫说：我连家人都养不活，病老的我成了老婆孩子的耻笑对象。家里没有钱粮，我只好经常出门奔走辛劳。

客情投异县，
诗态忆吾曹。

接着说：客居在成都，还要出门到你们任职的另一个县来做客。还记得早年在长安一起谈诗论文时结下的交情吗？“少尹”唐代官职，府州一级长官的副手。从语气看，过去，他们是认识的，这两个人已经在成都附近的地方任了少尹的官职。

东郭沧江合，
西山白雪高。

先已委婉说了希望接济的意思，接着写一下成都的风景。成都的东门外，两条苍茫的江水合流，大概就是今天合江亭所在的位置。而西边有高高的雪山耸立。

文章差底病，
回首兴滔滔。

“差底病”古人就认为这三字有些难解，朱熹批注过，似乎也不太通。赵次元的解释可能更接近杜的本意。他说：“差，病除也。言有文章，差得何病乎。”意思是文章好，却不能医好自己的病，解除自己的困境。只有回望当年开元盛世时的长安岁月，才兴致滔滔、意兴飞扬。

结束青城山一行，杜甫可能得到些帮助，但这还只是秋天，接下来还有一个寒冷的冬天，杜甫不得不多为全家生计继续往远处走，到唐兴县去。这个县是当时崇州下辖的一个县。

杜甫在唐兴碰到一个刘主簿，也是在长安时就认识的，总管全县文书。杜甫也便写了诗给他。

逢唐兴刘主簿弟

分手开元末，
连年绝尺书。
江山且相见，
戎马未安居。
剑外官人冷，
关中驿骑疏。
轻舟下吴会，
主簿意何如。

分手开元末，连年绝尺书。

杜甫对刘主簿说：我们上一次分手是在开元盛世的末尾，这些年杳无音信。

江山且相见，戎马未安居。

这一联委婉地表达了自己生活的困窘：在江山异于北方的此地相见，我在兵荒马乱中，连安居都难，囊中羞涩。

剑外官人冷，关中驿骑疏。

继续感叹：剑门关外的西川，当大官的人对我很冷淡，从关中出发经蜀道到西川的驿骑，也没人给我带信来，看来朝廷早把我忘了。

轻舟下吴会，主簿意何如。

杜甫常常有一个想法，要是顺江而下去到吴楚之地，是不是生活会容易一点？杜甫在二十多岁的时候漫游过吴地，那时候他也算是富二代官二代，家里有些资产，于是一游就是两三年时间。现在再去，全不是当年壮怀天下、轻裘肥马的状况了。他是用商量的口吻问王主簿，我想离开西川到吴地去，你看这法子行不行？王主簿如果老实回答，就会说，天下的情形，世事人情都差不多吧。当然就不去。那么，老弟就帮衬我一把吧。

之后，杜甫又把诗写给唐兴县令王潜。

重简王明府

甲子西南异，
冬来只薄寒。
江云何夜尽，
蜀雨几时干。
行李须相问，
穷愁岂有宽。
君听鸿雁响，
恐致稻粱难。

甲子西南异，冬来只薄寒。

我甲子年来到西南部的异乡，冬天刚开始，就已经感到寒意了。

江云何夜尽，蜀雨几时干。

之前在《春夜喜雨》中杜甫大力夸赞四川的雨好得很，现在却觉得阴云冷雨让人心烦。江上堆满了阴云，这蜀天的雨几时可以不下？

行李须相问，穷愁岂有宽。

今天的“行李”指的是出门带的包或箱子，可装杂七杂八的东西。而古代“行李”指的是拿行李的仆人。杜甫这是说：就算你自己不能亲自来，难道不能派个仆人来探问我吗？我的生活确实很窘迫，这是穷。再加要为穷而愁，心情自然不可以宽展。这就说得很直接了，你不来，就让下人送点东西来。

君听鸿雁响，恐致稻粱难。

这里杜甫也是在提醒对方，是否能给他一点救济。你听到南飞的鸿雁声没有？它们之所以南飞，也是因为恐怕冬天难以找到果腹的“稻粱”。

自笑狂夫老更狂

杜甫到成都，盖草堂时心情不错，盖好草堂后的整个夏天心情也不错。于是他留下了前几讲里那些美妙的诗章。

但他的生活，主要是靠旧友新朋的帮助，邻居的善待。他一家十来口人，长期依靠别人也不是办法。渐渐，旧友都有些疏远，大半年后，到了秋天，日子就不好过了，『秋至转饥寒』。春夏时，要进城化缘求助。秋天和冬天，近处的城里也不能老去，去多了人家就不理你了，就去更远的下面的县里。『穷』使他『愁』，四处求人肯定更让他心情恶劣。

《狂夫》这首诗不是代简求人的，而是抒发自己的满腔悲愤，诗也就比前面那些诗好多了，将那种穷困无奈的情形写得淋漓尽致。

狂夫

万里桥西一草堂，
百花潭水即沧浪。
风含翠筱娟娟净，
雨裛红蕖冉冉香。
厚禄故人书断绝，
恒饥稚子色凄凉。
欲填沟壑唯疏放，
自笑狂夫老更狂。

万里桥西一草堂，百花潭水即沧浪。

草堂在万里桥西边，杜甫反复描写过。今天百花潭和浣花草堂隔了条一环路，但唐代时是连成一体的。百花潭应该是指江水的一段，静水深流的江段叫潭。即便如此，但诗人百感交集，如同潭上起了风，就变得波澜起伏。只看字面，我们可以这样来理解这句诗。

更深一层的话，就会想起屈原，想起屈原的《渔父》。屈原在一条叫沧浪的河边遇到一个打鱼人。打鱼人问他何以流落至此，屈原说："举世皆浊我独清，众人皆醉我独醒，是以见放。"

渔父曰："圣人不凝滞于物，而能与世推移……何故深思高举，自令放为？"

然后，渔父淡然一笑，唱着歌驾船而去："沧浪之水清兮，可以濯我缨；沧浪之水浊兮，可以濯我足。"说什么清与浊，水清时，就洗我的帽上的缨，水浊时，就洗我的脚！

不知此时，杜甫自比的是屈原还是渔父。

风含翠筱娟娟净，雨裛红蕖冉冉香。

自然环境是很好的。风里的翠竹被雨洗得干干净净。这个"含"字用得好，以至于没有现成话可以翻译过来，即便翻译过来也一定意韵全失，不如就如此细细品味。"裛"指细雨浸润。"蕖"就是荷花。细雨浸润红荷。王维的诗《送元二使安西》中的"渭城朝雨浥轻尘"，也是同样的用法。

这是他从自然美景中寻求慰藉。但现实的残酷却不会因此减少分毫。

厚禄故人书断绝，恒饥稚子色凄凉。

俸禄丰厚的故人与他断了书信来往，年幼的儿子经常吃不饱饭，让他愧疚又感伤。"厚禄故人"是谁？多半就是高适。

欲填沟壑唯疏放，自笑狂夫老更狂。

过去说路有饿殍，饿死在沟里的人，尸体都没有人收拾。曹操就在《蒿里行》中用“白骨露于野，千里无鸡鸣”来描绘战乱造成饿殍遍野的景象。杜甫说自己怕也要成为饿殍，倒在路边沟里吧！而造成这种悲剧的原因当然是他的性格，他的“疏放”，他的“狂”。但我并不想因此改变，你们说我狂，那我还要更狂！“自笑”，也有些自嘲的成分。

这首诗是杜甫写给自己的。真正的托物言志，就像屈原说的“虽九死其犹未悔”。即使生活困顿到需要不断求助讨好达官贵人，但根本的志向和情怀始终不会改变。

他有什么志向和情怀呢？当然是心忧天下。这一时期，即使他的生活处于如此艰难的境地，依然操心着国家大事，依然以家事联系着国事。

野望

西山白雪三城戍，
南浦清江万里桥。
海内风尘诸弟隔，
天涯涕泪一身遥。
惟将迟暮供多病，
未有涓埃答圣朝。
跨马出郊时极目，
不堪人事日萧条。

西山白雪三城戍，
南浦清江万里桥。

西边是白雪皑皑的雪山，不光是风景独好，更重要的是山里有三座重要的边城。三城其实是三个州，一个在理县，叫维州；一个在茂县，叫茂州；还有一个在松潘，叫松州。三城所在位置是唐代跟吐蕃的边界，经常发生战争。此时吐蕃几十万大军正要发动新的攻势。一家人饭都吃不饱，可他还在担心边境的安危。后一句杜甫再次提到万里桥，对杜甫来说，万里桥就像一个谶语，他总是说，要不我还是走吧，过万里桥去吴地、去荆楚吧。后来，西山里果然发生了战争，果然三城都被攻破。前一讲严武《军城早秋》就是写再度反攻，已经是杜甫写这首诗的三年后了。

海内风尘诸弟隔，
天涯涕泪一身遥。

“风尘”就是战争，安史之乱之后，战乱在各地此起彼伏。一家人四散分离。“诸弟隔”，四个亲兄弟，一个弟弟跟着他，其他两个弟弟远在山东，好些年没有见过面了。

惟将迟暮供多病，
未有涓埃答圣朝。

他现在年过五十了，身体越来越多病，此时的国家也像一个老年人进入迟暮之年一样，和他衰朽的身体也差不了多少。这里的“迟暮”有着双重的含义，明写自己，暗喻国家。他想，我一家人都喂不饱，局势如此糜烂，我却不能为国家做丁点的贡献。第一是我没有什么本事，第二是国家也没有给我这样的机会。我除了耿耿忠心以外好像也没有特别的本事贡献给朝廷、报答朝廷。

跨马出郊时极目，
不堪人事日萧条。

骑马去郊外散心，极目远望，看到的是日薄西山，世事日益萧条，令人悲伤怅惘。不管是国家，还是个人，都是如此。说杜甫的诗是诗史，就是因为他写的个人荣辱，都是和国家的盛衰联系在一起。

老朋友走得太近，且地位差异太大，不免就是日渐疏离。隔得远的老朋友，这未受损害的友谊，反倒更加亲切。

杜甫此时就想起了李白。他跟李白已经十多年没有见面了。

李白比杜甫大十几岁，杜甫年轻时曾和李白、高适一起在山东、河南等地漫游。那时候正值开元盛世，他们一起打猎，一起凭吊古迹，一起饮酒高歌。但此一别后，便没有再与李白见过面。杜甫写过好多首怀念李白的诗，《不见》是最后一首。

从某种程度上说，今天所讲的杜甫诗中，前面那些多是出于不得已的应酬的诗，只有三首是发乎本心、出于真情的，那便是《野望》《狂夫》，以及这一首《不见》。

不见

不见李生久，
佯狂真可哀。
世人皆欲杀，
吾意独怜才。
敏捷诗千首，
飘零酒一杯。
匡山读书处，
头白好归来。

不见李生久，佯狂真可哀。

杜甫与李白于745年在山东兖州分手后，一直未能再见面。到写这首诗时的761年，已经有十六年了。大家都说李白很狂放，而杜甫却知道他是故作癫狂——“佯狂”，并为其感到悲哀。李白认为自己有旷世之才，却始终不为皇帝所重用。唐玄宗曾将李白召入宫中，也只是让李白为他写爱情诗，如“云想衣裳花想容，春风拂槛露华浓”，写装点盛世繁华的诗，而不是让李白在政坛上一展其雄心壮志。李白心怀远大抱负，三年后终于忍不住了，便向唐玄宗请辞，唐玄宗也不挽留，给了他一笔钱，将其“赐还”。李白漂游江湖，寻仙问道。

世人皆欲杀，吾意独怜才。

很多人都说李白该杀，我却爱惜他过人的才华。

安史之乱爆发后，唐玄宗逃到成都避难，太子李亨在灵武称帝，是为唐肃宗。唐玄宗还从成都派另一个儿子李璘前往江陵，即今天湖北荆州一带，意在要他聚集荆楚一带的唐军，与北方的唐军呼应，由南向北，夹击洛阳。浪游天下的李白觉得这是一展抱负、效应国家的好机会，便在这国家危亡的关头，投身永王幕府。但后来，永王李璘却未向北策应，而是顺江而下，借机向并未叛乱的江淮一带扩张势力，被认为有割据东南的意图。史称“永王之乱”。唐肃宗派高适等领军前去平乱。永王临时纠集的军队迅速分崩离析，自己也战败被杀。“永王之乱”被迅速平息。李白自然成了俘虏。过去曾经和杜甫一起，同游梁宋、纵歌吹台的两个诗人朋友，此时却身份殊异。高适是代表朝廷领军的节度使，位高权重。李白，却是失败一方的幕府参谋，身陷囹圄。因附逆，要流放夜郎。其实，永王招李白入幕，并不是真要请他出谋划策，不过是借他的名声以壮大声威。杜甫说，“世人皆欲杀”，便是因这事而起。老朋友高适有没有出手相救，已经成为一段公案。但也不是杜甫一个人“独怜”其才，很多人出手相救也是真的。不然就不会有李白流放途中，在白帝城遇赦东归。

敏捷诗千首，
飘零酒一杯。

李白为人豪放，诗才敏捷，天下四处传诵他的诗篇，是举世无双的天才。最后也只能在漂泊不定中，与杜甫一样，“潦倒新停浊酒杯”，以酒相伴。李白遇赦东归，是在公元759年春天。也正是杜甫弃了官身，开始四处飘零的那一年。

匡山读书处，
头白好归来。

杜甫飘零辗转，来到了相对还算安定的四川。这里也是李白的家乡。今天的江油市还有大匡山、小匡山。山中有李白读书台，他少年时读书的地方。杜甫为李白的命运担忧，希望他叶落归根，终老故里。杜甫写这首诗时，李白已经六十岁了。杜甫说，你头都白了，为什么飘零天下，不肯归来？

762年李白去世了，就在杜甫写下此诗的第二年。

这一讲我们以“百花潭水即沧浪”为主题，来展开杜甫流离艰难的生活，以及迫于生计的种种无奈。但在这样残酷的生活当中，他心忧天下的家国情怀依然没有分毫的减少，他也没有被残酷的现实所击倒，而是坚持自己的人文理想，不屈从悲惨的命运，在真正为自己而写的诗歌中，发出一个“狂夫”不屈的呼号。

时序来到公元761年的秋天，这是杜甫来成都的第二年。

他在成都的生活渐渐陷于困顿，需要惨淡经营，秋风萧瑟，但并不能妨碍杜甫托物寄意，抒情言志。

今天，就让我们从杜甫的诗出发，结合杜甫的家世渊源，人诗互证，走进诗圣的内心世界，看看这个飞扬的『意』。

在中国人的精神世界中、在中国士大夫阶层的世界中到底意味着什么。

第十二讲

秋风起兮意飞扬

青羊宫

草堂自此无颜色

我们先来看这首名为《高柟》的咏物诗。『柟』通『楠』，就是四川本地广泛生长种植的楠木。楠木以树身华美，材质美丽坚实而成为名贵树种。

高柟

柟树色冥冥，
江边一盖青。
近根开药圃，
接叶制茅亭。
落景阴犹合，
微风韵可听。
寻常绝醉困，
卧此片时醒。

楠树色冥冥，
江边一盖青。

“色冥冥”，楠树的树冠巨大，绿意深沉；“一盖青”，这开张的树冠在江边就像张开了一朵青云。杜甫草堂地处浣花溪边，亦即锦江畔，故称“江边”。

近根开药圃，
接叶制茅亭。

杜甫有不少诗记录了建设草堂的过程，以及草堂的地望，把这些集中起来看，相互映照，相互补充，可以看到一幅完整丰满的草堂图画。草堂完工以后，杜甫继续精心营构草堂。杜甫体弱多病，久病成医，懂得些药理。他在前面的待客诗中已经写过“还来看药栏”，我们就知道他在草堂旁开辟了药圃，自己种植些常用药物，如此就不必频繁往来于药铺。现在，我们又知道了药圃的具体位置就在这棵老楠树旁边。有人考证过，杜甫此时生活也不是完全依赖他人接济。有时杜甫会到市场贩卖药物，赚几个小钱。这可能也是他种植药材的另一个目的。再进一步，他说，草堂本身也是紧挨着楠树而建的，为的是利用繁茂枝叶的掩映与荫凉。“制”的意思是修筑，“茅亭”则是指草堂。楠树非常高大，杜甫因地制宜，将草堂修在了可借得楠树的荫庇位置上。记录草堂选址的《卜居》中没有提到这棵楠树。那可能是受一首律诗的篇幅所限，不能面面俱到吧。

落景阴犹合，
微风韵可听。

“落景”指的是太阳西下，在地平线上将沉未沉之时。“阴犹合”则是指树荫合拢，形成阴凉之处。赵次公在《九家集注杜诗》中解释说：“凡木日景晚照，不全照顶，止照其旁，故阴少，今楠以高大，则其旁枝叶浓茂，故云。”夕阳西下的时候不会像正午时分太阳当空时一样全照在树顶，而会照射在树的一侧，因此按理说阴凉之处会比较少，但这棵楠树由于枝繁叶茂，所以即使太阳斜射过来，枝叶也是能把阳光遮住。“韵可听”，而微风一起，树叶抖动，倏然有声，就像在奏乐歌唱一样。

寻常绝醉困，卧此片时醒。

“绝醉”，就是醉得最厉害的时候。杜甫喝得最厉害的时候，不是睡在草堂的床上，而是靠着老楠树躺下来在那里睡一觉。这跟睡在床上不一样，树叶有芬芳，还会因为风的吹动而发出如诗如歌的声音，因此睡不多久，很快就清醒了。原来一棵树还有醒酒的功能。

看来，杜甫当时选地盖草堂时，不光是因为“出郭少尘事”，不光是因为“澄江销客愁”，之所以“林塘幽”，之所以“五月江深草阁寒”，还因为有这棵参天楠树荫庇。

四川盆地，东西南北都有山脉蜿蜒环绕，很少刮大风，尤其是冬春季节，有风也多为微风。但是到了夏秋两季，冷热空气的交换造成剧烈的气流运动，偶尔也会来一场狂风暴雨。这一年的秋天，本来老杜的日子就不好过，到处找赞助、拉关系，还得不到积极的响应。在此情形下，天气也要来跟他作对，正在日子难过时，一场大风雨，把这棵他非常喜欢的老楠树刮倒了。

楠树为风雨所拔叹

倚江楠树草堂前，故老相传二百年。
诛茅卜居总为此，五月仿佛闻寒蝉。
东南飘风动地至，江翻石走流云气。
干排雷雨犹力争，根断泉源岂天意。
沧波老树性所爱，浦上童童一青盖。
野客频留惧雪霜，行人不过听竽籁。
虎倒龙颠委榛棘，泪痕血点垂胸臆。
我有新诗何处吟，草堂自此无颜色。

倚江柟树草堂前，故老相传二百年。

江边的老楠树就长在草堂旁边。春天建草堂时，杜甫选择了这个位置，除了考虑其临江，离城市远近合适，另一个重要的原因就是有这棵巨大的老楠树。这棵树很老，杜甫看不出来它有多少岁了，问周边的老人，说至少两百岁了。

诛茅卜居总为此，五月仿佛闻寒蝉。

今天的“诛”字，常用的是“口诛笔伐”，是声讨的意思。古代更常用的是把一个人杀掉，叫“诛杀”。这里用的就是这个意思。“诛茅”，江边长满了茅草，杜甫为了草堂平地基就砍掉了很多茅草。

四川盆地产一种茅草，叫芭茅，在江边湿地中生长茂盛。植株高壮，茎与叶坚韧。秋天一穗穗白花开得更漂亮。杜甫《堂成》“背郭堂成荫白茅”的白茅就是这种茅。把干燥了的白茅一捆一捆扎起来，上房顶，是盖房子的好材料。但在平地基时，就需要把这些茅草除掉。古代没有空调，夏天热。但到五月，夏天到来了，这里还是很凉快，听到夏天的蝉鸣像秋天的蝉鸣，有些许凉意。唐代用的是农历，而且跟今天的农历不完全相当，杜甫诗中的五月已经是现在公历的六月底七月初，天气已经很热了。在最热的时候，因为这棵树的遮阴，而形成了一个清凉的小世界。他在另外一首诗《严公仲夏枉驾草堂，兼携酒馔（得寒字）》里还写过同样的意思：“百年地辟柴门迥，五月江深草阁寒。”

东南飘风动地至，江翻石走流云气。

大风突然从东南方来了，“飘风”在这里化用了老子的话。《道德经》第二十三章中说：“飘风不终朝，骤雨不终日。”意思是小风可能会吹一天一夜，但是大风恐怕一会儿就过去了。《道德经》讲的是一种人生的哲理，后世的人就常常用“飘风”来指大风、暴风。大风一来，江面上波涛翻涌，江边沙石乱走，天上的云气也像江水一样奔涌不休。

干排雷雨犹力争，
根断泉源岂天意。

不只是大风吹来，雷电、大雨也跟着来了。老楠树挺拔着苍劲的枝干，还在跟大风大雨抗争，可惜的是最后还是被大风吹倒了。这一倒是从根上折断，根须就不能再从地下吸收到水分了。“岂天意”，这就不光是说树了，也是说他自己了。杜甫就感叹道，老天爷不让我好好当官，辅佐皇帝，连我傍着这棵老楠树盖了草堂，结果这才几个月时间，老楠树就被大风吹倒了，这难道就是天意吗？

沧波老树性所爱，
浦上童童一青盖。

杜甫说，江上的风涛我是喜欢的，这样经历几百年时光的老树我也是喜欢的，这种喜爱是发自我的本性。“浦”就是江边，成都现在还有犀浦这个地名。“一青盖”是杜甫在回忆老楠树没倒下前树冠巨大垂下深荫的景象。“童童”，古文中是枝叶层层叠叠，很繁茂的样子。前首诗也写过“江边一盖青”。

野客频留惧雪霜，
行人不过听竽籁。

当时的草堂门口经过的“野客”应该是多的。因为这条路是从成都到温江的道路，从温江可去邛崃，邛崃又通往今天的汉源清溪。从清溪再出发，又到西昌、盐源，从盐源再通往云南的大理、保山，这一长段道路过去叫清溪道。也就是说，草堂门口沿江的道路就是所谓的南方丝绸之路。“野客”就是那些在这长途上奔走的人，他们走累了都会在这棵老楠树下休息片刻，浓密的树荫夏天能遮住烈日，冬天能遮挡冰霜。“过”的意思是走，“不过”，即便不那么累，也会停下脚步，听风动树叶，音声婆娑，发出的如同音乐的美妙声响。“竽”是乐器，“籁”是天籁之音。多么美，多么好的一株老楠树！

虎倒龙颠委榛棘，
泪痕血点垂胸臆。

可是，这么大一棵姿态雄伟的老楠树，却像老虎一样倒下了，像蛟龙颠仆在地了。中国古人认为虎和龙是最具崇高感的动物，现在却轰然倒地，委身于那些荆棘丛中了。“榛棘”就是长有刺的小灌木，荆棘。杜甫感到非常痛惜：当你倒下的时候我要为你一哭，哭出来的不是眼泪，哭出来的是血，点点滴滴，垂落在我的衣襟上。

我有新诗何处吟，草堂自此无颜色。

杜甫写的诗皇帝不听，别人不听，平常在草堂写了诗只能吟咏给老楠树。将来杜甫要是再写诗，该吟咏给谁听呢？楠树一倒，原来卜居选择这个地方时最喜爱的风景没有了，草堂的风景也就大不如前了。

我们说杜甫诗是史，并不是说他全在写重大历史事件，全是宏大叙事，而是说他即便写个人生活，也不掩饰，情感真实，情景也很真切，留下了当时真实的现实生活的图景。现在的草堂，没有药圃，没有水槛，旁边当然有参天的楠木与香樟，但并不真是当年草堂的景象。但我们可以通过读杜诗，辅之以想象，在脑海中复原杜甫草堂当年的景象。

中国古代诗歌理论有两个字非常重要，叫“寄寓”。杜甫在这里说楠树，也不只是在说楠树。

他用写实的笔法充分地描绘了这棵楠树，第一首写它亭亭如盖的样子，第二首写它怎么被一场秋天的大风摧折。实际上，杜甫在这里是把自己当作了那棵楠树。“干排雷雨犹力争”，表面上写的是楠树在跟风雨搏斗，而同样地，他自己的一生也在和命运搏斗。为官，他不想只是保住自己的官职苟且，以至流落成都，犹如大树被风雨摧折。他是那株树，那株树也是他。他是树，树是他。

今天，我常遇到人问我为什么要喜欢杜甫。他饭都吃不饱，还写这些东西干什么？这样的议论让我想起另外一个人——司马迁。我们历史观中的英雄大多是为挽救危亡，为国牺牲捐躯的人。但从文化上讲，我认为更有不死的英雄，即使遭受了百倍凌辱也不死的英雄。司马迁就是这样的英雄。司马迁的父亲就是汉朝的史官。史官和将军的责任不一样，史官不用冲锋陷阵，而是要秉笔直书，记录下一个时代。司马迁子承父业，也是史官。汉武帝派李陵征战匈奴，李陵带五千兵马，一直打到匈奴的王庭，最终却战败被俘。汉武帝办不了李陵，就要办李陵的家人。司马迁站出来仗义执言，汉武帝一怒之下对他动用了阉割之刑。在其散文名篇《报任安书》中，司马迁就详细陈述了自己的不幸遭遇，抒发了自己不得不含垢忍辱苟且偷生的痛苦心情。他说，我不能死，我还有使命要完成——“究天人之际，通古今之变，成一家之言”。最终他隐忍苟活，完成了《史记》。如果没有司马迁，就没有《史记》。如果没有《史记》，汉代中国，春秋战国中国前2000多年历史，今天的我们就无法有那么多的了解。难道司马迁不是英雄？

从这个意义上讲，我以为杜甫身上也有这种英雄主义精神。杜甫正是也意识到了中国士人应该承担的责任，才会写出诗史，成为诗圣，“天将降大任于是人也，必先苦其心志，劳其筋骨”。

接下来我们看杜甫又一首写楠木的诗。

枯楠

楩楠枯峥嵘，乡党皆莫记。
不知几百岁，惨惨无生意。
上枝摩皇天，下根蟠厚地。
巨围雷霆坼，万孔虫蚁萃。
冻雨落流胶，冲风夺佳气。

白鹄遂不来，天鸡为愁思。
犹含栋梁具，无复霄汉志。
良工古昔少，识者出涕泪。
种榆水中央，成长何容易。
截承金露盘，袅袅不自畏。

楩楠枯峥嵘，乡党皆莫记。

楩楠也是楠木的一种。墨子有一篇文章提到荆地的良木“长松、文梓、楩楠、豫章”，其中就有楩楠。今天的草堂，还有楠木成林。杜甫当年，草堂四近，肯定也不只是一株老楠。倒了那棵不算，还有一株楠树因为苍老而枯萎了。在《柟树为风雨所拔叹》中那棵楠树“故老相传二百年”，而这一棵生活在附近的乡党们也说不清楚到底有多少岁了，肯定不止二百岁。

不知几百岁，惨惨无生意。

这棵不知几百岁的树太老了，叶干枝枯，已经了无生意。

上枝摩皇天，下根蟠厚地。

即使如此，它依然挺拔高大，最高的枝上摩苍天，蟠虬的根深深扎入厚厚的泥土。如果天上命运，泥地则是时间。

巨围雷霆坼，万孔虫蚁萃。

因为树身高大粗壮，风雨雷电来的时候，首先就轰击在它的身上。平时虫蚁都聚集在它身上，蚕食它，蛀空它。“萃”就是聚集。今天说的荟萃就是把漂亮的东西集中在一起。“虫蚁萃”，就是虫蚁集中在一株老树上，干的可就不是什么好事情了。

冻雨落流胶，冲风夺佳气。

冷雨顺着树身流下来时，会把老树上分泌出的胶状物质带到地上。风吹过树身，也像是在一点一点地夺走它仅存的一丝生气。

白鹄遂不来，天鸡为愁思。

它苍老凋敝如此，白鹄等鸟类都不再在它枝上憩息了。天鸡是凤凰之类的鸟，也为再无高树停留而忧愁。李白在《梦游天姥吟留别》中写过：“半壁见海日，空中闻天鸡。”

> 犹含栋梁具，无复霄汉志。

如果把这棵树伐倒，还是有用的，可以用作建筑的栋梁。但是它不可能再往上生长了，它的生机已经消失。

> 良工古昔少，识者出涕泪。

这里也有“寄寓”。这株楩楠死了，即便要用来造房子也得遇到好的建筑师，好的手艺人才能把材料应用得当。但是如今好的建筑师，好的手艺人少，即便有这样好的材料，恐怕也要浪费了。杜甫其实也是在借楠木说自己，他就是栋梁之材，但没有人用他，所以流离至此，只能对着老楠树喃喃自语，顾影自怜。作为一个懂得楠木，与之共情的人，流下一掬同情之泪。

> 种榆水中央，成长何容易。

北方有榆树，长在多水的地方，成长容易。杜甫用榆树这样长得快的树，暗指那些趋炎附势的人，问为什么他们升官发财就那么容易，“何容易”。

> 截承金露盘，袅袅不自畏。

这里的“金露盘”用了一个典故。汉武帝为追求长生不老，就在皇宫中建了一个盘，叫承露盘。因为有道士跟他说，求长生不老，光用药不行，和药的这个水不能沾地，要离地越高越好，所以专门建了一个二十丈高的承露盘，由一个仙人捧着，用来收集露水。汉武帝再将这露水与白玉磨成的粉和在一起，每天吃，想要借此长生不老。

晚于杜甫的中唐诗人李贺的诗《金铜仙人辞汉歌》，又续写了这个故事。说的是，三国时期，曹操的孙子曹叡魏明帝，也想长生不老。魏国的都城在今天的河南，他听说汉武帝在长安有一个承露盘，就决定把它搬到洛阳。那时候没有载重卡车，也没有高等级公路，承露盘拆下来后，就只能用马车、牛车拉，拉到半路实在拉不动了，就只能扔在半路，以至于承露盘后来也不知所踪。

中国古代诗歌里面有一种体例叫咏物诗，托物寄意，托物言志。诗人通过客体的咏叹体现主观的情感和思想，所咏之物往往是作者的自况。就如杜甫写楠树是在写自己。咏物诗很多，比如陆游写梅花的《卜算子・咏梅》。

卜算子·咏梅

驿外断桥边，寂寞开无主。
已是黄昏独自愁，更著风和雨。
无意苦争春，一任群芳妒。
零落成泥碾作尘，只有香如故。

驿站外有一个断桥，开着一树梅花，却没有人欣赏它，因为断桥边没有人去了。梅花不管有人无人，都自开自放，陆游偏偏希望有人欣赏，那是陆游自己希望有人赏识。“寂寞开无主”，没有人发现他的才干。已经到了黄昏，梅花灿烂地开，却没有人来看，直到在风雨中凋零，枯瓣委地，被来往的车轮辗作尘土，依然散发缕缕清香。陆游通过这首词写自己空有一身才华，想报国，想到前线打仗，为国家建功立业，却始终不得遂其志。南宋时，四川是抗金前线，因此陆游在成都也蹉跎了很多年，但他始终是一个小官，未被重用。

毛主席也写过梅花，也叫《卜算子·咏梅》。毛主席在序里就写：“读陆游咏梅词，反其意而用之。”

卜算子·咏梅

风雨送春归，飞雪迎春到。
已是悬崖百丈冰，犹有花枝俏。
俏也不争春，只把春来报。
待到山花烂漫时，她在丛中笑。

陆游词中的梅花是一个孤独的爱国者形象；而毛主席词中的梅花是无私的、忘我的、不计得失的革命者。陆游词中的梅花寂寞无主地开放，在黄昏中独自发愁，颓唐哀伤；而毛主席词中的梅花在春天到来傲雪绽放，自信，乐观。陆游词中的梅花期待赏花人出现，心心念念；而毛主席词中的梅花率先开放，只为把大好春光迎到人间，无私奉献。陆游词中的梅花孤芳自赏，无可奈何，最终结局是被人遗忘，而毛主席词中在“丛中笑”的梅花真的迎来了百花盛开的春天。

同样是咏梅花，以梅花自况，两首词表现出的却是截然不同情绪与境界。补举这两首大家更熟悉的词，也是为增强大家对咏物的理解。

八月秋高风怒号

《茅屋为秋风所破歌》，是杜甫在成都两百多首诗当中最著名的几首之一，这是在老楠树被风雨刮倒的同一时间写的诗，也是一首歌行体。

茅屋为秋风所破歌

八月秋高风怒号，卷我屋上三重茅。
茅飞渡江洒江郊，高者挂罥长林梢，
下者飘转沉塘坳。
南村群童欺我老无力，忍能对面为盗贼，
公然抱茅入竹去。
唇焦口燥呼不得，归来倚杖自叹息。
俄顷风定云墨色，秋天漠漠向昏黑。
布衾多年冷似铁，娇儿恶卧踏里裂。
床头屋漏无干处，雨脚如麻未断绝。

自经丧乱少睡眠，
长夜沾湿何由彻！
安得广厦千万间，
大庇天下寒士俱欢颜！
风雨不动安如山。
呜呼！
何时眼前突兀见此屋，
吾庐独破受冻死亦足！

八月秋高风怒号，卷我屋上三重茅。

盖草堂时盖了好几层茅草在屋顶，但都被狂风卷走了。

茅飞渡江洒江郊，高者挂罥长林梢，下者飘转沉塘坳。

风很大，把茅草都吹到了江那边，吹得高的就挂在了高高的树上，飞得低的就飘飘转转沉到水塘里去了。

南村群童欺我老无力，忍能对面为盗贼，公然抱茅入竹去。

狂风把茅草吹到南边后，一群调皮的顽童，看他年老无力，居然像盗贼一样，公然将茅草抱到竹林里去了。

唇焦口燥呼不得，归来倚杖自叹息。

他想喊，这是我盖屋的茅草呀，你们不能抱走呀！但唇焦口燥，喊不出来，只能拄着拐杖自己长声叹息。

俄顷风定云墨色，秋天漠漠向昏黑。

光吹风就罢了，风一停，只是转瞬之间，乌云很快就聚集起来，天色就阴沉得像到了黄昏时分一样。

布衾多年冷似铁，
娇儿恶卧踏里裂。

“衾”在古汉语里就是被子。我们要注意一个问题，那时候是唐代，还没有棉花。今天我们一想到被子就是棉被，但那时候的衾里可能只是絮了一些动物毛，甚至是草絮，当然高级点儿的也有丝绵做成的。那些动物毛、草絮在夹层里，久了就变硬，不那么保暖了，所以说多年被子“冷似铁”。而他两个年幼的儿子，晚上睡觉不老实，乱蹬，把老布里子都蹬裂了，被子已经不像被子了。

床头屋漏无干处，
雨脚如麻未断绝。

白天，屋顶的茅草被吹走了，大雨一下，屋里到处漏雨，没有一处干燥的地方。“雨脚如麻”就是雨水不断线地下来，密密麻麻。

自经丧乱少睡眠，
长夜沾湿何由彻？

“丧乱”指755年安史之乱爆发后，他开始颠沛流离。到写这首诗时的761年秋天，已经整整六年了。这么些年来，连踏实的觉都没有睡过一次，今天晚上更睡不成了，屋里所有东西都被打湿，冷得要命，要怎样才能挨到天亮？

安得广厦千万间，
大庇天下寒士俱欢颜！
风雨不动安如山。

本来在哀叹自己的遭遇，可是下一句不是说第二天要找人帮忙赶紧把茅屋修好，而是突然一个转折，又想到了天下。想到天下还有与他一样更多的寒士。希望有千万间好房子，能将全天下的贫寒士人都庇护起来，不管刮多大的风雨，人在其中都能安稳如山。

呜呼！何时眼前突兀见此屋，
吾庐独破受冻死亦足！

最后说：如果什么时候看见庇护天下寒士的广厦出现，仅仅是我一家的茅屋被秋风所破，我一人冻死在这里，我也没有怨言，也感到满足！

这就是“诗圣”杜甫的由己及人，个人陷于困顿时仍然心忧天下。

仁者宜战栗

要更深地理解杜甫，理解他诗歌的精神实质，也许有必要讲讲杜甫的家世，讲讲那个时代的『士』与『儒』。

《论语·子张》中说："子夏曰：仕而优则学，学而优则仕。"说这个话的人叫卜商（子夏），是孔子的七十二门徒之一，也是孔子学生中为官参与国家治理做得最好的人之一。士人先要做学问，做学问是为了把自己变得优秀，把学问贡献给国家。这个学问是修身齐家治国平天下。关乎天地、人生、家国。达则为天下计，穷则守孝悌忠义。旧时代的读书人，要做的就是这个"士"。

杜氏家族世代遵循的就是儒家这种传统。

杜甫的十五世祖是东汉河东太守，十四世祖是三国的幽州刺史。

让杜甫最自豪的是十三世祖杜预。杜预是有大学问的人，著有《晋律》《春秋左氏经传集解》等传之后世的作品。但杜预不仅仅是个学问家，还是军事家，西晋时官拜镇南大将军，统领西晋朝的南方地区。西晋灭吴也是由他完成的。杜预文武双全，在中国的军事史、学术史上都有重要地位。

杜甫为求官，曾经向皇帝进《进雕赋表》，其中就说："自先君恕、预以降，奉儒守官，未坠素业矣。""恕"是十四世祖杜恕，"预"就是十三世祖杜预。这是说，他们家祖祖辈辈一直都尊奉儒家精神，都为官报效国家。

杜家的十二世祖是凉州太守，十一世祖是西海太守，十世祖是兴州太守，八世祖是南北朝时期齐的司徒右长史。然后一直到他的祖父杜审言，在朝为官，是初唐时期有代表性的诗人，在律诗的成熟过程中起了重要作用。杜甫的父亲杜闲，任过兖州司马、奉天令。

杜甫有这样的家世，一生的追求自然也是"奉儒守官"。

家世不错，青年时便壮游天下，科举不中，也不太在意，觉得来日方长嘛。

但后来父亲死了，他又结婚生子，作为杜家的掌门人，便回到首阳山下守他家的祖业。他们家在那里有数目不详的田地，古代人叫"别业"。别业不光是有房子，周围还有田地，还傍着祖坟，叫陆浑山庄。后来刚得授右卫率府兵曹参军，虽是个小官，却也是他仕途之始。恰恰遇到安史之乱爆发，皇帝奔蜀，长安陷落，他自己成了叛军的俘虏。唐肃宗在灵武称帝，杜甫从叛军手中逃脱出来，前去投奔，被授了左拾遗的官职。品级虽然不高，却经常随侍皇帝。不久，便因疏救房琯触怒皇帝，被逐出皇宫，出为华州司功参军。这时叛军势头正盛，杜家失了首阳山下的祖业，一家人四散分离。杜甫只得弃这小官不做，四处漂泊，后来才来到了成都。

杜甫的母亲家也很了不起，河北崔氏，隋朝时就是名门望族，出来为官的人也不少。

杜甫的母亲死得早，他是由姑姑养大的。

他自己在文章中说：“甫昔卧病于我诸姑，姑之子又病间，女巫至，曰：‘处楹之东南隅者吉。姑遂易子之地以安我，我是用存，而姑之子卒，后乃知之于走使。’”少年杜甫病了，姑姑的儿子也病了，那时迷信，便请了一个巫婆来，巫婆说睡这张床的人病会好。姑姑就把杜甫换到巫婆说病会好的那张床上。果然，姑姑的亲儿子死了，杜甫却活了下来。所以杜甫和姑姑感情很深。杜甫把这个事讲给别人听，听讲的人都会感动流泪，称赞杜甫的姑姑的大义。

杜甫一家，这样的事情不少。

他的叔父叫杜并，是一个为父报仇的孝子。他爷爷杜审言的官并不大，膳部员外郎，管皇帝饮食和御厨。但这样还是遭人谗言，贬到江西做小官，结果还是被人挑起事端，关进了监狱。把杜审言关起来的人叫周季童，是杜审言的上司。周府举行宴会，杜审言十三岁的儿子杜并带了一把刀到宴会上把周季童捅了。杜并被侍卫当场杀死。周季童受了重伤，临死前悔悟，说自己是被小人骗了才会陷害杜审言，你们赶紧把杜审言放了。

杜甫的外公家声望很高。朝廷要打压崔家，就找罪名把杜甫外祖父几兄弟杀了。杜甫的两个舅舅因为未成年得以逃脱。唐代的法律规定不能杀未成年人，只能流放。这未成年的两兄弟便被流放到巂州（巂州就是西昌）。哥哥到了十八岁，就该被处决了。弟弟崔行芳说，我请求代我哥哥死。上面说，既然你要代他死，那就一起死吧。因此即使崔行芳未满十八岁，也和哥哥一起在西昌就刑。这一行为在古代被称为死悌，是大义之行。

杜甫既有这样的家世，当然是要入朝为官，遗传中还有如此刚烈的性情，自然不会曲学阿世，自然为当朝所不容。

有人说，杜甫为什么不去种地，自食其力。要知道，他出身士族，他是士，报效国家是终身的志向。但刚一入朝为官，就因直言被贬，又遭逢安史之乱，才漂泊如此、潦倒如此。他始终怀有的期待，是战乱平定后，自己还是要回去报效国家。再不济，也要等战乱平定，回到有一份祖业的故乡去。我们说同情之理解，或者理解之同情，就是要看到那个时代士人的追求，设身处地，理解并同情杜甫的处境，他的志向，他的选择，而不是用今天的标准，对他求全责备。尤其需要对当时的士族制度有深切的认识和理解。杜家在洛阳首阳山下有祖坟和祖业——陆浑山庄。杜甫后来堕入饥寒交迫是因为安史之乱之后失去了这个祖业，但即使再贫寒他也是士族，与一般百姓有着身份上与意识上的严格区别。

我们再看看他的另一首诗《自京赴奉先县咏怀五百字》，以诗证诗、以诗证史。这是安史之乱爆发前夕写的。在这首诗中，他写了他从长安出发到北边奉先县去探望他的家人，一路走来看到的情境。当时，他收入微薄，京城生活成本太高，就把家小安置在奉先县，他一个人生活在京城。他写了整整五百字，一百句，是老杜最长的诗。下面是最后一段。

自京赴奉先县咏怀五百字（节选）

入门闻号咷，幼子饥已卒。
吾宁舍一哀，里巷亦呜咽。
所愧为人父，无食致夭折。
岂知秋禾登，贫窭有仓卒。
生常免租税，名不隶征伐。
抚迹犹酸辛，平人固骚屑。
默思失业徒，因念远戍卒。
忧端齐终南，澒洞不可掇。

入门闻号咷，幼子饥已卒。

还没有进门先听到了哭声，最小的儿子已经饿死了。

吾宁舍一哀，里巷亦呜咽。

哪怕杜甫要强掩自己的悲伤，隔壁邻居看到这种情况，都忍不住发出呜咽之声。

所愧为人父，无食致夭折。

作为父亲我非常惭愧，是我没能给他足够的食物，他才饿死的。

岂知秋禾登，贫窭有仓卒。

这不是秋天吗？不是收获时节吗？不是人人该有饭吃吗？谁能料到会遇到这样的事情。

生常免租税，名不隶征伐。

儿子刚刚死，他又想到了天下人：我自己是士族，有国家政策照顾，既不服兵役，又没有交租纳税的负担，都落到如此境地。而普通人收了粮食要上税，杀了牲口要上税，不仅要上税，还得服兵役。那他们不是过得更加凄惨吗？

抚迹犹酸辛，平人固骚屑。

即使我作为士族受到些优待，但想想我走过的人生历程，还是多么悲辛啊。那么身份比我低的那些人，他们平常生活受到的影响和干扰要到什么程度。我都活不下去，他们怎么活？

默思失业徒，
因念远戍卒。

想想失去土地的农民，又想想那些离家千万里守卫边关的士兵，他们又该怎么办？

由此可思考，士到底意味着什么？只是相对高贵的身份吗？显然不是，更重要的是他们秉持的理想，他们自承的责任与义务——奉儒守官。正如范仲淹在《岳阳楼记》中所说："先天下之忧而忧，后天下之乐而乐。"

我们听大话、空话多了，会觉得这是虚伪的。但我相信，在古代，在上千年前，相当一部分知识分子在讲这些东西时，是基于一种誓言和信仰才说的。

要研究杜甫在成都的生活，有个人一定会被关注到，那就是严武。

他们二人的交往，自古以来便是杜甫研究中的重要话题，从史书到诗话，再到学术研究，都多有记载和讨论。

今天，我们就要从杜甫与严武互相唱和的诗中，还原二人的交往与深情厚谊。

第十三讲 气味浓香幸见分

——杜甫与严武（上）

寂寞江天云雾里

前面不止一次讲过，杜甫身居异乡，没有职业，在成都维持生活主要靠新朋旧友接济。但时间久了，交深缘浅，最初的热情过去，朋友间的交情就日渐疏淡。公元 761 年秋冬，杜甫一家人的生活就陷入困境，杜甫诗中也有了饥寒之声。所幸的是，长安的故人严武，在当年底来到了成都。虽然两人早就相识，两家上辈人就关系不错，但现实中他们之间其实差异很大。

首先是年龄的差距。杜甫比严武大整整十五岁，这时杜甫已经五十岁了，而严武还是青年才俊。

其次是两家在官场上的际遇。严武的父亲叫严挺之，与杜甫的爷爷杜审言曾同朝为官，但是严挺之的官职大，是中书侍郎；而杜审言官职小，为膳部员外郎。唐朝时，除了以科举入仕，还有一种制度叫荫官，如果家里长辈是高官，那么他们的子孙就可以上辈的功绩荫庇不经科举而入朝为官。严武也因此得官。

一些人可能会认为，这样得到官职的多是纨绔子弟吧。但严武不是。严武喜欢读书、写诗，更重要的是政治军事才能也不一般。安史之乱爆发之前，严武在名将哥舒翰的帐中当参谋。安史之乱爆发以后，唐玄宗逃离长安，很多官员弃他而去，还有人甚至投降了安禄山。而严武是坚定追随唐玄宗的官员之一。马嵬坡兵变杀了杨贵妃、杨国忠后，唐玄宗要往四川，而太子李亨认为一起跑容易全军覆没，于是分一拨人马往北走，最后在宁夏灵武即位称帝，即唐肃宗。跟随李亨走的人多有复国之志，严武也是其中之一，当然也就在新朝中担任了要职。和很多武将不同，严武喜欢读书，有见识，有一些知识分子习气，爱提意见。也在这一时期，严武就与担任左拾遗的杜甫多相往还。后来严武和杜甫都向上提意见意图解救房琯，结果杜甫被贬为华州司功参军。严武由于官职本就较高，即使被贬也不会落得像杜甫那样悲惨。他被贬到剑南东川，任巴州（即今天的四川省巴中市）刺史。

今天的巴中市最好的佛教摩崖造像南龛石窟，就是严武为了给他母亲祈福而加以整修，并进行新开凿而成的。

严武在政治上很有才能，不久后皇帝就将他提拔为剑南东川节度使。又没过多久，皇帝又将他调回中央。那些年，四川换了几任节度使，似乎都不能从容应对西边的吐蕃、南边的南诏对四川的威胁。于是，朝廷又派严武在公元 761 年年底来到成都，担任剑南西川节度使。

此时杜甫在成都生活困顿，严武一来，就想起这位旧相识，主动写了一首诗给他。

寄题杜二锦江野亭

漫向江头把钓竿，
懒眠沙草爱风湍。
莫倚善题鹦鹉赋，
何须不著鵕鸃冠。
腹中书籍幽时晒，
肘后医方静处看。
兴发会能驰骏马，
应须直到使君滩。

杜甫在杜家排行第二，此时也没有官职，因此严武称他“杜二”。“锦江野亭”，杜甫称之为草堂，但在严武看来，这不就是一个人暂时栖身的窝棚吗？

漫向江头把钓竿，
懒眠沙草爱风湍。

他对杜甫说：听说你整天在江边拿着钓鱼竿没有事干，睡在生着浅草的沙滩上，看着那些江中的波浪。你打算一直就过这样的日子吗？原本水流很平静，有风就起波浪，这就是“风湍”。

莫倚善题鹦鹉赋，
何须不著鵕鸃冠。

这首诗里面用了很多典故，这一联里就用了两个。

汉代有一个人叫祢衡，也像杜甫一样到处飘荡，到长江之滨遇到了章陵太守黄射，这个人对他很好，家中宴请宾客的时候也会请祢衡前来。一次，有位客人带了鹦鹉来献给太守。太守就在祢衡面前举杯，你不是善写文章吗？现在就请你写一下这只鹦鹉，让客人们高兴高兴。祢衡拿笔很快就写成了《鹦鹉赋》，“文无加点，词采甚丽”。这里严武就用祢衡来比杜甫，劝他，你不要觉得自己诗才很高，所以像祢衡一样，还是应该积极进取，出仕为官。

“鵕鸃冠”，汉代以及魏晋南北朝时，中郎以上的官员帽顶上都饰以一种叫鵕鸃的鸟的羽毛，非常漂亮。《汉书》里就记载说，“孝惠时，郎侍中皆冠鵕鸃，贝带”，还要拴一条镶了贝壳的带子，以显身份。也是劝他出来做官。

腹中书籍幽时晒，
肘后医方静处看。

这里用了一个出自《世说新语》的典故：“郝隆七月七日，日中仰卧，人问其故，曰：‘我晒腹中书也。’”一个叫郝隆的人，每年七月七这天，就会在正午时分仰卧在太阳下，晒肚子，别人问他原因，他说自己在晒肚子里的书。旧时七月七这天，大家都会把书拿出来晒，杀死蛀书的小虫子。郝隆他不晒，他说书都在自己的肚子里，晒肚子就相当于晒书。“肘后医方”也是个典故。前面讲过的，杜甫用过一个典，“远惭勾漏令，不得问丹砂”，用好问道的葛洪的典，现在严武也用葛洪来喻杜甫。葛洪写过一部叫《肘后备急方》的医书，严武问杜甫，你是在学葛洪道家之术吗？我们知道，杜甫并不信道。

兴发会能驰骏马，应须直到使君滩。

还是要激扬你的理想，以天下为己任，还是应该出来做官，报效社会。不要躲在草堂钓鱼看书。从汉代开始，州官叫“使君”，工资高，一年俸禄两千石。

严武一到成都来就想起了杜甫。杜甫自然很高兴，赶紧写了《奉酬严公寄题野亭之作》答复严武。

奉酬严公寄题野亭之作

拾遗曾奏数行书，
懒性从来水竹居。
奉引滥骑沙苑马，
幽栖真钓锦江鱼。
谢安不倦登临费，
阮籍焉知礼法疏。
枉沐旌麾出城府，
草茅无径欲教锄。

拾遗曾奏数行书，懒性从来水竹居。

杜甫对严武说：我现在居于野亭，不就是因为当年在朝中给皇帝提意见，才被贬流落至此吗？你知道，我是不见用于当朝，灰心失望，才以疏放姿态示人罢了。

奉引滥骑沙苑马，幽栖真钓锦江鱼。

“奉引”，就是引着皇帝的车马。“沙苑马”，来自西域的名马。当年任左拾遗的杜甫，还有一个职责，就是皇帝出行时，走在前面，引马开道。杜甫说：我在朝中时为皇帝出行开路，但今天却只能钓一点锦江鱼来改善一下生活。

谢安不倦登临费，阮籍焉知礼法疏。

继续用典。谢安是东晋名士，出身于名门望族，父亲、兄弟、子侄全都在朝为官。于是皇帝就有了隐忧，这家人会不会对皇权造成威胁？谢安便主动隐退，到浙江会稽，也就是今天的绍兴。谢安隐居山林，负责宗族子弟的教育工作。到了四十岁时，他又复出，建了一个大功业——保卫东晋。淝水之战，前秦苻坚带领着浩浩荡荡号称百万的军队南下。实际是二三十万，但东晋只有八万人，谢安是战场的总指挥。战斗展开，他却叫了人来专心下棋。等到棋下完，战事也就结束了，由他晚辈率领的东晋军以少敌多，获得大胜。杜甫说：我也想仿效谢安，天下无事时，就在家里把学问传授给子弟，倘若国家需要时，我也可以出去干点什么。但是如今皇帝不要我，实际上我倒是就有点像南北朝的阮籍一样，借酒避世，而疏于礼法了。

阮籍是当过步兵校尉的，怕人忌惮，于是借酒浇愁，装疯卖傻。

枉沐旌麾出城府，
草茅无径欲教锄。

最后，杜甫还要端一点架子，严武毕竟那么大一个官，作为节度使出行，都要罗列仪仗旌旗。杜甫说："要是你肯从城里出来，来看我。那要提前跟我说，通往草堂的路都被荒草掩蔽了，我好教人把草锄了给你开路。"

严武果真来了。杜甫也有诗记录。

严中丞枉驾见过

元戎小队出郊坰，
问柳寻花到野亭。
川合东西瞻使节，
地分南北任流萍。
扁舟不独如张翰，
白帽还应似管宁。
寂寞江天云雾里，
何人道有少微星。

中丞是严武在朝廷中保留的名义上的职衔。“枉”就是劳烦的意思。

元戎小队出郊坰，问柳寻花到野亭。

“元戎”，主帅。主帅出行，当然带着一队仪仗警卫。《诗经》里说：“元戎十乘，以先启行”。主帅出行时，先有十驾车马在前面开道。“坰”就是田野。严武带着一队侍从来到郊外，一路看花看景，就到了草堂。

川合东西瞻使节，地分南北任流萍。

严武是节度使，车驾出行，一路上都有老百姓出来围观。从严武的威风杜甫又想到自己的可怜，他从秦岭北边跑到秦岭南边，像水中的浮萍一样漂泊不定。

扁舟不独如张翰，白帽还应似管宁。

这联又用了典。西晋时的张翰，遇到一个不认识的人在船上弹琴，正如伯牙与钟子期的故事一样，张翰听懂了对方琴声中的志向与感情，便主动上前要求结识。那人说自己只是从这里路过，要北上去京城。张翰毫无准备，也来不及告诉家人，就上船跟这个人走了，与其结为终身朋友。这一典故就代表着对知音的寻觅。对于杜甫来说，此时的知音便是严武。后一句中的管宁是三国时期的隐士，原本心中也存有济世之志，汉末天下大乱，管宁听说辽东太守公孙度治理有方，便从中原去东北，结果并未得到起用，最后隐居而终。杜甫说自己不见用，命运就像管宁一样。

寂寞江天云雾里，何人道有少微星。

这里冬天江上有雾，寂寞清冷，但你还是来了这里。有人说，我应的是天上的少微星，命定了就是处士、寒士。

一方面，他对严武专程来看望表示出非常强烈的欣喜之情，另一方面，他又觉得自己和严武的命运截然不同。严武是谢安一类的人物，而他是一个有才华而不受朝廷赏识的，像阮籍、祢衡、管宁这样的人。在中国政治史上，其实无非由这两个序列的人物构成我们的历史，失意的，得意的，得意以后又失意的，失意以后又得意的，终身得意的，终身失意的，这些人物就构成了一部中国的人文史。

既然严武来过了草堂，杜甫自然也要进城，到严武的节度使府去。肉是要吃的，酒是要喝的。然后登上城楼西望，望见最壮阔的景象还和了诗。既是和，就该是严武先有诗，但严诗没有传下来，只剩下杜甫这一首。

奉和严中丞西城晚眺十韵

汲黯匡君切，廉颇出将频。
直词才不世，雄略动如神。
政简移风速，诗清立意新。
层城临暇景，绝域望余春。
旗尾蛟龙会，楼头燕雀驯。

地平江动蜀，天阔树浮秦。
帝念深分阃，军须远算缗。
花罗封蛱蝶，瑞锦送麒麟。
辞第输高义，观图忆古人。
征南多兴绪，事业暗相亲。

汲黯匡君切，廉颇出将频。

汲黯是汉代人，爱给皇帝提意见。即使因为这个受到处分，他也要继续提意见。皇帝威胁说要杀了他，他说我的职责就是提意见的，你杀吧。这就是古代谏官的品格，甚至还有这样的人，第二天要给皇帝提意见，头一天就让家里人把棺材准备好。杜甫在此处以汲黯自比。廉颇是战国时期赵国的武官，“廉颇老矣，尚能饭否”，这个故事大家应该知道。廉颇都六七十岁了，皇帝说：又要打仗了，别人不行，你们去看看廉老将军一顿还能吃几碗饭。意思是看他身体好不好，还能不能再出征。严武虽然这时三十五岁，但这次来西川任节度使，也是担负重任。所以杜甫用廉颇比严武。

直词才不世，雄略动如神。

这句顺着往下说，说严武不但直词不阿，还有治理一方的雄才大略。

政简移风速，诗清立意新。

唐代的老百姓承受着两个负担。其一是赋，就是税，没有钱就交粮食，交家里织的布。其二是役，一个是当兵，或给前方军队输送粮草，参与政府各种修建工程。这两个负担都很重。严武懂军事，到西川后，说打仗不是靠人数，而是靠军队训练精良。于是乎，严武到西川一上任，就裁汰了一些老弱兵士和冗员，老百姓的负担一下子减轻了很多，杜甫就夸赞严武这件事做得极好，并且说严武不光有雄才大略，诗还写得很好，风格立意都很清新。

层城临暇景，绝域望余春。

一上来，直截了当，一通议论。心情激动，有话要说，不得不发。这才写到眼前景：站在层叠的城墙上，因为心情从容，所以入眼的景色也变得闲暇。视线尽头最西方，还能望见蔓延的春光。

旗尾蛟龙会，楼头燕雀驯。

城头上，描绘了凶猛动物形象的军旗招展，众多鸟落在角楼上，一点也不惊慌。这是讲严武治理能力高，城头上的景象一片严整和安宁。

地平江动蜀，天阔树浮秦。

成都周围地势很平，从都江堰分流过来的两条江水，使得整个成都平原都有了动感。转脸北望，地远天高，苍翠绿树上浮现出秦岭的轮廓。秦岭再北是哪里？就是关中、长安、大唐的中心。

帝念深分阃，军须远算缗。

“阃”本义是门槛。有两个意思：其一，大户人家一般在内庭和外室之间会有一道门槛，把女眷和来客分开，因此“阃”就表示闺中。其二，对国家而言，“将在外，君命有所不受”，大将军拿了皇帝的诏命，迈出这个门槛，就对这件事情负责，“阃”表示统兵在外的将帅。如果严武在成都用兵，有事需要上奏的话，一匹快马跑到长安，也要五六天时间，必定是来不及的。因此那时候领君命的将军在外，皇帝要给一个符节，或者赐一把宝剑，名为尚方宝剑，就是给了将军临机专断之权。“缗”就是钱，古代的铁钱、铜钱中间都有一个洞，用一条绳子串起来，比如在宋代，一千个铁钱一串，就叫一缗、一贯。严武任了节度使，不只是打仗需要运筹帷幄，还要解决军队的供应、地方的财政。所以，“军须”就要“远算缗”，先要算清楚经济账。

花罗封蛱蝶，瑞锦送麒麟。

不仅是杜甫这样的穷朋友需要送一点东西，下面有功劳的人也需要赏赐。用什么呢？最多的是丝绸。丝绸种类很多：绫、罗、绸、缎、绢、锦。有一种罗，两面刺绣，工艺很精，不分正反面，翻过来是栩栩如生的蝴蝶，翻过去也是栩栩如生的蝴蝶。锦也是一种多彩织物，蜀锦在那时就驰名天下。“瑞锦”，更是极为贵重，上面是形象生动的麒麟。

辞第输高义，观图忆古人。

“辞第”是一个典故。汉代武帝因霍去病战功高，要赐给他豪宅，但霍辞谢不受，说:“匈奴未灭，何以家为？”这就是“高义”。“观图忆古人”，字面意思很清楚，但观的什么图？忆的什么人？向来没有确解。

征南多兴绪，事业暗相亲。

“征南”，那时成都的南边，大概今天的雅安荥经、汉源一带，当时已经是前线了。是和南诏对峙的前线。看来那时就常有战事发生。如此这般，这两个地位、年龄相差悬殊的人，在国家大事上找到了共同语言。“相亲”，不光是因为旧谊，更是因为在国家大事上有共同语言。

共同语言是感情深厚的基础。严武确实对杜甫好。

有一回，严武得了青城山上道士酿的洞天乳酒，都给杜甫送来了一瓶。

谢严中丞送青城山道士乳酒一瓶

山瓶乳酒下青云，
气味浓香幸见分。
鸣鞭走送怜渔父，
洗盏开尝对马军。

山瓶乳酒下青云，
气味浓香幸见分。

这瓶乳酒是从洞天福地的青城山上下来的，如此香浓意厚的酒，我有幸得到你的分享。

鸣鞭走送怜渔父，
洗盏开尝对马军。

接着他写了收到酒时的情形。严武是派士兵骑着快马来送的，送给他这个闲居的“渔父”。把酒交给杜甫后，送酒的马军还没有上马离开，杜甫就已经打开瓶子当着他的面喝了起来。

这首绝句，泛泛的应酬之作，不像其他酬和严武的诗一样的郑重其事，却留下了一幅非常生动的生活图景。

仲夏时节，严武又前来草堂探望杜甫了。

严公仲夏枉驾草堂，兼携酒馔（得寒字）

竹里行厨洗玉盘，
花边立马簇金鞍。
非关使者征求急，
自识将军礼数宽。
百年地辟柴门迥，
五月江深草阁寒。
看弄渔舟移白日，
老农何有罄交欢。

可能严武也嫌杜甫家酒不好喝，菜也一般，因此这次来，不光带着警卫，还带着自己的厨师，带着锅灶，必定也带着好的食材来。“得寒字”意思是押“寒”的韵，鞍、宽、寒、欢，都是押的这个韵。

竹里行厨洗玉盘，
花边立马簇金鞍。

严武的厨师都没进杜甫家的厨房，而在竹林里架起了灶台，驮着镶金马鞍的马就拴在花树旁边。

非关使者征求急，
自识将军礼数宽。

我知道，将军如此郑重其事，并不是替朝廷来罗致我，请我出山，而完全是因为将军礼贤下士，考虑周全。

百年地辟柴门迥，
五月江深草阁寒。

草堂所处的这个地方向来就很偏僻，虽然时令已是五月，因为江水很深，我这草房还有微微寒气。

看弄渔舟移白日，
老农何有罄交欢。

厨师做饭的时候，杜甫和严武两个人在干什么呢？草堂里肯定并不豪华舒适，两个人就站在江边看风景，看渔舟来来去去，看太阳越升越高，这一天的光阴慢慢消逝。杜甫说自己像一个老农一样，没有什么可以拿来助兴的，但两人的交谈依然非常欢洽惬意。

须知风化首

杜甫爱在乡村里四处走，这天遇到一件事情让他很高兴。他在路上遇到了一位真正的老农民。

遭田父泥饮美严中丞

步屧随春风，村村自花柳。
田翁逼社日，邀我尝春酒。
酒酣夸新尹，畜眼未见有。
回头指大男，渠是弓弩手。
名在飞骑籍，长番岁时久。
前日放营农，辛苦救衰朽。
差科死则已，誓不举家走。
今年大作社，拾遗能住否？

叫妇开大瓶，盆中为吾取。
感此气扬扬，须知风化首。
语多虽杂乱，说尹终在口。
朝来偶然出，自卯将及酉。
久客惜人情，如何拒邻叟。
高声索果栗，欲起时被肘。
指挥过无礼，未觉村野丑。
月出遮我留，仍嗔问升斗。

这首诗是写给严武的，杜甫说自己遇到了一个老农民，把我拉到他家去喝酒，喝得烂醉如泥。而这期间，老农一直在夸新来的一把手，也就是你——严武。

步屧随春风，村村自花柳。

杜甫从前一年秋天起，为生计艰难，不断哀叹，正觉得冬天恐怕熬不过去时，严武来任西川节度使了。一来就主动找他，对他非常照顾。他的心情又发生了变化。762 年的春天来了，老杜迎着春风出去漫游，步子很轻快，在一个个村子眼里所见都是生机勃勃的红花绿柳。

田翁逼社日，邀我尝春酒。

遇到一个老农民，说春社临近了，邀请杜甫去他家品尝春酒。

古人在春耕结束后，要祈祷丰收，就会聚集起来敬神欢庆，这就是春社。敬土地神，敬丰收之神。

酒酣夸新尹，畜眼未见有。

喝得有几分酒意后，这个老农民就开始夸新上任的成都府尹。他说，自打我睁开眼睛看世界以来，就没有看到过这么好的官。尹，成都府尹，省级的节度使向下兼任的，相当于成都市市长吧。

回头指大男，渠是弓弩手。

夸是有原因的。老农回头指着他的大儿子说：他本是军队里的弓箭手。

名在飞骑籍，长番岁时久。

“飞骑”就是快马，也是唐代拱卫宫廷的禁军名。这里的“飞骑籍”应该是比较强悍的精锐军队。“番”就是非汉民族地方，就是前面讲过的松州、茂州那些地方。他的大儿子在那些地方服役很多年了。因此家里就少了一个劳动力，农耕社会没有劳动力，收成就会受到很大影响。

前日放营农，辛苦救衰朽。

严武一来，实施了新政策，精兵简政，前面杜甫诗就说严武“政简移风速”，由此证明并不是假话。老农感激地说：前些日子，好官放他回归本业，“营农”我这老头就不用那么劳累了。

差科死则已，誓不举家走。

老百姓承担各种差役赋税，负担很重。重到不能承受时，好多老百姓会举家逃亡，跑到山高皇帝远的地方。严武此举，正是解除了老百姓的部分负担。所以老农说：将来国家的差役赋税我死也要上，发誓不会举家搬走逃避。古代的流民，很多都是无法承担沉重的徭役赋税，只好抛弃土地、房屋而逃跑，离乡背井。流民聚集多了，生活不下去了，就起义造反。老农的儿子从军中回来了，能很好侍弄土地，自然就不用逃亡了。

今年大作社，拾遗能住否？

老农问杜甫：这次的春社，我们村准备大搞一番，杜拾遗您能否在这里跟我们一起过这个节日呢？

叫妇开大瓶，盆中为吾取。

接着喊家中妇人：把大瓶打开，把酒倒在盆子里，拿碗舀来喝。看来，这是农民很豪放的喝酒方法。那时的瓶，不是玻璃，是陶制的大瓶，装酒甚多。

感此气扬扬，须知风化首。

上头政策好，家里有喜事，老农精神面貌自然都不一样了，由此知道改良政风和社会是多么重要。这两句是杜甫在评判。他通过老农对国家政策的态度变化，说严武政绩卓著。

语多虽杂乱，说尹终在口。

老农酒喝多了，话就更多了，而且前言不搭后语，但绕来绕去，话题终不离新府尹。严武看来是个体恤民情的好官。

朝来偶然出，自卯将及酉。

杜甫早上出来散步，偶然来到农民家，却从卯时将近喝到酉时。古代一昼夜分为十二个时辰。每个时辰对应今天的两个小时。卯时是一清早，五点到七点。老杜起得真早。酉时，十七点到十九点。喝了整整一天。

久客惜人情，如何拒邻叟。

待那么久杜甫自己也不好意思，但是老农太热情了，再次挽留，又不忍心拒绝他。

高声索果栗，欲起时被肘。

桌上没菜了，他又高声叫人弄板栗、核桃、花生来。杜甫刚想站起来告辞，又被老农拉着胳膊不准走。

指挥过无礼，未觉村野丑。

虽然他在家里高声大嗓，强拉强留显得有些无礼，但做客的杜甫感于他的盛情，并不觉得粗鄙丑陋。

月出遮我留，仍嗔问升斗。

月亮都出来了，老农还拦着不让走。后一句可解出两个意思：一个是还在问老婆儿子为什么不再拿酒出来；另一个也可说，讨厌别人问我们今天喝了多少，管他几升几斗，不在乎。

杜甫通过“遭田父泥饮”这样一件事情，赞颂了严武恤民，以及在百姓中赢得的好口碑。

杜甫诗中明快简洁的描述，正是对社会现实的一种生动记录。放到今天，就是存了史。这便是杜甫诗史的意义。

四川在北宋时期，和唐代一样，西边和南边山地，都是非汉族的各族豪强统治的地方，时有冲突发生。也如唐代一样，一味加强军事存在，老百姓赋役很重，难以承担。那时，苏轼刚考上进士，老家就传来消息，他母亲程夫人去世。苏轼回乡守孝，看到这种民不聊生的情况，便于1059年，怀揣上书，到成都去见新上任的益州知府王素。苏轼知道这个人是好官，按理说自己在守孝期间不应该这样做，但还是登门拜访，替蜀民陈情。他告诉王素，四川百姓赋役很重，负责边防的将领与官员，对异族人不知怀柔，只是一味增加兵力应对冲突，造成四川一地，充兵役和服劳役都重于其他地方，希望王素能改善这种局面，与民生息。王素听进去了，对年轻的苏轼大加赞许。他采用的办法和严武差不多，首要的就是裁撤军队。兵不在多而在精。更重要的是，不用在冲突之地深沟高垒，而是发展贸易，互通有无。冲突自然也就少了许多。

又一次，杜甫去严武府上参加宴会，不光一起享受好酒好菜，还和严武一起观看墙上的画图，又用一首诗作了记录。蜀道画图，我想不是一般的文人画，山川形胜，其实就是一张军事地图。

严公厅宴，同咏蜀道画图

日临公馆静，
画满地图雄。
剑阁星桥北，
松州雪岭东。
华夷山不断，
吴蜀水相通。
兴与烟霞会，
清樽幸不空。

日临公馆静，画满地图雄。

大概一整面墙都是这张军事地图。

剑阁星桥北，松州雪岭东。

剑门关在星桥的北边，松州在雪岭的东边。松州就是今天的松潘，那时抗拒吐蕃的最前线。

华夷山不断，吴蜀水相通。

各种少数民族，往西去是吐蕃人、羌人，往南去是邛人（邛是一个古民族的名字），然后是云南更多的民族。民族间有区别，但连绵的山脉却把他们联系在一起。长江一直往东流，把吴地和蜀地沟通了。

这是一张军事地图，把四川各方向以及各方向所连接的地方全部画出来了。

兴与烟霞会，清樽幸不空。

这张画是四川山水全图，激发起他们的热情，便喝着酒纵论天下大事。幸好这是在严武的将军府中，要是在草堂，这酒早就喝完了，但这里的酒源源不断。

酒是这么好的一样东西，可以燃烧情感，可以健旺精神。但不同的场景，激发的情感与精神也是不一样的，情景决定了精神、情感往哪个方向燃烧。在绘着江山形胜的巨幅地图前，酒精的燃烧肯定会让人慷慨激昂。

远送从此别

很可惜严武又要走了。

严武是761年冬天来的。762年4月，长安发生了大事情，太上皇唐玄宗和唐肃宗李亨相继离世，本来动荡的时局更加动荡。严武被召回京。等命令传达到成都，再交接好工作，严武束装就道，已经是7月间了。

杜甫对入朝的严武寄予厚望。

奉送严公入朝十韵

鼎湖瞻望远，象阙宪章新。
四海犹多难，中原忆旧臣。
与时安反侧，自昔有经纶。
感激张天步，从容静塞尘。
南图回羽翮，北极捧星辰。
漏鼓还思昼，宫莺罢啭春。
空留玉帐术，愁杀锦城人。
阁道通丹地，江潭隐白蘋。
此生那老蜀，不死会归秦。
公若登台辅，临危莫爱身。

鼎湖瞻望远，
象阙宪章新。

鼎湖是传说中的黄帝升仙处。这里用黄帝的升天来喻指玄宗和肃宗的去世。玄宗和肃宗的灵魂走远，朝廷的法度要更新了。“象阙”，古代皇宫门口有阙，这里用来指代朝廷。

四海犹多难，
中原忆旧臣。

安史之乱还没有平定，中原的朝廷想起严武这个能人了，时局非常，需要他回去。

与时安反侧，
自昔有经纶。

杜甫说，你去了，那些图谋作乱和篡权的人就不能得逞了，你本就具有治国理政的才能。“经纶”，治理天下的智慧、计策。

感激张天步，
从容静塞尘。

杜甫还劝诫道，你接受了新皇帝给你的使命，要大步向前，拿出你的魄力和本事，就像你治理西川一样，把那些内忧外患都消灭掉。

南图回羽翮，
北极捧星辰。

你到了朝中，一定能像《庄子》里写的南飞的大鸟，飞到南海之上，羽翼垂天。你一向忠心耿耿地为朝廷工作，这次回去，就更加接近天子，和其他大臣一道犹如众星捧着北极星。

漏鼓还思昼，
宫莺罢啭春。

“漏”是古代的计时器。古时官吏凌晨上朝，要先去朝房等待，时候到了，就击鼓为号，所以上朝常称为待漏或听鼓。这两句是设想严武上朝的情景。严武从成都出发，入朝应该是在初秋时节。那时宫中的啼莺都不再歌唱，每天只能听着漏鼓声计算时间，等待上朝议政了。

空留玉帐术，
愁杀锦城人。

“帐”就是将军的中军帐，“玉帐术”是古代兵家一种安营的方法，认为主帅在某个时间段将营帐安设在某个方位，敌人就无法攻破。这是说严武还朝后，成都空留他的营帐，成都人民都愁苦万分。

阁道通丹地，
江潭隐白萍。

这两句是在说严武，也是说自己。“阁道”是指官员早上进宫上朝要经过的通道。“丹地”，也就是红色的地。那时候宫廷地面是红土，墙壁是黄色。你进宫了，每天上朝面圣，谈论国家大事。而我还在江边，像浮萍一样顾影自怜。

此生那老蜀，
不死会归秦。

话题回到自己身上：难道我这辈子就要死在四川吗？只要我不死，我还是要回到北方，要“归秦”。

公若登台辅，
临危莫爱身。

杜甫想再回朝廷做官的愿望难以实现。因此寄托有用武之地的严武，“你如果登上宰相之位，就不要像现在朝中一些官员明哲保身，只要涉及危及国家命运的事情，你也不要临危惜身。”

这样郑重的嘱托，显然超越了一般的私谊。

杜甫不光写了这首诗，严武离蜀，杜甫还一路相送，一直送到了绵州。在绵州，还同登越王楼。还是不忍分别，继续送严武出绵州，这一送，至少送了七八天了，在一个叫奉济驿的地方，终于决定不再继续相送。于是一起在驿站住最后一晚，喝一晚上酒，第二天郑重道别。杜甫又写了下面这首诗。

奉济驿重送严公四韵

远送从此别，
青山空复情。
几时杯重把，
昨夜月同行。
列郡讴歌惜，
三朝出入荣。
江村独归处，
寂寞养残生。

远送从此别，
青山空复情。

杜甫对严武说，送君千里，终须一别，就送到这里了吧。你走了，我心里就空落落的，青山的绿意，把天地布满，但是我的心却空了。

几时杯重把，
昨夜月同行。

继续说，这一别我们还能见面吗？何时才能再一起端起酒杯？想起昨天赶夜路的时候，天上的月亮一直跟着我们。这是多美的情景啊！

列郡讴歌惜，
三朝出入荣。

再次赞扬严武：你当过官的地方，老百姓都讴歌你，舍不得你离开。你经历过三个皇帝，都有不错的功劳与荣耀。

江村独归处，
寂寞养残生。

最后又写到自己：我只好独自回到浣花溪边，寂寞地度过生命中剩下的岁月。

严武走到巴山深处，大概就是今天的光雾山能看红叶那一带地方，想到了杜甫，思念杜甫，也作了一首诗寄给他。

巴岭答杜二见忆

卧向巴山落月时，
两乡千里梦相思。
可但步兵偏爱酒，
也知光禄最能诗。
江头赤叶枫愁客，
篱外黄花菊对谁。
跂马望君非一度，
冷猿秋雁不胜悲。

卧向巴山落月时，两乡千里梦相思。

晚上睡卧，向着巴山落月，我想起你了，我们现在分别两地，相隔已是千里之遥，或许能在梦中相见吧。

可但步兵偏爱酒，也知光禄最能诗。

严武用了典故。《晋书》："阮籍闻步兵厨营善酿，有贮酒三百斛，求为步兵校尉。"《宋书·颜延之传》："世祖践祚，以为金紫光禄大夫，领湘东王师。"

三国时期的阮籍曾当过步兵校尉；光禄指颜延之，南北朝时宋的文坛领袖，曾被封为金紫光禄大夫，这里就用官名代表这两个人。严武说："我知道你像阮籍，更像颜延之，又爱喝酒又会写诗。"这是互文。使用这两个典故，说自己与杜甫都能诗善酒，表达二人志趣相投，互为知己，惺惺相惜。

江头赤叶枫愁客，篱外黄花菊对谁。

严武也很惆怅：秋天了，江边有一树红枫，篱栅前开着一片黄菊。这美景却不能与你一起欣赏。

跂马望君非一度，冷猿秋雁不胜悲。

这个"跂"字有意思。一个人踮起脚来往远处望，这是跂；另外，人走在路上，看到路分岔了，也叫跂，只是这个意思今天我们写成"分歧"的"歧"。严武用这个字兼顾了两个词义。每天行路，每到路分岔的时候，就要回望，踮起脚回望。望谁？自然是望杜甫。严武回朝做官，虽然有那么多国家大事，但他一想起杜甫，还是觉得心中非常牵挂。

杜甫和严武，这两个身份如此不同，地位如此悬殊的人，竟然有这样深厚的感情。

从这些诗我们能够看出，与之前我们讲到的杜甫在成都交往的那些不同，严武与杜甫，杜甫与严武，绝不是泛泛之交。从二人酬唱的诗作中，我们更能看到那个时代的人，那个时代的情，那个时代的义。

严武走了，还要回来。再任西川节度使，他们还会继续相与往还酬唱，所以两个人的关系，还有下篇。等严武回来，再讲。

在人的一生中，与他人缔结友谊，同气相求，彼此共鸣是非常重要的部分，杜甫也不例外。我们回顾杜甫一生，特别是成都生活时期的友情版图，有一个人值得反复提及，那就是严武。严武与杜甫的交情极其深厚，哪怕严武去世后，杜甫仍对其难以忘怀。本讲将再次以杜甫与严武为主题，讲述在杜诗中记叙的严武第二次调任西川节度使后两人的过从。

第十四讲

公来雪山重

——杜甫与严武（下）

为什么我要将杜甫与严武的过从分为两段？这与严武两任剑南西川节度使的时间有关。

公元764年，严武再到成都任剑南西川节度使，同时还兼任剑南东川节度使。

公元762年，在安史之乱中登上皇位的唐肃宗去世。皇帝的葬仪并非简单埋葬，当时朝廷面临一件重要的事情——为驾崩的帝王建造宏大的陵墓。今天我们去参观西安附近秦汉和唐朝的皇陵时，便可见其营造之复杂，想见当年规模之宏大。

严武前次回朝，作山陵使，接受的就是为唐肃宗营造陵墓的重任。所谓陵，就是如一座山一般壮丽庄严，需要极为能干的人才能很好完成。

所以在762年的夏天，杜甫与严武依依惜别。他一路相送，直到过了绵州，两人才在一个驿站分别。

严武前往长安后，其手下一位将军，也曾给予杜甫不少帮助的徐知道，这位重要人物竟然举兵叛乱。他勾结了不少西部、南部的诸羌部落，让其兵马进入成都，满城混战。这就使得杜甫不能回到草堂，而是在绵州、梓州与阆州（今阆中）等地流离寄食三个年头（近两年的时间）。好在这段时间里，他也受到许多当地官员的接济与资助。这时，是杜甫的另外一个朋友高适接任严武剑南西川节度使职务。

高适任节度使，平定了徐知道兵变，但唐朝在军事上最强的对手始终是吐蕃。这时，吐蕃趁大唐政权不稳定之际，对唐朝发动了全面进攻，进攻的主要方向在今甘肃至陕西一带，甚至一度攻陷了长安。另一边，吐蕃还从青藏高原，穿过九曲黄河大草原进攻西川边境（今阿坝一带）。那时，唐朝在这一地区设立了好几个州。高适面对吐蕃的攻势，却应对不力，致使西山中的松州、茂州、维州、靖州（今黑水）等七个州相继被吐蕃侵占。至此，吐蕃兵锋已直指导江县（今都江堰一带）。

西川告急，敌军再进一步，就要进入成都平原了。朝廷一看着急了，高适不行啊，怎么办？只好另派人去。派谁？此前严武在西川节度使任上干得不错，三十多岁的他年轻力壮，勇武决断。

给皇帝建陵墓的事情没有那么紧急，可稍缓一缓，让他先回西川搞定吐蕃兵马。

此时，杜甫正在阆州。对形势感到绝望的杜甫自觉在四川待不住了，就准备从流经阆州的嘉陵江乘船，顺江而下前去荆楚一带。在他盘算中，那一带也有亲友故旧可以投靠。再说，安史之乱一旦平复，他从荆楚回河南老家就比较容易。那时的四川有两条路通往北方：一条路是走陆路，经古蜀道翻越秦岭到达长安；另一条路是走水路，顺长江而进，到湖北以后再北上抵达河南。我们四川老乡苏东坡，第一次前往开封考试时走的是秦岭蜀道，第二次去开封走的是长江水路。这条水路杜甫诗有过描述："即从巴峡穿巫峡，更下襄阳向洛阳。"

殊方又喜故人来

杜甫原已做好了离开的准备，突然听到高适将调任中央，严武将回到四川的消息，他立刻决定不走了。马上写诗给严武：『殊方又喜故人来』（《奉待严大夫》）。

杜甫与严武在成都第二段交往就此开始。

奉待严大夫

殊方又喜故人来，
重镇还须济世才。
常怪偏裨终日待，
不知旌节隔年回。
欲辞巴徼啼莺合，
远下荆门去鹢催。
身老时危思会面，
一生襟抱向谁开。

殊方又喜故人来，
重镇还须济世才。

“殊方”，西川相对长安有些偏僻，还自有风土。“重镇”，西边有吐蕃，南边是南诏，成都当然是边防重镇。这方重镇情势危急，一定得有一个能挽大厦于将倾的才干出众的人镇守。“济世”，就像水灌溉干旱的土地。

常怪偏裨终日待，
不知旌节隔年回。

“偏裨”就是级别低的文官武将。严武走了一年多，军队里府衙里好多人都曾是他的部下，在高适领导下吃了败仗，肯定希望严武回来。但没想到严武真的回来了。“旌节”，古代的一定级别官员出行都有自己的旗号，还有皇帝颁赐的象征权力的符节。

欲辞巴徼啼莺合，
远下荆门去鹢催。

“巴徼”是什么意思？四川东边为巴，西边为蜀。当时杜甫身在阆州，就在靠近巴的边界上。“徼”，边界。“啼莺合”写得很美。这句诗是说，杜甫打算辞别巴蜀边界上的阆州，但听见山间啼莺合鸣，又不免心生留恋。看见远下荆门的江上行船又在催促早些起行。“荆门”是指湖北的荆州。“去鹢催”中的“鹢”，本为一种水鸟，常雕绘于船首，以此代称行船。杜甫在此用这个水鸟来代指船，也是对仗的需要，因为要对上句那个莺。

身老时危思会面，
一生襟抱向谁开。

自己年纪大了，身体也不好，西川的时局也很危急，在这种时候就更加想同严武会面。自己处境艰难，但他还是非常担忧朝廷安危。这就是襟怀。这样的襟怀又能向谁袒露？当然是严武。

我们将杜甫写给严武的诗与他在这一时期写给其他官员的诗歌做比较，就能发现明显的区别。他写给其他人的诗，包括高适，应酬客气话居多，对严武则往往直抒胸臆，将对方引为知己。严武当然对得起这份情谊。严武不只在生活上接济杜甫，还劝他重返仕途。这次回来，还替他向朝廷讨得一个官职。

以前，杜甫曾短暂在肃宗朝任过左拾遗。今天，我们去杜甫草堂，从西门进去，迎面就是工部祠。杜甫除被称杜拾遗外，也被称为杜工部。因为他也曾任过检校工部员外郎。这个官职就是严武替他要的。唐朝中央实行三省六部制。三省为尚书省、中书省、门下省。六部是吏部、户部、礼部、兵部、刑部、工部。工部统管全国治河修路方面的事务。员外郎的职级不低，相当于今天某部某司的副职。但工部员外郎前面又加了两个字——检校，属加官，就是给了这样一个名义，解决待遇问题。就是杜甫本人并不用真去工部上班，他也去不了。严武替他要到这个名义，就可以按这个品级给杜甫发放俸禄。

解决了俸禄不算，授了官，还有赐相应的官服。唐代，官员级别不同，官服颜色也是不一样的。例如六品官以下衣服是绿色的。六品以上是紫色的，唐代称紫色为绯，所以叫作赐绯。杜甫这回就赐了绯，穿上了六品官员以上的紫色官服。而他以前当拾遗，还只是一个八品官。

当然，拿了国家的俸禄，就应该去上班，不能去长官的朝廷，就到严武节度使府中去，担任参谋的职务。实际上，此时的杜甫年逾五十，又不会打仗，估计也参谋不了什么。由此也可见严武对他的照顾。但他因此也有了一段短暂的行伍经历，并记录下来了。

扬旗

江雨飒长夏，府中有余清。
我公会宾客，肃肃有异声。
初筵阅军装，罗列照广庭。
庭空六马入，駊騀扬旗旌。
回回偃飞盖，熠熠迸流星。
来缠风飙急，去擘山岳倾。

材归俯身尽，妙取略地平。
虹霓就掌握，舒卷随人轻。
三州陷犬戎，但见西岭青。
公来练猛士，欲夺天边城。
此堂不易升，庸蜀日已宁。
吾徒且加餐，休适蛮与荆。

杜甫去城里上班了，他的上班就是常常陪着严武。他的诗也将府中所历所见记录下来。比如这首《扬旗》。

杜甫在诗题下有个注："二年夏六月，成都尹严公置酒公堂，观骑士试新旗帜。"

严武在四川有多个职务，除节度使外，还有一个重要职务"成都尹"，也就是主管成都的行政长官。"公堂置酒"，在办公场所摆酒，今天是不允许了。但摆酒是为了"观骑士试新旗帜"，这是严武重振军容军威的举措。"二年"也要解释一下。写这首诗的公元时间是764年，按新皇帝唐代宗的年号是广德二年。

江雨飒长夏，
府中有余清。

农历六月其实是公历七月，是成都暑热正盛的时候。但是刚下过一场雨，天气凉爽了许多，所以用了一个"飒"字，是风声，是雨后的凉风习习。"飒长夏"。官衙本来很闷热，但一场雨后，府中的空气就清凉了。"余清"表示雨已经停了，雨水带来的凉爽气息还在。

我公会宾客，
肃肃有异声。

杜甫的领导在堂上大会宾客，酒会还没有开始，大家只听见外面有人跑动或者像劲风吹动的不一样的声响。

初筵阅军装，
罗列照广庭。

原来是严武要在宴会宾客时，检阅经他训练的军队。请吃饭不是最重要的，阅兵才是重头戏。众人入座后，军队就在堂前庭中排开了整齐阵列。"照"字用得好，显示无论是军人的装束，还是他们的精气神，都很有光彩。

庭空六马入，
駊騀扬旗旌。

士兵们拿着刀枪剑戟在庭院里演示完阵型，又出去了。空庭中，突然有六个骑兵，扬着旌旗进来。古代打仗要使用各种旗帜，除壮大军容外，扬旗，也是以旗语传达各种命令，发出各种信号。"駊騀（pǒ é）"原指山势的起伏，放在这里是形容六名骑兵在马上身姿起伏，扬起的旗帜随着马匹的奔跑上下律动。

回回偃飞盖，熠熠迸流星。

旌旗在士兵的头上身侧盘旋，舞动时闪烁的光芒就像有流星飞迸一般。“偃”就是盘旋。

来缠风飙急，去擘山岳倾。

骑兵挥动旗帜上前时带起一股股疾风，后退时的姿态仿佛山岳倾倒。

材归俯身尽，妙取略地平。

骑兵的马术高超，可以弯腰离鞍拾起地上的东西又快速回到马背上。“材”指人的身材。

虹霓就掌握，舒卷随人轻。

旗帜在他们手里就像舞动彩虹一样，舒卷自如，那样轻盈。

三州陷犬戎，但见西岭青。

又说到时局了，也是演兵的目的。松州、茂州、维州都陷入吐蕃军队之手。“犬戎”不是唐代的民族之称，这里用来指代吐蕃。古代中原王朝，始终与周边不同民族存在着竞争关系。唐代主要对手是吐蕃，是突厥，汉代是匈奴。西周时有犬戎、鬼方等。杜甫说，向西边望去，穿过那千秋雪的西岭雪山，入目却是一片苍翠，这便是“西岭青”。但那里已经被吐蕃占据。所以，严武此时阅兵，可不是为了饮酒助兴，参加宴会的宾客里定然有各级官员，他要让这些官员看到军队的训练成果，要鼓舞他们的士气，增强他们的信心。

公来练猛士，欲夺天边城。

确实如此，严武训练猛士，就是想要把那些天边的城池都夺回来。

此堂不易升，庸蜀日已宁。

这顿酒可不是轻易就能喝到的，有这样经过精良训练的军队，四川人民的日子会越来越安宁。这里这个“庸”不是平庸。古蜀国存在时，在白帝城到湖北宜昌之间还有一个小国，叫庸国，也在四川境内。大部分时候，是用巴蜀来指代四川，偶尔，也有人用庸蜀来指代四川。

吾徒且加餐，休适蛮与荆。

杜甫说：“像我这样的人也干不了什么，只能好好吃饭，把身体养好。当收复西山的时候，至少我能参加那场欢庆。”他在阆州的时候曾准备前往湖北荆州，现在他看到严武治军练兵有道，于是浩叹：我还去荆州那南蛮之地干什么。按当时中原人的看法，除了中原以外，别的地方都是蛮夷之地。东夷、西戎、南蛮、北狄，中原人就这样称呼其他地方的人，所以那个时候湖北一带长江三峡一带也被称为蛮、南蛮、荆蛮。

有好几个前人评这首诗写得好，因为它清楚地描述了一件事情，同时还兼顾了恰当的抒情。

今天我们阅读一些当代诗，时常感到不满足，其中一个重要原因在于诗歌中叙事因素的缺乏。诗歌中叙事不仅需要把事情的前因后果说得很清楚，还要求将其描绘得生动准确。清代人汪灏认为此诗写“练猛士、夺边城、靖庸蜀，非徒作颂祷语”。就是说，此诗不是简单地讲好话给领导听，而是根据实际发生的情况高度写实。

叙事，同时很好地兼顾抒情，是杜甫诗的一大特点。

高城秋自落

演兵是在夏天。到了秋天，严武已率领精兵出征西山，杜甫则留守后方，处理些来往公文信件。

前线打了胜仗，严武给杜甫寄来一首《军城早秋》。杜甫看到这首诗后很高兴，当即提笔回了一首《奉和严公军城早秋》。这两首诗我们前面已经讲过了，写的都是历史事实。

严武在前线领军打仗的时候，杜甫在干什么？他在空荡荡的幕府值班，有时，连晚上都要在府中值守，万一有紧急公文发过来，可以及时处理。家里人都在城外草堂，没事的时候他就感到孤寂，多愁善感，遂写下《宿府》。

宿府

清秋幕府井梧寒，
独宿江城蜡炬残。
永夜角声悲自语，
中天月色好谁看。
风尘荏苒音书绝，
关塞萧条行路难。
已忍伶俜十年事，
强移栖息一枝安。

清秋幕府井梧寒，
独宿江城蜡炬残。

幕府就是将军的衙署，将军和麾下都出征了，此时显得空空荡荡。古人喜欢把梧桐树栽在井边，“井根必有梧”。当时是秋天，井中水和井边梧桐都散发出寒气，杜甫一个人睡在那空空荡荡的大院子里，蜡烛也要燃完，所以更觉凄凉。

今天我们很难见到中国本土的梧桐。成都街道上那些叶落满地长得很粗壮的是法国梧桐，是在中国生根不过百余年的外国树种。

中国梧桐隐在深山，除树形树叶好看，中国古典乐器中凡用木腔共鸣的琴，在古代都是用桐木制成的。从李贺诗《李凭箜篌引》“吴丝蜀桐张高秋，空山凝云颓不流”中可以看出，好琴是用蜀地所产的桐木和吴地所产的丝做成的。这句写箜篌构造精良，借以衬托演奏者技艺的高超。

永夜角声悲自语，
中天月色好谁看。

夜很长，城上巡逻的士兵吹起号角，在杜甫听来好像是他在心中悲伤自语一般。后来月亮出来了，杜甫又感叹：这月色真好，但谁来与我一同赏看？

风尘荏苒音书绝，
关塞萧条行路难。

“荏苒”就是连绵不断。自从755年安史之乱爆发，他就开始流离飘荡，至今已过了十年，与家乡亲人，和好多故旧不通音信很久了。战乱之中，关路阻断，异乡飘泊之中更感行路艰难。

已忍伶俜十年事，
强移栖息一枝安。

忍受这种游思之苦足足十年，好在严武给他找了这么一份工作，杜甫觉得自己就像一只无枝可栖的鸟一样，终于得到一根树枝可以暂时安定下来。“伶俜”，在有些杜诗版本也作“伶仃”，就是一个很瘦的人独自站着的样子。

同一时期，杜甫写的诗都是昂扬鼓舞的，《扬旗》如此，稍后写《奉和严大夫军城早秋》也是铁马金戈的。但这中间，《宿府》是一个人独处时，遭逢乱世时内心的孤苦凄凉。由此，我们可以看出，杜甫的写作是忠于自己内心的，感触于豪壮时，就豪壮；但情绪低落时，就低回悲伤。这就叫真切，是什么情况就写什么情况，是怎样心情就写怎样心情。诗人首要的就是要忠实于自己。

晚秋，还没入冬，严武就得胜回来了。府里热闹起来，杜甫孤寂低落的情绪，一扫而空。

晚秋陪严郑公摩诃池泛舟

（得溪字。池在张仪子城内）

湍驶风醒酒，船回雾起堤。
高城秋自落，杂树晚相迷。
坐触鸳鸯起，巢倾翡翠低。
莫须惊白鹭，为伴宿清溪。

三州陷犬戎，但见西岭青。
公来练猛士，欲夺天边城。
此堂不易升，庸蜀日已宁。
吾徒且加餐，休适蛮与荆。

成都城是张仪、张若建的，西门城上有高楼用来纪念张仪，在唐代还叫张仪楼。附近不远还有一个湖，叫摩诃池。这是隋朝，皇四子杨秀封在成都为蜀王，这个人文化程度高，又是皇子，在成都的建城史上也做出过贡献。据卢求《成都记》描述："摩诃池在张仪子城内，隋蜀王秀取土筑广子城，因为池。"这是说，秦代就筑成的成都少城又小又旧，杨秀封为蜀王后，便翻修、扩大子城。筑城墙要取土，因此挖出一个很大的坑，杨秀见状，就引水把这坑做成了一个湖。这就是摩诃池的由来。南北朝到唐朝，佛教东传，有不少西域僧人来到中国。胡僧们到了这儿，看到了这个湖，他们也许还不太会说中国话，所以说的是梵语，看到这个湖就赞叹——"摩诃宫毘罗"。"摩诃"意为大，"宫毘罗"就是龙。这是胡僧在说这么大的湖里应该有龙。于是，这个杨秀造的湖又有了一个来自梵语的名字。

"得溪字"，几个人聚在一起写诗游戏，随便翻翻韵书，翻到一个"溪"字，所有人作的诗就都必须押"溪"的韵。很可惜，严武总共就只留下了七八首诗，这场诗会他也一定作了诗，却没能留下。但杜甫的诗留传下来了。

湍驶风醒酒，
船回雾起堤。

这个池子很大，水很深很平，宴会后大家乘船到池中去吹风醒酒。水平，船行就慢，要"湍驶"，就要船夫把船划快些，才会有轻风拂面。船在池里左绕右旋时，湖堤上还漫起了白色的轻雾。

高城秋自落，
杂树晚相迷。

秋天总给人一种很奇妙的感觉，仿佛那清爽的凉气是从天上落下来一样。湖周围的堤岸上还长着很多树，向晚时分，加上若有若无的雾气，在有醉意的人眼前都显得模糊迷离了。

坐触鸳鸯起，巢倾翡翠低。

人坐在船上随波而动，原本浮在水面上的鸳鸯被惊走了。这里的翡翠不是指玉石，而是指一种小鸟，以吃鱼为生，通身翠绿，因此取名翡翠。翡翠鸟把巢筑在很低的树枝上，船经过时差点将其碰翻。

莫须惊白鹭，为伴宿清溪。

已经惊动了鸳鸯和翠鸟，就不要再往湖深处走惊动那些白鹭了，让它们跟这些清清的湖水一起在黄昏时安歇吧。

很明显，杜甫此时的情绪是不错的，但又与写《扬旗》时不大一样。前者重点是看演兵而不在饮酒；现在，西山中数州失地已经收复。现在喝酒就是纯粹的喝酒，醉饮后乘船迎风醒酒，也是一派心旷神怡，才看到那么多美好风景，直是“景语作情语”。

再看一首，也是杜甫讲幕府中的事情。

奉观严郑公厅事岷山沱江画图十韵

（得忘字）

沱水流中座，岷山到此堂。
白波吹粉壁，青嶂插雕梁。
直讶杉松冷，兼疑菱荇香。
雪云虚点缀，沙草得微茫。
岭雁随毫末，川蜺饮练光。
霏红洲蕊乱，拂黛石萝长。
暗谷非关雨，丹枫不为霜。
秋成玄圃外，景物洞庭旁。
绘事功殊绝，幽襟兴激昂。
从来谢太傅，丘壑道难忘。

“厅事”，是办公场所。在那里看岷山沱江画图应该不是去欣赏一般的山水画，而是一个军事家使用的军事地图。画的是整个岷山和沱江。

先说说诗中牵涉的地理。成都以西的群山，以岷江为界；南边是邛崃山，最高峰为四姑娘山；北边是岷山，最高峰在松潘雪宝顶。岷山中发源了三条江：北边一条是流向绵阳一带的涪江；南边一条是岷江；中间一条从彭州出来，上游叫湔江。在蜀地最早办教育的汉代太守文翁，除了兴办最早的学校，也和秦太守李冰一样，努力治水。文翁治的就是湔江。今天彭州丹景山下还有一个老地名叫湔江堰，这是文翁所筑。是为了原本东流的湔江往北，再往东去，史料中叫“东别为沱，行广汉”，这就是沱江。如今流过三星堆遗址那条河，就是沱江。过广汉，经金堂、资阳、内江和自贡等地，最后在泸州汇入长江。一张图，画了岷山，再画沱江，差不多已是当时的整个西川，显然是一张军事地形图，画的是成都东西的地理形势。

沱水流中座，
岷山到此堂。

这张图气象壮阔生动，江水仿佛要流淌到办公厅堂的中央，岷山逶迤的雪岭就壁立在堂上。

白波吹粉壁，
青嶂插雕梁。

画中的波浪在白色的墙壁上翻腾，高耸的青碧山峰像是要触及房梁。

直讶杉松冷，
兼疑菱荇香。

山上森林中松与杉的寒气仿佛在堂上扩散，江水上菱草和荇草香气也仿佛在堂上弥漫。“松”与“杉”是雪山上的高树。“菱”生于水上，结可食用的菱角。“荇”就是荇菜，在《诗经》里就出现过：“参差荇菜，左右流之。”

雪云虚点缀，
沙草得微茫。
岭雁随毫末，
川蜺饮练光。

还是画图上出现事物的描写，作画的人有非常细致的笔触，把山水中一些特有的动植物都纤毫毕现地画了出来。“川蜺”是什么？古人相信地上的水是天上的龙引来的。彩虹出现，就意味着是“蜺”一头扎到河里，像在饮水。“饮练光”中的“练”是白练也就是丝绸，画面上的波光闪闪，像是绢帛的光芒。

霏红洲蕊乱，
拂黛石萝长。

河中央的沙洲上开了好多红色花，青黛色的苔藓长在石头上，还有长长的松萝从高处悬挂下来。

暗谷非关雨，
丹枫不为霜。

山谷昏暗并不是起了雨雾，而是因为幽深。山上有红色的枫树，但并不是霜染的。“非关雨”“不为霜”，是杜甫夸画家：雨意朦胧不是真的雨，是墨色点缀画出来的；这个红也不是真正的经霜的枫叶，是画家的妙手着色而来。

秋成玄圃外，
景物洞庭旁，
绘事功殊绝，
幽襟兴激昂。

杜甫对画家高度赞扬，“殊绝”是对画作的双重肯定，这画家的本事很不一般。杜甫跟严武将军在这儿看岷山沱水，看西川雄浑辽阔的地理形势，两人的激昂之心顷刻迸发，这么美好的山水，当然要竭尽心力去捍卫。

从来谢太傅，
丘壑道难忘。

杜甫用了一个典故，狠狠地吹捧了一下严武。他提到一个人，谢太傅，就是谢安。谢安家是晋代一个大家族，出了不止一个名将能臣，还出了山水诗始祖谢灵运。谢安也很有本事，因此遭到皇帝忌惮。但他也无所谓，住在绍兴东山寄情山水，还把家族子弟集中在一起，教做人，教学问。再度出山为官又立下了在淝水之战中击败前秦大军的不世之功。

“丘壑道难忘”，山高处为丘，低谷为壑。杜甫这是说严武像谢安打完胜仗显得很从容，而在从容中又有更大的宏图。这个“道”的意思就多了，自然之美有道，画图写诗有道，治军理政更是大道。

分曹失异同

想想这时随侍严武的杜甫，穿着紫红官服，腰上还垂着专配的绂带，有点扬眉吐气的意思。但在严武身边随侍久了，也有些不大自在。两人本来是平等的朋友。但到了公事公办的厅堂，严武就是上级领导。不再是过去那种随意随性的交往了。在公共场合，严武踞坐厅堂中央时，他得和同级的下官们分站在两旁。这种时候，让他难免想起草堂，想起在草堂自己随意坐卧的自在。更重要的是，杜甫这虚职品级比较高，实职却只是一个参谋，只能天天跟一帮低层官员混在一起，真要干点该干的公事，他还不如那些同级的，比他年轻的小官。

古往今来，办公室政治都是一样的。他那些同级的小官们，看他干不了什么事，在这里只是因为与严武的交谊，不会给他好脸色看，不会给他舒心日子过的。

杜甫日子过得不愉快，心里发闷，就要『遣闷』。他就写了一首长诗给严武。

浪簸船应坼，杯干瓮即空。藩篱生野径，斤斧任樵童。
束缚酬知己，蹉跎效小忠。周防期稍稍，太简遂匆匆。
晓入朱扉启，昏归画角终。不成寻别业，未敢息微躬。
乌鹊愁银汉，驽骀怕锦幪。会希全物色，时放倚梧桐。

遣闷奉呈严公二十韵

白水鱼竿客，清秋鹤发翁。胡为来幕下，只合在舟中。
黄卷真如律，青袍也自公。老妻忧坐痹，幼女问头风。
平地专欹倒，分曹失异同。礼甘衰力就，义忝上官通。
畴昔论诗早，光辉仗钺雄。宽容存性拙，剪拂念途穷。
露裛思藤架，烟霏想桂丛。信然龟触网，直作鸟窥笼。
西岭纡村北，南江绕舍东。竹皮寒旧翠，椒实雨新红。

"二十韵"就是每两句押韵，一共四十句，押二十个韵。再加上中间一联对仗，这就是排律了。杜甫于各类诗体裁无所不能，写排律也是高手。上次送严武回朝，杜甫已经写过一首十韵的排律，希望严武，在国家大事面前，"临危莫爱身"，这回却是爱自己的身而发了些牢骚。

白水鱼竿客，清秋鹤发翁。胡为来幕下，只合在舟中。

意为，我本来是一个整天钓鱼，很闲散的一个人。我这么一个头发都白了的老头儿，为什么跑到幕府中来上班听候，我本该继续待在钓鱼船上的啊。

黄卷真如律，青袍也自公。

"黄卷"就是指官衙里的文件。这些文件就像铁律一样，让人一点也不敢马虎。看着大家都穿着官服一本正经，他感觉很是拘束促狭。杜甫没有当过这样的官，没经历过办公室历练，不知道私下里都笑嘻嘻的同事，上班时都这么严肃，或假装严肃。"青袍"，指低层官员穿的黑色衣服。

老妻忧坐痹，幼女问头风。平地专欹倒，分曹失异同。

他老婆担忧他久坐会腰腿疼痛麻木，小女儿经常问他的头风病有没有发作。自己有时确实也很累，平地上都会跌倒。"分曹"更要讲一讲，我们看古装戏剧里，上朝时皇帝坐在上方，大臣们燕列两行，文官站一边，武官站一边，这个就叫分曹。

礼甘衰力就，义忝上官通。畴昔论诗早，光辉仗钺雄。

即便这样，我还是尽力使自己的行为符合官场规矩，当然更是因为你这个上官的照顾。发了牢骚，还得回头对严武说些好话。说他"论诗早"，严武诗艺不错，那时还不到四十岁，习诗学诗肯定更早。说他"仗钺雄"，是军事才能更强，武功更高。"钺"是武器，"雄"当然就是英雄气概。

宽容存性拙，剪拂念途穷。

严武对这样在官场里非常笨拙的人很宽容，很照顾。"剪拂"，本义是修整花木，这里该是说严武对他恐怕也有些提醒要求。

露裛思藤架，
烟霏想桂丛。

杜甫说自己就像一株树苗一样得到了雨水滋润，想要自由生长，如那藤本的植物有了架子，就想爬到高处接触到更多的阳光。秋天的雾气宛若烟霏，他就想到原野上盛开的桂花，向往自由自在的生活。

信然龟触网，
直作鸟窥笼。

而现在就像是乌龟被人捉进网里，鸟儿被关在笼子里，不得自由。

西岭纡村北，
南江绕舍东。

他想起浣花溪边的草堂。西岭雪山在江村北边蜿蜒，南面过来的江水流过草堂，向东流去。

竹皮寒旧翠，
椒实雨新红。

草堂边种的竹子已变成深绿，披上了寒意。雨中的花椒果实却红得很鲜艳。

浪簸船应坼，
杯干瓮即空。

前人评说，“船应坼”，钓鱼船都被浪颠破了，但没时间修理。“瓮即空”，酒喝完了，也没时间去酿，是说公事繁忙。

藩篱生野径，
斤斧任樵童。

也是前人解的，“生野径”，“任樵童”，都是草堂只能任其荒芜，自己却没有时间与精力维护。

束缚酬知己，
蹉跎效小忠。

杜甫说，自己生性放诞，喜欢自由自在，之所以规规矩矩在这里当个参谋，是为了报答你的知遇之恩，如此蹉跎岁月，实际上我并不能为你做什么事情，只能是“效小忠”而已。

周防期稍稍，太简遂匆匆。

杜甫很是委屈，整天防备周围同事，一举一动都小心翼翼，但自己还是太不懂得那些鸡零狗碎的人情世故。

晓入朱扉启，昏归画角终。

每天大清早就要推开衙门那朱红色的大门，直到黄昏，城里画角的声音都停下了才能下班。

不成寻别业，未敢息微躬。

杜甫的别业，就是浣花草堂，却不能随时回去，因为得忠于职守，尽心工作。

乌鹊愁银汉，驽骀怕锦幪。

乌鹊们难以飞渡天上的银河，所以“愁银汉”。“银汉”就是银河。一匹劣马，当看见披着锦绣的马鞍时，会感到害怕。

会希全物色，时放倚梧桐。

最后，希望严武能让他辞职，他宁愿穷困一点，也不愿继续在办公室政治里被拘束，受委屈了。有点陶渊明不为五斗米折腰的意思。他请严武将他放回去，让他能倚着梧桐树，望一望江水，看一看江上夕阳，就这样终其一生。

你看，一个人的性情、经历、情感，我们可以通过一首首诗来听见、看见。

严武收到这首长诗，也许会有些不高兴吧。但他终究是理解了杜甫，可能也还想维持二人的交情，就放他回草堂去了。也不知道严武停了他的薪俸没有。

严武放归杜甫应该是新的一年，即765年的正月间。杜甫最后一次当公务员的经历就这样结束了，这一回大约是大半年时间。这么说，也是他自己的诗提供的证据。这首诗是《正月三日归溪上有作简院内诸公》，是回到草堂了，与府中那些同事作别的意思。他说："白头趋幕府，深觉负平生。"这么老了，不该去干那样的工作。

杜甫回到草堂，感觉自在许多，过完年，到春天，又作一首《弊庐遣兴奉寄严公》。

弊庐遣兴奉寄严公

野水平桥路，春沙映竹村。
风轻粉蝶喜，花暖蜜蜂喧。
把酒宜深酌，题诗好细论。
府中瞻暇日，江上忆词源。
迹忝朝廷旧，情依节制尊。
还思长者辙，恐避席为门。

前两联没有什么好解释的，就是春天草堂四周的乡村景色。

把酒宜深酌，题诗好细论。

不再“杯干瓮即空”了，回到草堂，情绪又变得从容了，品酒读诗。

府中瞻暇日，江上忆词源。

杜甫委婉邀请严武再来草堂，说你在府中有了闲暇，也请到这春江上来，一起饮酒论诗。

迹忝朝廷旧，情依节制尊。还思长者辙，恐避席为门。

但他又担心严武不来。“长者辙”，就是有地位的人出行留下的车辙。“席为门”，《汉书·陈平传》：“家贫以席为门，然门外多长者车辙。”陈平是西汉开国重臣，未发达时贫困，家门都是席子做的，但很多有地位的人都不断来拜访他。而杜甫这里是说，恐怕严武不会来了。他这一辞职，怕是对两个的关系也有些不好的影响。

公元765年，杜甫回到浣花溪边，迎来了又一个春天。过了一段安定日子。他继续修缮草堂，把周围的环境都重新打理一遍。这些都见于他的诗作《营屋》《除草》等。看样子，他是打算一直在这儿住下去了。

一哀三峡暮

可是，严武突然暴病，在四十岁时，死在成都任上。

这一来，杜甫在成都生活就失去了依靠，就只好离开刚修整一新的草堂，收拾行囊，从万里桥坐船东去了。第一站到了云安（今云阳），云安是重庆下面，过去也属于四川地界。在这里，杜甫的老病发作，于是就地养了几个月的病。这期间他诗笔不停：有『峡里云安县，江楼翼瓦齐（《子规》）』，有写云安酒的『闻道云安麴米春，才倾一盏即醺人（《拨闷》）』。

病好些了，又顺江而下，到了忠州，寄居在一所寺院。『忠州三峡内，井邑聚云根。』

不一日，运送严武的灵柩回北方的船经过忠州，天人相隔，杜甫站在寺前江边，流泪目送，也作诗为记。

哭严仆射归榇

素幔随流水，
归舟返旧京。
老亲如宿昔，
部曲异平生。
风送蛟龙雨，
天长骠骑营。
一哀三峡暮，
遗后见君情。

“仆射”是严武逝世后朝廷给的封号。“榇”是棺材。死于外乡的人，封棺后要归葬故里。

杜甫在云安卧病，一艘船从江上东去，船上运载的就是严武的棺椁。船不会停留，杜甫亦无法做些什么，只好站在江边深情目送，只好写一首诗表达哀思。

素幔随流水，归舟返旧京。

载着严武棺椁的船上蒙着白色的素幔，顺江而下，送严武遗骸归去旧京长安。

老亲如宿昔，部曲异平生。

远望船上的情景也有些凄凉。严武的老母，还有家小都和往常一样陪伴着他，但趋奉左右的部曲却少了很多。

风送蛟龙雨，天长骠骑营。

杜甫认为严武就像蛟龙，行在江上才伴着风雨。而在西边天尽头，严武训练出的军队，还戍守在遥远的边疆。

一哀三峡暮，遗后见君情。

杜甫非常哀痛，灵船走得很慢，快要离开视线时，暮色已经降临在峡中江上了。可见杜甫一直看着那船，一直到夜色降临，一直到那船远去、消失。严武走了以后，杜甫更感到严武对他的深情真心。

又过了一年，杜甫漂泊到了夔州。他在这里写了一组非常有名的诗，叫《八哀诗》，怀念哀悼八位他认为最值得纪念的人物。写他们的生平历史，其中自然掺杂自己对他们功业的评价。其中一首就是写的严武，《赠左仆射郑国公严公武》。这首诗很长，我只挑其中最简单的几句来做解读。

“诸葛蜀人爱，文翁儒化成。”杜甫把严武比作诸葛亮，杜甫初到成都，就在《蜀相》里对诸葛亮作了很高的评价。严武和诸葛亮都在四川为官，因行善政而为蜀人敬爱。他又把严武比作文翁，四川大儒。

然后又说："公来雪山重，公去雪山轻。"严武镇蜀让西边的连绵雪山如长城一样不可撼动，所以"重"。而他的离去，那里的防卫就没有那么牢靠了，所以"轻"。当然，我想，这轻与重还有一层意思。司马迁《报任安书》里有一句话："人固有一死，或重于泰山，或轻于鸿毛。"严武曾捍卫雪山边州，所以用雪山来代替泰山，这样一来，层次感就加深了。

这首诗最后一句说："空余老宾客，身上愧簪缨。"杜甫做过严武府上的宾客，但空有名号却没能做些实事。严武走后，杜甫想起那段时日，觉得有愧于身上那一身官服。

他写《八哀诗》的时候是公元768年，距他离世，只剩两年时间了。

作为享誉千古的『诗圣』，杜甫不仅在诗歌中以忧国忧民的强烈情怀感染人，以现实主义的写作精神书写个人生活、书写社会现实，诗歌构成题材丰富的一部诗史；同时，他在全面继承古体诗、乐府诗、律诗等不同体裁的艺术手法的前提下，苦苦探求新的表达与修辞，不断创新，而成为前人普遍承认的『集大成者』。在成都才一年多时间，就留下了《成都府》《蜀相》《茅屋为秋风所破歌》和《春夜喜雨》等体裁各不相同的众口传诵的经典诗篇。

我们前面也讲过一些他的绝句，但多是讲他绝句中的应酬之作，比如为建草堂，跟人要竹要松的那些。或许已经给大家留下他的绝句比较一般的印象。其实，杜甫寓居成都后，荡涤和煦的春风春雨，在『诗是吾家事』的使命感驱使下，在绝句的写作上用心很深，留下了数量不少意境清新、如歌如唱的经典。

第十五讲

仿得竹枝成别调

江上被花恼不彻

杜甫是隆冬时节到达成都的。那时，幽香四散的蜡梅已经开放。蜡梅的开放已经预告了春天。接着春天真的就来了。

黄色的蜡梅后，红梅与白梅盛开。桃李盛开。海棠盛开。

杜甫为成都比北方早到且花开得这般热闹的春天所吸引，自然要四处访花寻花，从初春，一直走进很深的春天。

稠花乱蕊畏江滨，
行步欹危实怕春。
诗酒尚堪驱使在，
未须料理白头人。

江深竹静两三家，
多事红花映白花。
报答春光知有处，
应须美酒送生涯。

黄师塔前江水东，
春光懒困倚微风。
桃花一簇开无主，
可爱深红爱浅红。

黄四娘家花满蹊，
千朵万朵压枝低。
留连戏蝶时时舞，
自在娇莺恰恰啼。

江畔独步寻花七绝句

江上被花恼不彻，
无处告诉只颠狂。
走觅南邻爱酒伴，
经旬出饮独空床。

东望少城花满烟，
百花高楼更可怜。
谁能载酒开金盏，
唤取佳人舞绣筵。

不是爱花即肯死，
只恐花尽老相催。
繁枝容易纷纷落，
嫩叶商量细细开。

江上被花恼不彻，
无处告诉只颠狂。
走觅南郊爱酒伴，
经旬出饮独空床。

锦江两岸开满了花。鲜花盛放的美景，唤醒了诗人盎然的激情，“恼”，就是被激情怂恿不能克制的情感状态。花恼人，实际上是说花惹人爱。“彻”，通透，酣畅。“恼不彻”，春心骀荡，却是被刚刚激发，还未酣畅宣泄。这种心情无人分享，只好到处乱走，像疯了一样。

他觉得大概只有一个人能理解他这种激动踊跃的心情，便走到南边去找那个和他一样爱酒的人，想邀他去一同赏花。这个人就是杜甫在《闻斛斯融未归》中写的南邻斛斯融。但是斛斯融不在，他的床已经空出十多天了，他肯定是出门写碑文挣钱喝酒去了。既如此，杜甫只好自己一个人去江畔寻花访花。

稠花乱蕊畏江滨，
行步欹危实怕春。
诗酒尚堪驱使在，
未须料理白头人。

花开得太盛了，密集的花和杂乱的蕊那么热烈，“畏江滨”，杜甫爱这种狂欢般热烈，又害怕深陷其中，走到近前，左右徘徊，扶杖独行，爱春又怕春，这春光该不是像热烈爱情一样，让“老夫聊发少年狂”。一些版本的杜诗中将这个“畏”字写为“裹”字，“裹江滨”，就是花把江滨全部覆盖起来。准确是准确，但诗人主观的东西就不在了，那既喜爱又怕过分深入这样微妙的情感表达就没有了。诗人身上这种两难的状态就没有了。所以，还是“畏”字来得好。

他写到自己对两件事情有信心——喝酒和写诗，就像农民赶牛羊一样，能够从容地驱使驾驭。而面对无限春光激起的癫狂，他又感叹自己的老迈。这种纠结缠绵的心态，写得真是微妙精到。

江深竹静三两家，
多事红花映白花。
报答春光知有处，
应须美酒送生涯。

说完复杂心情，老杜终于开始描绘他看到的繁花盛开的江边景色了。江岸两边幽静的竹林里分布着一些零零星星的人家，喧闹的红花映衬着幽静白花。说红花“多事”，就是开得热闹，也是从前面花恼人而生发来的。接着又说回自己，这么好的春光我该怎么报答呢？无以报答，大概还是只能回去吟诗喝酒，打发这有限的生涯。这样的想法，他从来就有。从《水槛遣心二首》中可以得到印证：“浅把涓涓酒，深凭送此生。”

那时候，他有在成都送老的想法，但最后这个愿望在漂泊动荡的时代没能够实现。

东望少城花满烟，
百花高楼更可怜。
谁能载酒开金盏，
唤取佳人舞绣筵。

走在江边，看了那么多花，惹起那么多心绪，自然又想喝酒了。自然就往城里望去。城里住着一些他认识的官员，他们比他有钱，酒也比他家的好。所以他忍不住往城里看去。但望见的也是城上开满的花，远望嘛，当然就如梦如烟。前面讲过，唐代的成都是两座城，一座大城，一座小城。小城就是少城。杜甫游春赏花是在西边的浣花溪畔，往东望就看到西边的少城，更东边的大城是望不见的，因此说“东望少城”。百花丛中耸立着高楼，就显得更加美丽可爱了。心情如此骚动激越，自己一个人回到草堂喝酒觉得不够意思，于是不禁发问：城里那些有权有钱的，就没有人举行赏花宴会，请我前去畅饮美酒，并且把红粉佳人叫几个来载歌载舞呢？老杜真有点春心荡漾了。

黄师塔前江水东，
春光懒困倚微风。
桃花一簇开无主，
可爱深红爱浅红。

大概没有人举办宴会邀请他，所以只好继续在江边花前行走。和尚死了，坟墓的形式是一座塔。黄师塔就是因为葬了姓黄的和尚而得名。杜甫走到黄师塔前，江水朝东流，沐浴和煦的春风，他有一点困了，便靠在塔上，迎着风休息一下，这就叫“倚微风”。他倚在塔上，也是倚在风中，看见桃花，既有深红的，也有浅红的。无论深红的还是浅红的，都是他的深爱。

黄四娘家花满蹊，
千朵万朵压枝低。
留连戏蝶时时舞，
自在娇莺恰恰啼。

杜甫继续四处溜达，怕不是一天两天。这一天，就到了黄四娘家。他终于不想酒了，把四句都用来描写眼前景色。黄四娘家花真多，把通向她家的路两边都开满了。树上花朵开得那么多，千朵万朵，把树枝都压低了。花乱开，招蜂引蝶，蝴蝶在花间翩翩飞舞，而恰恰在这个时候，树上的黄莺娇声的啼叫就响了起来。“时时”和“恰恰”生动描绘出当时的情形，营造出一派轻松明媚的意境。花开本是静态。这两个叠字，本是表时态的，但老杜却巧妙地用来呈现动态。黄莺一啼叫，千朵万朵，花香四溢的情景，就活脱脱如在眼前了。

不是爱花即肯死，
只恐花尽老相催。
繁枝容易纷纷落，
嫩叶商量细细开。

杜甫说，并不是说爱花就肯为此而死。只是害怕繁花开过，是在提醒生命短暂，老之将至。既恋春，又怕春，怕的是“无可奈何花落去”。春天有很多花，那时候有桃花、梅花、海棠花、樱花、玉兰花等等，这些花都是先开花，再长叶子。即使开花开得“千朵万朵压枝低”，但是盛花期就只有十几天的时间，一夜风雨来，繁花就会纷纷飘落。花一落，嫩绿的树叶就长出来了。所以杜甫就想和这些树叶商量：你们能不能长慢一点，好让花期再长一点。这有一点嗔怪的意思：是不是你们这些嫩叶迫不及待要长出来才把那些花催落的？看来他还是留恋百花盛开的春天。

明代一个注杜诗的学者叫张潜，在解读这一组绝句时说，前二首恨花（当然，这个“恨”其实是爱到极致的一种表达），中二首赏花，后二首爱花，末首留花。“留花”的表现就在于“嫩叶商量细细开”。

关于花，中国古代有一个说法。从初春时节开始，每五天开一种花，也就是一番。这样持续不断，整个春天要开二十四种花，最后一种花叫苦楝，是一种楝科植物，苦楝花一开，就是春末夏至了。这就是春天的二十四番花信，五天一番，一百二十天，刚好就是一季。

杜甫这么多的感受与兴发，为什么不用一首长诗，而是选择用一组七言绝句来表达呢？这和他当时江畔寻花，移步换景的观察方式是密切相关的。他行走在江边，不同时间，不同地点，看到的景象不同，心情也就不断发生变化。绝句每首四句，一咏三叹，立刻就能把当时的情景、当时的心境表现出来。李白曾在安徽宣城看见杜鹃花，就想起了四川老家的春天，就有了“三春三月忆三巴”的诗句。而杜甫赏花时的思绪更复杂一些，用一组诗写来，表现的意义也更丰富。这些片段式的情景，还写出了赏花的过程，所以用了组诗的形式来表达。

今天很多人写诗，有的会在题目后面加一个括弧，里面标注“组诗”。实际上，是不相关的几首诗放在一起，只能叫“诗几首”，不能称为组诗。

从头到尾每一首之间是有联系的，是相映成趣的，或者说几首诗是从不同角度描述同一事物的，不加标注，也是组诗。

杜甫喜欢写成组的诗，这是他有意为之，应该是为了扩展诗歌的容量。

渐老逢春能几回

再读杜甫另一组精心构写的七言绝句——《绝句漫兴九首》，从中我们能从杜甫对时光流转的细心观察、精心抒写中，看到他对生活、对生活之美的热爱。

绝句漫兴九首

眼见客愁愁不醒，
无赖春色到江亭。
即遣花开深造次，
便觉莺语太丁宁。

手种桃李非无主，
野老墙低还似家。
恰似春风相欺得，
夜来吹折数枝花。

熟知茅斋绝低小，
江上燕子故来频。
衔泥点污琴书内，
更接飞虫打着人。

二月已破三月来，
渐老逢春能几回。
莫思身外无穷事，
且尽生前有限杯。

肠断春江欲尽头，
杖藜徐步立芳洲。
颠狂柳絮随风去，
轻薄桃花逐水流。

懒慢无堪不出村，
呼儿日在掩柴门。
苍苔浊酒林中静，
碧水春风野外昏。

糁径杨花铺白毡，
点溪荷叶叠青钱。
笋根稚子无人见，
沙上凫雏傍母眠。

舍西柔桑叶可拈，
江畔细麦复纤纤。
人生几何春已夏，
不放香醪如蜜甜。

隔户杨柳弱袅袅，
恰似十五女儿腰。
谁谓朝来不作意，
狂风挽断最长条。

眼见客愁愁不醒，
无赖春色到江亭。
即遣花开深造次，
便觉莺语太丁宁。

诗人陷于客居愁思之中，不能自拔，所幸这时春天来了。古人用“无赖”，跟“可怜”类似，都是可爱的意思。杜甫正话反说，如果有一个春之神，为何让花开放得如此唐突，还让黄莺对我喋喋不休地鸣叫。

手种桃李非无主，
野老墙低还似家。
恰似春风相欺得，
夜来吹折数枝花。

第二首从自己家写起，这里的桃李花是我家种的，不是没有主人。我这个草堂不是深宅大院，篱笆墙虽然很低，但还是一家人的栖身之所。前面讲过，建草堂时，他讨要了一百棵桃树来栽，而今这些桃花已经大开了。后两句又有一种嗔怪的意味，头天晚上刮了风，把桃李树上带花的枝丫吹折了。明明是喜欢春天的，却故意说是春风有意来欺负他。是你春风要欺负我吗？疑问一出，一下就有了一种河水回旋的效果，避免了叙述的过分顺畅，使阅读慢一些，有停留，就有了一个情感回荡的小空间。

熟知茅斋绝低小，
江上燕子故来频。
衔泥点污琴书内，
更接飞虫打着人。

还是草堂中景象。燕子熟知我家草堂檐低窗小，才在这里筑了窝，往来频繁。他在《堂成》一诗中就写过，草堂刚建成燕子就来筑窝了：“频来雨燕定新巢”。现在，已经是第二年春天，它们已经是熟客了。燕子要筑它们的窝，就要去江边取河泥，燕子衔在嘴里的泥漏了，漏到了书和琴上。燕子在空中捕捉飞虫时，翅膀还会把家里的人碰到，也可能是嘴里的飞虫掉下来打着了人。从这场景中可以看出，人跟这些燕子之间是多么亲密的一种关系。杜甫去拜访南邻的时候，曾经看到“阶除鸟雀驯”，台阶上小鸟跳来跳去，根本不怕人，他觉得这家主人一定是心善的，与天地万物共存共生。他自己也在草堂里营造出了这种境界。

二月已破三月来，
渐老逢春能几回。
莫思身外无穷事，
且尽生前有限杯。

杜甫又在叹老，二月已经过去，三月接着到来，春天越来越深了，可我越来越老迈，这样美好的春天还能经过几回？安史之乱的时候他在长安碰到春天，雨天道路泥泞，在逃难途中艰难跋涉，那不是好春天。流浪途中，他就想着野菜生出来没有，好去挖一点一家人充饥，那更不是理想中的春天。现在在这浣花溪前安宁度日，才是春天。所以酒又来了。年轻时那些雄心壮志、报国利民之心，到这个岁数都不敢再有向往了。余生有限，我就算天天喝酒，也喝不了多少杯了，姑且喝干人生中这有限的几杯酒吧。

肠断春江欲尽头，
杖藜徐步立芳洲。
颠狂柳絮随风去，
轻薄桃花逐水流。

还是出去游春，依然沿着春江行走，却心事浩茫，没有第一年春天到时那样只是春心荡漾了，而是怅然立在长满水草的沙洲面前。但他的观察依然非常细致。二月已过三月来，柳树“颠狂”的花期将要到尾声，柳絮脱离枝头随风而去，桃树也是落红片片，花瓣坠落河上，随水远流。

对照着看，前一组绝句，是花正“颠狂”，人亦狂喜。而这一组，却看见春正老去，一腔怅惘。

懒慢无堪不出村，
呼儿日在掩柴门。
苍苔浊酒林中静，
碧水春风野外昏。

暮春伤情，于是“懒慢”，没有兴致再出村远走。不再走到黄四娘家，不再走到黄师塔前，只在四周看看转转，就回家来，让儿子把家里的篱笆门关起来。生着苍苔的树林环绕草堂，还是喝点浊酒浇心中块垒，任野外碧水春风中一天时光消逝，直到迎来黄昏。

糁径杨花铺白毡，
点溪荷叶叠青钱。
笋根稚子无人见，
沙上凫雏傍母眠。

第二天，还是忍不住要出去。看见的还是春尽夏来的景象。

杨花掉下来把路都铺满了，像一层白毡子一样。溪水面上，刚刚浮出新生的荷叶，大概就像唐代用的铜钱一样大，并且不只一张荷叶，而是几张叠在一起。这句中“点”字和“叠”字用得精到，写出了静中之动。荷叶刚生出来时不是绿色的，大家愿意仔细观察的话会发现它带点紫色和褐色。和唐代铜钱的颜色一样，所以唐代也把铜钱叫作青钱。

竹林中长出笋子，这是常见景象。但是令人讶异的是什么呢？还有更小的笋子露出头，在大笋子旁边，但是没有人看见，只有老杜看见了。河边的沙滩上，野鸭孵出小野鸭了，依偎在沙中浅睡的母鸭子身边。

舍西柔桑叶可拈，
江畔细麦复纤纤。
人生几何春已夏，
不放香醪如蜜甜。

前一组绝句最后，怕春光消逝太快，要“嫩叶商量细细开”，可是季节转换，时光流年，商量不住了，再细细开也要应势而发，这是生命规律。于是，桑树张开了叶子，“拈”，正是为了体会其“柔”。又一年的麦苗绿了，“纤纤”，指娇嫩而细长。

时序已经到了夏天，杜甫在写季节的流转，这种流转是通过有代表性的植物的物候来表现的。春天转换到了夏天，老杜这个一直发牢骚的老头也不发牢骚了，从美丽的自然中体味了人生美好，实在是舍不得放下蜜一样甜的美酒。

隔户杨柳弱袅袅，
恰似十五女儿腰。
谁谓朝来不作意，
狂风挽断最长条。

还是初夏，隔壁家栽的杨柳，清风一来，柳条飘荡，那韵味如少女的腰肢扭动一样。谁知早晨不经意间看见，一阵风起，最妩媚妖娆那一枝被风折去了。

《江畔独步寻花七绝句》是一组七首描写春花烂漫的绝句。这一组九首的写作与之隔了一年，是从春尽夏来的季节的流转入手，惆怅是主调，但不妨其中不时流露看见生命美好的惊喜。

金圣叹在《唱经堂杜诗解》中对这九首绝句有这样的解释：“九首自初春、仲春、残春又初夏，一路写流光迅速，人命不停，正在愁恼。第九首忽插一论。假使或初春，或仲春，不待春残入夏，中道忽然断绝，又当如之何？真乃愁又愁不及，恼又恼不及也。”

古代的文学批评和今天不大一样。今天的文学批评习惯讲宏大的概念，喜欢在文学作品中寻找思想、寻找意义。大家看金圣叹这段评语，却是在努力体会作者在诗中的情感起伏变化。

这就是杜甫的另一组绝句诗。九首诗组织在一起，互相承接，互相呼应，起承转合，表意充分，结体丰满的表达方式，就比一首单篇的诗要丰沛很多。

休觅彩衣轻

杜甫为什么要在诗歌上下这么多功夫？

我们原来讲过，他的十三世祖杜预，是西晋时有名的政治家、学问家。他的祖父杜审言，也是初唐时期有代表性的诗人。所以对杜甫来说，诗是老杜家需要继承和发扬的事业。所以，他在儿子过生日时，写下了《宗武生日》，也是以这样一种使命感来教导儿子。

宗武生日

小子何时见，高秋此日生。
自从都邑语，已伴老夫名。
诗是吾家事，人传世上情。
熟精文选理，休觅彩衣轻。
凋瘵筵初秩，欹斜坐不成。
流霞分片片，涓滴就徐倾。

小子何时见，高秋此生日。

今天，在这秋高气爽的时节，小子你过生日了。

自从都邑语，已伴老夫名。

杜甫有点小骄傲：自从你会说话，我就已经在天下享有诗名，你就在伴着我的名声成长。

诗是吾家事，人传世上情。

继续解释，写诗这件事情是我们家的传统，也是事业，你不要怕我的名字遮挡住你的光芒，就像我超过我爷爷杜审言一样，你应该有志向要超过我。写诗，传的是意，更传的是情。

熟精文选理，休觅彩衣轻。

你要继承这个事业，就要多读书。与今天比起来，古代人其实没有多少书读。有一个词叫“学富五车”，五部车，又不是载重汽车，能拉多少书？唐代读文学的人，读文学书主打就是一部《昭明文选》。它是由南朝梁武帝的长子萧统编的，就是把历代富于文学性的诗文汇编在一起。一共有各类文体七百余篇。后世做文人都要熟读文选，也就是从《诗经》开始，到魏晋南北朝时期的文学作品。今天我们要读的比那时多得多，单就文学论，我们接下来还要读唐的文学，读元明清的文学，读世界各国的文学。

虽然那时候没有今天这么丰富的阅读选择，但也是有史以来最大体量的知识积累，所以杜甫就跟儿子讲：首先要把文学典籍读深读透，你就能体会丰富的情感，学到好的表达方式，你自己写的文字就能像一只鸟穿上了凤凰的漂亮羽衣一样振翅飞翔。

之所以要讲讲这首诗，是想讲讲杜甫为什么在诗歌上一直用心探索、创新。

他自己写过：“为人性僻耽佳句，语不惊人死不休。老去诗篇浑漫新，春来花鸟莫深愁。”说自己性格并不合群，但是沉迷于诗艺的精进，如果诗句不能打动人心，至死也不肯罢休。

在后世，他的诗、他的诗学产生了巨大的影响。到了宋代，他早也成了别人写诗歌的典范。黄庭坚是上承杜诗笔法的。苏东坡也曾说，我就是要向杜甫学习。他确实也如杜甫一样，写成组的绝句。比如一写梅花就写了十首——《簮韵杨公济奉议梅花十首》。其中就用了杜甫的典故：

“日出冰澌散水花，野梅官柳渐欹斜。西郊欲就诗人饮，黄四娘东子美家。”太阳出来，冰化了，梅开了，他也想找人喝酒，想找杜甫诗里写的那样的地方——黄四娘家，和杜子美在浣花溪畔的家。

仿得竹枝成别调

讲《成都府》的时候，我们讲过了五言古体诗。讲《茅屋为秋风所破歌》《石犀行》这些作品时，我们又讲了从乐府诗到歌行体的演变。通过《春夜喜雨》，我们讲了五言律诗；通过《堂成》《卜居》《客至》和《蜀相》等，我们讲了七言律诗。

而今天我们讲了杜甫两组精心构写的绝句。

那么，什么是绝句？

施蛰存先生在《唐诗百话》中说，南北朝时期，时人论诗，常说“二句一联，四句一绝”。二联二韵，两句相押，用四句诗来完成一个概念，古人称之为“立一意”。绝句这个名称就是从这里来的。一个主题，只用四句就可以表达清楚，就称为一绝句。

“绝”的意思是断绝，就是说完了的意思。比如李白写“朝辞白帝彩云间，千里江陵一日还。两岸猿声啼不住，轻舟已过万重山”，仅四句，这个欣喜之情就表达完了。李白也有成组的绝句。《上皇西巡南京歌十首》就是十首绝句为一组，他觉得要用十首诗来写唐玄宗西幸成都，才能把意思表达得更为充分。

也就是说，如果主题与情绪较为繁复，一首四句不够，就可以用八句、十二句、十六句分段来表达，我们就说这是二绝、三绝或四绝。而从字数上讲，五言一绝就叫五绝，七言一绝就是七绝。

杜甫就是这么做的。

764 年春天，杜甫从东川再返草堂，再次沉醉于成都之美，便又作了《绝句二首》，用简洁明快的句子描绘了草堂的春天。这回，用的是五言绝句。

绝句二首（其一）

迟日江山丽，
春风花草香。
泥融飞燕子，
沙暖睡鸳鸯。

绝句二首（其二）

江碧鸟逾白，
山青花欲燃。
今春看又过，
何日是归年。

迟日江山丽，
春风花草香。
泥融飞燕子，
沙暖睡鸳鸯。

曾经，他写春天到来繁花乱开，杨花飘絮，写笋根稚子、洲上小鸭，现在又写初升太阳下江山明丽，燕子衔泥筑巢。鸳鸯睡于和暖的沙子。这回再写，先是日丽风香的旷野，接着是细看时生动准确的细节。

江碧鸟逾白，
山青花欲燃。
今春看又过，
何日是归年？

江水越清碧，水边鹭鸟的白羽就越发耀眼。山色越是青翠，更显得花开出来像火苗燃烧。不过，愁绪还是起来了。今年春天眼看就要过去，何年何月才是归乡的日期？之前他说自己想在成都终老，但是中国人的故乡情结又让他不得不对故乡日思夜想。

杜甫自己推崇清词丽句，说“清词丽句必为邻”。这就是了。

绝句在唐代非常发达，有很多名诗名句。王昌龄、李白、高适、岑参、王维，可以说这些盛唐著名诗人没有一个没有留下脍炙人口的绝句。

杜甫写的绝句也好，他总是不满足于前人和同时代已有的高度，总是努力创新，独辟蹊径。他除了“熟读文选理”，还非常注意向民间学习。这些他写于成都的美妙绝句中，便有意识地学习四川民歌竹枝词。竹枝词流行的范围其实比蜀、比巴还要大，沿长江往东，到荆楚一带，就是湖南、湖北一带也流行竹枝词。这是一种民间歌唱。竹枝词既然来自民间，一来可以歌唱，或者说就是歌唱；二来，既然是民间歌唱，就常用方言词。杜甫在这些绝句中就注意到其歌唱性，并吸收当地方言入诗。

杜甫继续歌唱成都，写他的成都生活。又是《绝句四首》，我们选其中最有名，最为成都称道的那一首：

两个黄鹂鸣翠柳，一行白鹭上青天。
窗含西岭千秋雪，门泊东吴万里船。

这一首不需要讲，大家都熟读成诵了。再说，我们在四姑娘山上已经讲过一次。

只讲“两个黄鹂鸣翠柳”，“个”就是四川话，是方言，在书面语中说黄鹂鸟应该是用“只”。但杜甫用的是“个”。后来这一方法也被学习，并发扬光大，仿竹枝词仿得最好的就是比杜甫晚生的刘禹锡。

竹枝词二首（其一）

杨柳青青江水平，
闻郎岸上唱歌声。
东边日出西边雨，
道是无晴却有晴。

刘禹锡的“杨柳青青江水平”和杜甫的“窗含西岭千秋雪”的调性一样，更加明白如话，更加浅显一些。

曾经在他日子难过的761年的秋与冬，我们听杜甫哀号，听杜甫埋怨，听杜甫叹息。叹息国破家散，叹息病痛，叹息老朽，叹息世态炎凉……而今天通过这几首绝句，我们也得转换一下心情，体会一下杜甫在阴历二三月的美好时节感受到的美好与欢欣。

盛唐诗，是中国诗歌史上的一座难以企及的高峰，王昌龄、孟浩然、李白、王维、高适、杜甫和岑参等伟大的诗人在这个时代渐次登场，用他们的诗文为我们留下这么多流传千古的绝唱。

这些同时代的诗人们，相与往还，和诗酬唱，相知相从，一些人彼此间还结下了相当深厚的情谊。其中，杜甫与高适不仅彼此相知相惜，更为成都这座城市留下了『人日草堂』的鲜明文化记忆，和流传至今的雅正的风习。

第十六讲

天涯喜相见

——杜甫与高适（上）

气酣登吹台

杜甫来到成都时，开元天宝年间的盛唐气象已经灰飞烟灭了。

这时，王昌龄、孟浩然已不在人世，除杜甫外，其余的诗人们嗓音已经有些喑哑，但他们之间的友谊还在继续。杜甫在漂泊无依时，想到第一个可以有所依靠的人，就是高适。

二人友谊的建立还要早得多，是在真正的盛唐时期。

那还是天宝三载（744年），距安史之乱爆发还有十一年的时间。那是唐代的盛世，天下太平，百姓富裕，生活安定。杜甫后来追忆那个时代，写了一首很长的诗——《遗怀》，其中一段就写到天宝三载他跟李白、高适一起畅游梁宋的经历。梁就是今天河南开封一带，宋是以河南商丘为中心的地方。我们打开地图，就发现河南最东边的市就是商丘，商丘又与山东菏泽接壤，所以744年他们三人用了很长时间，在今天的河南、山东这一带壮游。

遣怀（节选）

忆与高李辈，
论交入酒垆。
两公壮藻思，
得我色敷腴。
气酣登吹台，
怀古视平芜。
芒砀云一去，
雁鹜空相呼。

忆与高李辈，论交入酒垆。

那时候与李白与高适相识，畅叙友谊，都要到酒馆里去，有酒有肉。过去儒家有一种说法，“君子之交淡如水”，不要喝酒，不要吃肉，这才是超越世俗的真朋友。但另外有一派人不太同意，我也不同意，虽然朋友不能只论酒肉，但是连酒肉都没有一起共享过的人大概也很难成为朋友。

两公壮藻思，得我色敷腴。

杜甫继而说：李白和高适两人的写作才能了得，并且对我十分友好。“敷”不是说脸上有东西，是说李白高适对他的表情很好，和颜悦色。“腴”是脸色看起来很润泽的意思。

气酣登吹台，怀古视平芜。

古人常常登高台，怀古追思。喝酒喝得很高兴，他们就登到一个高台上，心怀幽思，俯视辽阔平野。

杜甫写到这里，有点讨好高李的意思。为什么？因为在盛唐诗人里边，杜甫年龄偏小，他出生于712年。这一年杜甫三十二岁，高适四十岁；李白四十三岁，大杜甫十一岁。那时候高适跟李白诗歌的名声比他的高得多，而且李白还有一个重要的经历，已经被唐明皇召为翰林学士，在宫中服务了几年，这时是厌倦了宫中陪侍奉迎的生活，请辞出宫来浪游天下。几年后，四十六岁的高适才考中进士，之后成为盛唐诗人中官运最亨通的人。而杜甫这时候正在发愤求取功名。此时，他就像一个小弟跟在李白和高适身后，诗歌的名声没有别人大，社会的阅历也没有别人多。所以从这首诗里我们可以看出，李白、高适二人也并不因为杜甫没有多大名气就嫌弃他，依然对他很客气。杜甫当然感激两人对他的好。

杜甫后来在另一首诗《昔游》里也写到这个情况：“昔者与高李，晚登单父台。寒芜际碣石，万里风云来。”又把当年三人壮游梁宋的事情回顾了一遍，那时候他才三十多岁，刚想要出人头地，对自己人生有了规划，正雄心勃勃，还没到晚年的悲凉时期。

古人常常去登高台。陈子昂登幽州台，怆然流泪也要到台上去流。司马相如在成都弹琴，也要筑琴台，在台上弹琴。更不要说古人祭天要筑台，瞭望要筑台。台是一个郑重其事的地方。古人认为天上有神在，所以筑高台就能接天际，与神通。后来，登台就有了志存高远的意思。

这里就说到两个台，“气酣登吹台”“晚登单父台”。这是两个地方的两个古迹。

吹台是春秋时师旷弄乐之台。师旷是春秋时晋国人，传说他生下来没有眼睛，眼无所见，但异常聪明，耳朵好，辨音很准，精通音律，琴弹得很好，写了很多至今还在流传的古琴的曲谱。比如曲高和寡的《阳春白雪》的琴谱就是师旷所创。他还注意锻炼身体，是太极拳的发明人。同时，在政治上，师旷理论水平很高，是中国历史上最早提出民本思想的人，认为百姓是国家之本。后来孟子、荀子发展他这种学说，才有了荀子的“水能载舟，亦能覆舟”的说法。孟子思想的核心也是“民贵君轻”。李白、高适、杜甫三人游梁宋，他们到吹台，也登到台上歌诗奏乐。师旷相信好的音乐会对人的情感、道德产生正面的影响，不好的音乐就使人追求感官刺激，变成今天讲的靡靡之音，听了只能使人丧失意志，只图眼前的一快、肉体的一快、刺激的一快。

山东菏泽有一个单父，秦时叫单父县，孔子的一个学生宓子曾在那里当过单父宰。在此期间，他也筑了一个台，天天在台上弹琴，推广音乐。过去当单父宰，不像今天需要发展各种产业，那时候老百姓种自己的地，自己料理自己的生活。宰只要维护好社会秩序就行。而要维护好社会秩序，就要提倡文明教化，而音乐在这方面有很大的力量。宓子每天在那个台上弹琴，就给老百姓提供了一种高级的文明和文化，让大家生出向善向美之心，就把这个地方治理得很好，所以古人赞扬他“鸣琴而治”。

《新唐书·杜甫传》也写到这件事：“尝从白及高适过汴州，酒酣登吹台，慷慨怀古，人莫测也。”汴州就在开封附近，老百姓看这三个人在台上手舞足蹈，看起来壮怀激烈，到底是在干什么，并不知道。但是他们三个人自己知道。

畅游梁宋的这些日子，他们不仅登台望远，还纵马打猎。从孔子的时代开始古人就讲“六艺”——礼、乐、射、御、书、数，因此哪怕是文人也往往六艺在身，苏东坡在《江城子·密州出猎》中就写道：“左牵黄，右擎苍，锦帽貂裘，千骑卷平冈。为报倾城随太守，亲射虎，看孙郎。”

当时杜甫还年轻，写诗没有李白和高适写得好，似乎当时也没敢写。这两首诗都是杜甫后来回忆写的，而李白和高适在当时就写了诗。

秋猎孟诸夜归，置酒单父东楼观妓

倾晖速短炬，走海无停川。
冀餐圆丘草，欲以还颓年。
此事不可得，微生若浮烟。
骏发跨名驹，雕弓控鸣弦。
鹰豪鲁草白，狐兔多肥鲜。

邀遮相驰逐，遂出城东田。
一扫四野空，喧呼鞍马前。
归来献所获，炮炙宜霜天。
出舞两美人，飘飖若云仙。
留欢不知疲，清晓方来旋。

李白写道，到一个荒野，早上出去打猎，晚上才回来，又在单父台东边的一个酒楼饮酒赋诗，彻夜欢宴。

骏发跨名驹，
雕弓控鸣弦。
鹰豪鲁草白，
狐兔多肥鲜。

骑着有名的骏马去打猎，用鹰追猎物，现在我们打猎主要是用狗辅助，过去还有辅助的鹰。正如苏东坡写的“左牵黄，右擎苍”，左手牵猎狗，右手戴着的皮套子上面蹲着一只猎鹰。此时正是草白鹰飞的秋季，兔子和狐狸都长得肥美鲜嫩。

邀遮相驰逐，
遂出城东田。
一扫四野空，
喧呼鞍马前。

他们在城的东边打猎，一趟下来，鸟惊飞了，兔子被射死，狐狸被射死，还有很多人在他们马前喧闹。

出舞两美人，
飘飖若云仙。
留欢不知疲，
清晓方来旋。

晚上喝酒时，还有两个美人给他们跳舞。白天打猎，晚上喝酒、看美女，还谈论诗歌，不知疲倦，天快亮了才回到旅馆当中去睡觉。

当时高适也写了诗记录他们同登单父台这件事。

宓公琴台诗三首（其一）

宓子昔为政，鸣琴登此台。
琴和人亦闲，千载称其才。
临眺忽凄怆，人琴安在哉？
悠悠此天壤，唯有颂声来。

宓子昔为政，鸣琴登此台。

宓子在这里当宰的时候，常常到这个台上弹琴。

琴和人亦闲，千载称奇才。

琴声传去，给人造成很好的影响，人应该相信文化的魅力。

临眺忽凄怆，人琴安在哉？

登到高处往远处一看，心里有点悲凄，现在不是那个时代了，现在的人不是宓子那个时代的人了。李白在宫中做了那么多漂亮的诗词，唐明皇也不肯重用他。宓子那个时候靠一张琴就可以当宰，而唐明皇宁可给李白一笔钱，把他放还江湖。

悠悠此天壤，唯有颂声来。

天空中似乎传来了过去鸣琴的声音，宓子的高尚事迹在今天仍然得到传颂，但是今天已经不是那个时代了，传颂宓子的那些事情在今天其实没有什么意义了。

我们比较一下李白和高适的诗，会发现很有意思。写同一件事情，李白是享乐主义，就享受打猎的过程、纵酒酣歌的过程，讲的是个人的快意与否。而高适不断地去考进士，总希望为国家多做一点事情，正是壮怀激烈的时候，所以他在这里是在讲时代、讲政治。今天我们读诗，往往会觉得李白的诗更容易亲近共鸣，因为他主要都是讲他个人的事情。在这方面，盛唐诗人中王维和孟浩然与李白类似，王维参禅悟理，信奉佛教，不问世事，其实是在逃避现实。孟浩然终身不得重用，于是优游天下，以为排遣，成为田园诗人。李白其实也是在逃避。高适就不会逃避，一直求取功名，四十六岁那年终于考中进士，主动去了西北边防地带，到了河西走廊，到了凉州、甘州、沙州，甚至更远的地方，在哥舒翰大军中担任掌书记。

我们从这不同的诗中，就能看到盛唐诗人各自的面貌，李白身上的是及时享乐的浪漫主义情怀，高适身上的是由史伤怀，有济世安民之志的现实主义精神，这样看来，当时高适和杜甫的人生理想更趋同一些。

故人供禄米

以上是前传。

公元759年，距壮游梁宋过了十五年，杜甫半生蹉跎，最后连一个小官都没有保住，流落到成都。李白还在四处飘荡，生命进入最后的三四年。高适却大不一样，在这之前虽因敢于直言，官职被贬，此时依然是堂堂一州的刺史——彭州刺史。

高适听说杜甫来成都，马上就从彭州送米送钱来了。他们也有多年不见，高适还给杜甫写了一首诗来。

赠杜二拾遗

传道招提客，
诗书自讨论。
佛香时入院，
僧饭屡过门。
听法还应难，
寻经剩欲翻。
草玄今已毕，
此外复何言。

传道招提客，诗书自讨论。

杜甫刚到成都时，在寺庙寄居。过去的寺庙有一点今天福利机构的性质，常常会收留那些暂时没有地方安居的人。古代很多文人遭到贬谪，都先寓居寺院，等安定下来找到住所，或者自己盖了房子，再搬出去。

“招提”是梵语，意思是四面八方，寺院的人就来自四面八方。高适在诗中想象杜甫初来成都的生活：听说你已经在寺院住下了，你这样的人，即便是这种情况下，恐怕还是天天在谈诗论文吧。

佛香时入院，僧饭屡过门。

继续想象：大殿上香的气味该不时飘荡在院里，饭点到了，和尚们是不是时常端着饭钵不时从你门前经过？

听法还应难，寻经剩欲翻。

意思是：你是儒生，是士，恐怕不会在寺院深入学习佛法吧。但你看到和尚忘在某处的经书，恐怕也会有兴趣翻一翻吧。

草玄今已毕，此外复何言。

四川有名的文化人，和司马相如同时代的扬雄，晚年隐居在成都，官场比较失意，写过一部很深邃的哲学著作《太玄》。他这是借扬雄的典故来说杜甫：你已经像扬雄作《太玄》那样写出了最厉害的东西，此后你还将写些什么呢？这是朋友之间的调侃，又能看出高适是真正了解杜甫的。

这时候的杜甫，已经不是十五年前与高李同游梁宋的杜甫了。他的诗艺已相当成熟，他已经写出《赴奉先县咏怀五百字》和“三吏”“三别”等杰出的作品了。

已经身居高位的老朋友对他如此关切，杜甫当然马上以诗作答。

酬高使君相赠

古寺僧牢落，
空房客寓居。
故人供禄米，
邻舍与园蔬。
双树容听法，
三车肯载书。
草玄吾岂敢，
赋或似相如。

“使君”是汉代对刺史的称呼。唐代诗人喜欢用汉代的词来说现在的事情，杜甫也是用汉代称呼一州官长的称谓来称高适。

古寺僧牢落，
空房客寓居。

寺庙僧人不多，所以才有我们一家人落脚的地方。

故人供禄米，
邻舍与园蔬。

“禄”就是俸禄，就是钱。故人不光送了钱，还送了米。还有邻人赠予蔬菜。故人就是高适。

双树容听法，
三车肯载书。

虽然杜甫不信佛教，但佛教的道理他还是懂的。既住在庙里，也就用佛教的典故。释迦牟尼成佛是坐在一棵树下，那树叫菩提树，是由梵文音译而来。其实就是一种榕树，但跟我们中国的榕树有点不一样，热带地区的榕树叶子更大更肥。这种树常常一对一对长在一起，所以叫“双树”。杜甫说：我坐在菩提树下，偶尔也听听高僧大德讲经说法。后一句杜甫还用了一个典故。佛教里说要把人从此岸渡到彼岸，不然人生就是苦海无边。而渡的方法不同，有大乘，有小乘。大乘就是我的车大，普度众生；小乘就是我的小车坐不下更多的人，我只修我自己。释迦牟尼跟人讲佛法，说修了佛法的度人，像是驾着不同的车，有的人只有一个小车，这个车是羊拉的；有的人的车大一点，是鹿拉的；还有就是一架更大的载人更多的车，牛拉的。这就是“三车”。他知道佛教的三车是度人的。他不信这个，所以，如果有三车，他就用来载书了。

草玄吾岂敢，赋或似相如。

杜甫说：扬雄在《太玄》中把世界奥妙都写尽了，我不敢效仿，不过我写的诗，大概可以与司马相如相媲美吧。

此时的杜甫已经和说“两公壮藻思，得我色敷腴”时的心态大不相同了，虽然穷困潦倒，处于颠沛流离之中，但是说到学问，说到写作，他已经非常自信，所以才自夸一句“赋或似相如”。

故人相见未从容

有十几年间结下的友情，有诗艺上彼此的欣赏，身为一州刺史的高适，免不了要接济身处流离之境的杜甫。

之前我们讲过，由于杜甫的阶级性，他不会去开荒种地，自食其力，似乎身体条件也不允许。没有收入便只能靠朋友救济，高适是他多年前就认识的好友，现又官居要职。除了高适主动馈赠，杜甫家累重，可能还会时常索求。但索求多了，友情也经不起考验，可能高适也有一点烦，关系似乎就有些疏远了。最困难的时候，恐怕不光是高适，别人都有一点躲着他吧。

这时，高适又从彭州刺史转任蜀州刺史，杜甫几次写诗给高适，要么是间接提醒他不要忘了自己，要么直接就要东西。杜甫一次次寻求帮助，而高适并不是每一次都有回应，也许是因为交接两州刺史，公务繁忙。

因崔五侍御寄高彭州一绝

百年已过半，
秋至转饥寒。
为问彭州牧，
何时救急难。

百年已过半，
秋至转饥寒。

杜甫在叫苦。当年同游梁宋时杜甫三十多岁，如今却马上就五十岁，人生百年已经过半。春天盖草堂，夏天也还好过。但是秋天来时，家里已揭不开锅了。

高适好像没有理会，杜甫便又写了一首诗去。

奉简高三十五使君

当代论才子，
如公复几人。
骅骝开道路，
鹰隼出风尘。
行色秋将晚，
交情老更亲。
天涯喜相见，
披豁对吾真。

当代论才子，如公复几人。

杜甫说，要论当世有才华的人，比你高的人没有几位。高适诗才是高的，但盛唐诗人中诗才比他高的人还有，李白比他高，杜甫也比他高了。但杜甫怕不是说这个，而是说他是唐代诗人里官运最为亨通的人。高适前面大半生并不顺利，直到天宝八载（749 年），四十五岁才中进士，得任封丘县尉。后入西域名将哥舒翰幕府作掌书记。后追随玄宗西逃，升侍御史。肃宗朝升任淮南节度使。因直率敢言，引权臣李辅国忌惮，被贬为彭州刺史。即便如此，也是盛唐诗人中仕途最顺利的。

骅骝开道路，鹰隼出风尘。

刺史一出门，骑着高头大马，前面还有开路的兵士。如鹰隼一样，高飞在人间风尘之上。

行色秋将晚，交情老更亲。

秋天到了，“秋至转饥寒”啊！我们认识这么多年，交情应该算是很深的吧？但是这个亲密关系应该要双方平等才能建立，而他们二人之间差异太大，并且老是一方去索求，“老更亲”就有点勉强了。

天涯喜相见，披豁对吾真。

这里杜甫就直接提要求了：我流落到四川就像到天涯海角一样，幸好遇到了你，你应该还是像以前一样，不藏着掖着，对我真切一点。

我们之前讲过杜甫的问题，就在于他的阶级性给他的限制，这样的限制能不能突破呢？其实按理说自己可以种地，别人给了地，你栽一百棵桃子有多大的用呢？要是他给高适写一封信说，你派两个人来帮我挖挖地，种点稻麦，恐怕高适会愿意做这件事情，但他没有。这个阶级性也不是铁定不能突破，之前，陶渊明这样做过，“种豆南山下”。我们的四川老乡苏东坡，被贬黄州时，也是一家人没有饭吃，怎么办？开荒种粮。黄州城东门外有一片过去驻过部队的营房，已经成为一片废墟。苏东坡带头，一家人下地，加上朋友帮忙，开出一块地来。他自己记载，光是一次收大麦就打了二十石，一石差不多是一百多斤，相当于他收了二千多斤的粮食。杜甫有局限性，哪怕穷死饿死，他都不会劳动，他在等待时来运转。苏东坡为什么了不起？就在于他突破了这个局限性。

杜甫不劳动，只好四处写诗求助。高适还是没有理他。

高适调到了蜀州，杜甫跟着就跑到蜀州去。奇怪的是，在这期间居然没有一首诗写给高适，也没有高适写给他的诗。这一趟蜀州行只留下了他写给高适身边人的诗。由此我们可以推测这次去蜀州杜甫恐怕连高适的面都没有见上。好在高适下边一些人比较同情他，裴迪就是其中之一。杜甫在长安时就认识裴迪，他以前就有诗是写给裴迪的。去蜀州的路上，路过新津时，杜甫就遇到了裴迪。裴迪此时是州府的从事，不太重要的佐官。《和裴迪登新津寺寄王侍郎》一诗我们前面已经讲过。“蝉声集古寺，鸟影度寒塘。风物悲游子，登临忆侍郎。”塘未必是寒的，但在他看来这一塘水就是冰凉的，这当中包含了非常主观的情感色彩。游子就是他自己。“王侍郎”即王维的弟弟王缙，此时已经离任，北返长安了。

和裴迪登蜀州东亭送客逢早梅相忆见寄

东阁官梅动诗兴，
还如何逊在扬州。
此时对雪遥相忆，
送客逢春可自由。
幸不折来伤岁暮，
若为看去乱乡愁。
江边一树垂垂发，
朝夕催人自白头。

杜甫到蜀州，住进州府的“招待所”。今天我们去崇州市，会看到有古迹留下来。这些古迹，往往跟两个人有关。一个是因为杜甫去过，写过这诗。还有一个是南宋的陆游，在那里当过通判，就是管司法的副职，留过一些诗。杜甫和裴迪两个人此处相逢，相处得应该不错。杜甫都离开蜀州了，裴迪还把一首在东亭送客时看见最早开的梅花所作的诗寄给他。杜甫马上就作了一首与之相和。

东阁官梅动诗兴，
还如何逊在扬州。

杜甫很喜欢南朝梁代的诗人何逊。何逊在扬州当过官，诗也写得好。在扬州就有写梅花的名诗。这时，杜甫读到裴迪写梅，就想起何逊在扬州写的梅花诗。或者，是把裴迪比成何逊。

此时对雪遥相忆，
送客逢春可自由。

此时遇见冬雪纷飞，自然遥相思念。何况还有裴诗中梅开早春的意绪感染。

幸不折来伤岁暮，
若为看去乱乡愁。

按理说，看到梅花应该欣喜吧，但杜甫看到的还是愁。

江边一树垂垂发，
朝夕催人自白头。

梅花开放，是代表春天来了。但在杜甫笔下此时却是老去之愁、失意之愁、思乡之愁、忆友之愁，最重要的当然还是忧国忧民、伤时感世之愁。千愁百感，攒聚一身，催人白头。

暮登四安寺钟楼寄裴十

暮倚高楼对雪峰，
僧来不语自鸣钟。
孤城返照红将敛，
近市浮烟翠且重。
多病独愁常阒寂，
故人相见未从容。
知君苦思缘诗瘦，
大向交游万事慵。

暮倚高楼对雪峰，
僧来不语自鸣钟。

这个四安寺也是在新津。那时候似乎从成都各处，随时可以看到西边的雪山。和尚从杜甫身边走过去也不理他，只是去敲钟。

孤城返照红将敛，
近市浮烟翠且重。

太阳要落山了，下面是浩浩荡荡的岷江，本来红日落在江面很漂亮，可是杜甫想到的是红日马上要消失，这是他的心境使然。那时候家家户户都烧竹炭或木柴，到了晚饭时间，蓝色炊烟四起了。

多病独愁常阒寂，
故人相见未从容。

年老时分，孤独一人，只剩愁病缠身，身边的人渐行渐远，往日时光与热闹不再，老友相聚不再像以前那样从容。暗指与高适过从不比从前了吧。

知君苦思缘诗瘦，
大向交游万事慵。

虽然没能达到盛唐诗人的高度，但裴迪在那个时代也是有名气的诗人。因此杜甫问裴迪：你为什么这么瘦？你肯定不像我没有饭吃，大概是因为你想把诗写得更好吧？但是像我这样到处跟人交游，还是没有得到什么效果。

他只好回到成都，日子依然不好过。

百忧集行

忆年十五心尚孩，健如黄犊走复来。
庭前八月梨枣熟，一日上树能千回。
即今倏忽已五十，坐卧只多少行立。
强将笑语供主人，悲见生涯百忧集。
入门依旧四壁空，老妻睹我颜色同。
痴儿未知父子礼，叫怒索饭啼门东。

这首诗是歌行体，押韵、对仗都比较自由，表达舒展充分。

忆年十五心尚孩，
健入黄犊走复来。

他从自己十五岁写起，本来十五岁应该懂事了，但他当时依然天真烂漫，童心未泯。

庭前八月梨枣熟，
一日上树能千回。

那时他家住在洛阳的仁风里，梨枣成熟时，少年杜甫每天都频繁上树摘取。“千回”是夸张的说法，表示次数极多。

即今倏忽已五十，
坐卧只多少行立。

此时杜甫虚岁已经五十了，身体不好，因此坐卧多而行立少。

强将笑语供主人，
悲见生涯百忧集。

体弱至此，却不能静养，因生活无着，还须出入于官僚人家，察言观色，勉作笑语，养活一家老小，不禁悲从中来，忧伤满怀。

入门依旧四壁空，
老妻睹我颜色同。

草堂没有多少家具，因此一进家门，每次奔走回来，依然四壁空空。老夫老妻也只能相对无言，同样的满面愁倦之色。

痴儿未知父子礼，
叫怒索饭啼门东。

儿子还小，饿了要大吵大闹，处境之凄凉，令人心酸。

所以，还得找人请托。杜甫又找到一个人，在成都，姓王名抡，在家中排行十七，官职是侍御。侍御是朝中的官，是不是到地方巡视，来检查工作了？又或者带着朝中侍御的品级，在成都当着什么官？看来是杜甫、高适过去的老熟人。

王十七侍御抡许携酒至草堂，奉寄此诗，便请邀高三十五使君同到

老夫卧稳朝慵起，白屋寒多暖始开。
江鹳巧当幽径浴，邻鸡还过短墙来。
绣衣屡许携家酝，皂盖能忘折野梅。
戏假霜威促山简，须成一醉习池回。

诗题很长，王抡在城里可能已经招待过杜甫吃饭了，但是杜甫还是说：你到乡下来看看我吧，但是我没酒给你吃，最好自己带着美酒来。王抡“许”了，也就是同意了。但一直没来，杜甫便写诗去催请。同时还给他提了一个要求——把高适也一并请来。

先用四句描绘了草堂和自己的境况，我们已经很熟悉了，不多讲了。

绣衣屡许携家酝，皂盖能忘折野梅。

绣衣，是带刺绣的官服。不同级别的官员的刺绣不一样，衣服颜色的底子也不一样。皂盖，官员到一定级别会有人给他打伞，乘车也有盖。穿着漂亮官服的人，不止一次说过，带着好酒来看我。更何况春天来了，你就打着皂盖到我的草堂，看看梅花，不好吗？

再说爱酒人把酒欢会的典故，山简前面已经讲过。

这首诗得到了回应。

王竟携酒，高亦同过，共用寒字

卧病荒郊远，通行小径难。
故人能领客，携酒重相看。
自愧无鲑菜，空烦卸马鞍。
移樽劝山简，头白恐风寒。

王抡真的来了，而且还把高适也一并请来了。他们一起饮酒，一起作诗。“共用寒字”，说的是这首诗的押韵，“寒”的韵母是 an，“难”“看”“鞍”“寒”，都是押 an 韵。

卧病荒郊远，
通行小径难。

杜甫首先写自己的境况，卧病在郊外的江边，离城市很远，你们到这里来不容易，小路不好走。

故人能领客，
携酒重相看。

王抡是过去的老朋友，但把高适叫作客了。故人帮我领了一个贵客来，带着酒又来看我了。

自愧无鲑菜，
空烦卸马鞍。

“鲑”就是鱼。杜老先生不劳动，只能为没有好菜而感到惭愧。没有鱼，没有好菜，你们骑马走这么远来我这里，真算是白辛苦了。

移樽劝山简，
头白恐风寒。

山简这个晋代诗人“又来了”。此人爱诗爱酒，曾任过青州刺史。杜甫在这里用山简来比高适，就是因为两人都当过刺史，并且都会喝酒、作诗。可能高适这时有点端架子，不大肯喝，杜甫就劝他：你还是喝一点吧，看你头发都白了，喝一点酒至少可以抵御这个草堂里的寒气。

因为眼下地位的差别，更重要的还是他的这种对朋友的过分依赖，使得他与高适两人之间原来那种亲密关系变得有一点疏离。

杜甫还找过高适手下的一个人，姓李，官职是司马，便称其为李七司马，当时也写了一首诗《陪李七司马皂江上观造竹桥，即日成，往来之人免冬寒入水，聊题短作，简李公二首》。这首诗题目很长，我们不看内容，从诗题中就能了解到杜甫写这首诗的缘由。这首诗是写给李司马的。杜甫去找李司马的时候，李司马不在官府里，在造桥。“皂江上观造竹桥”，皂江就是岷江，其中一段从都江堰下来，流经今天的郫都区、温江区的这一段就叫皂江。过去江上没有桥，春夏天水大，一般坐船过江。秋天水一枯，行不了船，要是涉水过江又很冷，便会在江上建一座简易的浮桥。春夏大水一来，桥就被冲走了，所以每年都要造桥。这种简易的浮桥几天就能造成，就能使过江的人不用忍着冬寒入水。这首诗写的就是造桥的过程。

后来，桥造好了，杜甫又写了一首诗。

李司马桥了承高使君自成都回

向来江上手纷纷，
三日成功事出群。
已传童子骑青竹，
总拟桥东待使君。

桥造好后，要有一个通行典礼，高适从成都回来，大概要来给这个新桥剪彩。

向来江上手纷纷，
三日成功事出群。

高使君来了，群众都扬手欢呼。这个桥三天就造好了，实在了不起。

已传童子骑青竹，
总拟桥东待使君。

过去的小孩子玩耍时骑着竹竿说自己在骑马，现在高使君要来了，连这些小孩子都骑着竹竿来看热闹，大家一起立在桥的东头等待他的到来。

原来，杜甫看李司马造桥，还别有目的，等待在这里好和高适见上一面。见了高使君，如果见面情形杜甫都没说，多半是无话可说。

岂知书剑老风尘

杜甫日子最难过的时候，761年冬天，严武来成都任西川节度使，杜甫的日子就好过了。762年的大年初七，人日，在春节的热闹气氛中，高适并没有真正忘记杜甫，还写下《人日寄杜二拾遗》一诗，寄到草堂来了。不会只有一首诗，应该还有一些慰问品。

人日寄杜二拾遗

人日题诗寄草堂，遥怜故人思故乡。
柳条弄色不忍见，梅花满枝空断肠。
身在南蕃无所预，心怀百忧复千虑。
今年人日空相忆，明年此日知何处。
一卧东山三十春，岂知书剑老风尘。
龙钟还忝二千石，愧尔东西南北人。

人日题诗寄草堂，
遥怜故人思故乡。

人日这天，高适给杜甫写一首诗送到他居住的草堂，同情老朋友在流落中思念故乡。

柳条弄色不忍见，
梅花满枝空断肠。

春天到了，柳枝已经变绿了，梅花盛开，这本该令人愉悦，但对漂泊异乡的游子来说，越美的景色越是惹起愁绪，所以“不忍见”，所以“空断肠”。“柳条弄色”，这个“弄”字用得好。春色弄人，用好景色勾人伤心事。

身在南藩无所预，
心怀百忧复千虑。

“预”是参与中央朝政的意思。高适和杜甫，此时都身处“南藩”，也就是大唐王朝南方的边界地带，没有办法参与朝廷大政，还是时刻牵挂忧虑动荡不安的时局。

今年人日空相忆，
明年此日知何处。

这个时候，高适在蜀州，杜甫在成都。高适不禁发问：可国势动荡衰微如此，两地相隔的我们今年人日“空相忆”，明年这个日子我们又各自在哪里？这样不只是说杜甫，还有高适自己忧虑前途的感慨。

一卧东山三十春，
岂知书剑老风尘。

这里用了东晋谢安的典故。谢安曾经多年隐居不仕，在东山中教读家族子弟，可是后来一出山执政，就做出了非常了不起的事业，挽救了东晋朝覆灭的命运，即所谓的“东山再起”。这是安慰杜甫，还有出山报国的机会，哪能说你就会这样老于风尘，一路蹉跎。其中也有高适自己的感慨。他四十多岁才考中进士，当过淮南节度使，因直言敢谏得罪权臣，才被贬到彭州任刺史。他也有自己的不得意，也有自己的心中块垒。虽然与杜甫相比，他显得仕途通达，但他还是希望在更重要的位置上报效国家。

高适 704 年生，杜甫生于 712 年。高适长杜甫七八岁，此时已年近六十，当然也可以如此感慨。

龙钟还忝两千石，
愧尔东西南北人。

汉代刺史的工资折成粟米，一年两千石。

“忝”就是“惭愧”。高适的“愧”，一方面是对杜甫，自己总有每年两千石的薪俸，杜甫却没有官职，东西南北四处漂泊；另一方面，自己已经老态龙钟了，还身居刺史之位，领着丰厚的俸禄，国家多事之秋自己也无法做点什么。这“愧”既蕴含着高适自己匡时无计的悲叹，又有着对杜甫处境的深挚关切。

杜甫这时候有一点小变化，761 年冬天严武来后，对他的好超过预料，至少杜甫一家子不至于再啼饥号寒了。可能是秋天到冬天那几个月，杜家衣食无着的时候，高适疏慢，杜甫心中对高适积累了一些情绪，因此并没有回复高适。

但是，真正的友谊一定能化解所有的嫌隙。

其间又经历一些事，杜甫于 765 年离开成都，也是在这一年，回到长安的高适，得病死了。

杜甫离开成都，一开始由于生病住在云安，也就是今天的重庆云阳县。后来他顺着长江而下到了夔州，就是今天的白帝城，在那里住了两三年。这之后他还是觉得应该不断靠近河南老家，就顺水路南下。路上遇到战争不断，回不去家，770 年死在洞庭湖的船上，这就是杜甫人生的最后几年。死前两三个月，杜甫在船上翻检过去的文书，又翻到了高适八年前写给自己的这首诗，读来不禁泣不成声，才终于提笔，完成了对高适的回信。

追酬故高蜀州人日见寄（并序）

开文书帙中，检所遗忘，因得故高常侍适——往居在成都时，高任蜀州刺史——人日相忆见寄诗，泪洒行间！读终篇末！自枉诗，已十余年；莫记存殁，又六七年矣！老病怀旧，生意可知。今海内忘形故人，独汉中王瑀与昭州敬使君超先在。爱而不见，情见乎辞。大历五年正月二十一日，却追酬高公此作，因寄王及敬弟。

自蒙蜀州人日作，不意清诗久零落。

今晨散帙眼忽开，迸泪幽吟事如昨。
呜呼壮士多慷慨，合沓高名动寥廓。
叹我凄凄求友篇，感君郁郁匡君略。
锦里春光空烂熳，瑶墀侍臣已冥寞。
潇湘水国傍鼋鼍，鄠杜秋天失雕鹗。
东西南北更谁论？白首扁舟病独存！
遥拱北辰缠寇盗，欲倾东海洗乾坤。
边塞西蕃最充斥，衣冠南渡多崩奔。
鼓瑟至今悲帝子，曳裾何处觅王门？
文章曹植波澜阔，服食刘安德业尊。
长笛邻家乱愁思，昭州词翰与招魂！

开文书帙中，检所遗忘，因得故高常侍适
——往居在成都时，高任蜀州刺史
——人日相忆见寄诗，泪洒行间！读终篇末！

检查行李中的旧文书，才把高适当年人日写给他的诗翻出来，这时候一读，感动得要命。

自枉诗，
已十余年；
莫记存殁，
又六七年矣！

这时距离高适给他写《人日寄杜二拾遗》实际上还不满十年，距离高适 765 年去世也只有五六年，“十余年”“又六七年”都不是准确的表达。

老病怀旧，生意可知。
今海内忘形故人，
独汉中王瑀与昭州敬使君超先在。

杜甫感叹道，他们这一代人此时都凋零殆尽了。那时李白死了，他跟岑参是盛唐代表诗人中最小的，但岑参也死了，他是最后一个。此时他们那一代的老友，存于世上只有两个人了，一个是皇亲李瑀，封在汉州，所以叫汉中王；另一个是现在昭州的敬超先。

爱而不见，情见乎辞。
大历五年正月二十一日，
却追酬高公此作，因寄王及敬弟。

他爱那些人，但都见不着了，只有把这种情感变成诗。直到这时杜甫才感到后悔，于是把当年没有和的诗和上，同时把这首诗写给仅存于世的两个老朋友，汉中王李瑀和敬超先。

这就是诗序的内容。

自蒙蜀州人日作，
不意清诗久零落。

此时盛唐的诗歌正在日渐凋零。杜甫在 770 年死去，在他之前岑参死去，在岑参之前高适死去。再之前李白、王维、孟浩然、王昌龄等都已相继死去。盛唐落幕是在 755 年安史之乱爆发，盛唐诗歌落幕是在 770 年。杜甫见证了他们这一代诗友的凋零，等他死去的时候，辉煌的盛唐诗的时代也就过去了。

今晨散帙眼忽开，
迸泪幽吟事如昨。

杜甫说："今天早晨，我检点过去文书，突然看见高适那时候写给我的诗。我含着泪水，读这首诗。过去交往的情形好像就在昨天一样。那些个人的恩怨随着时间过去都烟消云散了，只剩下一往情深，只剩下痛悔。"

呜呼壮士多慷慨，
合沓高名动寥廓。

高适不光会写诗，还会打仗。"合沓"是用兵的意思。杜甫说，天下人都知道高适慷慨勇武，擅于用兵。

叹我凄凄求友篇，感时郁郁匡君略。

杜甫这时候想通了，可叹我当年写诗跟你要这个要那个，可能给你添了不少麻烦。我也有匡复国运、辅佐国君的志向，但我是郁郁不得伸其志，一辈子都没有得到这个机会。

锦里春光空烂熳，瑶墀侍臣已冥寞。

如今的成都已经不是当年的成都了。我们都不在那里，锦城的烂漫春光还有什么意义呢？古代登上宫殿的台阶是由玉石一类的石头打磨出来的，这就是“瑶墀”。高适做过大官，辅佐皇帝，但此时这些都化为乌有了。

再往下，杜甫越写越是难以控制的悲伤之情，伤高适，更伤自己，不忍卒读，我不想讲了，大家自己读吧。真正是：长笛邻家乱愁思，昭州词翰与招魂！

后来又过了很多年，清代咸丰年间成都来了一个大书法家，叫何绍基，是道光年间的进士。

1850 年，他来成都当学政。何绍基很崇奉杜甫，大家现在去杜甫草堂会看到一副对联，就是何绍基有感于杜甫、高适人日唱和背后的文人精神，在人日这一天走进草堂写下的“锦水春风公占却，草堂人日我归来”。

今天在杜甫草堂，每年春节的人日，都是祭祀与纪念杜甫的重要日子。成都的文化人，成都的市民会聚集一起，对他致以深切的缅怀。

人日春光大好，“柳条弄色”“红梅满枝”。但激起的情思，不是“不忍见”，也不是“空断肠”，而是在诗意的、在我们自身生命意识的感召下，使我们能够在这一天唤起对杜甫当年那样对春天的热爱，唤起他所书写的“锦水春光”的回味。

呜呼，尚飨，魂兮归来！

唐朝天宝年间的太平盛世，杜甫与高适与李白同游梁宋，那时杜甫三十多岁，高适已年过四十，他们除了对于诗歌的热爱，还希望在政治上出人头地，报效国家。

第十七讲

飞腾无那故人何

——杜甫与高适（下）

十年后安史之乱爆发，朝廷风雨飘摇，人民流离失所。又过了五年，公元 759 年腊月，高适与杜甫在成都再度相逢。这时高适已经功成名就。他在西域军中写下边塞诗，名动天下。平定永王之乱时，又显现出杰出的军事才干。而杜甫却仍是一介布衣之身，虽然诗歌水平大幅提升，心忧天下，爱国爱民，却漂泊无依，衣食难继。当年的两个诗友如今穷达不同，地位悬殊，那么他们的友谊能否继续保持？又将如何保持？答案也许就在被称为诗史的杜甫诗中。先解题，“飞腾无那故人何”。何为“那”？不是我们今天所讲这里那里的那，在此处表示的是无奈。大学者顾炎武就说，六朝人多书“奈”为“那”。这就像唐诗里的“可怜”是可爱一样。这是上千年来语言的流变。

那么，杜甫这句诗到底是要表达什么呢？我们先来看高适的人生轨迹。

高适和杜甫一样，上辈或再上辈都是做过官的。因此他们青年时就都有步入仕途的理想。三四十岁时，两个人都还在社会上寻找出路。高适年纪大，还未考取功名。杜甫也考过一回进士，没中。但他可能认为自己还年轻，不是十分在意，便跟刚被放还出宫的李白一起漫游梁宋。那是公元 744 年。中国古代知识分子总有一个愿望，就是希望通过科举考试得到一官半职，然后通过这样的途径报效国家。这就是儒家经常讲的修身、齐家、治国、平天下的发达路径。

三人漫游梁宋后，高适在四十六岁时考中进士。以后担任过两个职务。先是做封丘县尉，那个层级很低。过几年，他就转到了军队，在当时的凉州，也就是今天的河西走廊的武威担任名将哥舒翰府内的掌书记，顾名思义，就是掌管军中文书往来。

安史之乱爆发以后，朝廷就把西域的军队撤回来护卫长安。在今天的河南和陕西交界的黄河边，有一个非常重要的关口，叫作潼关。哥舒翰就在这里领兵镇守潼关。哥舒翰知道，军队多年没打仗了，所以只能坚守，不能出击。照哥舒翰这样坚守，安禄山、史思明的叛军就不能进到关中攻击首都长安。但是皇帝不信任掌握大军的将军，派自己信任的宦官去监军。这些宦官都不懂军事，却代表皇帝。监督哥舒翰的宦官就质疑他，你坐拥十几万大军，为什么不进攻？最后被逼无奈，哥舒翰只得带兵出击，结果大败，自己也身陷阵中当了敌军的俘虏。这一来，安禄山叛军便长驱直入，直捣长安。唐玄宗往成都逃跑。很多官员见唐朝大势已去，一路逃散，背主而去。但高适却忠心耿耿，跑到唐玄宗身边，升任为侍御史。

也是在这一时期，太子李亨在灵武登基，是为唐肃宗。不久后，永王李璘攻下湖南、安徽等地，意图在南方另立朝廷，唐肃宗派人前去围剿，于是就用到了高适。高适官职升为淮南节度使，成为镇压永王之乱的主要将领之一。

而李白因为不懂政治投入永王李璘幕下。李璘被镇压后，李白自然也因此事被逮捕，被流放夜郎。在被流放的过程中，他沿着长江三峡往上游去，到今天的重庆涪陵一带时，朝廷因为关中大旱，决定大赦天下，李白才遇赦放还。李白欣喜之情难于抑制，于是写下了《早发白帝城》，大家一定读过。

而高适在镇压李璘以后，返回中央，却因为直言不讳，被谗言诋毁，遭到贬谪。于是在759年五月，高适来到成都，担任彭州刺史。半年多后，杜甫来到成都，相别多年的故人又相聚了。高适虽然因为直言不讳被贬，但好歹是一州的州官。而杜甫呢？进士没考上，好不容易“奔行在”，当上个左拾遗，还因为触怒皇帝被贬为华州司功参军。后又因生活困难、战局动荡弃官流亡，于759年冬天来到成都。

由此我们看杜甫和高适两个人的来路，起点一样，但行到中途，就发生不同的变化。世事总是这样，有些人时来运转，从此似乎一路顺遂，人生往开阔处去；但有些人路会越走越窄。杜甫和高适这两个人，就是这样。

独步诗名在

由于高适和严武，以及一众新交旧友的帮助，寓居草堂的杜甫在760年、761年过了一段安稳的日子。到762年，唐肃宗死了，严武被调回朝廷，杜甫便一路相送。送行完，杜甫正要回成都，却由于徐知道兵变被迫滞留梓州。

高适领兵平定了徐知道的叛乱，升任剑南西川节度使。杜甫得知这一消息，想回成都，就给高适写了一首诗。他们的故事继续。

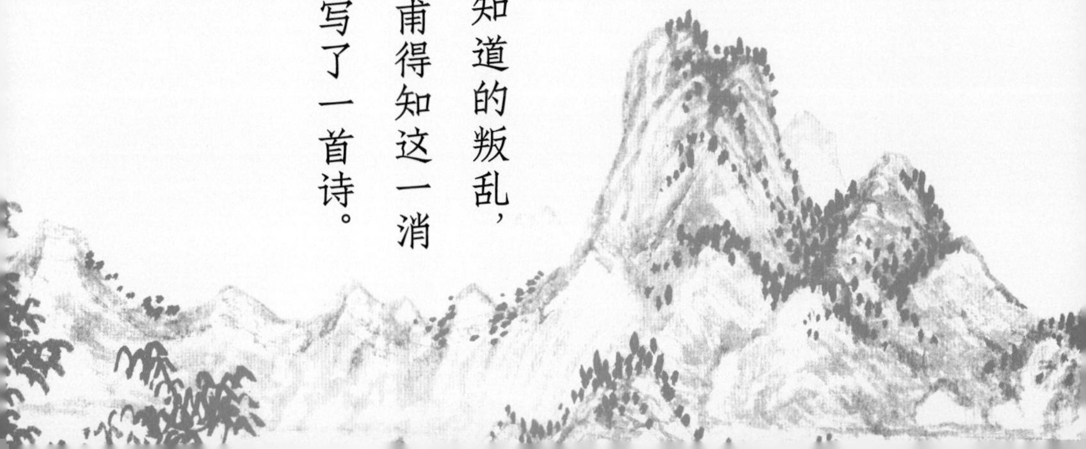

寄高适

楚歌乾坤远，
难招病客魂。
诗名惟我共，
世事与谁论。
北阙更新主，
南星落故园。
定知相见日，
烂漫倒芳尊。

楚歌乾坤远，难招病客魂。

“楚”有两个意思，一个是高适任淮南节度使征永王，就是在楚地；另一个是在过去的战国时代，楚国有一个大文学家宋玉，由于遭谗言陷害被流放，于是写了一篇《招魂》，表达自己希望魂归故乡的愿望。杜甫在这里是说：虽然你在楚地立了大功，但是今天我就像当年的宋玉一样正流浪四方。杜甫要表达的其实是，就像宋玉想回楚国一样，他也想回成都。

诗名惟我共，世事与谁论。

我们两人有写诗这一共同的爱好，诗界的名声也旗鼓相当。“世事”，就是国家大事，你正处于当下乱局之中，不想有个人跟你来讨论一下？杜甫还是有些自视甚高，高适肯不肯与他论“世事”不说，在当时高适的诗名也比他高。

北阙更新主，南星落故园。

“阙”就是宫阙，代指朝廷。北方的朝廷，更换了一个新主人。唐肃宗死了，新皇帝唐代宗上任了。我们这些星散在南方的人，会不会有机会回到故乡去。

定知相见日，烂漫倒芳尊。

杜甫还说：相信我们相见那一天，一定会把充满香气的酒坛子都喝个底朝天。

但是很不幸，高适没有回他。

高适平定了徐知道兵变，刚任了节度使，西山又出事了。这一年，吐蕃同时从两个方向发动了对唐朝的进攻。主要的进攻方向是从青海往陕西进攻长安，次要的进攻方向是从今天的松潘、理县、茂县、汶川攻击四川盆地。前面讲过，那时候松潘叫松州，理县叫维州，茂县叫茂州，汶川叫保州，这几个州迅速被吐蕃攻陷，高适指挥的军队没能守住。高适自己被前线接连的失败搞得焦头烂额，自然没有精力与心情理会杜甫。

杜甫非常忧国忧民，关心前线的战事，一连写了三首诗，描写了当时的战争情况。

西山三首（其一）

彝界荒山顶，蕃州积雪边。
筑城依白帝，转粟上青天。
蜀将分旗鼓，羌兵助井泉。
西戎背和好，杀气日相缠。

彝界荒山顶，蕃州积雪边。

彝，少数民族聚居的地方，但不是特指今天的彝族。蕃，主要是指藏族。这些民族都生活在积雪很深的群山里。

筑城依白帝，转粟上青天。

松州、维州、保州、茂州这些边城，都筑在靠近雪山和天空的地方。“白帝”即少昊。在中国上古神话中有东西南北中五方之帝。西方白帝即少昊。边城那样遥远，往那里输送粮草像是要登天一样。

蜀将分旗鼓，羌兵助井泉。

西川的军队多，但是放到茫茫大山里去，这个关派一些人守，那个城分派另一些人守，兵力便分散了。旗鼓都是军队的标志，这里就代指军队了。不光是内地派去的军队，当地还有很多诸羌之民，也在帮助唐朝守卫阵地。前面说过西山里有诸羌部落，有西山八国。这些羌人一部分投靠吐蕃，一部分站在唐朝这边。

西戎背和好，杀气日相缠。

西戎是指吐蕃。跟唐代打一阵子又谈判一阵子，盟誓，定一个互不侵犯条约。维持个十几年、二三十年，又撕毁这个条约，战事重开。

杜甫诗能被称为诗史，其特点从这首诗就能看到，他确实把当时的形势记录了下来，而且分析了唐军失去松、茂诸州的原因。第一是运粮草太远，第二是分兵太多。其实是在给高适提建议。

写一首还不够，不充分，他继续写。

西山三首（其二）

辛苦三城戍，长防万里秋。
烟尘侵火井，雨雪闭松州。
风动将军幕，天寒使者裘。
漫山贼营垒，回首得无忧。

辛苦三城戍，
长防万里秋。

要使每个州都有一个要守卫的核心，就要筑城。今天我们去松潘还可以看到松潘古城那些逶迤的城墙。松潘建城始自唐代。今天看到的城墙是明代一个姓丁的将军修筑的，但在某段明城墙下还可以看到唐城的基础。守卫这几个州的这些城当然是千辛万苦。“万里秋”，唐代军队有种重要任务，就是“防秋”。那时候部队平常都驻扎在城堡里，不大出去。但是到了秋天，部队就必须出去巡逻。野外都是庄稼地，双方的军队都需要粮食。小麦、青稞这些高原上的庄稼成熟了，军队出动，防止敌方出来抢收粮食。要是不出去抢收，就只能“转粟”，可是从成都运米去松州，路实在是太远。成都的船可以将粮食运到都江堰，从都江堰开始就要靠人背，走到松潘。有人算过，一个人背一百斤米，从都江堰出发，背到松潘大概要十天，一百斤米，他这一路吃，一天就算吃两斤，就已经吃掉二十斤。即便回程不背东西了，可以少吃一点，也还是要吃饭。一百斤米，到前线就只剩下六七十斤。由此可见，那个时候的后勤维持是非常困难的，所以“防秋”非常重要。

烟尘侵火井，
雨雪闭松州。

“火井”指的是今天的雅安、邛崃一带。那时，这一带出产盐和天然气，火井就是天然气井。古人打井，取卤水，再打井引天然气煮卤熬盐。这里就说，由于防秋没有防住，现在吐蕃的军队已经出了山，打到了雅安、邛崃一带。他们骑着战马飞驰而来，卷起的烟尘遮蔽了那些盐井。在此之前，杜甫望见这些盐井时是一派和谐安宁的景象，“远烟盐井上，斜景雪峰西”。现在，却是杀气逼人了。秋天的雨一过，就是冬天的雪。雨雪如幕，使我们看不到松州了。这个“闭”不是城门关闭的意思，而是雨雪的遮蔽。暗示唐军将要失去，或已经失去松州了。

风动将军幕，
天寒使者裘。

狂风吹动将军的营帐。天气寒冷，来往的信使们都穿着皮袄。城丢掉了，将士们只能住在帐幕里。送信的人都穿着皮袄，来报告某个地方形势又危急了。

漫山贼营垒，
回首得无忧。

抬头一看四周山上，都是吐蕃军的营垒，这还不让人忧虑形势的岌岌可危吗？

西山三首（其三）

子弟犹深入，关城未解围。
蚕崖铁马瘦，灌口米船稀。
辩士安边策，元戎决胜威。
今朝乌鹊喜，欲报凯歌归。

子弟犹深入，关城未解围。

子弟兵还在努力深入西山，在拼命反击，但还是未能解除吐蕃军队对三城的重围。今天我们依然称军队中服役的人为子弟兵，因为他们都是从民间来的，也是某人的儿子、某人的兄弟，所以叫子弟。

蚕崖铁马瘦，灌口米船稀。

哪怕是铁做的马，走到蚕崖也都瘦了。蚕崖在茂县，今天我们经过一个湖——叠溪海子，这个湖的上方有一个地方就叫蚕崖关。蚕崖跟古蜀王蚕丛有关，李白诗“蚕丛及鱼凫，开国何茫然”，写古蜀国是从那里发端。就在现在的叠溪海子那里，过去有一个比较大的镇子——蚕陵重镇。1933 年，由于发生大地震，镇子塌到岷江中消失了，两边的山崩形成堤岸，就形成了现在岷江上的叠溪海子。灌口就是灌县，也就是今天的都江堰。往西山中运送的军粮，先要通过都江堰的水系，用船运到灌口，再转成人背马驮。此时后勤有些供应不上了，米船稀少，没有战争刚爆发时那么多了。

辩士安边策，元戎决胜威。

一些能言善辩的人整天在那议论，这个仗该怎么打，这个边该怎么安，但还是要靠军队的首脑，真正的指挥官才能决定胜负。

今朝乌鹊喜，欲报凯歌归。

杜甫这天早上起来感觉有些欣喜，因为听见有喜鹊在叫，是不是意味着前线会有好消息传来呢？恐怕也是他的一厢情愿罢了。

这里就牵涉到当年的一些史实。当时，杜甫还写过一篇文章，想给皇帝上书，分析当时的形势，叫《东西两川说》，下面是部分节选：

闻西山汉兵食粮者四千人，皆关辅山东劲卒，多经河陇幽朔教习，惯于战守，人人可用。兼羌堪战子弟向二万人，实足以备边守险，脱南蛮侵掠，邛雅子弟不能独制，但分汉劲卒助之，不足扑灭，是吐蕃凭陵，本自足支也。榷量西山邛雅兵马，卒畔援形胜明矣。顷三城失守，罪在职司，非兵之过也，粮不足故也。

当时在西山里守这些州的兵，真正能打仗的汉兵有四千人。“食粮者”就是要吃粮的。他们都是从北方来的，是打过仗的。“关辅”就是今天的陕西关中一带；“山东”不是今天我们说的山东省，是指崤山以东的地方，也就是陕西以外，河南、山东那些地方的人。这四千人能打仗，是因为他们过去都是在边境上当过兵的人。“河陇”指的是今天的甘肃一带，“幽朔”指的是今天的北京、河北一带，一边在西北，一边在东北，那时候是最重要的边界地区。这四千精兵之外，还有当地拥护中央朝廷的羌族子弟，一共有两万人，也能够守卫边境。虽然只靠邛、雅一带的羌兵自己不能制胜，但再增派一些汉兵劲卒，即便不能消灭来犯之敌，只是防守，也没有问题。所以，西山中三城失守，罪责在上面的管理机构，不是军队的过错；是后勤没有搞好，前线部队吃不饱饭造成的。杜甫所讲的，应该是当时很多人都知道的实情。

关于这场西山中的攻防战，杜甫还不止写了这篇文章。那时他在阆州，州刺史王某也要给皇帝写一封信，表达自己对形势的看法。杜甫自告奋勇，帮王刺史写了这封上表，叫《为阆州王使君进论巴蜀安危表》：

吐蕃今下松、维等州，成都已不安矣……付重臣旧德，智略经久，举事允惬，不陨获于苍黄之际，临危制变之明者，观其树勋庸于当时，扶泥涂于已坠，整顿理体，竭露臣节，必见方面小康也。

在这一段中，杜甫就代王刺史向皇帝表达，吐蕃军队已经靠近成都这么近了，恐怕你得换一个能干的、真正能打仗的人来到蜀中，重新整顿军队，谋划军事，才有机会收复失地，使得西川重归安定。

虽然表中文字说得委婉，内里意思是向朝廷建议，任了西川节度使的高适指挥不行，要朝廷换人，派个能干的人来。朝廷也看到了这个形势，再次把严武派回来接替高适担任节度使，这时是公元 764 年。严武回来，果然先整顿军队，然后迅速地又把西山收复了。这个过程，前面已经讲过了。

虽然仗没有打胜，但朝廷觉得高适一直忠心耿耿、兢兢业业，便把他调回长安，给了他一个三品官职——散骑常侍。可见皇帝对他还是很信任的。

杜甫听说严武要回成都，高适要去长安，便准备打算从阆州回成都。但是高适急急忙忙回长安去了，杜甫看不能与他再见一面，就赶紧给高适写了一首诗去告别。

奉寄高常侍

汶上相逢年颇多，
飞腾无那故人何。
总戎楚蜀应全未，
方驾曹刘不啻过。
今日朝廷须汲黯，
中原将帅忆廉颇。
天涯春色催迟暮，
别泪遥添锦水波。

汶上相逢年颇多，飞腾无那故人何。

又是从当年他们同游梁宋讲起。山东孟州有一条河叫汶河，所以杜甫用那条河，来指代梁宋这一带地方。游梁宋是 744 年，现在是 764 年，二十年过去了。杜甫这是说，虽然之前你和我一样，很多年官运不通，但自从考中进士后，当了封丘县尉，当了哥舒翰节度使府掌书记，当了淮南节度使、彭州刺史、蜀州刺史，当了剑南西川节度使，现在回去又是散骑常侍，你这二十年的人生一直“飞腾”，节节上升啊！杜甫是在感叹两个人命运如此不同。

总戎楚蜀应全未，方驾曹刘不啻过。

“总戎”就是总指挥，高适当过两回总指挥。一回任淮南节度使，总的是楚；另一回是任西川节度使，总的是蜀。你已经总领过两个地方，但我知道你的才能还没有得到全部展现。把你和历史上既有诗才，又有治世之才的曹植、刘桢相提并论都不为过。

《西山三首》等文字中表达的是对西山兵败的不满与看法，自然也是针对高适的，在这里又毫不犹豫地表达了对高适的赞赏。其实这并不矛盾，从中可以看到中国古人的一种了不起的品德。就国事方面双方可以表达不同意见，但不会因为政见不同，而影响私人的交谊。最典型的是苏东坡和王安石。王安石当宰相，搞变法，苏东坡坚持反对意见，官职被一贬再贬。王安石不当宰相了，苏东坡赦免回归，金陵相见，两个人还是坦然相见，两人就不谈政见，又坐在一起谈诗、谈学问了。

今日朝廷须汲黯，中原将帅忆廉颇。

这个典故，将高适比为汉景帝时的名臣汲黯，而高适又会打仗，所以还把他跟战国时期赵国的著名将领廉颇相比。

天涯春色催迟暮，
别泪遥添锦水波。

高适回朝，应该是春天将尽夏天将来时，所以也要写写这个时节。“你每天都在长路上走到很晚，你离开成都的时候，有没有不舍得离开把眼泪滴到锦江水里？”

高适刚回朝一年，突然就生病而亡，时年六十一岁。这一年，765 年 5 月，杜甫离开成都回河南，走到半路，惊闻高适去世的消息，写下了《闻高常侍亡》一诗。

闻高常侍亡

归朝不相见，
蜀使忽传亡。
虚历金华省，
何殊地下郎。
致君丹槛折，
哭友白云长。
独步诗名在，
只令故旧伤。

归朝不相见，蜀使忽传亡。

杜甫先回忆：去年你回长安的时候，我还没有从阆州回到成都，所以你归朝的时候，我们没有得到相见的机会。现在我坐船出三峡，遇到成都出来的信使，忽然得到消息说你去世了。

虚历金华省，何殊地下郎。

唐代实行三省六部制，“三省”为中书省、门下省和尚书省，“六部”指吏部、户部、礼部、兵部、刑部、工部。金华省就是门下省，高适生前担任的散骑常侍就属门下省。杜甫说：你生前身居高位，即使到地下去，见到过去很多当过高官重臣的人，跟他们相比也不用惭愧。

致君丹槛折，哭友白云长。

“丹”是红色，皇宫一些重要的地方，地面和台阶都会涂有颜色，往往会用红色。所以皇宫的门槛就叫丹槛，其实就是代指宫廷。“丹槛折”用了汉代朱云向汉成帝进谏折断殿槛的典故，意思是说：你勇敢向皇帝进谏，就像折断丹槛的朱云啊！我现在能做什么呢，也只能望着白云为一个朋友痛哭。那个时候杜甫正在长江上飘荡。

独步诗名在，只令故旧伤。

最后他感叹道：你死以后，留下的还有什么东西呢？恐怕就是那些诗了。诗作永垂不朽。每当看到你的诗，我这样的老朋友，虽然后来贫富不同，高低贵贱不同，但是因为同样的追求、同样的兴趣而结下的友谊，还是时时会令我伤感。

时间会过滤一切，死亡会过滤一切。杜甫在成都的那几年，中间可能对高适有一些抱怨，政务上也有不同意见，但是人一死，一切都被放下，这些东西就都被放置一边了。

男儿本自重横行

被杜甫如此看重的高适，也的确是一位了不起的诗人。

盛唐的诗人，如果按年纪排序，代表性的有这样一些：王昌龄、孟浩然、李白、王维、高适、杜甫和岑参。

毫无疑问，是这些人让盛唐诗成为中国诗歌史上最辉煌的一个高峰。高适名列其中，并且是和岑参一起，将一个雄壮豪放的诗派的创作推向高峰——边塞诗。王昌龄也写过边塞诗，也有其他诗人写过，但是为边塞诗的创作做出最突出贡献的就是这两个人——高适和岑参。他们两个人都有从军的经历，而且都亲历过战争。

古人写诗，送行诗很多，我们之前就讲过的杜甫送别严武的诗。边塞诗中也有。比如王维有《送元二使安西》："渭城朝雨浥轻尘，客舍青青柳色新。劝君更尽一杯酒，西出阳关无故人。"一置换成边塞的背景，其中况味就大不一样了。

在边塞，连思乡都显得豪壮。比如，岑参的《逢入京使》："故园东望路漫漫，双袖龙钟泪不干。马上相逢无纸笔，凭君传语报平安。"

为了更全面地了解高适，就得读点他的边塞诗。高适也有一首绝句，是送别朋友时写的。

别董大

千里黄云白日曛，
北风吹雁雪纷纷。
莫愁前路无知己，
天下谁人不识君。

千里黄云白日曛，北风吹雁雪纷纷。

北方冬春季节都有沙尘暴，所以云彩都是黄的，亮丽的白日也被这沙尘染黄了。此时应该是秋天，大雁已经在南归了，北风吹送它们，大雪纷飞落下。高适是在这样的天气里送别董大。

莫愁前路无知己，天下谁人不识君。

这两句是对朋友的劝慰：“你不要以为你离开这儿，就再也遇不到知己了，天下还有谁不认识你啊！”

看来高适送的是个名人，那么董大是谁？我们说过很多次，唐人写诗习惯用家中排行称呼对方，所以我们从诗中只能确定董大是他们家老大，但现在越来越多的学者认为董大其实就是当时一个著名的音乐家——琴师董庭兰。

高适为什么要跟董庭兰告别呢？

高适在唐肃宗朝中时，交结友人还是很广泛的。当时的宰相房琯养了很多门客，其中就有著名的琴师董庭兰。他依托房琯的赏识，数次收受贿赂，结果被官吏弹劾，被迫离开长安。有研究者认为，这是高适写给他，与之告别的。董庭兰琴艺好，品质不好。但高适这首诗好。诗好了，我们就不愿意接受是送给这么个有道德缺陷人的。其实，大部分读诗的人，也并不追究这个董大是谁，他配不配这首诗了。就如杜甫写成都的绝句名篇《赠花卿》，绝大多数人只觉得诗好，至于这花卿是谁，也没有什么兴趣知道了。

我们再来看一首高适的最有代表性的作品：《燕歌行》。

唐诗里有一个最自由的体裁，叫歌行体。歌行体的起源是汉代的乐府诗，乐府诗里有一些规定的题目。《燕歌行》就是首创于曹丕的乐府旧题。“燕”是今天的北京、河北一带，那时候属于边境地区，所以写燕歌就相当于是在写边地，但曹丕时代的诗人，并不直接写在边境上的军中生活，而是写军人出征后闺中怨妇的心情。高适就有了创新，把它变成了一种直接写边关军士的诗。

少妇城南欲断肠，征人蓟北空回首。
边庭飘飖那可度，绝域苍茫更何有。
杀气三时作阵云，寒声一夜传刁斗。
相看白刃血纷纷，死节从来岂顾勋。
君不见沙场征战苦，至今犹忆李将军。

燕歌行

汉家烟尘在东北，汉将辞家破残贼。
男儿本自重横行，天子非常赐颜色。
摐金伐鼓下榆关，旌旆逶迤碣石间。
校尉羽书飞瀚海，单于猎火照狼山。
山川萧条极边土，胡骑凭陵杂风雨。
战士军前半死生，美人帐下犹歌舞。
大漠穷秋塞草腓，孤城落日斗兵稀。
身当恩遇常轻敌，力尽关山未解围。
铁衣远戍辛勤久，玉箸应啼别离后。

汉家烟尘在东北，汉将辞家破残贼。

唐代诗人有个习惯，写眼前事，却以秦汉作比，当然，这样能增加一些历史厚重感。所以这里就是说，唐朝边境硝烟四起，将士们就都离开家，去了前线破敌。

男儿本自重横行，天子非常赐颜色。

这些将士们都是怀有英雄主义的人，所以出征时，他们那么勇敢无畏，皇帝也很高兴，给了重重的赏赐。今天“横行”是一个不好的词，横行霸道。但这里的“横行”是说非常自信，非常有力量。

㧐金伐鼓下榆关，旌旆逶迤碣石间。

“㧐”，是击打的意思。“榆关”，有些人说是指今天的山海关一带，也有些人说其实就是一个边关的泛指。总之，战士们鸣锣击鼓出了榆关，一直打到了东边的渤海边了。曹操曾经就率军打到过碣石所在的地方：“东临碣石，以观沧海。”这里的“碣石”既可以是确指，也可以是泛指。

校尉羽书飞瀚海，单于猎火照狼山。

从这两句来看，这些地名应该都是泛指。因为瀚海指的是西边的大沙漠，岑参的《白雪歌送武判官归京》里就写有“瀚海阑干百丈冰，愁云惨淡万里凝”。而狼山又在正北边方向。所以不可能一场战争同时在这么多地方打，这些地点都是泛指。

山川萧条极边土，胡骑凭陵杂风雨。

越往北方走，地方越荒凉。借助恶劣的风雨天气的掩护，胡人骑兵的身影在荒原丘冈中埋伏。

战士军前半死生，
美人帐下犹歌舞。

战士们在军阵前冲锋陷阵，半数战士都死在了战场。在这样的关头，大将军帐中，还有美女欢歌纵乐。

大漠穷秋塞草腓，
孤城落日斗兵稀。

“塞草”也有版本写成“寒草”，都表示的是塞外秋天的草，沙漠地带的秋草。由于气温下降，有一种会变黄，但还有一种，在盐碱重的那些地方的草会变红，这个“腓”就是红的意思。将士们围住一座城一直攻打，打到太阳落山还没有打下来，死伤的人越来越多。“斗兵稀”，可以参加战斗的兵士越来越少了。

身当恩遇常轻敌，
力尽关山未解围。

高适又在批评某个将军，说皇帝这么信任你，你出征的时候皇帝还给你们重重的赏赐，可是你在帐中美人歌舞，还轻视敌人。你本来是去解救那个被围的城，结果军队付出这么多牺牲，还没有把围困解开。

铁衣远戍辛勤久，
玉箸应啼别离后。

古人讲战事紧急，马不离鞍，人不卸甲。这些军官，这些兵士，他们穿着盔甲，已经辛苦作战很久了。他们家里人拿起筷子吃饭时，应该都是很伤心的。因为家里有一个很重要的成员，可能是儿子，可能是丈夫，也可能是父亲，远征未归，生死未卜。

少妇城南欲断肠，
征人蓟北空回首。

新婚不久丈夫就去从军的少妇，天天在城门外盼望归人，以泪洗面，而远征的丈夫还在北方，频频回首却看不到家乡，征程漫长，离开家乡实在太遥远了。

边庭飘飖那可度，
绝域苍茫更何有。

这么宽广的边疆，越走越远，哪一天才能把这些地方真正征服呢？而且在那么苍茫的地带，真正要去找那些部族兵马主动攻打，往往又无所寻求。

杀气三时作阵云，
寒声一夜传刁斗。

在战场上摆开阵势，士兵们的呐喊就像天上的乌云一样笼罩，肃杀凝重。晚上还不能真正睡下，一直听着巡逻军士敲着刁斗。

相看白刃血纷纷，
死节从来岂顾勋。

战争真正展开的时候都是下级军官和士兵在前面以命相搏，这些人为国家而死，而牺牲，却从来没有想过要活着回来接受功勋。

君不见沙场征战苦，
至今犹忆李将军。

在沙场作战是多么艰苦啊！古人就有一句话“一将功成万骨枯”，出一个将军要死上万个人。很多将军为了自己的功劳，是不体恤士兵生死的。但是汉代有一个将军，李广，不仅战功显赫，而且非常爱惜他的士兵，每一仗他都要反复盘算，不死人是不可能的，但是怎么样才能少死，平常怎样才能对士兵好一点。所以高适才会说现在军中还在思念有勇有谋且体恤士卒的李将军。

为什么要选高适两首边塞诗来讲？就是为了对这个人有更立体的了解。他在成都时，已不是他人生的高光时刻。那时，他诗歌创作的高峰已经过去，当节度使时仗也没有打好。但他此前毫无疑问，是盛唐诗人当中毫无争议的一位。

遗憾的是，后来官越做越大，诗却渐渐少了。他在四川，前后也有四五年时间，但诗也写得很少。他在任彭州刺史期间写的一首，倒是值得我们读一读。

赴彭州山行之作

峭壁连崆峒，攒峰叠翠微。
鸟声堪驻马，林色可忘机。
怪石时侵径，轻萝乍拂衣。
路长愁作客，年老更思归。
且悦岩峦胜，宁嗟意绪违。
山行应未尽，谁与玩芳菲？

这是一首描写山水的诗，写去彭州的山川美景，让人心旷神怡，这是很闲适的诗。今天，我们去彭州，溯湔江而上，在龙门山中行走，看到的还是差不多的景象。

高适与杜甫两个盛唐诗人，他们在诗歌上互相欣赏，也因为贫富穷达不同而亲密或疏离。而这种亲密或疏离又跟当时的国家政治有很大的关系。从高适与杜甫的关系中，我们能看到中国古代文人的风范，就是不以过重的私人恩怨和政治分歧而影响两人彼此的正常交往和互相欣赏。

我们读过高适关心、同情杜甫的诗，也读到杜甫在高适去世后放下恩怨，对高适平生业绩做的公正评价，对他们一生的友谊做的正面总结。从这之中，我们能看到从孔子时代开始，中国人在道德上讲求的一个“仁”字，“仁”里还包括一个东西——恕，推己及人。高适对于杜甫，杜甫对于高适，在不断的关系修正中，都充满仁与恕的元素。回顾中国古代那些优秀人物，比如苏东坡，这样的精神就表现得更为充分。他是怎样对待那些曾经对不起他的朋友，怎样对待针锋相对的政敌，都给了我们很多的启示。

『卜居必林泉』，是杜甫难以实现的理想。但这理想从不湮灭，最具体的寄托与实践就在成都这间草堂。

公元 762 年，杜甫送严武北归后，因徐知道兵变不能回来，在梓州和阆州奔走寄食近三年时间。在此期间，他也时时记挂着草堂，希望重回成都。这些都有诗为证。

第十八讲

卜居泌林泉

中国人，至少是中国文人，自古以来都有一个倾向，如果要造房子，寻居处，一定要找一个清静的地方，远离闹市。这种倾向就叫隐居。

一种是主动的隐居，一种是被动的隐居，不为世所用而选择远离尘嚣。

陶渊明在《饮酒二十首·其五》中说："结庐在人境，而无车马喧。"但实际上，人的生活工作是离不开人群、离不开社会的。所以远离世间的林泉之居就只有少数人能真正实现。

一位比杜甫早一些的唐代诗人卢藏用，是我们四川老乡射洪人陈子昂的好友。陈子昂有好几首诗都是写给卢藏用的。卢藏用一直宣称自己不喜欢官场，要去隐居。他选择隐居的地方却离当时的政治中心长安非常近，就在终南山中，秦岭北坡。他经常写信告诉别人自己在这里隐居。皇帝听说后，认为这位隐居者可能是位高人，就请卢藏用入朝为官。后来发现，卢藏用是用隐居来炒作自己。这就有了一个成语叫"终南捷径"。

中国人这种隐逸倾向，到了杜甫这里却变成了迫不得已。想不隐逸都不行。他的一生，特别是中年时期，一直想在仕途上求得通达，但却在战乱中，离政治中心越来越远。在秦州想筑草堂不成，在成都才得遂心愿，修建草堂。作《卜居》时，他就说"已知出郭少尘事，更有澄江销客愁"，此时他报国的理想基本破灭了。既然如此，"卜居必林泉"就成为他最后一点安慰。

幽贞愧双全

公元 764 年的春天，徐知道的兵变已被平息，但是西边丢掉的茂州、松州、维州等几个州，还没有从吐蕃军队手里夺回。杜甫还在梓州、阆州一带流浪，特别怀念在成都草堂安居的日子，遂作了一首《寄题江外草堂》。

寄题江外草堂

我生性放诞，雅欲逃自然。
嗜酒爱风竹，卜居必林泉。
遭乱到蜀江，卧疴遣所便。
诛茅初一亩，广地方连延。
经营上元始，断手宝应年。
敢谋土木丽，自觉面势坚。
台亭随高下，敞豁当清川。
虽有会心侣，数能同钓船。

干戈未偃息，安得酣歌眠。
蛟龙无定窟，黄鹄摩苍天。
古来达士志，宁受外物牵。
顾惟鲁钝姿，岂识悔吝先。
偶携老妻去，惨澹凌风烟。
事迹无固必，幽贞愧双全。
尚念四小松，蔓草易拘缠。
霜骨不甚长，永为邻里怜。

杜甫此前只在草堂住了差不多两年，已经把它当成故居看了。他真正的故居在河南巩义市，但那里太远了，战乱不断，一时回不去。草堂就有了第二故乡的意味了。思念难已，便写下这首诗。

我生性放诞，雅欲逃自然。

杜甫说自己性格不好，乱说话得罪皇帝，还丢掉了本就不高的官职，这就是“放诞”。今天我们说“雅”就是雅致、风雅，但在唐代这个字还可以表示程度，它作副词用，就是“常常”的意思。放在这句诗中，就是杜甫在表达因为自己玩官场政治不行，所以常常想逃到大自然中去。

嗜酒爱风竹，卜居必林泉。

他这个人好酒，选择了一个有树林、有流水的地方居住，微醺过后还能听见屋外风摇动竹林的声音，这带给他莫大的自然之美的享受。“仁者乐山，智者乐水”，杜甫说自己一生都有“卜居必林泉”的想法，到了成都也算是实现了。

遭乱到蜀江，卧疴遣所便。

杜甫在回顾自己的一生，科举不中，因为向朝廷献三大赋，刚当上一个叫右卫率府兵曹参军的小官，马上遭遇安史之乱，被俘；逃脱后投奔唐肃宗，当上了左拾遗，因疏救房琯而被贬。后又“一年四行役”来到成都的锦江边。来到这里后，年过五十的他，又体弱生病。这个草堂，倒是个适合休养病体的地方。

诛茅初一亩，广地方连延。

好在，裴冕节度使给他了一块地，盖起了草堂。“诛茅”是什么？就是割茅草。但他用了“诛”，“诛”意味着杀，他用类似小说修辞的手法说自己杀死了这么多茅草，这也是强化内在情绪和动感的一种修辞。最开始他只割掉茅草开辟了一亩多地，能盖下房子就行了。但后来还不断诛茅，毕竟他问人要了桃树、竹子、桤木和松树，一亩地肯定栽不下，所以他占地越来越广。

经营上元始，断手宝应年。

上元是唐肃宗的年号。杜甫盖草堂是上元元年（761 年）开始的。杜甫在建成草堂后，为使草堂变得更宜居，所以不断进行扩建和修缮，一直持续到宝应元年（762 年）才告一段落。

敢谋土木丽，自觉面势坚。

杜甫是要盖一座高大富丽的房子吗？当然不是的。他只是要把这草房打理得看起来坚固一些。

台亭随高下，敞豁当清川。

依着地势，临江加盖了水槛，四围扎上篱墙。草堂的门前很开敞，面对清澈浩荡的江水。他这里在重新回顾修建草堂，并使其逐渐完善的过程。

虽有会心侣，数能同钓船。

有时候，与杜甫交心的朋友会来看望，这时，他们就会划上一条小船到江上去钓鱼。

干戈未偃息，安得酣歌眠。

使得人颠沛流离的战争还没有停止，他又怎能只是吟诗作歌，踏实安眠呢？“偃”就是旗帜倒下，“息”则是鼓舞士气的鼓声停下。“偃息”与我们熟知的“偃旗息鼓”意思一致，表示战争结束。

蛟龙无定窟，黄鹄摩苍天。

古人认为水深的地方有龙，杜甫也多次在诗中说锦江水中应有蛟龙。蛟龙的巢穴是不固定的，更不用说天上的黄鹄了，这种古代神话中的鸟总能一飞冲天。这是他用神话中的自由无拘的龙与鹄，来隐晦表达自己的不自由。

古来达士志，宁受外物牵。

自古以来像他这样的士都有忧国忧民之心，宁可被天下大事、家国情怀所牵绊，做不到蛟龙和黄鹄一般的自由自在。

顾惟鲁钝姿，
岂识悔吝先。

“鲁”是朴实，今天这个字的意思则变成了鲁莽。“鲁钝姿”是在形容人的憨厚朴直。孔子有个学生曾参，孔子曾表扬他学问好，但他却从来不把这些表现出来，甚至让人觉得他看起来有点迟钝朴拙。因此孔子说“参也鲁”。杜甫说自己也像是曾参一样，忍不住要表扬一下自己。虽然生活将他逼入这般田地，但他还是不后悔曾经的所作所为。

偶携老妻去，
惨澹凌风烟。

当战火在成都蔓延，他自己回不去草堂了，只得带着妻儿，一大家子在梓州一带四处飘荡。日子与心境都不能不惨淡。

事迹无固必，
幽贞愧双全。

杜甫不禁感叹：我的这些事有什么好说的呢？想像个隐士一般在林泉边卜居，但又做不到如真正的隐士一样幽居。想要在朝廷为官，忠贞报国，又没有机会。进退不得，所以“愧双全”。

感叹一阵身世，又说回草堂。

尚念四小松，
蔓草易拘缠。

杜甫惦记着自己在草堂栽下的四棵小松树。松树生长慢，杜甫离开时它们还很矮小，不知是否被荒草湮没纠缠。

霜骨不甚长，
永为邻里怜。

“霜骨”是说松树皮非常粗糙，就像是饱经风霜。他说自己一家人都不在，邻居们应当会帮他照看那四棵还远未长大的小松树吧。

从此诗可见，漂泊无依的杜甫对草堂的一往情深。他曾在很多地方生活过，但用诗表达如此深重怀念的，除了河南巩义市的老家，就只有成都草堂，被他如此看重牵挂。

思念不算，那时他有个弟弟是随他一起的，听说成都的仗打完了，于是把弟弟杜占派回成都去看看草堂。

舍弟占归草堂检校聊示此诗

久客应吾道，
相随独尔来。
孰知江路近，
频为草堂回。
鹅鸭宜长数，
柴荆莫浪开。
东林竹影薄，
腊月更须栽。

“舍弟占”就是杜甫最小的弟弟杜占，“校”读作 jiào，意为检查。“聊示此诗”，弟弟临行杜甫多有叮嘱，怕他记不住，作首诗给他路上拿着看。

久客应吾道，相随独尔来。

杜甫说，自己一家人在外客居寄食，兄弟当中只有你一个人跟随着我。

孰知江路近，频为草堂回。

不知这路途是远是近，但还是应该回草堂一趟。“孰”，有点不确定。但这条路杜甫自己走过，远近理应清楚，又为什么要说这样的话呢？其实他想说的是不知道路上是否安全。“频”，看来是不止一回了。

鹅鸭宜长数，柴荆莫浪开。

战乱起时，一家人走得很匆忙。这么长时间了，从前养的鸡鸭鹅的数量恐怕也有所增加，杜甫要弟弟记得去清点一下；还要检查房屋的门窗有没有关好，尤其是外院对着江的柴扉，说不定又被人打开了。

东林竹影薄，腊月更须栽。

杜甫想着草堂的布局，觉得向东的一面栽种的竹子有些少，投下的影子只有薄薄一层。这次弟弟回去应是腊月，叫他要不先栽点竹子在空的地方。

这首诗就是大白话，但是将杜甫对草堂的惦念之情表述得很清晰。又因为那时候严武离开，高适不搭理他，杜甫正准备从阆州坐船出川，去投靠下江的亲友。所以杜甫这首诗，也是想要弟弟前去草堂代他告别。

得归茅屋赴成都

就在杜甫准备带着一家人买舟从嘉陵江东去时，严武二度镇蜀，要回成都的好消息就传来了。杜甫当即放弃东去之念，带一家人踏上回成都回草堂的路，同时马上写诗给严武。

他这一高兴，一路上给严武寄了五首诗，既是叙说他跟严武的情谊，又在期待一种新的生活。这个时候严武封了郑国公，虽说是虚衔，但是级别已经很高了。杜甫对他的称呼也变成了『严郑公』。《寄题江外草堂》是低回缠绵的语调，而到了这时就变得轻松明快了。

先看第一首诗。

将赴成都草堂途中有作，先寄严郑公五首（其一）

得归茅屋赴成都，直为文翁再剖符。
但使闾阎还揖让，敢论松竹久荒芜。
鱼知丙穴由来美，酒忆郫筒不用酤。
五马旧曾谙小径，几回书札待潜夫。

得归茅屋赴成都，直为文翁再剖符。

什么叫“文翁剖符”？这是一个典故。四川开化之始通过两件事情。一是经济物质上的开化，秦征服四川以后，李冰父子修建都江堰，改善了四川的农耕条件。从此成都平原“水旱从人”，成了“民不知饥馑”的天府之国。二是文化上的开化，就涉及西汉时成都太守文翁。文翁，江西庐陵人。他开始在四川兴办官学——文翁石室。古时候地方太守离朝廷太远，皇帝为宣示自己的权力，也为地方长官行事方便，会给太守赐一块符。根据官阶不同，这个符又分玉制、金制、铜制等，外形也各有不同。但是符一定会被分成两半，皇帝拿一半，官员拿一半，两个符对起来命令才能生效。不能一个人说了算。这就是“剖符”。杜甫是把严武比作当年在四川兴教化的文翁。

但使闾阎还揖让，敢论松竹久荒芜。

杜甫想象回到草堂的情景，说只要邻居们还像以前一样保持着礼节与同情，他也就不会抱怨离开这么长时间，使他栽种的松竹都荒芜了。“闾阎”是门户、人家，这里是说他那些邻居。

鱼知丙穴由来美，酒忆郫筒不用酤。

古人认为最好吃的鱼是从贴近山涧的石洞里出来的，这些江边出鱼的小石洞就叫作“丙穴”。左思《蜀都赋》就写“嘉鱼出于丙穴”。今天，成都郊区彭州还留有这样的地名——小鱼洞。有鱼就该有酒。唐代时郫县（今成都市郫都区）有一种酒装在竹筒里，就叫作郫筒酒。南宋时期，诗人范成大曾在成都为官两年多，写了一本《吴船录》。之所以叫作《吴船录》，是因为他离开成都时坐船东下，在船上将自己在四川这些年看见的人文、历史、风物记载下来，是在前往吴地的船上写的。这本书里就写到了郫筒酒：

郫筒，截大竹，长二尺，以下留一节为底，刻其外为花纹。上有盖，以铁为提梁，或朱或黑，或不漆，大率挈酒竹筒耳。《华阳风俗记》所载，乃刳竹倾酿，闭以藕丝蕉叶，信宿馨香达于外。

然后断取以献，谓之郫筒酒。观此，则是就竹林中为之，今无此酒法矣。

把大竹子截成一个个竹筒，竹子外表刻花纹，再用铁丝弯个把手，这个竹筒就可以提着了。竹筒要么被染成红色，要么被染成黑色，再把酒灌进去，这就是郫筒酒了。郫筒酒的封口也有讲究，先用新鲜的藕丝铺一层，再盖一层芭蕉叶。“信宿”，也就是放上一晚，竹子香、藕香和芭蕉叶的香味与酒香融合，酒也就更香了。

这是律诗中的联句，看起来简简单单的两句诗，却包含了这样由来已久的地方风俗。

我们也能看出来，杜甫还是很好吃的，哪怕这么穷困了，吃鱼还想要吃丙穴鱼，喝酒还想要喝郫筒酒。

五马旧曾谙小径，
几回书札待潜夫。

这句意思是，给你拉车的五匹马都熟悉草堂门前的小径，我回去了，你还会如以前一样用书信问候我这个隐居者吗？我们记得，严武前度在成都，是他先写诗去问候劝解杜甫的。也曾驾着马车，带着警卫与厨师，去看望杜甫。“潜夫”，是隐士。汉代有一个叫王符的人，隐居在家著文三十余篇，议论当朝政治得失，不敢让人知道自己的真实姓名，就把这本书起名《潜夫论》。

不知道这个典故，只从字面也能大致晓得“潜夫”的意思。

将赴成都草堂途中有作，先寄严郑公五首（其二）

处处青江带白蘋，故园犹得见残春。
雪山斥候无兵马，锦里逢迎有主人。
休怪儿童延俗客，不教鹅鸭恼比邻。
习池未觉风流尽，况复荆州赏更新。

第二首诗，杜甫开始想象，自己回到草堂时，季节应该还在春天，那时的草堂会是什么样子的呢？

处处青江带白蘋，
故园犹得见残春。

又是清丽、欢快的调子，杜甫想尽快回去，因为夏天快来了，他想要赶上春天的尾巴，见到暮春时节的故园。

雪山斥候无兵马，
锦里逢迎有主人。

上一句还在说故园春天，下一句却又在忧国了。西山里的松州、维州、茂州等地，已经没有唐朝的兵马了。“斥候”，古代的一个兵种，侦察兵，这里泛指军队。还好严武回来了，成都摆开仪仗欢迎能担大任的主人。

休怪儿童延俗客，
不教鹅鸭恼比邻。

杜甫回草堂，邻居家的小孩在他身前身后跑，引着他，伴着他回家来了。杜甫说，他们对我这身份低微的人如此友善，那我也要把家里养的鸡呀、鸭呀管理好，不让它们打搅邻居。

这一联与上一联有很明显的对比。严武回成都是有重任在肩，杜甫回去却是管理好自己那一亩三分地。

习池未觉风流尽，
况复荆州赏更新。

又用了典。从前，荆州有一习姓的有钱人家，将园林修筑得非常漂亮，有花园、流水，还有假山，还蓄了一湖水叫作习池。池上可以摆酒开宴。当时的地方官山简就经常到习家这池子上饮酒。杜甫这是说：自己的草堂没有习家园林那么堂皇富丽，那么与山简一样同为地方命官的严武，会像山简去习池一样到草堂来吗？杜甫相信严武是会来的。

将赴成都草堂途中有作，先寄严郑公五首（其三）

竹寒沙碧浣花溪，菱刺藤梢咫尺迷。
过客径须愁出入，居人不自解东西。
书签药裹封蛛网，野店山桥送马蹄。
岂藉荒庭春草色，先判一饮醉如泥。

竹寒沙碧浣花溪，
菱刺藤梢咫尺迷。

又说他的草堂了。种的竹子多，所以总有清凉寒意，加上澄碧江水，寒意更深。之前杜甫写给严武的诗就写过，“五月江深草阁寒”。离开这么久，他栽种的树木肯定都被带刺的藤蔓纠缠起来了。

过客径须愁出入，
居人不自解东西。

想象草堂边的路恐怕已经长满荒草，进出要费一番功夫，进入其中，只怕连东南西北都难以辨别了。

书签药裹封蛛网，
野店山桥送马蹄。

草堂还有些书和药囊没有带走，应该都被蜘蛛网封住了。杜甫是想象归去的场景，此时他宿客店、过山桥，还在归去的路上。

岂藉荒庭春草色，
先判一饮醉如泥。

心头期盼着，等回到草堂后，心情喜悦，庭院中荒芜了的野草也带着春色，他定要先好好喝一场酒才行。

将赴成都草堂途中有作，先寄严郑公五首（其四）

常苦沙崩损药栏，也从江槛落风湍。
新松恨不高千尺，恶竹应须斩万竿。
生理只凭黄阁老，衰颜欲付紫金丹。
三年奔走空皮骨，信有人间行路难。

常苦沙崩损药栏，也从江槛落风湍。

杜甫一家住在草堂的时候，江水上涨老是把堤岸冲垮，以至于他的药栏都塌到江里去了。

新松恨不高千尺，恶竹应须斩万竿。

松树天生长得慢，所以恨它不能高千尺。但是竹子又长得太快、太疯狂了，相对松树来说太凶恶了，生机都被这些竹子剥夺，所以杜甫决定这次回去一定要砍掉那些影响松树生长的竹子。

生理只凭黄阁老，衰颜欲付紫金丹。

“黄阁”，汉代时，朝中高官办公地门口涂成黄色，所以叫黄阁。这里代指严武。说他一家的生计要靠严武这个高官。而他自己衰朽的身体，只能靠一些丹药来维持了。

严武这次回西川前，在朝中任黄门侍郎，是正四品上的高官。

三年奔走空皮骨，信有人间行路难。

杜甫本就面黄肌瘦，三年奔走下来，身体、心理的痛苦就更深了。三年是从 762 年下半年到 764 年四五月间，他离开草堂，一共三个年头，并不是足足的三年。

杜甫很兴奋啊，一口气就作了五首诗。下面是第五首。

将赴成都草堂途中有作，先寄严郑公五首（其五）

锦官城西生事微，乌皮几在还思归。
昔去为忧乱兵入，今来已恐邻人非。
侧身天地更怀古，回首风尘甘息机。
共说总戎云鸟阵，不妨游子芰荷衣。

锦官城西生事微，
乌皮几在还思归。

杜甫就要回到草堂了，即便回去了，一家人的生计依然微茫。但即便如此，也要回去，因为严武要回来了，“生理只凭黄阁老”，希望都在严武身上。虽然生计艰难，但草堂在等他归去，草堂里那张乌皮的案几也在等待他归去。案几不完全是今天的茶几，古人是坐在地上的，案几除了置物，还能用来倚靠身体。乌皮就是乌黑的羊皮，那时的几案常用皮来包裹。

昔去为忧乱兵入，
今来已恐邻人非。

昔日时常担忧，在城中作乱的叛军会到草堂来胡作非为。现在他就快要到家了，又害怕曾经串门走动，一起喝酒，给了他很多帮助的邻居们都不在了。物是人非令人惶恐。

侧身天地更怀古，
回首风尘甘息机。

置身于天地之间，忧心眼下生理之外，还联想到古往今来的事情。不过，处境如此，那些想法就让它们就此熄灭吧。“机”就是各种各样的想法，不是今天所说的心机盘算。

共说总戎云鸟阵，
不妨游子芰荷衣。

最后又说到严武，待二人都回到成都，见面相聚的时候，一定会说到严武将要面临的领军收复西山几州的战事。想必严武不会觉得他穿着的芰荷衣，嫌弃他穷困与低微，而拒绝与他讨论国家大事吧。芰荷衣，指用菱叶与荷叶做的衣服，相当于身上披着的是草。总戎就是总管所有军队，云鸟阵就是古代打仗用的阵法。严武也不一定是用这个阵法的，杜甫也只是以此来指代战争。

今我归草堂

回到草堂了，杜甫很高兴，又作一首叙事长诗《草堂》。挑其中较为重要的部分给大家做个梳理。

鬼妾与鬼马，色悲充尔娱。
国家法令在，此又足惊吁。
贱子且奔走，三年望东吴。
弧矢暗江海，难为游五湖。
不忍竟舍此，复来薙榛芜。
入门四松在，步屧万竹疏。
旧犬喜我归，低徊入衣裾。
邻舍喜我归，酤酒携胡芦。
大官喜我来，遣骑问所须。
城郭喜我来，宾客隘村墟。
天下尚未宁，健儿胜腐儒。
飘摇风尘际，何地置老夫。
于时见疣赘，骨髓幸未枯。
饮啄愧残生，食薇不敢余。

草堂

昔我去草堂，蛮夷塞成都。今我归草堂，成都适无虞。
请陈初乱时，反复乃须臾。大将赴朝廷，群小起异图。
中宵斩白马，盟歃气已粗。西取邛南兵，北断剑阁隅。
布衣数十人，亦拥专城居。其势不两大，始闻蕃汉殊。
西卒却倒戈，贼臣互相诛。焉知肘腋祸，自及枭獍徒。
义士皆痛愤，纪纲乱相逾。一国实三公，万人欲为鱼。
唱和作威福，孰肯辨无辜。眼前列杻械，背后吹笙竽。
谈笑行杀戮，溅血满长衢。到今用钺地，风雨闻号呼。

昔我去草堂，
蛮夷塞成都。
今我归草堂，
成都适无虞。

当年杜甫离开草堂的时候，徐知道勾结诸羌兵马发动兵变，整个成都充塞着蛮夷。如今我回来了，战事已平息，成都又恢复了平安。

接着用一大段写当时成都的混乱局面，这个前面已经讲过。又写到那时他已经绝望了，流浪在外的那三年中，想的都是如何乘船东下，去往吴楚。但他还是回来了。

不忍竟舍此，
复来薙榛芜。
入门四松在，
步屧万竹疏。

当时，他尽管舍不得，但还是不得不远走。这次回来，草树疯长滋蔓，院落都荒芜了，需要割除清理。还好，入门就看见那四棵小松树还在，他就穿个木屐在竹林中散步。“薙”同前面讲的“诛”一样，也是割的意思。

旧犬喜我归，
低徊入衣裾。
邻舍喜我归，
酤酒携胡芦。

这里的狗还认得他，一直围着他转圈，还钻进他长衫衣摆下。他担心的物是人非情形并没有发生，相熟的友邻也欣喜他的归来，用葫芦打满了酒前来看望。

大官喜我来，
遣骑问所须。
城郭喜我来，
宾客隘村墟。

当大官的严武听说他回来了，忙于公务不得脱身，派了两名手下骑着马来问他有什么需要。整个城市都喜欢他回来，来了好多人探望，把通向草堂的小路都挤满了。

天下尚未宁，
健儿胜腐儒。
飘摇风尘际，
何地置老夫。

意思是：“天下尚未安宁，需要的是勇武有才干的健儿，而不是我这样的穷酸腐儒。在这风雨飘摇之际，我又该在哪里安身立命呢？”

于时见疣赘，
骨髓幸未枯。
饮啄愧残生，
食薇不敢余。

最后，得归草堂的欣喜中，他深重难已的悲情又出现了。他经常害病生疮，幸好基本的新陈代谢能力还在。这句诗更多的不仅仅是在说自己的病痛，同时也是在说眼见的社会病态，自己因为不被朝廷重用，不能有所作为，所以一吃一饮都感到惭愧。食薇，就是吃薇菜，在周代的时候伯夷、叔齐隐居，就吃薇菜，后来饿死在首阳山上。杜甫听说过这个故事，又觉得自己做不到那样。

杜甫非常爱松树，他栽松、怀念松、请韦偃给他画松，回到草堂后还专门为松树写了一首诗。

四松（节选）

四松初移时，
大抵三尺强。
别来忽三载，
离立如人长。
会看根不拔，
莫计枝凋伤。
幽色幸秀发，
疏柯亦昂藏。

四棵松树刚移栽来的时候，大概就三尺（约一米）高。离别三年来，已长到有成年人那么高了。松树根扎得很牢，树干很挺拔，虽然有些枝丫断了，树身上有些伤痕，但是这都无关紧要。只要活着，只要在成长就好。新长出来的松针叶子特别的青翠漂亮，新枝现在还没有老松枝那么茂密，但是也长得相当超群了。“柯”就是枝。

我们讲杜甫的诗，尽管不是每首诗都好，但是每首诗都能说明他的生存状态。从存史的角度讲，也是一种好。此番回成都，杜甫为草堂的草木作了一系列诗，还记得杜甫栽的一百棵桃树吗？回到成都的杜甫看见桃树也很繁盛，为其作了一首七律——《题桃树》。

题桃树

小径升堂旧不斜，
五株桃树亦从遮。
高秋总馈贫人实，
来岁还舒满眼花。
帘户每宜通乳燕，
儿童莫信打慈鸦。
寡妻群盗非今日，
天下车书正一家。

小径升堂旧不斜，
五株桃树亦从遮。

有一条小路直通到草堂，有五株桃树长大了，蔓生的枝叶把路都挡住了。有人建议他砍掉挡路的桃树，让路敞亮，但是杜甫不同意。

高秋总馈贫人实，
来岁还舒满眼花。

杜甫不肯砍树，并给出了解释。桃树秋天结出的果实，是上天馈赠给穷人的食物。到了次年春天，桃花盛开也是一大美景。

帘户每宜通乳燕，
儿童莫信打慈鸦。

这些遮挡了门窗的桃树还方便筑巢草堂的燕子来往，檐下巢中还藏着刚孵生的小燕子。即便平常显得讨厌的乌鸦，因为正在孵化哺育后代也显出其慈爱，所以杜甫教导孩童不要去打扰它们。

寡妻群盗非今日，
天下车书正一家。

现在的成都，已不再是那战乱中盗贼群起，家破人亡的日子了。太平的日子显出天下一家的气象。

从秦始皇开始，中华文化统一了三样标准。车同轨，就是马车的轮子一样宽。书同文，书面的文字要一样。人同伦，不同地方的人信奉同样的伦理思想。如今新皇登基，严武也回到四川镇守。人们满怀天下安定的希望，那车同轨、书同文、人同伦的大一统的气象又回来了。

随后，杜甫要整理他家荒芜的园子了，这个过程，他也记录下来。

除草

草有害于人，曾何生阻修。
其毒甚蜂虿，其多弥道周。
清晨步前林，江色未散忧。
芒刺在我眼，焉能待高秋。
霜露一沾凝，蕙叶亦难留。

荷锄先童稚，日入仍讨求。
转致水中央，岂无双钓舟。
顽根易滋蔓，敢使依旧丘。
自兹藩篱旷，更觉松竹幽。
芟夷不可阙，疾恶信如雠。

草有害于人，
曾何生阻修。
其毒甚蜂虿，
其多弥道周。

杂草是有害的，常常蔓生路上，阻碍行人。一些带有毒刺的草，刺人比野蜂还要厉害，所以一定要除去。

清晨步前林，
江色未散忧。
芒刺在我眼，
焉能待高秋。

早上外出散步，走出树林看见江色美景，但他心中的忧愁却未曾散去。那些让他如芒在背的东西，都落入他的眼里了。难道要让这些害人的杂草一直长到秋天吗？

霜露一沾凝，
蕙叶亦难留。

这些杂草一旦长成，好的草就没有生存的机会了，恶草会驱逐良草。

这首诗就是他怀着疾恶如仇的心情，要将这些杂草除掉。草堂两三年未住人了，好多地方都需要重新修整，所以要“日入仍讨求”，太阳都落山了，还不肯罢手。

刈除了杂草荒藤，也再修整房屋。这是三年前修建草堂后，他着手整修草堂，并把这个过程也记录在案。

营屋

我有阴江竹，能令朱夏寒。
阴通积水内，高入浮云端。
甚疑鬼物凭，不顾翦伐残。
东偏若面势，户牖永可安。
爱惜已六载，兹晨去千竿。

萧萧见白日，汹汹开奔湍。
度堂匪华丽，养拙异考槃。
草茅虽薙葺，衰疾方少宽。
洗然顺所适，此足代加餐。
寂无斤斧响，庶遂憩息欢。

我有阴江竹，能令朱夏寒。

杜甫说自己栽了能够垂向江面的竹子，让炎热的夏天也变得清凉。“朱夏”是一种修辞手法——通感。朱是红色，他说夏天是红色的。《心经》里说，人通过眼、耳、鼻、舌、身、意，来感受世界，对应的就是色、声、香、味、触、法。很显然，夏天的热是身体，肌肤所感，朱是眼睛看见的颜色，杜甫转化了打通了这种感受。热就会想到火，火又联想到红，皮肤、身体的感觉变成了视觉感受，这个通感就完成了。日常口语里也经常有这样的表达，我们常说一个女孩子笑得甜，难道谁去吃了这个笑容吗？这个甜也就是我们对这笑容整体感受的转化。

回到这句诗上，他说垂江的竹子让夏天都寒凉了。看来他觉得疯长的竹子太多了。

爱惜已六载，兹晨去千竿。

自 759 年以来，这些竹子就在那生长着。这时是 764 年，古人是记虚年、虚岁的，所以杜甫说已有六年了。爱惜了六年的竹子，长得太茂盛的竹子，这天早上被砍去了上千根之多。

萧萧见白日，汹汹开奔湍。

这下好了，没有了疯长的过多的竹子遮蔽，他终于能看见那亮晃晃、白花花的太阳，又看到江水朝着门口奔涌而来。

度堂匪华丽，养拙异考槃。草茅虽薙葺，衰疾方少宽。

他这房子不是有钱人家的高堂大屋，但足以让像他这样的人在这里勉强度日了。“考槃”，是隐士盖的木屋。剔下来的茅草用来修葺房屋了，我身上的病似乎都有了好转。

洗然顺所适，此足代加餐。

他决心要顺其自然，把日子过好。一旦心情好了，就可能比多吃点东西的效果还好。

寂无斧斤响，庶遂憩息欢。

前两天因为除草伐竹，时常听到刀斧的响声。《诗经》里说“坎坎伐檀兮”，砍东西是一定要发出声音的。但现在，砍伐工作结束了，这些声响也息止了。一家人在重新修整过后的草堂憩息下来了，心里都很轻松欢愉。

时危暂相见

就在这期间，居然发生了一件出乎意料的事情。战乱之中，杜甫远在山东的弟弟居然长途跋涉，来成都探望哥哥一家。

之前讲过，杜家五兄弟在安史之乱后，就离开河南老家天各一方。只有最小的弟弟杜占跟着杜甫。那其他几兄弟分隔在何处呢？安史之乱的中心在河南、河北一带，如此一来，靠海的山东地方就相对平静。杜甫的两个弟弟就去了山东。一个弟弟杜颖越过千山万水，来到成都看望他，杜甫怎能不感到欣喜呢？

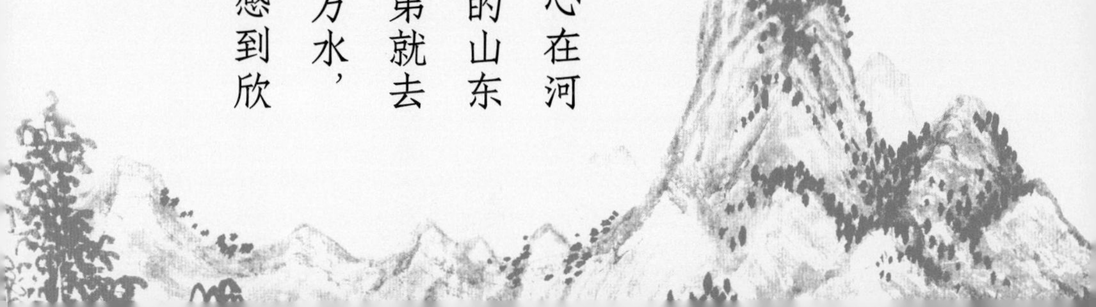

舍弟颖赴齐州三首（其一）

岷岭南蛮北，徐关东海西。
此行何日到，送汝万行啼。
绝域惟高枕，清风独杖藜。
时危暂相见，衰白意都迷。

杜甫并没写兄弟是如何相见的，也可能强烈的悲喜交加使他都没想到要写诗。一家人短暂相聚后，弟弟又要离开了。这回，杜甫写诗留下依依送别的场景。齐州即今山东省济南市。李贺就曾写“遥望齐州九点烟，一泓海水杯中泻”。在那个交通极为不便的时代，加上战乱，海边的山东距离内陆的成都真的太遥远了。

岷岭南蛮北，徐关东海西。

成都位于岷山和峨眉山下，位于南蛮部族的北方。徐关在东海的西岸。两地相距甚远。

此行何日到，送汝万行啼。

弟弟要离去了，行这么远的长途回山东去，不知道何日才能到达。所以临别时，这泪水止不住地落，不是百行、千行，是万行。肯定的，想到离别，到真正分手，一家人一定哭过不止十回百回了。古代人一别后再见不像今天这么容易。送行的不舍与悲切那是今天的人难以体会的。古人（通常是情人或夫妻）分别时还有一个习俗，当人们悲伤到不能自已的时候，就互相在手臂上咬一口，留下伤疤，叫作“啮臂”。因为大家见一次少一次，也许今后相见太难，就留个疤印聊慰思念。

绝域惟高枕，清风独杖藜。

杜甫想自己躺在家里睡觉时，但弟弟还行走在风雨中，穿着蓑衣拄着拐杖慢慢回家。

时危暂相间，衰白意都迷。

在这样的乱世中，还能与亲兄弟短暂地相聚，即便大家都白了头发，但还是会沉湎于此般情感中，不能自拔。

王嗣奭讲此诗是这么说的：“岷岭在南蛮之北，徐关在东海之西，由岷抵徐，道路甚远，故行非时日可到，泪不时之流，万行，非一时之啼也。”

再来看其二，已经送出一段路了。

舍弟颖赴齐州三首（其二）

风尘暗不开，汝去几时来。
兄弟分离苦，形容老病催。
江通一柱观，日落望乡台。
客意长东北，齐州安在哉。

风尘暗不开，汝去几时来。

送别这一路上愁云惨雾，没有一丝晴朗，是天气也是心情。弟弟你这一走，要何时才能再见面啊？

兄弟分离苦，形容老病催。

兄弟分离的苦楚，就像年岁在催人老、催人病一般。

江通一柱观，日落望乡台。

杜甫想象着杜颖在回去的路上会经过湖北一柱观，那时，日落的余晖正洒在望乡台上。“一柱观”是个典故，古时候有人修建一个面朝长江的纪念性建筑，是一根柱子通往天顶的造型，后来这个地方就成了风景名胜了。望乡台则是古代很常见的地名了。

客意长东北，齐州安在哉。

即便杜颖走到了一柱观，到了湖北，可距离山东还隔着安徽、河南。弟弟回去至少需要半年的时间，齐州还不知其所在。

舍弟颖赴齐州三首（其三）

诸姑今海畔，两弟亦山东。
去傍干戈觅，来看道路通。
短衣防战地，匹马逐秋风。
莫作俱流落，长瞻碣石鸿。

诸姑今海畔，两弟亦山东。

除了两个弟弟在山东外，还有姑姑流落到了海畔，就是浙江会稽一带。杜甫有五个姑姑，其中包括养育过自己的三个姑姑，为祖母薛氏所生，都在天宝年间去世。另外两个姑姑为继祖母卢氏所生，就是这儿所说的“诸姑”。

去傍干戈觅，来看道路通。

到处都在打仗，这些道路什么时候才能够通畅，让人们可以自由往来呢？

短衣防战地，匹马逐秋风。

杜颖出行是穿着类似士兵衣着的短衣，既是因为穷，也是为了行走方便。

莫作俱流落，长瞻碣石鸿。

杜甫期盼着：等到天下安定了，我们一家人定不要分散在天南海北了。碣石也是指东边，化用了曹操的名句“东临碣石，以观沧海”。这句诗的最后，是杜甫在安慰自己：以后还能再一家团聚的，也许我也有机会到海边去看你们吧。

这一讲，说的是杜甫回归草堂后的生活。

“卜居必林泉”，是他几乎难以实现的理想。但这个理想得以在草堂再次短暂实现。草堂托庇了他这个理想。

越是在外漂泊，他越是思念草堂。待到终于回到成都，他看见草堂里的一草一木都是莫大的欣喜。他这一系列诗所表达的情感由物及人，砍树、除草、修缮房屋其实都隐隐有着一种久别重逢的欣喜。

直到弟弟到来，这种情感又发生了变化。虽然在草堂生活暂时复归安定，但终究不是故乡，这种生活注定不是长久之计。

“昔我往矣，杨柳依依。今我来思，雨雪霏霏。”从《诗经》开始，分别后的重逢就在中国诗歌里有着独特的地位。杜甫这组送别诗将环境和情感糅合，带给读者的是一个个撕心裂肺的场景，我们又怎能不为之动容呢？

草堂不是一座死的建筑。读杜甫初建草堂诗，和这一组归来后用心修缮草堂的诗，再去草堂，大家的感受可能就大不一样了。

之前我们讲杜甫成都诗，主要讲他在成都的生活、交游、感慨，和时局变化对他产生的各种影响。大家是不是会觉得他所有对现实、对时事的关怀都是发生在眼前？其实并不是如此。在成都生活期间，他其实一直心系北方，心系朝廷，心系天下，并写下了不少不能忘情于天下安危的诗作。这样的诗，前面也有过一讲。今天我们就一起，再读读他在成都时所写的关注朝廷安危，情系苍生黎民的那些诗。

第十九讲

花近高楼伤客心

万方多难此登临

第一首诗还是要从成都讲起。

登楼

花近高楼伤客心，
万方多难此登临。
锦江春色来天地，
玉垒浮云变古今。
北极朝廷终不改，
西山寇盗莫相侵。
可怜后主还祠庙，
日暮聊为梁甫吟。

花近高楼伤客心，万方多难此登临。

开头就提挈全篇，登上高楼，看见春花烂漫，但心情却很苍凉。他在《江畔独步寻花七绝句》中就大写过成都繁盛的花事，洋溢着欣喜心情，生意盎然。但这次不同，满目繁花引起的是一个客居者复杂的情感。为什么心情会这么复杂呢？第二句做了回答，虽然当时成都是一个安定的社会，但是整个中国正处在安史之乱以来的频繁战乱之中，不光是安禄山、史思明打乱了北方大地，各地拥有兵权的军阀也相继起事。这首诗写于 764 年。成都在前一年刚刚经历了徐知道的兵变，然后周边的南诏、吐蕃等少数民族的政权也在对四川盆地形成威胁。登上高楼，虽然繁花触目，但杜甫却为举国灾难重重而黯然心伤。

锦江春色来天地，玉垒浮云变古今。

登上高楼极目远望，映入眼帘的首先是自然景色。“花近高楼”是近处的春色。远望，天地之间也是春光无限。“来天地”有两个解法，一是说亘古以来，春色就是如此这般与天地同在，不因有没有人欣赏而转移。我更认同的是另一种解法，因为他站在高楼上远望，锦江两岸的春色似乎是从天地相交之际涌流过来，而玉垒山上的浮云千变万化，就像古今世势的更替变幻。

北极朝廷终不改，西山寇盗莫相侵。

不管经历多少战乱，但是我们大唐江山，北方的朝廷最终还是能够稳定下来。他对侵入西山寇盗寄语相告：既然朝廷最终不可动摇，你们不要再前来侵扰了！这一年发生了一件大事，吐蕃军队除了侵入西山，在北方，吐蕃大军还长驱直入，攻陷了长安。但是吐蕃人没有长期占据长安，因为习惯游牧，不知道在这样一个大城市里怎么长期生存。他们占领长安的十五天，做了一件事，从唐朝皇室中扶持了一个新皇帝，名字叫李承宏。这个新皇帝跟吐蕃有亲戚关系，是与吐蕃和亲的金城公主的弟弟。吐蕃退兵以后，唐军迅速反攻，把这个伪皇帝废掉，但是依然保留了他皇室的待遇。只是这个人觉得自己的罪过大，不久就抑郁而终。所以“西山寇盗莫相侵”一句，还包含对长安这样一个短暂的、戏剧性局势的关注。

可怜后主还祠庙，日暮聊为梁甫吟。

杜甫的视角又回到成都，用了三国的典故。今天的武侯祠供奉了两个人——刘备和诸葛亮。但那时候的武侯祠供奉的是三个人，还有一个就是刘备的儿子，后主刘禅。杜甫感到疑惑，刘禅这样一个亡国之君，且亡国的时候似乎毫无亡国之痛，心甘情愿地被俘虏，成为新朝的臣子，仍然在祠庙中享受祭祀。杜甫借刘禅实际上讽刺接唐肃宗皇位的唐代宗。代宗是个软弱的皇帝，被权臣李辅国操纵，因此造成国事维艰、吐蕃入侵的局面，与刘禅倚重佞臣黄皓而致亡国的情形极其相似。“梁甫”是一个地名，在山东泰山下面，由于风水好，很多人死后都葬在这个地方。而后人看到的就只有堆叠的坟墓，因此生出人生短促虚无的感慨。因此用“梁甫吟”为题作出的往往是悲歌。杜甫诗中提到的这首《梁甫吟》的作者在文学史上有争议，但大部分人认为作者为诸葛亮，诗中讲的是春秋时期的故事。

梁甫吟

步出齐城门，遥望荡阴里。
里中有三坟，累累正相似。
问是谁家墓，田疆古冶氏。
力能排南山，又能绝地纪。
一朝被谗言，二桃杀三士。
谁能为此谋，相国齐晏子。

春秋时期齐国出现过一个有名的大臣，叫晏婴（晏子），以能言善辩、足智多谋在历史上留下名声。

《世说新语》里记载，齐国的时候有三个人武功高强，都自视甚高，目中无人，甚至不将齐王放在眼里。晏婴当时是齐王的臣子，为了帮齐王除掉这三个人，便出了一个计谋——二桃杀三士。请齐王将两个桃子赐予他们三个人，让其论功获取，结果三个骄横的武人，最后都自杀了。

步出齐城门，遥望荡阴里。

出了齐国的东门，遥望远处的荡阴里，也就是泰山下的梁甫这个地方。

里中有三坟，累累正相似。

那个地方有三座坟墓紧紧相连，形状、大小都非常相似。

问是谁家墓，田疆古冶氏。

这三座墓里面埋的是谁呢？田疆、古冶子和公孙氏。

力能排南山，又能绝地纪。

他们身有神力，既能推倒南山，又能截断维系大地的绳子。

一朝被谗言，二桃杀三士。

不料他们遭到谗言，两个小桃子竟能杀死三勇士。

谁能为此谋，相国齐晏子。

是谁想出了这个计谋呢？是齐国的宰相晏子。晏子是尊称，就像我们称孔子、老子，“子”是先生的意思。

传说诸葛亮在遇到刘备之前，对自己怀才不遇有所感慨，因此作了这一首诗。杜甫此时说：我现在无所作为，只好悲伤地吟诵诸葛亮当年写的那首《梁甫吟》。

杜甫怀才不遇，却对国家安危非常关心，他的眼光看得很远。

严武带兵征战吐蕃，收复松州、维州、茂州时，他可能还希望他继续进攻，一直打到黄河边上去。

黄河二首（其一）

黄河北岸海西军，
椎鼓鸣钟天下闻。
铁马长鸣不知数，
胡人高鼻动成群。

黄河二首（其二）

黄河西岸是吾蜀，
欲须供给家无粟。
愿驱众庶戴君王，
混一车书弃金玉。

黄河北岸海西军，椎鼓鸣钟天下闻。

他想的是，唐军已经在西山击退了吐蕃的进攻，但是再往西，黄河上游一带却一直在打败仗。唐代在边境地区有一种军事编制，类似今天的军区，主要功能是军事防御，比如说那时的都江堰就设有一个永康军，黄河上游青海湖一带又设有海西军。

铁马长鸣不知数，胡人高鼻动成群。

古代打仗，人穿着铠甲，马的重要部位也是护着铠甲，有的铠甲是皮的，有些铠甲是铁的，所以说“铁马”。胡人比汉人鼻子高，这是他们的显著特征。长安被攻陷后，成群的高鼻子胡人在城中往来驰骋，耀武扬威。

黄河西岸是吾蜀，欲须供给家无粟。

成都并不在黄河西岸，可能杜甫是按流经陕西的黄河看，成都是在西边。这儿也有很多军队，这些军队不是能不能打仗的问题，而是没有饭吃。粮从哪来，从老百姓来。但战乱之中，老百姓漂泊流离，自己都没有饭吃。

愿驱众庶戴君王，混一车书弃金玉。

“庶”就是庶民，“众庶”就是万民。愿意驱使引导百姓拥戴君王，贡献国家。换句话说，世道如此，老百姓怨声载道，并没有那么拥戴君王。国家四分五裂，不是“混一车书”的统一局面。“金玉”，是眼前的物质利益。军阀割据，互相争战，争的就是土地、人口和金钱。“弃”与“愿”都是他的期望，能实现吗？怕是很难。安史之乱后，唐朝王室的统治还延续了上百年。但都一直是藩镇拥兵自重，割据一方，不能真正统一的局面。

杜甫还忧心着别的事情。

大麦行

大麦干枯小麦黄，
妇女行泣夫走藏。
东至集壁西梁洋，
问谁腰镰胡与羌。
岂无蜀兵三千人，
部领辛苦江山长。
安得如鸟有羽翅，
托身白云还故乡。

大麦干枯小麦黄，
妇女行泣夫走藏。

秋天大麦成熟了，绿色退去，显出枯黄。小麦也是一样。大麦小麦成熟，明明是丰收在望的场景，但杜甫笔下却丝毫没有欢愉的景象。正是下地收割的季节，妇女们边走边哭，男人们躲进了山林里，这是一幅战乱中农村的悲惨图景。

东至集壁西梁洋，
问谁腰镰胡与羌。

“集”是今天四川巴中的南江县，“壁”是今天四川巴中的通江县，“梁”是今天陕西的汉中，“洋”即洋县，也在陕西汉中境内。现在巴中有一个看红叶的有名景点叫光雾山，光雾山所在的山脉是米仓山。米仓山南北横亘，和秦岭平行，南面是巴中，北面是汉中。这几个地方，就在米仓山两边。讲唐朝军事的书籍里经常会读到一个词“防秋”。秋天庄稼成熟了，不等农民收庄稼，边境地区双方的军队都出动去抢收，尤其是在今天的青海、甘肃以及陕西西部一带，防秋的战事时常发生。这一回，是西边的羌人出来抢收庄稼了，他们拿着兵器四处掠杀，腰上别着镰刀抢收粮食，深入集、壁、梁、洋这些地方。当地百姓只好四处逃难。

岂无蜀兵三千人，
部领辛苦江山长。

各地纷纷告急，只好从成都派兵去支援，保护当地百姓。率领这些蜀兵的将军尤其辛苦，因为这些地方山高水长，出师远征是如此艰难。所以杜甫诗中，既同情当地百姓，也同情这些远征的将士。

安得如鸟有羽翅，
托身白云还故乡。

最后两句说这些将士，一方面往前线开拔，要去战斗、去防秋，另一方面内心还是有着对自己家人乡土的牵挂。

这样的诗，这样的感慨都是因对时事的关注而发。

还有更深更广的忧愤，我们继续往下看。

远在剑南思洛阳

天边行

天边老人归未得，
日暮东临大江哭。
陇右河源不种田，
胡骑羌兵入巴蜀。
洪涛滔天风拔木，
前飞秃鹙后鸿鹄。
九度附书向洛阳，
十年骨肉无消息。

天边老人归未得，日暮东临大江哭。

这个老人就是杜甫自己。于他来说，和河南老家相比，和唐代的政治中心东都洛阳、西京长安相比，成都就是天边，远悬于唐帝国的西南边疆。黄昏时分他从草堂走出来，扶着拐杖，北望故乡而不得见，便面临大江痛哭失声。他不光是悲悯自己，更想到国事艰难，危机四伏。这个“天边老人”，因站立的背景阔大，显得比百花潭边那个“狂夫”更有感染人的力量。

陇右河源不种田，胡骑羌兵入巴蜀。

“陇右”，是指甘肃黄河以东接近陕西大片地方。“河源”，黄河源头一带，已经是今天青海境内了。那些地方过去都是大唐所有，此时大部分都被吐蕃人占领了。那里的土地自然无法耕种了。而巴蜀一带，也不时被吐蕃军队侵扰。

洪涛滔天风拔木，前飞秃鹙后鸿鹄。

战乱之中，整个世间就像洪水滔天，狂风肆虐。前面飞着秃鹙后面跟着鸿鹄，所谓前有狼后有虎，人间怎得安宁。

九度附书向洛阳，十年骨肉无消息。

又说回自己，洛阳郊外是他的老家，也是唐朝的东都。杜甫多次写信到洛阳去探问家乡的亲人、分散的兄弟的情况，但是十年了，却一直没有得到他们的消息。

杜甫写这首诗的764年，距离755年安史之乱爆发，差不多十年了。人对当下不满意时，就会自然而然地陷入对过去美好的回忆中，怀念过去的美好时光。对杜甫来说，过去的确经历过美好时光。我讲他的成都诗时，背景一直是此起彼伏的战乱。但在此前，他也经历过开元天宝年间的盛世，特别是青年时期也过过纵酒放歌、裘马轻狂的好日子。于是，在成都，他也写诗怀念过去，那是盛唐，于国，于人，都是最好时光。

忆昔二首（其二）

忆昔开元全盛日，小邑犹藏万家室。
稻米流脂粟米白，公私仓廪俱丰实。
九州道路无豺虎，远行不劳吉日出。
齐纨鲁缟车班班，男耕女桑不相失。
宫中圣人奏云门，天下朋友皆胶漆。
百余年间未灾变，叔孙礼乐萧何律。
岂闻一绢直万钱，有田种谷今流血。
洛阳宫殿烧焚尽，宗庙新除狐兔穴。
伤心不忍问耆旧，复恐初从乱离说。
小臣鲁钝无所能，朝廷记识蒙禄秩。
周宣中兴望我皇，洒泪江汉身衰疾。

忆昔开元全盛日，
小邑犹藏万家室。

开元是唐玄宗李隆基的年号，从713年到741年。那时唐玄宗年轻有为，励精图治，任用贤能，经济繁荣，天下大治，史称开元盛世。杜甫说，那时候人口迅速增加，哪怕是一个小城市都有成千上万户人家。据统计，唐朝开元年间全国有将近一千万户家庭，五千多万人口。

稻米流脂粟米白，
公私仓廪俱丰实。

农业丰收，粮食储备充足，公私储藏米谷的仓库都装得满满的。

九州道路无豺虎，
远行不劳吉日出。

天下很太平，社会秩序安定。“豺虎”是指匪寇。全国无论远近道路上没有寇盗踪影，人们随时可以出门远行，不需要选什么好日子。因为只有对前途忐忑不安的人才会去卜卦问神。

齐纨鲁缟车班班，
男耕女桑不相失。

“齐纨”“鲁缟”都是山东产的上等纺织品。装满这些纺织物的车在路上来来往往，络绎不绝。社会分工很明确，男耕女桑，各安其业，各得其所。古人有云：“一男不耕，有受其饥。一女不桑，有受其寒。”

宫中圣人奏云门，
天下朋友皆胶漆。

皇宫当中用动听的音乐敬祀神灵。天下人无忧无虑，自然关系融洽，和谐友善。

百余年间未灾变，叔孙礼乐萧何律。

唐朝开国的百余年间，没有大的自然灾害，也没有发生大规模的内乱。国家有好的制度，民间的道德规范都可以得到很好遵守。“叔孙礼乐”，西汉初年时，国家的礼乐制度是汉高祖命叔孙通创制的。“萧何律”，也是西汉，国家的律令是萧何制定的。

岂闻一绢直万钱，有田种谷今流血。

这里用“岂闻”一下转折到当下。哪里听说过一匹绢就值一万钱，当然是因为安史之乱后百业凋敝，物价飞涨。那时候，怎么能想象老百姓种了庄稼还有人来抢，为了保卫收成还要拼命流血。

洛阳宫殿烧焚尽，宗庙新除狐兔穴。

武则天时代，把东都洛阳建得极其富丽堂皇，但是安禄山一起兵，一把火将宫殿焚烧殆尽。而今这些宫殿里都没人了，皇家宗庙的台阶成了狐狸和野兔的巢穴。这并不是耸人听闻，明末四川遭遇兵祸，成都荒废到没有一个行人，原来的街巷中甚至有老虎出没。直到清朝建立相当一段时间以后，尤其是大量的移民重新进入四川，成都才又重新恢复生机。

伤心不忍问耆旧，复恐初从乱离说。

我已经不忍心再去询问过去那些老朋友乱后的经历，怕遇到一个人絮絮叨叨，从动乱后，我们分离的那一天开始遭受什么悲苦从头说起。这样的故事听得太多，不忍再听。

小臣鲁钝无所能，朝廷记识蒙禄秩。

又说到当下，我已经老了，也没有什么能力了。但朝廷对我有恩，还给我发一份俸禄。其实不是朝廷，是严武关照他。

周宣中兴望我皇，
洒泪江汉身衰疾。

他希望今天的皇帝能像周代宣王时期一样，振作起来，形成周宣王那样的中兴局面。至于我个人，可能离开成都，去江汉一带，可能我就要死在那儿了。

杜诗将当时的景况写得如此真切，从某种角度来看，正是安史之乱，国家动荡不定，老百姓蒙受的巨大苦难刺激了杜甫，成就了杜甫的诗歌创作。从这个角度来说，的确是“国家不幸诗家幸”。

但是如果可以选择，我想，他可能宁愿不写这些诗，也不愿有安史之乱。前面讲，开元盛世时唐朝全国有五千多万人口，经历了安史之乱，战争造成饥荒，十年间，唐朝人口减少了一半还多。

这首诗中杜甫回忆了开元盛世的太平景象，我们从《通典·食货》中也能了解到当时的一些经济情况：

至（开元）十三年（725年）封泰山，米斗至十三文，青、齐谷斗至五文。自后天下无贵物。两京米斗不至二十文，面三十二文，绢一匹二百一十文。东至宋汴，西至岐州，夹路列店肆待客，酒馔丰溢。每店皆有驴赁客乘，倏忽数十里，谓之驿驴。南诣荆、襄，北至太原、范阳，西至蜀川、凉府，皆有店肆以供商旅。远适数千里，不恃寸刃。

开元十三年（725年），一斗米卖十三文钱；山东的青州、齐州更便宜，仅五文钱。从此以后因为生产丰富，家家都在生产，天下没有一样东西是贵的。就算运到东京洛阳、西京长安城里来卖，加上运费，一斗米也不过二十文；麦子磨成面了，稍微贵一点，三十二文；一匹丝绸，二百一十文。与杜甫诗“一绢直万钱”相比，就能发现战争年代生产凋敝，一匹绢的物价都翻了千倍不止。那时，走到全国任何一个地方，只要在交通线上，路两边就都是饭店、旅店，酒菜都很丰富。每个店都要准备几头毛驴，供客人游览行脚。“荆襄”就是今天的湖北一带，“太原”也就是今天的山西太原。而“范阳”就是安禄山起兵之处，河北。“蜀川”

自然是四川，“凉府”即凉州，也就是今天的河西走廊一带。这么大的范围内，一路都有店铺，都有茶楼酒肆，治安很好，哪怕去到千里之外，也不需要带一把小刀防身。

这是当时史实的记载，正好与杜甫的诗相互佐证。

这一年冬至之后，杜甫又写了一首诗叫《至后》，即冬至后。

至后

冬至至后日初长，
远在剑南思洛阳。
青袍白马有何意，
金谷铜驼非故乡。
梅花欲开不自觉，
棣萼一别永相望。
愁极本凭诗遣兴，
诗成吟咏转凄凉。

冬至至后日初长，远在剑南思洛阳。

这是常识，冬至之后，白天渐长而黑夜渐短。有心事的人，更觉时日漫长。这个心事就是，从遥远的剑门之南，思念家乡洛阳。

青袍白马有何意，金谷铜驼非故乡。

“青袍白马”是典故。南北朝时，南朝的梁发生过一场叛乱，是由武将侯景发动的。当时侯景自己骑在一匹白马上指挥，他的士兵都是穿着黑衣。这就是“青袍白马”。金谷园、铜驼街，都是当年的洛阳名胜，而今已经远离了，回不去了，所以是“非故乡”。

梅花欲开不自觉，棣萼一别永相望。

又一年的梅花就要开了，梅花不像人有种种痛苦，它只顺应时序的变化，该开放时就开放。“棣萼”，是一种小灌木，成都也有，花黄色，5月开放，叫棣棠或者棠棣，比喻兄弟。出自《诗经》：“棠棣之花，萼胚。凡今之人，莫如兄弟。”说棠棣开放时，其黄色的花很漂亮，光彩夺目。大家享受着黄花灼灼的春光，心情自然也会很好，看见人都会当作兄弟一般。杜甫这里是写他和亲兄弟的彼此隔绝。

愁极本凭诗遣兴，诗成吟咏转凄凉。

愁闷极了，只好作诗一首来排遣忧愁，结果呢，诗写成后反而觉得更加凄凉。

青春作伴好还乡

人本是一种怀乡的动物，在一些特殊的环境中，更会产生极为强烈的怀乡之情。杜甫要回乡，回洛阳，只能期待官军早日平定叛乱。早在刚到成都不久的760年，杜甫就在《恨别》一诗中写道：『闻道河阳近乘胜，司徒急为破幽燕。』那时，杜甫就急切盼望着边关将领早日攻破河北的叛军老巢，迎来天下太平的日子。但那一场战役的结果却使他失望。763年，他流寓梓州期间，北方又传来消息说安史之乱已经平定了，杜甫为此感到惊喜欲狂。

闻官军收河南河北

剑外忽传收蓟北，
初闻涕泪满衣裳。
却看妻子愁何在，
漫卷诗书喜欲狂。
白日放歌须纵酒，
青春作伴好还乡。
即从巴峡穿巫峡，
便下襄阳向洛阳。

剑外忽传收蓟北，
初闻涕泪满衣裳。

杜甫在剑门之外的西川突然听到官军收复了蓟北，一听到这个好消息他就不禁热泪奔涌，把胸前的衣襟都打湿了。“裳”，指上衣。“衣”，有时候特指胸前衣襟这一块。

却看妻子愁何在，
漫卷诗书喜欲狂。

过去的诗中，都是儿子很饿，哭哭啼啼要饭吃，老婆则满脸菜色，神情凄凉。一听到这个好消息，多年笼罩着一家人的愁云惨雾顿时烟消云散，禁不住赶紧收拾东西，卷起诗书，准备回乡。

白日放歌须纵酒，
青春作伴好还乡。

我要放声高歌，痛饮美酒，然后乘着这明媚春光伴我们返回故乡。看，这里诗的节奏一下就明快起来，和《恨别》中“洛城一别四千里，胡骑长驱五六年”的沉郁截然不同。

即从巴峡穿巫峡，
便下襄阳向洛阳。

他马上，或者早就规划好回乡的路线了。本来他可以像来时一样，翻越秦岭，但他觉得陆路太慢了，希望尽可能快一点回去，于是决定走水路，穿过长江三峡——巴峡、巫峡、瞿塘峡，顺水而下，船行得很快，李白就写过“朝辞白帝彩云间，千里江陵一日还”。到了湖北，再换陆路往北方，从襄阳直奔东都洛阳而去。

可惜的是，杜甫这欣喜之情没能持续多久。很快，又传来新消息，说战争取胜收复了河南河北是假消息。

杜甫这才因严武再度镇蜀而回到成都。

虽然事实并未如杜甫所愿，但他写下此诗时的欢欣喜悦却是真实的。

诗歌是关于情感的艺术，杜甫那种情感在千年以后仍能深切地打动我们。

大部分时候，杜甫在多数读者的印象中，都是一个非常愁苦的人，但那是时事所迫。他忠于现实，身在苦难之中，不只是在自己的苦难当中，还在更多黎民百姓的苦难之中；‘我手写我心’，写自己的苦难，又不只是一己的苦难。但他也有欢快的时候。所以今天我们讲了这首不是写在成都的诗，也是希望打破一点大家心目中对杜甫的刻板印象。

哥伦比亚大学教授，学者哈罗德·布鲁姆在论述史诗与英雄时，曾总结出史诗必须具有一种精神——不懈。

什么是不懈？危难时，坚忍不拔是不懈；安定时，发现事物，生活和人性之美也是不懈。这有点挑战我们固化的英雄观，让我们反思，传统意义上我们对英雄、英雄主义的定义是不是狭窄了一些？

在中国人的英雄观念中，一些为了挽救更多人的生命，或者为了某种宏大的目标，舍身忘我、壮烈牺牲的人是英雄。但是，如果我们从另一个角度来看，毕生都忠于一份事业，为之坚持不懈的人，是否也是具有英雄气质的人呢？

看哈罗德·布鲁姆对“不懈”的定义，无论是基于家国情怀，还是对诗艺的毕生苦求，不管置身何种境地，杜甫是做到了的。我认为，这也是一种英雄主义，这种英雄主义在中国古人那里被称为九死未悔。

北宋时的苏东坡，在1100年得到圣命，从海南儋州放归，那天晚上他乘船渡琼州海峡返回，半夜，海上升起大月亮，他写了一首诗，其中有两句：“九死南荒吾不恨，兹游奇绝冠平生。”说，“你们不是想把我搞死吗？所幸我没死，但是我现在回来，不是来了结这些恩怨的，我一点也不愤恨遗憾，因为这次远游是我平生最奇绝的经历，上天把我送到这样的天涯之地，让我饱览了你们没有见过的绝世美景。”这是不是也是一种英雄主义？

还有给后世留下一部《史记》的司马迁，忍辱负重，完成自认为应该承担的天赋使命。他说自己就像“左丘无目，孙子断足，终不可用，退而论书策，以舒其愤”。撰写《左传》的左丘明双目失明，撰写《孙子兵法》的孙膑被砍去了双膝，但是为了使智慧与知识流传，他们宁愿忍受身体上的屈辱和痛苦。所以司马迁说：“仆闻之，修身者，智之符也；爱施者，仁之端也；取予者，义之表也；耻辱者，勇之决也；立名者，行之极也。”

同样地，杜甫也在忍辱负重。为了一顿饭，为了几个钱，到处写诗求人。我们说杜甫写史诗，其中就充满着这种九死不悔的不懈精神。

所以说“抛头颅洒热血”“马革裹尸”是一种英雄主义，像司马迁、杜甫、苏东坡这样的知识分子身上也存在另一种意义上的英雄主义。

也许，今天的文化人可能已经不能意识到，知识分子身上的这种不懈，这种英雄主义精神。有这种精气神，就有青春作伴。有这种不懈，杜甫的肉身回不去故乡，但他的诗章，却成为一代代中国人精神的故乡。

765年5月，杜甫踏上离开成都的旅途，也踏上了他人生的最后旅途。他离开不久，另一个盛唐诗人岑参，也是杜甫的朋友，正要前来成都。

研究唐诗下过深功夫的美国人宇文所安说，杜甫和岑参是盛唐的第二代诗人。第一代是孟浩然、王昌龄、王维、李白和高适。他们在开元和天宝年间，安史之乱未起之前，已经完成了奠定他们在文学史上定位的全部或大部分作品，而杜甫创作的成熟，却是在安史之乱爆发后完成的。

到这一年，杜甫和岑参，也是最后两位还活在世上的盛唐诗人。他们在经济和政治上的盛唐已经结束后，相继来到成都。

今天是杜甫成都诗的最后一讲，也许，我要再开讲的话，就会讲岑参笔下的成都。

今天，我们跟随杜甫的脚步，来看他离开成都后，于生命最后阶段，还在回望成都，歌颂成都。

第二十讲

回首一茫茫

转作潇湘游

临行之前，杜甫在成都写的最后一首诗叫《去蜀》。

在此之前，他一直期待安史之乱结束，好离开成都，回到老家。

到了765年，安史之乱基本结束。

但经此大乱，李氏朝廷威望坠地，各地拥兵自重的军阀不听朝廷号令，到处起兵作乱。但无论如何，杜甫还是上路了，至于能不能回到故乡，那就只能听天由命了。

去蜀

五载客蜀郡，
一年居梓州。
如何关塞阻，
转作潇湘游。
世事已黄发，
残生随白鸥。
安危大臣在，
不必泪长流。

五载客蜀郡，一年居梓州。

在成都已经五年了，他 759 年腊月来到成都，离开时是 765 年的 5 月。其中一年多，是在梓州一带度过的。762 年，严武返回朝廷任职，徐知道在成都发动兵变，他去了梓州。764 年，严武再任剑南西川节度使的时候，他又回到成都。总的来说，他在梓州待了一年多时间。

如何关塞阻，转作潇湘游。

安史之乱平定，却还有各地军阀作乱，所以关塞阻隔，无法回到河南老家。严武去世，他在成都没有依靠了，只好乘船东下，到湖南、湖北一带去。其实杜甫到达潇湘的时间都是差不多五年之后了。很晚，一路时势变化，关塞阻隔，走到云安，就停留了差不多半年时间。

世事已黄发，残生随白鸥。

头发变白，黑色素褪去，叫黄发。杜甫这时已经五十四岁，对于老迈的人来讲，头发都变黄的人来讲，老去元知万事休。他坐船顺江东下，江上总有鸥鸟飞翔，自然触景生情：我这一生就像一只不系之舟，漂泊无定，那就随着这些白鸥顺水漂荡吧。他此一时期，还有一句诗也是这个意思：“飘飘何所似，天地一沙鸥。”

安危大臣在，不必泪长流。

他依然牵挂着国家大事，但是连自己前路都没有把握的人，操心如何，不操心又如何？所以他安慰自己：国家安危这种事情就由那些朝中重臣操心吧，我又何必望着北方，想着社稷倾危、百姓流离的景况而眼泪长流呢？

很多读者喜欢李白，喜欢他纵酒放歌，说杜甫总是苦兮兮的，太沉重了。是的，杜甫诗总有泪水，有时还是血泪。但他的泪水不总是自叹悲苦，而是能从小我及于大我，从家难及于国难，总能完成这样一种升华。这是他留在成都两百多首诗中的最后一首，有依依不舍的情愫，有忧国忧民的深情，不只是写一己之得失安危。

杜甫离开四川一路舟行，一路作诗。从万里桥出发，顺着江水而下，先到黄龙溪，然后到彭山，沿着岷江就到了嘉州，也就是今天的乐山。

宿青溪驿，奉怀张员外十五兄之绪

漾舟千山内，日入泊枉渚。
我生本飘飘，今复在何许。
石根青枫林，猿鸟聚俦侣。
月明游子静，畏虎不得语。
中夜怀友朋，乾坤此深阻。
浩荡前后间，佳期付荆楚。

青溪，就在今天的犍为县。

漾舟千山内，
日入泊枉渚。

船出成都平原，过今天彭山三江口，就进入丘陵地带，进入山区，越往南走，山就越高越多，船在越来越深的峡谷中荡漾。日落时分，将船停到码头，住进驿馆。今天我们用“枉”，意思是徒然，而这句诗中的意思是弯曲，“枉渚”就是河流中弯曲的地方。河流中有弯曲的地方，水会变缓，才好设置码头。青溪驿就在这样一个地方。

我生本飘飘，
今复在何许。

我这一辈子都在天下四处飘荡，也就不用管今天晚上住的哪样的地方。杜甫年轻时壮游天下，主动漂泊。十九岁第一次出门，从河南走到山西，回来没有待多久，又一次出远门，从河南去江苏、浙江，这一走就是两三年时间，这是开元二十三年（735年）。天宝三载（744年）他遇到刚从宫中放还的李白，还有高适，三个人又一起漫游梁宋。但是当年那种主动的漂泊和今天的这种动荡中的被动的漂泊是完全不同的。不管是年轻时主动选择的壮游天下，还是战乱当中拖家带口的颠沛流离，都是他自己总结的“我生本飘飘，今复在何许”。听说这个地方叫青溪，但是不是青溪又有什么关系呢？知道它，我也不能把握自己的命运；不知道它，无非使无从把握命运的感受更为加深罢了。

过了嘉州，又到了宜宾（当时叫戎州）。戎州使君，也就是姓杨的州刺史请他吃饭。

宴戎州杨使君东楼

胜绝惊身老，
情忘发兴奇。
座从歌妓密，
乐任主人为。
重碧拈春酒，
轻红擘荔枝。
楼高欲愁思，
横笛未休吹。

今天在宜宾市，面向长江还有座东楼，里面就挂着杜甫这首诗，还挂着后来苏东坡过宜宾时写的诗。当年的东楼到底是不是在这个地方，是不是现在这种样子，我没有下过功夫考证，就不得而知了。

重碧拈春酒，轻红擘荔枝。

但在那里喝一顿酒，还颇为高兴却是真的。那时候的酒不像今天的蒸馏酒那么干净，总是带一点酒糟，带一点碧色，就是有点发绿。白居易也写过酒的这种绿——“绿蚁新醅酒”。杜甫在东楼喝的这个酒绿色还深，所以叫“重碧”，用手指“拈”一下，更能感到些许黏稠。酒是深绿，解酒的荔枝却是轻红。“擘荔枝”剥开。水果佐酒，水果醒酒，古已有之。明代杨升庵在距宜宾很近也产美酒的泸州就留下过意思差不多的诗《荔林书锦》：“玉壶美酒开华宴，团扇熏风坐午凉。纤手吴姬含笑赠，金盘何用荐槟榔。”

楼高欲愁思，横笛未休吹。

楼高，一望到远处，水天浩渺，又想到前路茫茫。此时听到笛声，让我得到一点安慰，吹笛人，那就不要停，一直吹下去吧。

再上船，到了渝州，今天的重庆。本来与一个叫严六侍御的约好了，一起入三峡，等了一阵，对方没有来，只好先走了。

渝州候严六侍御不到先下峡

闻道乘骢发，
沙边待至今。
不知云雨散，
虚费短长吟。
山带乌蛮阔，
江连白帝深。
船经一柱观，
留眼共登临。

闻道乘骢发，沙边待至今。

杜甫问对方：不是说要骑着快马来吗？可是等你这么久都没有来。

不知云雨散，虚费短长吟。

再次感慨前路渺茫，同时告诉自己不要为这些不如意的事情长吁短叹。

到云安，也就是今天的重庆云阳，可能是船上暑热风寒交替，杜甫“患气经时久”的呼吸系统的老病发作，借一个地方躺卧将息，却听到了杜鹃鸟叫。

子规

峡里云安县，
江楼翼瓦齐。
两边山木合，
终日子规啼。
眇眇春风见，
萧萧夜色凄。
客愁那听此，
故作傍人低。

峡里云安县，江楼翼瓦齐。

三峡中有一个云安县，江边楼房盖的瓦都很整齐。“翼瓦”，屋上的瓦像鸟的羽毛层层覆盖，排列有序。看来这里的人对生活品质的要求不低。

两边山木合，终日子规啼。

生态很好，城两边被山上树林包围掩映，整日都有杜鹃在树上啼鸣。

眇眇春风见，萧萧夜色凄。

春风缓缓吹来，树木簌簌有声，使得夜晚愈加凄冷。

客愁那听此，故作傍人低。

客愁满怀的人哪能再听子规的悲啼？偏偏子规鸟故意傍人低飞，啼叫不绝。杜甫5月从成都出发，6月到云安便生病了，喘不上气，晚上睡不着，于是在江边借了个小房子，待了半年才把病养好。

冯唐已老听吹嘘

盛唐的诗歌，好像命定要在四川拉上帷幕。

盛唐公认的诗人，按照年岁大小来排，孟浩然、王昌龄、王维、李白、高适、杜甫、岑参。杜甫是其中第二小的，还有一个比他小三岁的岑参。杜甫中年时，在长安与岑参颇有交游，但安史之乱后，已经很长时间没有见面了。

杜甫离开成都，路上听说岑参出任嘉州刺史，要去他刚离开的西川，抱病云安的杜甫给他写了一首诗去。

寄岑嘉州

不见故人十年余，不道故人无素书。
愿逢颜色关塞远，岂意出守江城居。
外江三峡且相接，斗酒新诗终日疏。
谢朓每篇堪讽诵，冯唐已老听吹嘘。
泊船秋夜经春草，伏枕青枫限玉除。
眼前所寄选何物，赠子云安双鲤鱼。

先说说杜甫离开后成都的情况。

严武死后，继任的剑南西川节度使叫郭英乂，在北方立过战功。由于西川距中原王朝远，拥有兵权的人来到这里就容易滋生唯我独大的感觉，而恣意妄为。郭英乂也是如此行事。

安史之乱爆发，唐玄宗来成都避乱时修了一个宫殿。这宫殿在唐玄宗回长安后就被改成了一个道观。观中铸了唐玄宗的像，享受香火供奉。包括严武在内，别的节度使来成都，都要先到这道观参拜。这郭英乂不但不拜，还把那里辟为自己的办公场地，更把唐玄宗的像换了摆放的位置。这在古代就是大不敬。当年在严武手下收复西山的干将崔旰自己也有野心，知道此事后，就带兵攻打郭英乂。崔旰手握重兵，又能打仗，郭英乂招架不住，就跑到普州（今安岳一带），被普州刺史杀了。朝廷又派一个新的节度使杜鸿渐来。

岑参在 765 年得到嘉州刺史任命，从长安出发，到嘉州就任，走到梁州（今汉中），因为四川战事正烈，道路不通，又回了长安。次年，又跟着杜鸿渐从长安出发，再赴任所。杜鸿渐把岑参留在节度使府，给他当了一年助手然后再放他去就任嘉州刺史。这期间，岑参也写了若干首成都诗。他把杜甫写过的人文古迹都写了一遍。

当然，还有写嘉州和四川其他地方的诗。

不见故人十年余，不道故人无素书。

我们已经有十年没有见面，也很长时间没有通过书信。他们最后在一起是 757 年，在唐肃宗时代同朝为官。当时，岑参从西北边塞的北庭都护回朝，时任左拾遗的杜甫向朝廷推荐岑参任右补阙。未见面的十年中，杜甫在 759 年将来成都时写过一首诗给岑参，他似乎没有回音。我查过岑参诗集，里面也没有岑参的酬答。

愿逢颜色关塞远，
岂意出守江城居。

想跟你直接见面，但是战乱中关山阻隔。哪里会想到你还会到江边城市嘉州来呢？岑参来嘉州是来做官，不像杜甫在浣花溪边就是栖身居住。所以，这里用“居”是出于押韵的需要。有时，为押韵就要损失一点准确性。因为岑参不是在漂泊无依中，无可奈何才在这里住下来，而是作为朝廷命官被派遣到这里，就不只是居住而已。

外江三峡且相接，
斗酒新诗终日疏。

李冰开都江堰后，岷江就有了内外江的区别。内江主要满足成都平原灌溉与航运所需，流经成都的两条江都是内江。外江就是内江用不完的水，流到彭山三江口，内江水就跟外江水重新汇合，一路向南向东，跟三峡相通。明面上说的是地理，却还有言外之意：“我们的情谊是不是也和这江流一样彼此相通？”因为这时杜甫所在的地方，正是三峡中，峡中之水有一部分就来自嘉州。杜甫接着说，当我想起这些，无非再喝一点酒，再写一首诗。

谢朓每篇堪讽诵，
冯唐已老听吹嘘。

谢朓生活在宋、齐、梁、陈四朝的齐，是那时代的著名诗人。这是用谢朓比岑参，说：你现在还在写诗吧，你写的诗一定跟谢朓写的一样，每一篇出来大家都争相传诵。你是谢朓，我是谁呢？我大概是冯唐吧。《滕王阁序》中有一句“冯唐易老”。此人是汉武帝时期一个小官。冯唐自觉自己很有才能，希望被选拔上朝去干一番事业，可是经历了汉文帝、汉景帝两朝，都没有被起用。直到雄心勃勃的汉武帝要广召天下人才，听说冯唐这个人很厉害，有思想有本领，决定要用他。结果派人去一看，老头已经九十多了。杜甫这是用冯唐比作自己，空有一腔报国壮志。“听吹嘘”意为“此时的我犹如尘土，犹如任何轻贱的东西，别人只要轻轻嘘一口气，想把我吹到哪里就吹到哪里”。

泊船秋夜经春草，伏枕青枫限玉除。

杜甫又写到自己的处境：我就飘荡在江上，秋夜把船停在春草青碧的岸边，伏在枕上，草木茂盛，青青的枫树挡住视线，使我望不到北边的宫廷。“限”是遮蔽，这些树遮蔽了玉除。古代有句短语形容宫廷的豪华：玉除彤庭。“除”是台阶，“玉除”即宫殿的台阶，代指朝廷。

眼前所寄选何物，赠子云安双鲤鱼。

写了这首诗寄给岑参，还想再附赠一个礼物：双鲤鱼。古代寄信是将其放在一个木盒子里。盒子做成鱼的形状，叫鲤书。这是杜甫有点幽默的说法，其实他寄给岑参的就是这封信本身，没有别的东西。他自己就一贫如洗，衣食难济。

前面说过，杜甫、岑参两人在盛唐诗人里是晚辈，年龄最小。但岑参却比杜甫幸运，三十岁就考中了进士，官做得不大，但仕途还算顺利。杜甫二三十岁时，对功名不太看重，考进士不中，也没有太当回事。但当他拖家带口了，有了经济负担，又失去父辈荫庇后，再求功名，又遇到李林甫、杨国忠当权。刚靠向唐玄宗上三大礼赋，求得一个小官，又遇到安史之乱爆发，一切都化为乌有。别的盛唐诗人，不管后来怎样，在盛唐时代大都曾经有过各自的风光。唯有杜甫，盛唐的开元、天宝年间，高适、岑参都求得了功业，他没有；李白到处写诗换酒扬名立万，他没有。

岑参比杜甫小三岁，五十岁时来成都，当嘉州刺史。769 年他被解除职务，准备回长安，战事又起，道路不通，病故在成都的旅舍，时年五十六岁。再过几个月，770 年，杜甫生命最后一年，他写诗追酬已去世五年的高适时感叹：“东西南北更谁论？”此时他这一代诗人全部凋零了，他一个人白发扁舟，找一个靠岸安身的地方都找不着，最终死在飘荡的船上。

岑参和杜甫两个人一离世，晚于经济与政治的盛唐时代结束的盛唐诗歌也就拉上了帷幕。所以，我不止一次说盛唐诗歌是在四川结束的。

盛唐诗，在中国精神史、中国诗歌史上是伟大的众声合唱的时代的诗歌。

付与后世传

杜甫卧病云安时，漂泊无依中，写了《怀锦水居止二首》，怀念成都。锦水就是锦江水，代指浣花溪。浣花溪是锦江中的一段。先来看第一首。

怀锦水居止二首（其一）

军旅西征僻，风尘战伐多。
犹闻蜀父老，不忘舜讴歌。
天险终难立，柴门岂重过。
朝朝巫峡水，远逗锦江波。

军旅西征僻，风尘战伐多。

对唐朝来说成都是西南边疆，西边是吐蕃，南边是南诏。成都往西到松州，往南到嶲州（今越西、西昌一带）。这一带山区风尘滚滚，战争很多。

犹闻蜀父老，不忘舜讴歌。

即便这样，四川的父老乡亲依然拥戴朝廷，就像上古时代的人拥戴英明仁慈的尧舜一样。

天险终难立，柴门岂重过。

四川盆地周围的群山都是天险，北边剑门关是天险，西边岷山是天险，东边三峡是天险，南边大小凉山也是天险，但都挡不住里里外外那些有野心的人发动战乱。所以，他在锦江边那个草堂前的柴门也不能再回头重过了。

朝朝巫峡水，远逗锦江波。

“现在我只有天天看着巫峡的汤汤流水，想起溅起的波浪中，还有来自锦江的流水。”巫峡中的长江水有一部分就是从浣花溪、从锦江流来的，所以这些波浪翻卷起来时就有锦江水在跳动。

怀锦水居止二首（其二）

万里桥南宅，百花潭北庄。
层轩皆面水，老树饱经霜。
雪岭界天白，锦城曛日黄。
惜哉形胜地，回首一茫茫。

万里桥南宅，百花潭北庄。

万里桥南，百花潭北，这是杜甫写的草堂位置，今天的杜甫草堂的西门上还挂着这两句诗。

层轩皆面水，老树饱经霜。

“轩”，有窗户的长廊或小屋，这里应是指草堂和附设的亭子之类。“层轩”，不是两层三层，而是错落之意。今天去草堂，看不到江水了。那时从门口看得到，从每一扇窗户上都看得到。周围饱经风霜的老树很多。大家应该记得，之前就讲过杜甫诗中写过的两株老楠树。一株被风雨所拔，一株枯死了。此一时期，杜甫还写了另外两种老树。一种是枯了的棕树，《枯棕》；一种是病了的柏树，《病柏》。

雪岭界天白，锦城曛日黄。

这一句是“窗含西岭千秋雪”的另一种写法，“界天白”，是雪山之白，把天和地分出界线。我觉得更有气势。成都平原，总是雾气迷蒙。所以朝阳与夕阳都不像在高山海边那样金光灿烂，而是温和地红中带黄，烟熏了一般。

惜哉形胜地，回首一茫茫。

这里，杜甫直接表达了深深的惋惜与惆怅。

《怀锦水居止二首》和杜甫之前写草堂的诗不同。之前多是近景的具体描绘：江与洲、竹与树、顽童与野老。而写这首诗时，杜甫和草堂之间拉开了遥远的距离，相隔远了，所写也都是遥远的大景再回首时，已经是山重水复，其间不具象的情绪与具象的空间，一片浩茫。

有意回望时，思念草堂。无意间，听到杜鹃鸟叫，依然想起的是西川时光。

杜鹃

西川有杜鹃，东川无杜鹃。
涪万无杜鹃，云安有杜鹃。
我昔游锦城，结庐锦水边。
有竹一顷余，乔木上参天。
杜鹃暮春至，哀哀叫其间。
我见常再拜，重是古帝魂。
生子百鸟巢，百鸟不敢嗔。
仍为喂其子，礼若奉至尊。
鸿雁及羔羊，有礼太古前。
行飞与跪乳，识序如知恩。
圣贤古法则，付与后世传。
君看禽鸟情，犹解事杜鹃。
今忽暮春间，值我病经年。
身病不能拜，泪下如迸泉。

西川有杜鹃，东川无杜鹃。

西川是成都一带，三峡一带是东川。事实上，东川并非没有杜鹃，而是因为杜甫到东川的时候天气已经转冷，杜鹃此时已经飞到暖和的地方去了。

涪万无杜鹃，云安有杜鹃。

他往长江下游走，到涪陵、万州一带时没有杜鹃，因为季节已过。而在上游云安时就听到“终日子规啼”，子规就是杜鹃。

我昔游锦城，结庐锦水边。

杜鹃一叫，让杜甫又想起了成都草堂。

有竹一顷余，乔木上参天。

当年在浣花溪边盖了草堂，还在周围种了很多竹子，此外还有参天的乔木原本就在那里。

杜鹃暮春至，哀哀叫其间。

春末夏初，杜鹃鸟就飞来，树荫深处传来它们的叫声，叫得有一点凄惨。

我见常再拜，重是古帝魂。

一百多年以后的晚唐诗人李商隐也写到了古帝魂：“庄生晓梦迷蝴蝶，望帝春心托杜鹃。”用的都是古蜀王杜宇的故事。今天郫都区望丛祠后的封土丘下面的那个人——古蜀国王望帝，他的名字叫杜宇。据《华阳国志·蜀志》记载，蜀王杜宇，教民务农，后称帝，号望帝。杜宇晚年时洪水为患，他的丞相开明开玉垒山以分水势，使得有些地方不再遭受水患，有些地方得到灌溉。望帝便将帝位禅让给开明。开明称王后就不再禅让了，传十二世后，被秦所灭。左思《蜀都赋》：“鸟生杜宇之魄。”是说望帝杜宇死后，依然时刻牵挂他的百姓，于是其魂化为杜鹃，每年春天都飞回声声鸣叫。大家听到杜鹃鸟叫，务农的人说杜鹃鸟叫“布谷”，是时候春耕播种了。思家的人说杜鹃叫的是“不如归去”。杜鹃不断啼叫，嘴里都沁出了血来。

生子百鸟巢，百鸟不敢嗔。

杜鹃鸟有一个习性，自己不孵育后代，它们把蛋下到别的鸟窝里，孵化幼鸟的事情让别的鸟代劳。百鸟还不怪它，乖乖地将其当成自己的亲生子女一样孵化养育。

仍为喂其子，礼若奉至尊。

百鸟将杜鹃蛋孵化，明明看到跟自己都不像，不是亲生的，仍然到处捉虫子来喂它，就像蜀地百姓对于望帝的敬爱一样。

鸿雁及羔羊，有礼太古前。

在人的历史没有形成的时候，动物界的鸿雁和羔羊就已经懂得了尊卑次序，所以是有礼于太古之前。

行飞与跪乳，识序如知恩。

大雁在天上排列成行飞行，科学的解释说是服从空气动力学原则，要减少阻力，才排成这样，而古代则认为他们是遵循长幼之礼，才要“行飞”。羊羔吃奶时，前腿有点长，跪下才能吃到母乳。这是生理学现象，不跪下来就无法吃到。但古人认为这是羊羔懂得礼节，没有吃奶之前先给妈妈跪下，叫“跪乳”。不管是鸿雁还是羊羔，它们这样做是知道要报答恩情。杜甫听到杜鹃鸟叫就想到望帝，继而想到长安城中的皇帝。鸿雁和羊羔的行为被人们赋予了伦理道德含义，以此表示一个社会要有秩序。

圣贤古法则，付与后世传。

这是古代就传下来的圣贤法则，动物都在遵守，一代代下来，人已经不那么遵守了，如果肯遵守，就不会有那么多乱臣贼子祸乱天下了。

君看禽鸟情，犹解事杜鹃。

请看看那些飞禽怎么表达它们的感情的，看看那些鸟为什么要帮杜鹃哺育儿女。

今忽暮春间，值我病经年。

杜甫还是在叹病：去年夏天离开成都，现在又是四五月间了，算算我已经卧病一年多了。

身病不能拜，泪下如迸泉。

听到杜鹃鸟叫，知道是望帝的化身，我就应该起来向它跪拜，但由于病痛不能起身，所以泪水却像泉水一样涌了出来。

这是杜甫关于成都的最后一首诗，后来他又去了夔州几年，再往湘江，四处游荡，最后死亡。

在盛唐诗的时代，杜甫的名气小于所有之前讲到的那些盛唐诗人。那时名气最大的是李白、王维，时人编选诗集都不选杜甫诗。

他病死在湖南，儿子宗文、宗武年龄还小，不能将父亲归葬到河南首阳山下，没有办法，只好暂殡在湖南异乡。殡，是临时安置。“葬”，才是真正的入土为安。这一殡就是四十多年。直到他的孙子杜嗣业才把他归葬老家。唐人下葬时，要写一篇墓志铭刻在石头上，记录其一生的行状。杜嗣业找到当时有名的诗人元稹，请他来为爷爷杜甫写这篇墓志铭。因为，正是元稹和好友白居易，重新认识杜甫，在文学史上最先对杜甫诗歌作出高度评价，并在自己的创作中追随杜甫现实主义的诗风。

元稹慨然应允，写下《唐故工部员外郎杜君墓系铭并序》。这是史上第一次有一个人，且是在当时有足够声望的诗人对杜甫做出高度评价。

至于子美，盖所谓上薄风骚，下该沈宋，古傍苏李，气夺曹刘，掩颜谢之孤高，杂徐庾之流丽，尽得古今之体势，而兼人人之所独专矣。使仲尼考锻其旨要，尚不知贵其多乎哉。苟以为能所不能，无可不可，则诗人以来，未有如子美者。

元稹认为杜甫的诗歌精神继承自《诗经》《楚辞》，与当时人们认为有诗歌史以来最好的前代诗人沈佺期、宋之问、苏味道、李峤、曹植、刘桢、颜延之、谢灵运、徐陵、庾信等相比，杜甫也毫不逊色，甚至有超越的地方。过去古人所擅长的，无论是外在形式，还是内在精神，杜甫都能为我所用、熔铸一切，以集大成而雄视古今，独步天下。

元稹说："余读诗至杜子美，而知大小之有所总萃焉。"就是充分肯定杜甫是诗歌史上的集大成者。

后来，唐宋八大家之一的韩愈再次肯定元稹的评价："李杜文章在，光焰万丈长。"

过去，李白一直被认为是唐诗的老大，王维是老二。而到了韩愈、白居易和元稹的时代，认识慢慢变了，变成了李杜并肩。

北宋时，苏东坡的朋友，诗人、书法家黄庭坚，也极为推崇杜甫，认为："老杜虽在流落颠沛，未尝一日不在本朝，故善陈时事，句律精深，超古作者，忠义之气，感发而然。"说杜甫个人飘荡流离，却如身在朝廷一样，没有一天不关心国事，没有一天不关心现实。正因为有这样的节操与情怀，他才能把当时的现实生活都真实地反映出来，同时艺术手法上也非常高超，因此超越了一切前人。在宋朝，黄庭坚作为苏轼的同党，被贬到宜宾，日子过得很苦，但他居然把杜甫在成都和长江三峡时所写的诗全部写了一遍。一个眉山丹棱的乡绅有钱，把黄庭坚写的所有杜诗全部刻成碑，盖了楼陈列起来，名为大雅堂。这件事情有黄庭坚文字为证：

丹棱杨素翁，英伟人也。其在州闾乡党有侠气，不少假借人，然以礼义不以财力称长雄也。闻余欲尽书杜子美两川夔峡诸诗，刻石藏于蜀中好文喜事之家，素翁粲然向余请从事焉。又欲作高屋广楹庥此石，因请名焉。余名之曰"大雅"。

今天眉山丹棱还有一个大雅堂，新修复的，就在宋代大雅堂的原址之上。可惜时事动荡，连一块残碑都找不着了。

最后讲讲草堂的存废。

公元902年，唐朝气息奄奄的时候，韦庄来到成都。

韦庄是晚唐有名的诗人。他写过非常现实主义的作品，以写唐末战乱之中妇女颠沛流离的《秦妇吟》最为有名，深得杜甫歌行体的真传。韦庄也是词的开创者之一。他到成都后，在他身边聚集了很多词人。他的诗有现实主义精神，词作却以吟风弄月为主。中国历史上第一部词集《花间集》就出自晚唐到五代这些词人之手。

入蜀第二年，韦庄便去浣花溪寻找杜甫当年的旧居。韦蔼在为他兄长韦庄诗集所作的《浣花集序》记载：

辛酉春，（韦庄）应聘为西蜀奏记。明年，浣花溪寻得杜工部旧址，虽芜没已久，而柱砥犹存。因命芟夷，结茅为一室。盖欲思其人而成其处，非敢广其基构耳。

韦庄寻得草堂遗址，重结茅屋，使之得以保存。

这是杜甫草堂的第一次修复，之后宋元明清历代都有修葺扩建。

明代，朱元璋封十一子朱椿于蜀，为献王。朱椿非常喜欢杜甫，修蜀王宫以后便着手重建草堂，此时已经是1393年。草堂建好，他还写了祭祀文：

先生距今之世数百余年，而成都草堂之名，至今日而犹传。予尝纵观乎万里桥之西，浣花溪之边，寻草堂之故址，黯衰草兮寒烟，是以不能无所感也。

朱椿的老师，大儒方孝孺受献王命作《重建草堂记》：

成都浣花溪之上，故有草堂，废于兵火盖久……中为祠，以奉祀。

清代，杜甫草堂又重修了若干次。

乾隆三十七年（1772 年），杜甫的后裔杜玉林入川，参与大小金川之役，主持邮传事务。看到草堂内“榱桷蠹坏，不蔽风雨”，便有了重修草堂的想法，但由于当时忙于前线驿传，无暇顾及。直到六年后的 1778 年回到成都，杜玉林立刻筹钱重建草堂。作为杜甫后人，这件事就格外有意义。其过程就被杜玉林记录在《重修草堂记》里：

任辰春日，余奉命来川主持邮政，访草堂旧址，面溪背郭，竹林阴翳，境地幽胜。登堂谒公像，怅然久之。以金川之役驱驰于外，不暇及也，以数千百年名迹荒芜日甚……除腐易朽，疏泉筑亭，邃宇修廊，境兼奥旷，萌嘉树俯澄湍，形释心凝，洒然尘表。

直到今天，杜甫草堂仍在。在这些年的城市建设中，成都始终将对杜甫草堂的保护和修缮作为一项重点工程。

杜甫的成都诗，至此就讲完了。因为疫情跌宕，比预计的时间长了一些，前前后后用了一年多时间。我不是治杜诗专家，误读之处，应该不少。但按捺不住，要来做这个讲座，是要向诗圣致敬——一个晚生的写作者对伟大前辈的敬意。同时，也是作为一位成都居民，以此表达对这座城市的热爱。

诗人里尔克曾说：“从此以后，你就爱上了这个人。这意味着你要努力地用你温柔的双手将他的人格的轮廓按照你当时看到的样子描绘出来。”

这也是我读杜甫诗，想那个时代的那个人，所生发出来的感受。

我们当然不可能再看到杜甫，也不可能回到唐朝的成都，但杜甫那些充满当时现实感受、时代气息的诗歌，却生生不息，流传至今，声音响亮，音调铿锵。阅读，欣赏，体味杜甫成都诗，却能把他，把一座城市，把一个时代在想象中重新复活，看到一个远去了千年的生命，依然那么生动鲜活。

诗圣永在，魂兮归来！

图书在版编目（CIP）数据

阿来讲杜甫成都诗 / 阿来著. -- 成都：四川人民出版社, 2024.4 （2024.6 重印）
ISBN 978-7-220-13655-9

Ⅰ. ①阿… Ⅱ. ①阿… Ⅲ. ①杜诗 – 诗歌研究 Ⅳ. ①I207.227.423

中国国家版本馆CIP数据核字(2024)第074170号

ALAI JIANG DUFU CHENGDU SHI

阿来讲杜甫成都诗

阿来 著

出版人	黄立新
出版策划	阿来书房　书香力扬　蔡林君
责任编辑	蔡林君　汤　梅
插画提供	成都画院
装帧设计	尹琳琳
融合出版编辑	李真真　袁　璐　雷　棚 蔡林君　汤　梅　彭靖雨
责任校对	蓝　海
出版发行	四川人民出版社（成都三色路238号）
网　址	http://www.scpph.com
E-mail	scrmcbs@sina.com
新浪微博	@四川人民出版社
微信公众号	四川人民出版社
发行部业务电话	（028）86361653　86361656
防盗版举报电话	（028）86361653
照　排	书香力扬
印　刷	雅艺云印（成都）科技有限公司
成品尺寸	158mm × 260mm
印　张	43.25
字　数	600千
版　次	2024年4月第1版
印　次	2024年6月第2次印刷
书　号	ISBN 978-7-220-13655-9
定　价	188.00元

winshare文轩
四川人民出版社